PORTÕES DE FOGO

UM ROMANCE ÉPICO SOBRE
LEÔNIDAS E OS 300 DE ESPARTA

Romances históricos da Marco Polo

A AMIGA DE LEONARDO DA VINCI • Antonio Cavanillas de Blas
O FILÓSOFO, A ENFERMEIRA E O TRAPACEIRO • Max Velati
O INQUISIDOR • Catherine Jinks
PORTÕES DE FOGO • Steven Pressfield

Proibida a reprodução total ou parcial em qualquer mídia
sem a autorização escrita da editora.
Os infratores estão sujeitos às penas da lei.

A Editora não é responsável pelo conteúdo deste livro.
O Autor conhece os fatos narrados, pelos quais é responsável,
assim como se responsabiliza pelos juízos emitidos.

Consulte nosso catálogo completo e últimos lançamentos em **www.editoracontexto.com.br**.

STEVEN PRESSFIELD

PORTÕES DE FOGO

UM ROMANCE ÉPICO SOBRE
LEÔNIDAS E OS 300 DE ESPARTA

Tradução
Ana Luiza Dantas Borges

Copyright © 1998 by Steven Pressfield

This translation published by arrangement with Doubleday,
an imprint of The Knopf Doubleday Group,
a division of Penguin Random House, LLC

Direitos de publicação no Brasil adquiridos pela
Editora Contexto (Editora Pinsky Ltda.)

Ilustração de capa
Veridiana Magalhães

Montagem de capa e diagramação
Gustavo S. Vilas Boas

Preparação de textos
Lilian Aquino

*Tradução do "Prefácio para a edição comemorativa" e da resenha
"Homens nos bastidores da carnificina da Antiguidade"*
Diogo Chiuso

Revisão
Maiara Gouveia

Dados Internacionais de Catalogação na Publicação (CIP)
Andreia de Almeida CRB-8/7889

P938p   Pressfield, Steven
        Portões de fogo : um romance épico sobre Leônidas
     e os 300 de Esparta / Steven Pressfield ; tradução
     de Ana Luiza Dantas Borges. – 3. ed. – São Paulo :
     Contexto, 2023.
     448 p.

     ISBN 978-65-5541-263-5
     Título original: Gates of fire:
     an epic novel of the Battle of Thermopylae

     1. Ficção americana 2. Batalha das Termópilas (Grécia),
     480 A.C. – Ficção 3. Grécia – História – Guerras
     persas, 500-449 A.C. – Ficção I. Título II. Borges,
     Ana Luiza Dantas

17-0278   CDD 813

Índices para catálogo sistemático:
1. Ficção americana

2023

EDITORA CONTEXTO
Diretor editorial: *Jaime Pinsky*

Rua Dr. José Elias, 520 – Alto da Lapa
05083-030 – São Paulo – SP
PABX: (11) 3832 5838
contato@editoracontexto.com.br
www.editoracontexto.com.br

Para minha mãe e meu pai

O rei Xerxes comanda dois milhões de homens do Império Persa para invadir e submeter a Grécia. Em uma ação suicida, uma pequena tropa de 300 temerários espartanos segue para o desfiladeiro das Termópilas para impedir o avanço inimigo. Eles conseguem conter, durante sete dias sangrentos, as tropas invasoras. No fim, com suas armas estraçalhadas, arruinadas na matança, lutam "com mãos vazias e dentes". Relatados diretamente ao rei pelo único sobrevivente grego, os fatos são apresentados ao leitor de maneira vívida e envolvente. Mais do que somente com a batalha, o leitor entra em contato direto com o modo de vida desses antigos guerreiros, sua rotina, seus valores, sua coragem, seus ideais.

A narrativa empolgante de Steven Pressfield recria, assim, a épica Batalha de Termópilas, unindo, com habilidade, História e ficção.

Sumário

Prefácio para a edição comemorativa 11

Nota histórica 17

LIVRO I | Xerxes 25

LIVRO II | Alexandros 91

LIVRO III | Galo 153

LIVRO IV | Arete 197

LIVRO V | Polynikes 225

LIVRO VI | Dienekes 285

LIVRO VII | Leônidas 361

LIVRO VIII | Termópilas 409

Agradecimentos 437

O autor 439

Prefácio para a edição comemorativa

Duas histórias:

Em 2006, recebi o título de cidadão honorário da cidade de Esparta. Saí da Califórnia para participar do evento que deveria acontecer ao ar livre, à noite. A cidade havia convocado trinta soldados do exército grego e preparado uma encenação de um episódio da antiga batalha.

Mas choveu. E nós – algumas centenas no total, homens e mulheres de Esparta, além de convidados e amigos de outras partes da Grécia – caminhamos, com guarda-chuvas (alguns sem), para um auditório a poucos quarteirões de distância – na verdade, uma escola local, com um palco e lugares suficientes para toda a plateia se reunir. Como demorou um pouco para que todos se acomodassem para o começo da encenação, pediram-me para falar algumas palavras.

Agradeci a todos que tinham comparecido naquela noite e também aos que trabalharam para que ela se tornasse possível. Disse que era a maior honra da minha vida. E nem me importei com a chuva, que havia se somado à peculiaridade do momento. Todos na plateia pareciam concordar: sorriam, mesmo com seus cabelos molhados e seus sapatos encharcados. Senti-me muito bem acolhido. Tinham sido gentis em receber um estrangeiro que não era herói de guerra e nem mesmo grego, mas apenas um homem que escreveu um livro. Eu olhava para aqueles rostos e, naquele momento, percebi que poderiam ter sido meus irmãos e irmãs. Então, disse-lhes:

A história da Batalha das Termópilas foi contada e recontada tantas vezes ao longo dos séculos, a partir das *Histórias* de Heródoto, que é fácil pensarmos nela como uma lenda ou um mito, quase como se nunca tivesse acontecido, pelo menos não no sentido imediato que guerras modernas ou atos de bravura e sacrifício parecem ter. Mas aconteceu. Foi uma batalha real. Foram mortes reais. O sacrifício foi real. Não é uma lenda nem um mito. A batalha realmente aconteceu.

Naquela estrada em que caminhamos hoje, a estrada que serpenteia morro abaixo até o centro da cidade... que antigamente era a *Aphetais*, a "rua da despedida", há dois mil e quinhentos anos, guerreiros de verdade, com seus escudeiros também de verdade, caminhavam rumo aos Portões de Fogo. Suas esposas e filhas, seus pais e mães, irmãos e irmãs, ficaram ao longo da estrada vendo-os marchar. Eles cantavam, choravam, olhavam com orgulho e tristeza.

Realmente aconteceu. Pessoas de carne e ossos destas colinas e deste vale deram tudo o que tinham para salvar a Grécia e preservar os ideais do povo grego – e também do mundo Ocidental; deram tudo para preservar a liberdade, que certamente teria sido perdida se Xerxes, o rei dos invasores persas, tivesse vencido.

Aqueles guerreiros eram seus filhos. O sangue deles corre nas suas veias. As mulheres deles são as suas mulheres. Eles são vocês e vocês são eles. Vocês fazem parte disso e sempre farão. E eu também, como herdeiro do Ocidente. Minha vida é o que é por causa deles, por causa de seus filhos e irmãos.

Eu os saúdo agora. Não como personagens de um livro que eu poderia ter escrito, mas como homens reais que lutaram, se sacrificaram e morreram. Também saúdo as esposas, filhas, irmãs e mães reais que suportaram a dor desse sacrifício. E saúdo vocês, esta montanha, Taígetos, e este rio, o Eurotas... eram deles e agora são seus. O sangue de vocês é o sangue da honra e do sacrifício. Obrigado por esta noite. Deus os abençoe.

Segunda história:

Tive duas editoras para *Portões de Fogo* – Kate Miciak e Nita Taublib, da Doubleday de Nova York. Quando o livro estava quase pronto para ser impresso, elas me chamaram em seu escritório para me dizer: "Ainda falta algo no livro. Precisamos de outra cena que apresente as mulheres espartanas. Porque todo mundo que lê essa história se apaixona pelas mulheres. Mas não é o suficiente. Então, você poderia nos escrever mais uma cena com foco nas mulheres espartanas, Steve?"

É claro que rejeitei a ideia imediatamente. "O livro está pronto", disse. "Como vou criar uma cena nova? Está pronto. Vamos publicá-lo!"

Uma semana depois, tive uma ideia.

Escrevi a cena e mandei para Kate e Nita. Elas adoraram.

Eis a cena: alguns dias antes da marcha dos Trezentos para Termópilas, o rei espartano Leônidas convoca, em particular, uma esposa e mãe espartana, a senhora Paraleia. Entre os guerreiros que Leônidas havia escolhido (todos pais de filhos vivos) para essa missão que só poderia terminar em morte, não havia um, mas dois muito queridos a Paraleia: seu marido Olympieus e seu filho Alexandros. Leônidas diz a Paraleia que sabe que ela deve estar passando por uma angústia terrível, que seus pensamentos devem estar sendo atormentados por antecipação e que, dentre todas as mulheres da cidade, só ela tinha dois motivos para sofrer. Ele ainda diz que não informou a ninguém, nem mesmo aos próprios Trezentos, o porquê de ter escolhido esses homens específicos. Eles são de uma unidade já existente e vencedora? Não. São os melhores guerreiros de Esparta? Não.

Leônidas explica que escolheu esses Trezentos, incluindo ele mesmo (porque sabe que também morrerá nas Termópilas), não por serem corajosos, mas pela coragem de suas mulheres. Então, ele se senta ao lado de Paraleia, colocando a mão em seu ombro para confortá-la:

> "A Grécia está atravessando o seu momento mais perigoso. Caso se salve, não será nos Portões – lá nos aguarda somente a morte, a nossa e a dos nossos aliados – mas depois, nas batalhas que se seguirão, por terra e por mar. Então, a Grécia, se assim for a vontade dos deuses, se preservará. Entende? Então, preste atenção. Quando a batalha terminar, quando os Trezentos estiverem mortos, toda a Grécia se voltará para os espartanos, verá como resistiram. Mas para quem, senhora, os espartanos se voltarão? Para vocês. Para vocês, esposas e mães, irmãs e filhas dos mortos. Se eles contemplarem seus corações dilacerados, partidos de dor, os deles também se partirão. E a Grécia com eles. Mas se vocês resistirem, não somente os olhos secos, à aflição da perda, mas desacatando a agonia e a abraçando como uma honra, o que ela é na verdade, então Esparta resistirá. E toda a Hélade a seguirá. Por que a escolhi para sofrer a mais terrível das provações, e escolhi suas irmãs dos Trezentos? Porque vocês podem."

– Os meus lábios expressaram as seguintes palavras, reprovando o Rei: E é essa a recompensa da virtude das mulheres, Leônidas? Serem atormentadas duplamente, suportarem um duplo sofrimento?

– Nesse momento, a rainha Gorgo estendeu-me a mão, oferecendo ajuda. Leônidas a deteve. E, sem retirar a mão do meu ombro, compreendeu a minha explosão de angústia.

"A minha mulher estendeu-lhe a mão, Paraleia, para transmitir com o seu toque o conhecimento do fardo que ela carregou sem queixa durante toda a sua vida. Pode ser negado a ela simplesmente ser a mulher de Leônidas, mas sempre será a esposa da Lacedemônia. Agora, este papel também lhe cabe, senhora. Deixará de ser a esposa de Olympieus ou mãe de Alexandros, mas deverá servir como esposa e mãe da nossa nação. A senhora e suas irmãs dos Trezentos são, agora, as mães de toda a Grécia, e da própria liberdade. É um dever árduo, Paraleia, para o qual convoquei a minha amada esposa, a mãe dos meus filhos, e agora também a convoco. Diga-me, eu estava errado?"

– Diante dessas palavras do Rei, todo o meu controle escapou do coração. Caí em pranto. Leônidas puxou-me para si delicadamente; enterrei meu rosto em seu colo, como uma menina com seu pai, e solucei, incapaz de me conter. O Rei abraçou-me com firmeza, o seu abraço não foi áspero nem indelicado, mas gentil e confortador.

– Assim como o fogo de uma queimada consome a si mesmo e, por fim, deixa de chamejar, o meu acesso de dor se extinguiu. Uma paz indulgente me penetrou, como uma dádiva proporcionada não somente por esse braço forte que ainda me envolvia, mas oriunda de uma fonte mais profunda, inefável e divina. A força retornou aos meus joelhos e a coragem ao meu coração.

Levantei-me e enxuguei os olhos. Essas palavras que lhe dirigi não saíram por vontade própria, ao que pareceu, mas induzidas por alguma deusa invisível cuja origem eu não sabia. Essas foram as últimas lágrimas, meu senhor, que o sol viu correr por meu rosto.

Vinte e cinco anos depois, essa cena continua sendo, de longe, a mais citada e comentada. Não tenho certeza de qual é a moral dela. Talvez seja: "Se você é um escritor, ouça sempre as mulheres". Em todo caso, parece ser a cena mais lembrada do livro.

Meus agradecimentos, mais uma vez, a todos os meus amigos no Brasil e na Editora Contexto, particularmente a Luciana Pinsky e Daniel Pinsky, por acreditarem neste livro e apoiarem sua publicação com muito entusiasmo e paixão.

Molon Labe!

Nota histórica

Em 480 a.C., as forças do Império Persa sob o Rei Xerxes, compostas de dois milhões de homens, conforme Heródoto, transpuseram o Helesponto para invadir e escravizar a Grécia.

Em uma ação retardada e desesperada, uma força seleta de trezentos espartanos foi despachada para o desfiladeiro das Termópilas, no norte da Grécia, onde as fronteiras rochosas eram tão estreitas que o grande número de persas e sua cavalaria seriam, pelo menos em parte, neutralizados. Ali, esperava-se que uma força de elite disposta a sacrificar a própria vida pudesse deter, pelo menos por alguns dias, os milhões de invasores.

Trezentos espartanos e seus aliados conseguiram conter, durante sete dias, dois milhões de homens até que, com suas armas estraçalhadas, arruinadas na matança, lutaram "com mãos vazias e dentes" (como registrado pelo historiador Heródoto) até, finalmente, serem dominados.

Os espartanos e seus aliados, os théspios, morreram até o último homem, mas o tempo que

conseguiram, ao preço de suas vidas, permitiu que os gregos se reorganizassem. Naquele outono e primavera, derrotaram os persas em Salamina e Plateias, e preservaram a fonte da democracia e liberdade ocidental, impedindo que morressem em seu berço.

Dois memoriais permanecem ainda hoje nas Termópilas. No moderno, chamado de monumento a Leônidas, em homenagem ao Rei espartano que ali caiu, está gravada sua resposta à exigência de Xerxes para que os espartanos depusessem suas armas. A resposta de Leônidas foram três palavras: "Venham pegá-las."

O segundo monumento, o antigo, é uma simples pedra sem adorno, gravada com as palavras do poeta Simônides. Seus versos talvez componham o mais famoso de todos os epitáfios guerreiros:

> Forasteiros passantes, aos espartanos dizei
> Que aqui jazemos, em obediência à sua lei.

*De todos os espartanos e théspios que
combateram com bravura, a maior prova de coragem
foi dada pelo espartano Dienekes.
Contam que, antes da batalha, um nativo da Trácia lhe disse
que os arqueiros persas eram tão numerosos que, ao disparar seus arcos, a
massa de flechas bloqueava o sol.
Dienekes, no entanto, completamente impassível diante da força
do exército persa, simplesmente comentou: "Ótimo.
Combateremos, então, à sombra".*

Heródoto, *História*

*A raposa sabe vários truques;
o porco-espinho, um único e eficaz.*

Arquíloco

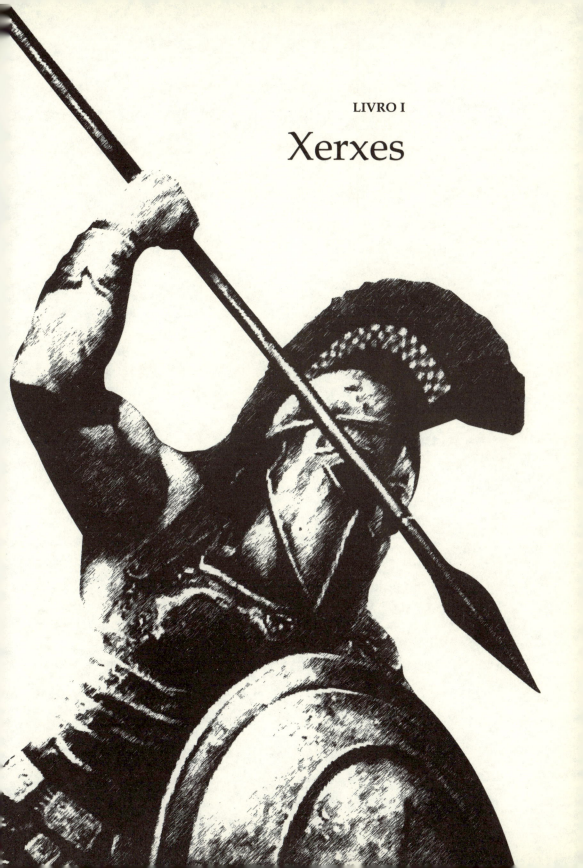

LIVRO I
Xerxes

*P**or ordem de Sua Majestade, Xerxes, filho de Dario, o Grande Rei da Pérsia e da Média, Rei dos Reis, Rei de todas as Terras; Senhor da Líbia, Egito, Arábia, Etiópia, Babilônia, Caldeia, Fenícia, Elom, Síria, Assíria e das nações da Palestina; Soberano da Jônia, Lídia, Frígia, Armênia, Calícia, Capadócia, Trácia, Macedônia e a Transcaucásia, Cirene, Rodes, Samos, Lesbos e as ilhas do Egeu; Governante Supremo da Pártia, Báctria, Cáspia, Susiana, Paflagônia e Índia; Senhor de todos os homens, do sol nascente ao poente, Sua Mais Sagrada, Venerável e Exaltada, Invencível, Incorruptível, Abençoada pelo deus Ahura Mazda e Onipotente entre os Mortais. Assim decreta Sua Magnificência, como registrado por Gobartes, filho de Artabazos, seu historiador:*

Após a gloriosa vitória das forças de Sua Majestade sobre o inimigo peloponeso, espartanos e aliados, no desfiladeiro das Termópilas, ao norte da Grécia, tendo aniquilado o inimigo até o último homem e erigido troféus a essa conquista valorosa, ainda assim Sua Majestade em sua sabedoria divina estava desejosa de mais informações, tanto sobre determinadas táticas da infantaria inimiga que tiveram efeito contra as tropas de Sua Majestade quanto sobre o tipo de adversários que, apesar de desobrigados das leis de vassalagem ou servidão, enfrentando desigualdades insuperáveis e morte certa, ainda assim escolheram permanecer em seus postos e ali morrer até o último homem.

Tendo sido expresso o pesar de Sua Majestade pela escassez de conhecimento e discernimento sobre o assunto, intercedeu o deus Ahura Mazda em Seu nome. Um sobrevivente dos helenos (como os gregos chamam a si mesmos) foi descoberto, gravemente ferido e em estado agonizante, debaixo das rodas de um carro de batalha, invisível, portanto, devido à presença dos inúmeros ca-

dáveres de homens, cavalos e bestas de carga empilhados no local. Os cirurgiões de Sua Majestade foram convocados e encarregados, sob pena de morte, de não poupar medidas para preservar a vida do cativo. O deus assegurou a realização do desejo de Sua Majestade. O grego sobreviveu a noite e a manhã seguinte. Em dez dias, o homem havia recuperado a fala e a faculdade mental e, embora ainda confinado a uma padiola e sob o cuidado direto do Cirurgião Real, foi capaz de, além de falar, expressar seu desejo ardoroso de assim o fazer.

Vários aspectos não ortodoxos da armadura e do vestuário do cativo foram percebidos pelos oficiais que o mantinham sob custódia. Sob o elmo de batalha, encontrou-se não o tradicional protetor de feltro do hoplita espartano, mas o gorro de pele de cachorro associado aos hilotas, a classe de escravos lacedemônios, servos da terra. Em um contraste inexplicável para os oficiais de Sua Majestade, o escudo e a armadura do prisioneiro eram do mais fino bronze, gravados com raro cobalto hibérnico, enquanto o elmo portava a crista transversa de um esparciata pleno, um oficial.

Em entrevistas preliminares, a maneira de falar do homem revelou-se uma junção das linguagens literária e filosófica mais elevadas, indicativa de uma familiaridade profunda com os épicos helenos, entremeada com a gíria mais rude e reles, grande parte impossível de ser interpretada até mesmo pelos tradutores mais eruditos de Sua Majestade. Entretanto, o grego concordou de boa vontade em ele próprio traduzi-la, o que fez utilizando fragmentos do aramaico profano e do persa, que alegou ter aprendido durante certas viagens marítimas além da Hélade. Eu, historiador de Sua Majestade, tentando poupar os ouvidos de Sua Majestade da linguagem obscena e muitas vezes execrável empregada pelo cativo, procurei remover o material ofensivo antes de Sua Majestade ser obrigada a suportá-lo. No entanto, Sua Majestade, em Sua sabedoria divina, instruiu seu servo a traduzir o discurso do homem em qualquer que fosse o linguajar ou idioma necessário para transcrever o efeito exato em grego. E isso eu tentei realizar. Peço que Sua Majestade se lembre da incumbência que deu a seu servo e de que o isentou das partes da transcrição que se segue que venham a ofender qualquer ouvinte civilizado.

Gravado e apresentado neste décimo sexto dia do mês de Ululu, Quinto Ano da Acessão de Sua Majestade.

1

*T*erceiro dia de Tashritu, Quinto Ano da Acessão de Sua Majestade, sul da fronteira Locriana, o Exército do Império tendo prosseguido seu avanço, sem oposição, à Grécia central, fundando um acampamento à base do Monte Parnaso, cujos cursos de água, como inúmeros outros durante a marcha desde a Ásia, mostraram-se insuficientes e foram bebidos até se esgotar pelos soldados e os cavalos.

A entrevista inicial aconteceu na tenda de campanha de Sua Majestade, três horas após o pôr do sol, concluída a refeição da noite e as transações dos assuntos da corte. Com a presença de marechais de campo, conselheiros, guardas reais, Magos e secretários, os oficiais responsáveis pelo grego foram instruídos a apresentá-lo. O cativo foi trazido em uma padiola, os olhos vendados para impedir que visse Sua Majestade. O Mago realizou a purificação do vinho e da cevada, permitindo que o homem fosse ouvido por Sua Majestade. O prisioneiro foi instruído a não falar francamente na direção da Presença Real, mas dirigir-se aos oficiais da guarda real, os Imortais, posicionados à esquerda de Sua Majestade.

O grego foi orientado por Orontes, capitão dos Imortais, a se identificar. Respondeu que seu nome era Xeones, filho de Skamandridas de Astacus, uma cidade na Arkanania. O homem, Xeones, declarou que primeiro gostaria de agradecer à Sua Majestade por ter preservado sua vida e expressar sua gratidão e admiração pela perícia da equipe do Cirurgião Real. Falando de sua padiola, e ainda lutando com a respiração enfraquecida devido aos

vários ferimentos, nos pulmões e órgãos torácicos, ainda não curados completamente, justificou-se declarando à Sua Majestade que não estava familiarizado com o estilo do discurso persa, além do que, faltavam-lhe, infelizmente, os dons da poesia e da criação de histórias. Declarou que aquilo que poderia contar não seria sobre generais ou reis, pois não estava, e nem tinha estado então, em posição de observar as maquinações políticas dos poderosos. Só poderia relatar a história como ele próprio a tinha vivido e testemunhado, da perspectiva de um jovem escudeiro da infantaria pesada, um criado do séquito guerreiro. Talvez, declarou o cativo, Sua Majestade tenha pouco interesse nessa narrativa de guerreiros comuns, dos "homens na linha", como se expressou o prisioneiro.

Sua Majestade, respondendo através de Orontes, Capitão dos Imortais, asseverou que isso era precisamente o que mais queria escutar. Sua Majestade já estava na posse, declarou, de muita informação sobre os grandes; o que mais desejava ouvir era exatamente "a história dos soldados da infantaria".

Que homens eram estes espartanos, que, em três dias, haviam matado, diante dos olhos de Sua Majestade, não menos que 20 mil de seus guerreiros mais valentes? Quem eram estes adversários que levaram consigo para a casa dos mortos 10, ou, como alguns registros indicam, 20 para cada um deles que morria? Como eram como homens? Quem amavam? O que os fazia rir? Sua Majestade sabia que temiam, como todos os homens, a morte. Mas que filosofia suas mentes adotavam? Em suma, disse Sua Majestade, queria ter uma noção dos indivíduos em si, os verdadeiros homens em carne e osso que observara de cima do campo de batalha, mas somente indistintamente, a distância, como identidades indistinguíveis, ocultos nas carapaças de seus elmos e armaduras enegrecidas pelo sangue.

Debaixo de seus olhos vendados, o prisioneiro fez uma reverência e ofereceu uma prece de ação de graças a um de seus deuses. A história que Sua Majestade queria escutar, declarou ele, era a única que poderia realmente contar, e a que mais desejava contar.

Seria necessariamente sua própria história, assim como a dos guerreiros que ele tinha conhecido. Sua Majestade teria paciência para isso? Tampouco a narrativa poderia limitar-se exclusivamente à batalha, mas deveria iniciar por eventos anteriores, pois somente a partir dessa perspectiva seriam percebidos o verdadeiro significado e a importância da vida e das ações dos guerreiros que Sua Majestade observara nas Termópilas.

Com Sua Majestade, marechais de campo, generais e conselheiros de acordo, o grego recebeu uma taça de vinho e mel para saciar a sede, e lhe pediram que começasse a contar a história por onde quisesse, da maneira que achasse apropriada. O homem, Xeones, fez uma reverência em sua padiola e começou:

Sempre imaginei como seria morrer.

Havia um exercício que nós, do séquito guerreiro, praticávamos quando servíamos de saco de pancadas para a infantaria pesada espartana. Era chamado de Carvalho, pois nos posicionávamos ao longo de uma série de carvalhos na orla da planície de Otona, onde os oficiais e fidalgos comissionados conduziam seus exercícios de campo no outono e no inverno. Alinhávamo-nos, com dez escudos de profundidade, escudos de vime da extensão do corpo firmados sobre a terra, e as tropas de choque nos golpeavam, atravessando o pântano em linha de batalha, oito de profundidade, a passo, depois a trote e, finalmente, a galope. O impacto de seus escudos interfoliados tinha a intenção de nos tirar o fôlego, e conseguia. Era como ser atingido por uma montanha. Nossos joelhos, por mais atados que estivessem, curvavam-se como árvores novas antes de um deslizamento de terra; em um instante, toda a coragem abandonava nosso coração; éramos desarraigados como caules secos pela sega do lavrador.

Morrer era assim. A arma que me matou nas Termópilas foi a lança de um hoplita egípcio, que penetrou sob o plexo da caixa torácica. Mas a sensação não foi a que se esperava, não foi de ser perfurado, mas sim de ser empurrado com força, como nós, os parceiros de treinamento, sentíamos sob os carvalhos.

Eu achava que os mortos eram impassíveis. Que consideravam a vida com os olhos da sabedoria objetiva. Mas minha experiência foi oposta. A emoção dominou. A impressão é de que nada permaneceu, a não ser a emoção. O meu coração doeu como nunca doera. A perda me envolveu com uma dor aguda, subjugando tudo. Vi minha mulher e meus filhos, minha querida prima Diomache, que eu amava. Vi Skamandridas, meu pai, e Eunike, minha mãe, Bruxieus, Dekton e "Suicídio", nomes que não significam nada para Sua Majestade, mas que me eram mais queridos do que a própria vida e que, agora, enquanto agonizava, se tornaram ainda mais queridos.

Para longe partiram. Para longe parti.

Eu estava muito ligado aos meus irmãos guerreiros que haviam caído comigo. Um vínculo cem vezes mais forte do que aquele que experimentara em vida me unia a eles. Senti um alívio inexprimível e percebi que tinha temido, mais do que a morte, a separação deles. Compreendi o tormento cruciante do sobrevivente da guerra, a sensação de traição e covardia experimentada por aqueles que ainda se agarram à vida quando seus camaradas já dela se soltaram.

O estado que chamamos de vida se encerrara.

Eu estava morto.

E ainda assim, por mais titânica que fosse essa sensação de perda, havia outra mais incisiva que agora eu experimentava, e percebia meus irmãos de armas sentindo comigo. Era a seguinte.

Que a nossa história morreria conosco.

Que ninguém jamais a conheceria.

Não importava eu mesmo, meus propósitos pessoais, egoístas e vaidosos, mas eles. Leônidas, Alexandros e Polynikes, Arete, privada de sua família, e, mais que todos, Dienekes. O valor dele, a sua sagacidade, seus pensamentos privados, que só eu tive o privilégio de compartilhar. Tudo que ele e seus camaradas haviam conseguido e sofrido simplesmente desapareceria, seria carregado pelo ar como a fumaça de um incêndio na floresta. Isso era insuportável.

Tínhamos alcançado o rio. Podíamos ouvir com ouvidos que não eram mais ouvidos e ver com olhos que não eram mais olhos o riacho de Lethe e a hoste de mortos de tão longa agonia, cuja ronda sob a terra por fim estava chegando ao termo. Estavam retornando à vida, bebendo da água que apagaria toda a recordação de sua existência terrena, como sombras.

Mas, nós das Termópilas, estávamos a uma eternidade de beber a água de Lethe. Nós lembrávamos.

Um grito que não era um grito, mas somente a dor multiplicada do coração dos guerreiros, todos sentindo o que eu também sentia, rompeu a cena funesta com um *phatos* intolerável, inqualificável.

32

Então, atrás de mim, se é que havia tal coisa, um "atrás" nesse mundo em que todas as direções são como uma única, surgiu um fulgor dessa sublimidade, que eu soube, todos nós soubemos imediatamente, que só poderia ser um deus.

Febo, o Grande Arqueiro, Apolo em pessoa, em sua armadura de guerra, movia-se entre os oficiais espartanos. Nenhuma palavra foi trocada; nenhuma foi necessária. O arqueiro podia sentir a agonia dos homens, e eles sabiam, sem falar, que ele, guerreiro e médico, estava ali para remediá-la. Tão rapidamente, que impossibilitou qualquer surpresa, senti seus olhos em minha direção – eu, o último que esperaria isso – e então Dienekes, ele próprio, estava do meu lado, o meu senhor em vida.

Eu seria aquele. Aquele que retornaria e falaria. Uma dor mais intensa que as anteriores me dominou. O prazer da vida e até mesmo a chance desesperadamente buscada de contar a história pareceram, de repente, insuportáveis comparados à dor de ter de me separar daqueles que eu passara a amar tanto.

Porém, mais uma vez, diante do poder do deus, nenhuma súplica foi possível.

Vi outra luz, mais pálida, mais crua, uma iluminação mais tosca, e soube que era o sol. Eu estava planando de volta. Vozes me chegavam através de ouvidos físicos. A fala de soldados, egípcios e persas, e mãos com luvas de couro puxando-me debaixo de uma pilha de cadáveres.

Mais tarde, marinheiros egípcios me disseram que eu tinha proferido a palavra *lokas*, que significava "foda-se" em sua língua, e que tinham rido enquanto arrastavam meu corpo destroçado para a luz do dia.

Enganaram-se. A palavra foi *Loxias* – título grego de respeito para Apolo, o Astuto, ou Apolo Ardiloso, cujos oráculos apresentavam-se sempre evasivos e oblíquos –, e eu estava como que gritando, amaldiçoando-o por colocar essa terrível responsabilidade sobre mim, que não possuía o talento para realizá-la.

Assim como os poetas convocam a Musa para falar através deles, emiti um grasnido inarticulado para aquele que Age de Longe.

Se realmente me escolheu, Arqueiro, então que suas flechas com belas plumas sejam lançadas de meu arco. Empreste-me sua voz, Arqueiro. Ajude-me a contar a história.

2

Termópilas é um balneário. A palavra, em grego, significa "portões quentes", por causa das fontes termais e, como Sua Majestade sabe, dos desfiladeiros estreitos e escarpados que formam as únicas passagens pelas quais é possível se chegar ao local – em grego, *pylae* ou *pylai*, Portões Oriental e Ocidental.

O Muro Phokiano, em torno do qual tantos dos combates mais temerários foram travados, não foi construído pelos espartanos e seus aliados no evento, mas já existia antes da batalha, tendo sido erigido no tempo antigo pelos habitantes de Phokis e Lokris como defesa contra as incursões de seus vizinhos do norte, os tessálios e macedônios. O Muro, quando os espartanos chegaram para tomar posse do estreito, estava em ruínas. Eles o reconstruíram.

As nascentes e os estreitos não são considerados pelos helenos pertencentes aos nativos da área, mas sim abertos a todos na Grécia. Acredita-se que os banhos têm poder de cura; no verão, o local fervilha de visitantes. Sua Majestade viu o encanto dos arvoredos cerrados e das casas de banho, o bosque de carvalhos consagrado a Amphiktyon e o caminho agradavelmente sinuoso limitado pelo Muro do Leão, cujas pedras, dizem, foram colocadas pelo próprio Héracles. Em tempo de paz, lá se distribuem tendas e barracas de cores

vivas, usadas pelos vendedores de Trácia, Antela e Alpenoi para servir aos peregrinos intrépidos que fazem o trajeto a pé até as termas minerais.

Existe uma fonte dupla consagrada a Perséfone, chamada de fonte Skyllian, ao pé do penhasco ao lado do portão do Meio. Nesse local, os espartanos armaram seu acampamento, entre o Muro Phokiano e o outeiro onde a violenta batalha final foi travada. Sua Majestade sabe como era escassa a água potável em outras fontes nas montanhas em volta. O solo entre os Portões normalmente é tão ressecado e empoeirado, por causa do vento, que o balneário usa servos para lubrificar as passarelas para o conforto dos banhistas. O solo é duro como pedra.

Sua Majestade viu como esse barro duro como mármore foi rapidamente revolvido e transformado em lama pela massa de guerreiros. Nunca vi lama assim, e com tal profundidade, cuja umidade foi originada por nada além de sangue e mijo de terror dos homens que lutavam sobre ela.

Quando a guarda avançada – a tropa de choque espartana – chegou às Termópilas, antes da batalha, algumas horas a frente do corpo principal que avançava em marcha forçada, descobriu, inacreditavelmente, dois grupos de frequentadores do balneário, um de Tirinto e o outro de Halkyon, 30 pessoas ao todo, homens e mulheres, cada qual em uma área separada, parcialmente vestidos. Esses peregrinos ficaram assombrados, para não dizer outra coisa, com a aparição repentina dos Skiritai com armaduras vermelhas, todos com menos de 30 anos, selecionados pela velocidade de seus pés e perícia na luta nas montanhas. A tropa de choque expulsou os banhistas e seus vendedores de perfumes, massagistas, vendedores de pão e bolo de figo, as garotas que banhavam e passavam óleos, os garotos do estrígil e assim por diante (todos sabiam do avanço persa, mas acreditavam que a recente tempestade vale abaixo havia tornado as vias de acesso pelo norte temporariamente intransitáveis). A tropa de choque confiscou toda a comida, sabão, roupa branca e acessórios médicos, particularmente as tendas do balneário, que, mais tarde, pareceram tão sinistramente incongruentes, esvoaçando festivamente acima da carnificina. Os soldados reconstruíram esses abrigos na retaguarda, no acampamento espartano ao lado do Portão do Meio, para que fosse usado por Leônidas e sua guarda real.

O Rei espartano, ao chegar, recusou o privilégio desse abrigo, considerando-o indecoroso. Os oficiais da infantaria pesada também rejeitaram essas amenidades. As tendas foram destinadas, em uma das ironias que não surpreendem aqueles familiarizados com a guerra, ao uso dos hilotas espartanos, escravos théspios, phokianos e lokrianos de Opus e outros assistentes do trem de cozinha que sofreram ferimentos nas barragens de flechas e projéteis. Também eles, após o segundo dia, recusaram o abrigo. As coloridas tendas de linho egípcio do balneário, agora em farrapos, passaram, como viu Sua Majestade, a abrigar somente as bestas de carga, as mulas e asnos que carregavam as provisões, que se aterrorizaram com a visão e o cheiro da batalha e não conseguiam mais ser contidos por seus condutores. No fim, as tendas foram rasgadas em tiras para atar os ferimentos dos oficiais e seus aliados.

Quando digo oficiais, faço alusão ao termo formal em grego, *Spartiatai,* que se refere aos lacedemônios da classe superior, totalmente espartanos – os *homoioi* –, Pares ou Iguais. Ninguém da classe dos Cavalheiros Comissionados, ou dos *perioikoi,* espartanos subordinados que não gozavam de total cidadania, ou aqueles recrutados nas cidades lacedemônias próximas, combateu nos Portões Quentes. Contudo, quando o final da batalha se aproximava, e os oficiais espartanos sobreviventes se tornaram tão poucos que já não compunham uma frente de luta, um certo "elemento de fermentação", como dizia Dienekes, de escravos libertos, carregadores de armaduras e escudeiros, teve a permissão para ocupar os espaços vagos.

Sua Majestade, não obstante, pode se sentir orgulhosa por suas forças terem derrotado a flor da Hélade, a nata de seus melhores e mais valentes soldados.

Quanto à minha posição no séquito de guerreiros, talvez a explicação peça uma certa digressão, com o que espero que Sua Majestade seja paciente.

Fui capturado com a idade de 12 anos (ou, mais precisamente, rendido) como um *heliokekaumenos*, termo derrisório espartano que significa literalmente "chamuscado pelo sol". Referia-se a um tipo de jovem quase selvagem, negro retinto, como os etíopes, por sua exposição às intempéries, que abundava nas montanhas naquele tempo que precedeu e se seguiu à primeira Guerra Persa. Fui lançado originalmente entre os hilotas, a classe de servos que os lacedemônios criaram desde que conquistaram e escravizaram os habitantes de Messênia e Helos vários séculos atrás. No entanto, esses agricultores me rejeitaram por causa de certo defeito físico que me incapacitava para o trabalho no campo. Além disso, eles odiavam e desconfiavam de qualquer estrangeiro, pois poderia se revelar um informante. Levei uma vida de cão por mais de um ano, até o destino, a sorte ou a mão de um deus designar-me ao serviço de Alexandros, um jovem espartano, protegido de Dienekes. Isso salvou minha vida. Fui, ao menos ironicamente, reconhecido como nascido livre e, revelando qualidades de um animal selvagem, que os lacedemônios acham admiráveis, fui promovido ao *status* de *parastates pais*, uma espécie de parceiro de treino para os rapazes no *agoge*, o famoso e inclemente regime de 13 anos de treinamento que transformava os meninos em guerreiros espartanos.

Todo soldado da infantaria pesada da classe dos oficiais ia à guerra assistido por, pelo menos, um hilota. Aos *enomotarchai*, os líderes do pelotão, eram designados dois. Esse era o posto de Dienekes. Não é raro um oficial de sua patente escolher para seu primeiro assistente, seu escudeiro, um estrangeiro nascido livre ou mesmo um *mothax* jovem, um espartano não cidadão ou bastardo, ainda no treinamento no *agoge*. Foi sorte minha, para o bem ou para o mal, ser escolhido por meu senhor para esse posto. Eu supervisionava a conservação e o transporte de sua armadura, cuidava de seu uniforme, preparava sua comida e local de dormir, atava seus ferimentos, de um modo geral, realizava toda tarefa necessária para deixá-lo livre para treinar e combater.

Originalmente, a casa da minha infância, antes de o destino pôr-me na estrada que encontrou seu fim nos Portões Quentes, era em

Astacus, na Akarnania, ao norte do Peloponeso, onde as montanhas dão para o oeste sobre o mar, na direção de Kephallinia e, além do horizonte, para Sikelia e Italia.

A ilha de Ítaca, terra do Odisseu da história tradicional, fica à vista do outro lado do estreito, embora eu nunca tenha desfrutado, nem quando menino nem mais tarde, o privilégio de tocar o solo sagrado do herói. Eu ia fazer a travessia, presente prometido por minha tia e meu tio por ocasião do meu décimo aniversário. Mas nossa cidade caiu antes. Os homens de minha família foram mortos brutalmente, as mulheres, vendidas como escravas, nossa terra, tomada, e eu fui desterrado sozinho, só com minha prima Diomache, sem família nem casa, três dias antes do início de meu décimo ano rumo ao paraíso, como diz o poeta.

3

Quando eu era menino, tínhamos um escravo na fazenda do meu pai, um homem chamado Bruxieus, embora eu hesite em usar a palavra "escravo", pois meu pai estava mais sob poder dele do que o contrário. Todos estávamos, principalmente minha mãe. Como senhora da casa, recusava-se a tomar a decisão doméstica mais trivial – e muitas outras longe de serem triviais – sem antes se aconselhar e obter a aprovação de Bruxieus. O meu pai recorria à sua opinião para praticamente todos os assuntos, exceto política da cidade. Quanto a mim, era completamente fascinado por ele.

Bruxieus era de Elea. Havia sido capturado pelos argivos, em batalha, quando tinha 19 anos. Cegaram-no com breu em brasa, mas, com o seu conhecimento de unguentos medicinais, conseguiu mais tarde restaurar parte de sua visão. Levava na testa a marca dos escravos dos argivos, um chifre de boi. Meu pai obteve-o quando ele passava dos 40, como compensação por um carregamento de óleo de jacinto perdido no mar.

Até onde posso afirmar, Bruxieus sabia tudo. Podia arrancar um dente ruim sem cravo-da-índia ou oleandro. Podia carregar o fogo nas mãos. E, o mais vital aos meus olhos de menino, conhecia todos os sortilégios e encantamentos necessários para se precaver da má-sorte e do mau-olhado.

A única fraqueza de Bruxieus, como já disse, era a visão. Para além de três metros, o homem era cego como um morcego. O que era para mim fonte de uma satisfação secreta, embora com culpa, pois isso significava que, para ver, precisava de um menino com ele o tempo todo. Passava semanas sem sair do seu lado, nem mesmo para dormir, já que ele insistia em velar por mim, sempre dormitando sobre uma pele de carneiro aos pés de minha pequena cama.

Naquele tempo, parecia que todo verão havia uma guerra. Lembro-me dos exercícios da cidade toda primavera, quando o plantio era concluído. A armadura do meu pai era então baixada de cima da lareira, e Bruxieus untava cada aro e junta, desamassava e recolocava as hastes "das duas lanças e das duas extras" e substituía a corda e o couro da alça no interior da esfera de bronze e carvalho do *hoplon*. Os exercícios aconteciam em uma ampla planície a oeste do bairro do oleiro, bem debaixo dos muros da cidade. Nós, meninos e meninas, comprávamos sombrinhas e bolos de figo, brigávamos pelas melhores posições em cima do muro e assistíamos aos exercícios de nossos pais ao sopro dos tocadores de trombetas e ao ritmo dos tambores de batalha.

No ano de que falo, a principal disputa foi a respeito de uma proposta feita pelo *prytaniarch* da sessão, um proprietário chamado Onaximandros. Ele queria que todos os homens apagassem o símbolo do clã ou individual do escudo e o substituíssem por um *alpha* uniforme, para a nossa cidade Astacus. Declarou que todos os escudos espartanos portavam um orgulhoso *lambda*, por seu país, Lacedemônia. Bem, a resposta foi derrisória, não éramos lacedemônios. Contaram a história do oficial espartano cujo escudo não ostentava nenhuma figura, somente uma mosca comum, pintada no tamanho real. Quando seus camaradas da mesma patente zombaram dele, o espartano declarou que na batalha chegaria tão perto do inimigo que a mosca pareceria do tamanho de um leão.

Todo ano, os exercícios militares obedeciam ao mesmo padrão. Por dois dias, reinava absoluto o entusiasmo. Os homens sentiam-se bastante aliviados por estarem livres de tarefas relacionadas à lavoura e ao comércio e deliciados por se reunirem com seus camaradas, longe de filhos e mulheres pela casa, a ponto de o evento assumir um sabor de festival. Havia sacrifícios de manhã e à noite. O cheiro pregnante de carne pairava sobre tudo; havia pãezinhos de trigo e balas de mel, bolinhos de figo e tigelas de arroz e cevada grelhada em óleo de gergelim recém-extraído.

Por volta do terceiro dia, as pústulas nos homens começavam. Braços e ombros friccionados até ficarem em carne viva por causa dos pesados escudos *hoplon*. Os guerreiros, embora a maioria fosse composta de agricultores com o físico supostamente experiente e robusto, haviam, na verdade, passado a maior parte de sua lida agrícola no frescor da sala de contagem e não atrás de um arado. Estavam ficando cansados de suar. Era quente debaixo de seus capacetes. Por volta do quarto dia, os entusiasmados guerreiros apresentavam desculpas enfáticas. A fazenda precisava disso, as lojas precisavam daquilo, os escravos estavam roubando-os facilmente, os trabalhadores, passando a perna uns nos outros. "Vejam como a linha avança reta no campo de exercícios", Bruxieus indicava para mim e outros meninos, rindo jubiloso. "Não farão assim quando começar a chover flechas e azagaias. Cada homem estará se movendo à direita, introduzindo-se na sombra de seu companheiro." Referia-se ao escudo do homem à sua direita. "Quando atacarem a linha inimiga, a ala da direita será sobreposta e terá de ser recolocada em seu lugar por sua própria cavalaria!"

No entanto, o exército de nossos cidadãos (em uma convocação plena, poderíamos colocar 400 hoplitas, com suas armaduras pesadas, em campo), apesar das barrigas e pernas vacilantes, tinha se comportado, pelo menos durante minha curta vida, honrosamente. Esse mesmo *prytaniarch*, Onaximandros, possuía duas parelhas de bois, pilhadas dos kerionianos, cuja cidade fora completamente saqueada e queimada pelas nossas forças, aliadas aos argivos e eleutrianos, matando mais de 200 homens. O meu tio Tenagros tinha uma mula robusta e uma armadura completa conseguidas nessa vitória. Quase todos os homens tinham alguma coisa.

Por volta do quinto dia de manobras, os membros do governo estavam completamente exaustos, entediados e desgostosos. Os sacrifícios aos deuses se redobravam, na esperança de que o favor dos imortais compensasse qualquer falta de *polemike techne*, "perícia com as armas", ou *empeiria*, "experiência", do lado de nossas forças. Então, formavam-se enormes brechas no campo, e nós, meninos, descíamos ao local com nossas lanças e escudos de brinquedo. Esse era o sinal para o encerramento. Com muitos resmungos dos fanáticos e grande alívio do corpo principal, a ordem do desfile final era dada. Quaisquer que fossem os aliados da cidade naquele ano (os argivos haviam enviado seus *strategos autokrater*, o comando militar supremo dessa cidade), colocavam-se alegremente em formação para a revista, e os nossos soldados revigorados, sabendo que sua provação estava no final, colocavam cada onça de armadura que possuíam e passavam em gloriosa revista.

O evento final era o mais excitante de todos, com a melhor comida e a melhor música, sem falar no vinho da primavera. Ele se encerrava com carretas de fazendeiros carregando para casa, no meio da noite, 30 quilos de armadura de bronze e 80 quilos de guerreiros roncando alto.

A manhã em que meu destino começou se deu por causa de ovos de ptármiga.

Dentre os muitos talentos de Bruxieus, o maior era sua habilidade com os pássaros. Era um mestre da armadilha. Construía-as com os mesmos galhos em que sua presa preferia empoleirar-se. Com um estalido tão delicado que mal se escutava, seus alçapões engenhosos disparavam, aprisionando seu alvo pela "botina", como dizia Bruxieus, sempre delicadamente.

Certa noite, Bruxieus chamou-me em segredo atrás do curral. Com grande encenação, ergueu sua capa, revelando sua mais recente captura, um selvagem ptármiga macho, fogoso e brigão. Fiquei fora de mim de tanta excitação. Tínhamos seis fêmeas domésticas na capoeira. Um macho significaria uma única coisa: ovos! E ovos eram a guloseima suprema, valiam a fortuna de um menino no mercado da cidade.

Como era de se esperar, em uma semana nosso pequeno macho tornou-se o senhor do cercado dos animais, e não demorou para eu embalar na palma de minhas mãos uma ninhada dos preciosos ovos de ptármiga.

Iríamos à cidade! Ao mercado. Despertei minha prima Diomache em plena madrugada, ansioso por chegar logo e pôr à venda minha ninhada de ovos. Eu queria uma flauta *diaulos*, um instrumento de sopro duplo, com que Bruxieus prometera me ensinar a chamar galeirões e galos silvestres. O dinheiro apurado com os ovos seria minha fortuna. O instrumento, meu prêmio.

Partimos duas horas antes do amanhecer, Diomache e eu, com dois sacos pesados de cebola e três bolas de queijo envoltas num pano sobre uma jumenta meio manca, que chamávamos de Pengó. Sua cria havia sido deixada amarrada no estábulo; dessa maneira, poderíamos soltar a mamãe na cidade quando a descarregássemos, e ela voltaria sozinha direto para casa, para o seu bebê.

Essa foi a primeira vez que fui ao mercado sem um adulto e a primeira vez para vender um produto meu. Também estava excitado por Diomache ter ido comigo. Eu ainda não completara 10 anos, ela tinha 13. Para mim, ela era uma mulher feita, e a mais bonita e inteligente de toda a região. Torcia para meus amigos se depararem conosco na estrada, só para que me vissem sozinho do lado dela.

Assim que alcançamos a estrada arcaniana, vimos o sol. Era de um amarelo fulgurante, ainda abaixo do horizonte contra o céu púrpura. Havia somente um problema: estava nascendo ao norte, e não a leste.

— Não é o sol — disse Diomache, parando repentinamente e puxando o cabresto de Pengó com força. — É fogo.

Era a fazenda de Pierion, amigo do meu pai.

A fazenda estava queimando.

— Temos de ajudá-los — comunicou Diomache, com uma voz que não denotava nenhum protesto. E segurando firme os ovos, com as duas mãos, segui-a correndo rápido, arrastando a jumenta capenga que gritava.

— Como isso podia ter acontecido antes do outono? — Diomache dizia, enquanto corríamos. — Os campos ainda não estavam ressequidos, veja as chamas, não podiam ser tão altas.

Vimos um segundo fogo. A leste da fazenda de Pierion. Outra fazenda. Estacamos, Diomache e eu, bem no meio da estrada. Então, ouvimos os cavalos.

O solo sob nossos pés descalços pôs-se a retumbar como se fosse um terremoto. Aí, vimos o clarão das tochas. Cavalaria. Um pelotão inteiro. Trinta e seis cavalos vinham, estrondosamente, em nossa direção. Vimos armaduras e elmos com plumas. Corri na direção deles, acenando aliviado. Que sorte! Eles nos ajudariam! Com 36 homens, apagaríamos o fogo em...

Diomache puxou-me com força.

— Não são os nossos homens.

Passaram a meio galope, parecendo enormes, sinistros e ferozes. Os escudos haviam sido enegrecidos, seus cavalos estavam manchados de fuligem, e as grevas de bronze estavam empastadas de lama escura. À luz das tochas, vi o branco sob a fuligem em seus escudos. Argivos. Nossos aliados. Três cavaleiros estacaram diante de nós, Pengó gritou aterrorizada e tentou escapar, Diomache segurou firme o cabresto.

— O que tem aí, mocinha? — perguntou o cavaleiro mais corpulento, girando seu cavalo suado e coberto de lama na direção dos sacos de cebola e dos queijos. Era um homem enorme, como Ajax, com elmo e o rosto beócio descoberto e graxa branca sob os olhos para a visão no escuro. Batedores noturnos. Curvou-se em sua sela e golpeou Pengó com força. Diomache chutou o cavalo dele na barriga; o animal relinchou, assustou-se e se agitou.

— Estão incendiando as nossas fazendas, seus canalhas traidores!

Diomache soltou o cabresto de Pengó e bateu no animal em pânico com toda sua força. O animal fugiu em disparada, e nós também.

Já corri em batalha, sob flechas e lanças, com 30 quilos de armadura nas costas, e, inúmeras vezes em treinamento, compelido a escalar ladeiras íngremes em uma corrida desenfreada. No entanto, nunca meu coração e pulmões trabalharam com uma necessidade tão desesperada como naquela manhã aterrorizadora. Saímos imediatamente da estrada, temendo mais cavalaria, e atravessamos o campo em disparada, como um raio, na direção de casa. Agora víamos outras fazendas incendiadas.

— Temos de correr mais rápido! — ofegou Diomache atrás de mim.

Havíamos percorrido uns quatro quilômetros, em direção à cidade, e agora tínhamos de retroceder essa distância e atravessar encostas cobertas de vegetação e pedregosas. A sarça nos feria, as pedras cortavam nossos pés descalços, nosso coração parecia que ia explodir em nosso peito. Atravessando o campo, uma visão me causou um calafrio. Porcos. Três porcas e suas crias disparavam em fila indiana pelo campo em direção à floresta. Não havia dúvidas de que estavam fugindo. Não corriam, não era pânico, apenas uma marcha disciplinada e rápida. Pensei: esses porcos sobreviverão, enquanto eu e Diomache não.

Vimos mais cavalaria. Outro pelotão, mais outro, etólios de Pleuron e Kalydon. Isso era o pior, significava que a cidade tinha sido traída não somente por um aliado, mas por uma coligação. Falei para Diomache parar, o meu coração estava para explodir com o esforço.

— Vou deixar você, seu molenga! — Ela me empurrou para a frente. De repente, da floresta, irrompeu um homem. O meu tio Tenagros, pai de Diomache. Estava com roupa de dormir, agarrado a uma lança. Quando viu Diomache, largou a arma e correu para abraçá-la. Abraçaram-se ofegando. Mas isso só fez aumentar meu terror.

— Onde está minha mãe? — Ouvi Diomache perguntar. Os olhos de Tenagros estavam cheios de dor.

— Onde está *minha* mãe? — gritei. — Meu pai está com você?

— Mortos. Todos mortos.

— Como sabe? Você os viu?

— Vi, e você não deve vê-los.

Tenagros recuperou a lança. Estava sem fôlego, chorando; havia se sujado; havia fezes líquidas se transformando em pasta no meio de suas coxas. Ele sempre fora meu tio favorito; agora eu o odiava mortalmente.

— Você fugiu! — acusei-o com a insensibilidade de menino. — Fugiu, seu covarde!

Tenagros virou-se para mim furioso.

— Vá para a cidade! Fique atrás dos muros!

— E Bruxieus? Está vivo?

Tenagros bateu-me tão forte que me derrubou.

— Menino idiota. Preocupa-se mais com um escravo cego do que com seus próprios pais.

Diomache me levantou. Percebi em seus olhos a mesma raiva e desespero. Tenagros também notou.

— O que tem nas mãos? — gritou para mim.

Olhei para baixo. Eram os meus ovos de ptármiga, ainda protegidos nas palmas de minhas mãos.

O punho calejado de Tenagros bateu no meu, estraçalhando as cascas frágeis e fazendo a gosma cair a meus pés.

— Vão para a cidade, pestinhas insolentes! Fiquem atrás dos muros!

4

Sua Majestade presenciou a pilhagem de inúmeras cidades e não precisa escutar o relato da semana que se seguiu. Vou acrescentar apenas a observação, no entendimento de um menino apavorado e que perdeu pai, mãe, família, clã e cidade de um só golpe, que essa foi a primeira vez que meus olhos tiveram tal visão que a experiência ensina ser comum a todas as batalhas e todos os massacres.

Aprendi então: sempre há fogo.

Uma bruma acre paira no ar dia e noite, e a fumaça sulfurosa asfixia as narinas. O sol fica da cor de cinzas, e pedras pretas fumegantes se espalham pela estrada. Para qualquer lado que se olhe, algo está em chamas. Madeira, carne, a própria terra. Até mesmo a água queima. A impiedade das chamas reforça a sensação de ira dos deuses, de destino, de punição, de façanhas realizadas e muitos problemas.

Tudo é o oposto do que deveria ser.

Caem coisas que deveriam ficar em pé. Soltam-se coisas que deveriam ficar presas, e são presas as que deveriam se soltar. Coisas que haviam sido acumuladas em segredo agora se revelam abertamente, e aqueles que as haviam reservado observam com os olhos opacos e deixam que se vão.

Meninos se tornaram homens, e homens, meninos. Escravos se libertaram, e homens livres fo-

ram escravizados. A infância se foi. Quando soube da chacina de minha mãe e meu pai, fiquei menos tomado pela dor da perda ou medo por meu bem-estar do que pela necessidade imperativa de assumir a posição deles. Onde estivera eu na manhã em que foram assassinados? Eu os traíra por haver perambulado, ocupado com meus afazeres de garoto. Por que eu não previra o perigo que corriam? Por que eu não ficara de pé ao lado de meu pai, armado e possuído pela força que todo homem tem de defender seu lar ou morrer honrosamente por ele, como fizeram meu pai e minha mãe?

Havia corpos na estrada. A maioria de homens, mas também de mulheres e crianças, com a mesma mancha escura de líquido penetrando no solo impiedoso. Os vivos passavam por eles possuídos pela dor. Todos na estrada estavam imundos. Muitos não tinham sapatos. Estavam fugindo das colunas de escravos nas quais logo seriam recolhidos. Mulheres carregavam bebês, alguns já mortos, enquanto outras figuras aturdidas moviam-se imperceptivelmente, como sombras, transportando algum bem deploravelmente inútil, uma lamparina ou um volume de versos. Em tempo de paz, as esposas da cidade andavam por toda parte com colares, tornozeleiras, anéis; agora não se via nenhuma joia, estavam escondidas em algum lugar para pagar o barqueiro ou comprar um pedaço de pão dormido. Esbarrávamos com pessoas que conhecíamos e não as identificávamos. Elas não nos reconheciam. Encontros apáticos davam-se à beira das estradas ou nos bosques, e trocavam-se as notícias dos mortos e dos que logo morreriam.

O mais lamentável eram os animais. Vi um cachorro em chamas nessa primeira manhã e corri para apagar seu pelo inflamado com minha capa. Ele fugiu, é claro; não consegui pegá-lo, e Diomache agarrou-me de volta com uma imprecação por minha insensatez. Esse cachorro foi o primeiro de muitos outros. Cavalos estropiados pelo gume de espadas jaziam sobre seus flancos, com os olhos cheios de um horror entorpecido. Mulas com as entranhas transbordando; bois com azagaias em seus flancos, mugindo de dar dó, mas aterrorizados demais para deixar alguém se aproximar para ajudar. Isso era o mais doloroso: os pobres animais, cujos tormentos se tornavam ainda mais dignos de pena pela ausência da faculdade de compreendê-los.

Tinha chegado o dia do banquete para os urubus e os corvos. Primeiro, os olhos. Arrancaram com o bico o traseiro de um homem, só Deus sabe por quê. No começo, as pessoas os enxotavam, precipitando-se com indignação sobre os animais carniceiros. Eles recuavam somente até onde ditasse a necessidade, depois, com o caminho livre, voltavam ao banquete. A compaixão exigia que enterrássemos nossos conterrâneos, mas o medo da cavalaria inimiga nos fazia continuar seguindo adiante. Às vezes, corpos eram arrastados para alguma fossa, e alguns piedosos punhados de terra eram lançados sobre eles, acompanhados de uma prece infeliz. Os corvos ficavam tão gordos que mal conseguiam se erguer a alguns centímetros do chão.

Não entramos na cidade, Diomache e eu.

Fomos traídos por pessoas de lá, ela me instruiu, falando lentamente, como se fala com alguém estúpido, para se certificar de que eu entendia. Vendidos por nossos cidadãos, uma facção atrás do poder, a qual foi, depois, traída pelos argivos. Astacus era um porto, um porto pobre, mas, não obstante, uma enseada ocidental, que Argos há muito cobiçava. Agora o tinha.

Encontramos Bruxieus na manhã do segundo dia. A sua marca de escravo o salvara. Isso e sua cegueira, que os conquistadores ridicularizaram, mesmo quando ele praguejou e brandiu seu cajado contra eles. "Está livre, velho!" Livre para morrer de fome ou mendigar aos vencedores por necessidade da sua barriga.

A chuva caiu naquela noite. Isso também parece um final constante nas matanças. O que havia sido cinza era agora lama cinza, e corpos despidos que não haviam sido reclamados por filhos e mães agora resplandeciam um branco cadavérico, purificados pelos deuses, à sua maneira sem remorsos.

A nossa cidade não existia mais. Não somente o local físico, mas os cidadãos, os muros e as fazendas. Mas o espírito de nossa nação, a *polis* em si, essa quimera chamada Astacus, que, sim, havia sido menor do que um *demos* de Atenas, Corinto ou Tebas, que, sim, havia sido mais pobre do que Megara, Epidauro ou Olímpia, mas que, não obstante, existia como uma cidade. Nossa cidade, minha cidade.

Agora completamente destruída. Nós, que nos dizíamos astaquiotas, fomos aniquilados com ela. Sem uma cidade, quem éramos nós? O que éramos?

Um embotamento das faculdades pareceu enfraquecer todo mundo. Ninguém conseguia pensar. O entorpecimento tomou conta de todos nós. A vida se tornara uma peça, uma tragédia que havíamos visto encenada no *theatron* – a queda de Ilium, a pilhagem de Troia. Só que agora era real, vivida por atores de carne e osso, e esses atores éramos nós.

A leste do Campo de Ares, onde os que caíram em batalha foram enterrados, nos deparamos com um homem cavando um túmulo para um bebê. O bebê, envolvido na capa do homem, jazia como um pacote de mercearia na beira da fossa. Pediu-me que o desse a ele. Temia que os lobos o atacassem, por isso cavara um buraco bem fundo. Ele não sabia o nome da criança. Uma mulher lhe entregara o bebê durante a fuga da cidade. Ele o carregara por dois dias; na terceira manhã, morreu. Bruxieus não deixou que eu entregasse o pequeno corpo; dava azar, disse ele, para um espírito jovem mexer em um morto. Ele mesmo o fez. Então, reconhecemos o homem. Era um *mathematikos,* professor de aritmética e geometria na cidade. Uma mulher e um menino surgiram da floresta; percebemos que tinham se escondido até terem certeza de que não iríamos fazer-lhes mal. Haviam todos perdido o juízo. Bruxieus instruiu a mim e Diomache por sinais. A loucura era contagiosa, não devíamos nos demorar por ali.

— Precisamos de espartanos — declarou o professor, falando baixo por trás de seus tristes olhos em lágrimas. — Bastariam cinquenta para salvar a cidade.

Bruxieus nos cutucava para prosseguirmos.

— Veem como estamos insensíveis? — prosseguiu o homem. — Vagamos ao léu aturdidos, desassociados de nossa razão. Nunca verão espartanos nessas condições. Esse — apontou a paisagem enegrecida — é o seu fundamento. Movem-se por esses horrores com os olhos abertos e os membros impassíveis. E odeiam os argivos, eles são seus inimigos mais implacáveis.

Bruxieus afastou-nos.

— Cinquenta deles! — ainda gritou o homem, enquanto sua mulher lutava para levá-lo de volta à segurança das árvores. — Cinco! Um teria nos salvado!

Recuperamos o corpo da mãe de Diomache, o da minha mãe e o do meu pai ao entardecer do terceiro dia. Um pelotão da infantaria argiva havia armado acampamento ao redor das ruínas de nossa fazenda. Agrimensores e demarcadores de terrenos já tinham chegado das cidades conquistadas. Observamos, escondidos na floresta, demarcarem os lotes com suas varas de medição e rabiscarem sobre o muro branco da horta de minha mãe o sinal do clã de Argos, que passaria a ser o dono de nossas terras.

Um argivo que urinava nos viu. Fugimos, mas ele nos chamou. Algo em sua voz nos convenceu de que ele e os outros não pretendiam nos fazer mal. Já tinham tido bastante sangue por enquanto. Acenaram para que nos aproximássemos, nos deram os corpos. Limpei a lama e o sangue do cadáver de minha mãe, usando a roupa que ela me fizera por conta de minha ida prometida para Ítaca. Sua pele parecia cera fria. Não chorei enquanto a cobria com a mortalha que ela tecera com suas próprias mãos e que, miraculosamente, permanecera guardada, intacta dentro do armário; não chorei nem mesmo enquanto enterrava seus ossos e os de meu pai sob a pedra que carregava o brasão e a insígnia de nossos ancestrais.

Cabia a mim conhecer os ritos, mas eles não me haviam sido ensinados. Aguardavam minha iniciação à tribo no meu décimo segundo aniversário. Diomache acendeu o fogo, e os homens cantaram o *peã*, única canção sagrada que sabiam.

Zeus, Salvador, poupe-nos
Nós que marchamos em seu fogo

Dê-nos coragem para resistir
Escudo com escudo com nossos irmãos

Sob sua égide poderosa
Avancemos

Senhor do Trovão
Nossa Esperança e nosso Protetor

Quando o hino se encerrou, os homens a estupraram.

De início, não entendi o que pretendiam. Achei que ela havia violado alguma parte do rito e iam surrá-la por isso. Um soldado me agarrou pelo cabelo, um braço peludo em volta do meu pescoço. Bruxieus se viu com uma lança em sua garganta e a ponta de uma espada espetando suas costas. Ninguém disse nada. Havia seis deles, sem armaduras, com corpetes escuros de suor, barbas bastas e sujas, o pelo, no peito e nas panturrilhas, ensopados da chuva, ásperos, emaranhados e imundos. Tinham ficado observando Diomache, suas pernas macias de menina e o começo de seios sob a túnica.

— Não os machuque — disse Diomache, referindo-se a mim e Bruxieus.

Dois homens a levaram para trás do muro da horta. Terminaram, e, então, mais dois os seguiram, e um último par depois desse. Quando acabaram, a espada foi baixada das costas de Bruxieus, que foi buscar Diomache, carregando-a embora. Ela não deixou. Levantou-se sozinha, embora precisasse amparar-se no muro, as duas coxas escuras de sangue. Os argivos nos deram um odre de vinho, e o aceitamos.

Agora tinha ficado claro que Diomache não podia andar. Bruxieus carregou-a. Outro argivo pôs um pão duro em minhas mãos.

— Mais dois regimentos chegarão do sul amanhã. Vão para as montanhas e sigam para o norte, não desçam até estarem fora de Arkanania. — Ele falou gentilmente, como a um filho. — Se encontrarem uma cidade, não levem a garota, ou acontecerá de novo.

Virei-me e cuspi em sua túnica escura e malcheirosa, um gesto de impotência e desespero. Ele pegou meu braço quando me virei.

— E livre-se desse velho. É um imprestável. Ele vai acabar fazendo com que você e a menina sejam mortos.

52

5

Dizem que, às vezes, os fantasmas, aqueles que não conseguem se desvincular dos vivos, custam a desaparecer, assombrando as cenas dos nossos dias na terra, pairando feito aves de rapina incorpóreas, desobedecendo à ordem de Hades de se retirar para debaixo da terra. Foi assim que Bruxieus, Diomache e eu vivemos nas semanas que se seguiram ao saque de nossa cidade. Durante um mês ou mais, durante a maior parte do verão, não conseguimos partir de nossa *polis* esvaziada. Perambulamos pela região erma acima da *agrotera*, a deserta terra marginal que circundava a terra fértil, dormindo de dia quando estava quente e nos movendo à noite, como os fantasmas que éramos. Dos cumes das montanhas, víamos os argivos se movimentando lá embaixo, repovoando nossos bosques e fazendas com o excesso de sua coletividade.

Diomache não era mais a mesma. Vagava a esmo, sozinha, pelos atalhos escuros, e fazia coisas impronunciáveis às suas partes femininas. Estava tentando se livrar da criança que poderia estar crescendo dentro dela.

— Ela pensa que desonrou o deus Hímen — explicou-me Bruxieus, quando, certo dia, surpreendendo-a, ela enxotou-me com pragas e uma saraivada de pedras. — Acha que deixou de ser mulher, que nunca mais poderá ser a esposa de um homem,

mas somente uma escrava ou uma prostituta. Tentei convencê-la de que isso é bobagem, mas não me escutará, sendo eu um homem.

Havia muitos como nós nas colinas. Esbarrávamos com eles nas fontes e tentávamos recuperar o sentimento de camaradagem que partilháramos como astaquiotas. Mas a extinção da nossa *polis* havia rompido essa relação venturosa para sempre. Agora, era cada um por si; cada clã, cada grupo familiar.

Conheci alguns garotos que tinham formado uma gangue. Eram onze, não mais de dois anos mais velhos que eu, e eram um verdadeiro terror. Levavam armas e se gabavam de ter matado homens adultos. Surraram-me quando recusei me juntar a eles. Eu queria, mas não podia abandonar Diomache. Eles teriam de aceitá-la também, embora eu soubesse que ela jamais se aproximaria deles.

— Este é o nosso território — o garoto chefe me avisou, um animal de doze anos que chamava a si mesmo de *Sphaireus,* Jogador de Bola, porque tinha empalhado às escondidas o crânio de um argivo que ele assassinara e agora chutava-o para todo lado, como um monarca carrega seu cetro. Considerava território de sua gangue o solo elevado acima da cidade, além do alcance da armadura argiva.

— Se os pegarmos passando por aqui de novo, você, sua prima ou esse escravo, tiraremos seu fígado fora e o daremos aos cães.

No outono, finalmente deixamos nossa cidade. Em setembro, quando Boreas, o Vento do Norte, começou a soprar. Sem Bruxieus e seu conhecimento de raízes e armadilhas, teríamos morrido de fome.

Antes, na fazenda do meu pai, capturávamos aves selvagens para o nosso viveiro, ou para reprodução, ou simplesmente para tê-las durante uma hora e depois devolver-lhes à liberdade. Agora as comíamos. Bruxieus nos fazia devorar todas as partes, menos as penas. Mastigávamos os pequenos ossos ocos; comíamos os olhos e as pernas, só descartando o bico e os pés, não mastigáveis. Comíamos os ovos crus. Comíamos minhocas e lesmas. Comíamos larvas de insetos e besouros e pelejávamos pelos últimos lagartos e cobras, antes que o frio os levasse ao subsolo para sempre. Mordiscamos tanta erva-doce, até o dia em que senti náusea do cheiro de anis, até mesmo de uma pitada que aromatizasse um cozido. Diomache ficou magra como uma vara.

— Por que não quer mais falar comigo? — perguntei-lhe certa noite, enquanto percorríamos uma encosta pedregosa. — Não posso deitar a cabeça em seu colo como fazíamos antes?

Ela se pôs a chorar e não respondeu. Eu tinha feito três azagaias, não mais brinquedos de menino, mas armas de caça. Visões de vingança alimentavam meu coração. Eu viveria entre os espartanos. Um dia, mataria argivos. Exercitava-me como havia visto nossos guerreiros fazerem. Avançava como se estivesse em linha, um escudo imaginário apoiado acima da cabeça e uma lança sobre o ombro direito, posicionada para o ataque. Certo dia, a noite caía, ergui os olhos, e lá estava minha prima, observando-me atentamente.

— Você será como eles — disse ela —, quando crescer.

Referia-se aos soldados que a tinham desonrado.

— Não serei.

— Será um homem. Não terá como ser diferente.

Uma noite, depois de termos andado por horas, Bruxieus perguntou a Diomache por que ela estava tão quieta. Estava receoso dos pensamentos sombrios que poderiam estar se formando em sua mente. Primeiro, ela se recusou a falar. Depois, falou-nos, com a voz doce e triste, de seu casamento. Planejara-o mentalmente durante a noite toda. Que vestido usaria, que estilo de grinalda, a que deusa dedicaria seu sacrifício. Tinha pensado durante horas, nos disse, em seus sapatos. Tinha todas as correias e bordados em sua cabeça. Seriam tão lindos seus sapatos de noiva! Então seu olhar se anuviou, e ela o desviou.

— Isso mostra como me tornei uma tola. Ninguém vai se casar comigo.

— Eu vou — disse eu imediatamente.

Ela riu.

— Você? Com certeza!

Por mais estranho que pareça, essas palavras de indiferença machucaram o meu coração de menino como nenhuma outra em minha vida. Jurei que me casaria com ela um dia. Seria homem o bastante, guerreiro o bastante para protegê-la.

Durante algum tempo, no outono, tentamos sobreviver no litoral, dormindo em grutas, vasculhando as praias em busca de alimento. Ali, pelo menos podíamos comer. Havia peixe e caranguejo, mexilhões nas rochas; aprendemos a pegar gaivotas pelas asas com estacas e redes. Mas a exposição ao frio foi brutal quando o inverno chegou. Bruxieus adoeceu. Não demonstrava fraqueza na presença de Diomache nem na minha, quando achava que estávamos olhando. Mas eu observava, às vezes, seu rosto quando dormia. Parecia ter 70 anos. As condições foram severas com ele durante a sua vida; todos os antigos ferimentos doíam, porém, mais do que isso, ele estava doando sua vida para salvar a nossa, a de Diomache e a minha. De vez em quando, eu o pegava me olhando, estudando uma inclinação de meu rosto ou o tom de alguma coisa que eu havia dito. Estava se certificando de que eu não tinha ficado louco nem selvagem.

Quando o inverno chegou, ficou mais difícil encontrar alimento. Tínhamos de pedir nas fazendas. Bruxieus escolhia uma e se aproximava do portão, sozinho; os cães de caça afluíam em bando, ruidosamente, e os homens da fazenda surgiam, atentos, do campo ou de algum anexo tosco em ruínas; o pai e os filhos, as mãos calejadas apoiadas nas ferramentas que se transformariam em armas, se necessário. As colinas eram, na época, povoadas de marginais. Os fazendeiros não sabiam quem se aproximaria de seus portões e com quais intenções. Bruxieus descobria a cabeça e aguardava a dona da casa, deixando à mostra seus olhos leitosos e sua postura abatida. Indicava Diomache e eu, tremendo miseravelmente na estrada, e pedia à senhora não comida, o que nos tornaria mendigos aos olhos dos homens e os incitaria a soltar os cachorros contra nós, mas algum item danificado de que não precisasse mais — um ancinho, um cajado, um manto gasto, alguma coisa que pudéssemos consertar e vender na próxima cidade. Não se esquecia de pedir informações sobre que direção seguir e de se mostrar ansioso em prosseguir seu caminho, para que soubessem que nenhuma gentileza faria com que nos demorássemos. Quase sempre ofereciam comida, às vezes nos convidavam a entrar para ouvir as notícias que trazíamos de lugares estrangeiros e contar as suas.

Foi durante uma dessas refeições miseráveis que escutei a palavra "Sepeia" pela primeira vez. É um lugar em Argos, uma área de florestas perto de Tirino, onde uma batalha acabara de ser travada entre argivos e espartanos. O garoto que contou isso era o sobrinho de um agricultor em visita, um mudo que se comunicava por sinais e a quem até mesmo sua família tinha dificuldades em compreender. O menino nos fez entender que os espartanos, sob a chefia do Rei Cleomenes, tiveram uma vitória devastadora. Ouvira falar em dois mil argivos mortos, embora outros ainda falassem em quatro, até seis mil mortos. Meu coração vibrou de alegria. Como desejei ter estado lá! Ser adulto, avançar na linha de batalha, exterminando, em uma luta limpa, os homens de Argos de uma vez por todas, como haviam matado, por perfídia, meu pai e minha mãe.

Os espartanos tornaram-se, para mim, equivalentes aos deuses vingadores. Não me cansava de ouvir sobre esses guerreiros que tinham derrotado de maneira tão devastadora os destruidores de minha cidade, os violadores da minha inocente prima. Nenhum estrangeiro que conhecíamos escapou do meu interrogatório infantil. Conte-me sobre Esparta. Seus reis duplos. Os trezentos cavaleiros que os protegiam. O *agoge* que treinava os jovens da cidade. A *syssitia*, refeitório e local de reunião dos guerreiros. Ouvimos uma história de Cleomenes. Alguém lhe perguntou por que não tinha arrasado Argos de uma vez por todas quando seu exército se posicionara nos portões e a cidade se prostrara diante dele. "Precisamos dos argivos", respondeu Cleomenes. "Contra quem mais nossos jovens treinariam?"

No inverno, passamos fome nas colinas. Bruxieus ficou mais fraco. Comecei a roubar. Diomache e eu, à noite, atacávamos furtivamente o rebanho de um pastor, enxotando os cachorros com varas, e, muitas vezes, conseguíamos pegar um cabrito. A maioria dos pastores carregava arcos; flechas zuniam sobre nós no escuro. Parávamos para pegá-las, e logo tivemos uma porção escondida. Bruxieus odiava nos ver transformados em ladrões. Uma vez, conseguimos um arco, que tiramos de um cabreiro adormecido. Era enorme, um arco da cavalaria da Tessália, tão resistente que nem Diomache nem eu conseguimos usá-lo. Então, aconteceu o que mudaria minha vida e a colocaria no rumo que alcançou seu termo nos Portões Quentes.

Fui pego roubando um ganso. Era gordo, as asas presas para ser vendido. Fui imprudente ao tentar pular um muro. Os cachorros me pegaram. Os homens da fazenda me arrastaram na lama do curral e me pregaram em uma prancha de couro do tamanho de uma porta, enfiando grandes pregos nas palmas de minhas mãos. Fiquei deitado de costas, gritando de dor, enquanto os homens açoitavam minhas pernas, chutando descontroladamente a prancha, dizendo-me que, depois do almoço, me castrariam como um carneiro e pendurariam meus testículos no portão como aviso aos outros ladrões. Diomache e Bruxieus, agachados, escondidos na encosta, ouviam tudo...

Neste ponto, o cativo fez uma pausa em sua narrativa. A fadiga e a provação de suas feridas haviam tomado sua cota nas energias do homem, ou, talvez, imaginaram seus ouvintes, tinha sido a lembrança do ocorrido. Sua Majestade, por meio do capitão Orontes, perguntou ao prisioneiro se ele necessitava de atenção médica. O homem recusou. Sua hesitação, declarou ele, devia-se não a algum tipo de incapacidade do narrador, mas a uma exigência do deus que dava direção à ordem dos eventos que estavam sendo ditados. Tal deus havia comandado uma breve alteração de percurso. O homem Xeones se recompôs e, com permissão para molhar sua garganta com vinho, continuou.

Dois verões depois desse incidente, na Lacedemônia, eu testemunhei um tipo diferente de prova: vi um menino espartano ser surrado até a morte por seus instrutores.

Seu nome era Teriander e tinha 14 anos; chamavam-no de Tripé, pois ninguém da sua idade conseguia derrubá-lo numa luta. Ao longo dos anos seguintes, presenciei outros 12 meninos sucumbirem durante essas provações, todos como Tripé, sem emitir nem uma lamúria de dor. Mas esse garoto foi o primeiro.

A chibatada é um ritual do treinamento dos meninos na Lacedemônia, não como castigo por roubo de comida (a que os garotos são estimulados, para ficar mais desembaraçados na guerra), mas por serem pegos. As surras acontecem ao lado do templo de Ártemis Orthia, em uma alameda estreita chamada Pista. O local fica sob plátanos, uma área sombreada e agradável em circunstâncias menos medonhas.

Tripé foi o décimo primeiro menino açoitado naquele dia. Os dois *eirenes*, instrutores de exercício, que administravam as surras, já haviam sido substituídos por outros, de 20 anos, que acabavam de sair do *agoge*, e de constituição física tão vigorosa quanto qualquer jovem da cidade. Funcionava da seguinte maneira: o menino de quem era a vez agarrava-se a uma barra de ferro presa entre duas árvores (a barra se amaciara por décadas, alguns diziam séculos, de ritual) e era açoitado com varas de vidoeiro, da largura de um polegar humano, pelos *eirenes*, que se revezavam. Uma sacerdotisa de Ártemis ficava em pé ao lado do rapaz, exibindo uma antiga imagem de madeira que deveria, segundo ditava a tradição, receber o respingo de sangue humano.

Dois garotos, companheiros em seu pelotão de treinamento, ajoelhavam-se para pegá-lo quando caía. O menino podia encerrar a provação a qualquer minuto, largando a barra e caindo à frente na terra. Teoricamente, só faria isso quando atingisse a inconsciência, porém muitos caíam simplesmente quando não suportavam mais a dor. Havia de 100 a 200 espectadores nesse dia: meninos de outros pelotões, pais, irmãos, mentores e, até mesmo, algumas mães, mantendo-se, discretamente, mais atrás.

Tripé continuou apanhando. A carne de suas costas havia sido rasgada em 12 lugares; podia-se ver o tecido e a fáscia, a caixa torácica e os músculos, até mesmo a espinha. Ele não caía. "Jogue-se!", seus dois camaradas insistiam entre os golpes, com isso querendo dizer que soltasse a barra e caísse. Tripé recusava-se. Até mesmo os instrutores começaram a sussurrar que caísse. Bastava uma olhada no rosto do garoto para se perceber que ele passara dos limites. Estava decidido a morrer a ter de pedir clemência. Os *eirenes* fizeram o que haviam sido instruídos a fazer nesses casos: prepararam-se para derrotar Tripé em quatro açoites sucessivos e rápidos, de modo que o impacto o deixasse inconsciente e assim salvassem sua vida. Nunca me esquecerei do som dessas quatro chibatadas nas costas do menino. Tripé caiu; os instrutores declararam, imediatamente, encerradas as chibatadas e chamaram o próximo menino.

Tripé conseguiu pôr-se de quatro. O sangue jorrava de sua boca, nariz e ouvidos. Não conseguia enxergar nem falar. Não se sabe como, conseguiu virar-se e quase se levantou, mas voltou a se sentar lentamente, manteve-se assim por um instante, depois caiu, com força, na terra. Logo ficou claro que nunca mais se ergueria.

Mais tarde, naquela noite, quando tudo se encerrara (o ritual não foi suspenso por causa da morte de Tripé, mas prosseguiu por mais três horas), Dienekes, que estivera presente, afastou-se com o seu protegido, o menino Alexandros, que mencionei anteriormente. Eu servia a Alexandros nessa época. Ele tinha 12 anos, mas não parecia ter mais de 10, e já era um mensageiro esplêndido, se bem que extremamente delicado e sensível. Além disso, tinha desenvolvido um laço afetivo com Tripé; o menino mais velho tornara-se uma espécie de seu guardião, ou protetor. Alexandros ficou arrasado com sua morte.

Dienekes foi com Alexandros, foram sozinhos, exceto por seu escudeiro e eu, a um local sob o templo de Atenas, Padroeira da Cidade, imediatamente abaixo do declive que partia da estátua de Fobos, o deus do medo. Na época, a idade de Dienekes era, calculo eu, 35 anos. Ele já ganhara dois prêmios por bravura, em Oinoe, contra os tebanos, e em Achillieon, contra os coríntios e seus aliados arcádios. Até onde me lembro, o homem mais velho instruiu o seu protegido da seguinte maneira:

Primeiro, com um tom de voz gentil e afetuoso, recordou a primeira vez, quando era mais novo que Alexandros, em que assistira a um menino, seu camarada, ser açoitado até a morte. Contou várias de suas provações na Pista, debaixo da vara.

Em seguida, deu início à sequência de perguntas e respostas, que compreendiam a série de temas de instrução lacedemônia.

— Responda, Alexandros. Quando nossos compatriotas triunfam em batalha, o que derrota o inimigo?

O menino respondeu no conciso estilo espartano.

— Nossa coragem e perícia.

— Também — corrigiu-o Dienekes, delicadamente —, e algo mais. Isto. — Indicou com um gesto, lá em cima, a imagem de Fobos.

O medo.

O seu próprio medo derrota os nossos inimigos.

— Agora, responda. Qual é a fonte do medo?

Como Alexandros hesitasse em responder, Dienekes tocou no próprio peito e no ombro.

— O medo nasce disto: da carne. Isso — declarou ele — é a fábrica do medo.

Alexandros escutou com a concentração de um menino que sabe que sua vida inteira será de guerra; que as leis de Licurgo o proíbem, e a todos os outros espartanos, de conhecer ou perseguir qualquer outra trajetória que não a guerra; que o prazo de sua obrigação se estende dos 20 aos 60 anos, e que nenhuma força sob o céu o dispensará de, em breve, muito em breve, assumir o seu lugar na linha de batalha e entrechocar escudo com escudo, elmo com elmo, cara a cara com o inimigo.

— Responda mais uma vez, Alexandros. Observou hoje, na maneira como os *eirenes* realizaram o açoitamento, qualquer sinal de malícia?

O menino respondeu que não.

— Caracterizaria seu comportamento como bárbaro? Sentiram eles prazer em infligir agonia a Tripé?

Não.

— Tinham intenção de dobrar sua vontade ou romper sua determinação?

Não.

— Qual era sua intenção?

— Insensibilizar sua mente contra a dor.

Durante toda essa conversa, o homem mais velho manteve a voz terna e solícita. Nada do que Alexandros fizesse faria essa voz amá-lo menos ou abandoná-lo. Assim é o gênio peculiar do sistema espartano, que emparelha cada menino em treinamento com um mentor que não seja o seu pai. Um mentor pode dizer coisas que um pai não pode; um menino pode confessar ao seu mentor o que teria vergonha de revelar ao seu pai.

— Foi ruim hoje, não foi, meu jovem amigo?

Dienekes, então, perguntou ao menino como ele imaginava a batalha, uma batalha de verdade, comparada com o que presenciara naquele dia.

Nenhuma resposta foi exigida nem esperada.

— Nunca se esqueça, Alexandros, de que esta carne, este corpo, não nos pertence. Graças aos deuses não. Se eu achasse que fosse meu, não conseguiria avançar um passo para enfrentar o inimigo. Não é nosso, meu amigo. Pertence aos deuses e aos nossos filhos, a nossos pais e mães, e a aqueles lacedemônios que estão há centenas, milhares de anos de nascer. Pertence à cidade que nos dá tudo e não exige menos de nós.

Homem e menino afastaram-se, descendo o declive até o rio. Seguiram a trilha para o bosque da murta de tronco duplo chamada de Gêmeos, um local consagrado aos filhos de Tyndareus e à família de Alexandros. Seria a esse local que ele iria sozinho com sua mãe e irmãs, na noite de sua provação final e iniciação, para receber o bálsamo e a sanção dos deuses de sua linhagem.

Dienekes sentou-se na terra debaixo dos Gêmeos. Fez um gesto para que Alexandros se sentasse ao seu lado.

— Pessoalmente, acho que o seu amigo Tripé foi insensato. O que demonstrou hoje contém mais imprudência do que verdadeira coragem, *andreia*. A cidade perdeu sua vida, que poderia ter sido mais proveitosa em batalha.

Não obstante, estava evidente que Dienekes o respeitava.

— Mas, por outro lado, hoje ele nos demonstrou certa nobreza. Mostrou-lhe, e a todos os meninos presentes, o que é superar a preocupação com o corpo, superar a dor, o medo da morte. Você ficou horrorizado, mas, na verdade, foi admiração que sentiu, não foi? Uma admiração reverente por esse menino ou pelo *daimon* que fosse que o animava. O seu amigo Tripé nos demonstrou desprezo por isto. — De novo, Dienekes indicou a carne. — Um desprezo que quase assume a estatura do sublime.

De onde eu estava, em cima, na ribanceira, pude ver os ombros do menino tremerem como se a dor e o terror daquele dia finalmente se expurgassem de seu coração. Dienekes abraçou-o e

62

confortou-o. Quando, por fim, o menino se recompôs, seu mentor soltou-o gentilmente.

— Os seus instrutores ensinaram por que os espartanos desculpam sem punição o guerreiro que perde seu elmo ou peitoral em batalha, mas pune com a morte o homem que se desfaz de seu escudo?

—Ensinaram. — respondeu Alexandros.

— Porque um guerreiro porta o elmo e o peitoral para sua própria proteção, mas o escudo é para a segurança de toda a linha.

Dienekes sorriu e pôs a mão sobre o ombro de seu protegido.

— Lembre-se disso, meu jovem amigo. Há uma força além do medo. Mais potente que a autopreservação. Teve um vislumbre dela hoje, de uma forma crua e inconsciente, sim. Mas estava ali, e era genuína. Vamos nos lembrar de seu amigo Tripé e honrá-lo por isso.

Eu estava gritando sobre a prancha de couro. Podia ouvir meus gritos atravessarem as paredes do estábulo, se tornarem esganiçados e se multiplicarem encosta acima. Sabia que isso era indigno, mas não conseguia parar.

Supliquei aos homens da fazenda que me soltassem, que dessem um fim em minha agonia. Eu faria qualquer coisa, e descrevi todas a plenos pulmões. Gritei aos deuses com uma voz de menino indigno, voz que ressoou estridente pela vertente da montanha. Sabia que Bruxieus me ouvia. Seria ele temerário a ponto de se aproximar e ser preso do meu lado? Não me importava. Queria que a dor terminasse. Implorei que me matassem. Sentia os ossos das duas mãos estilhaçados pelos pregos. Eu não poderia mais segurar uma lança, nem mesmo uma pá. Estava destruído como homem. Seria um aleijado, um mão torta. Minha vida estava acabada e da maneira mais vil, mais desonrosa.

Um punho arrebentou minha bochecha.

— Cale esta boca, seu verme!

Os homens levantaram a prancha de couro, escorando-a contra o muro, e ali eu me contorci, empalado, durante o arrastar-se interminável do sol pelo céu diurno. Meninos e meninas de outras fazendas se agruparam para me ver gritar. Vários urinaram em mim. Os cachorros farejavam meus pés descalços, reunindo coragem para me devorar. Só parei de gemer quando minha garganta não conseguiu mais gritar. Tentava rasgar as mãos, arrancando-as dos pregos, mas os homens me amarraram de tal modo que eu não conseguia me mover.

— Como está se sentindo, ladrão maldito? Vamos ver se vai roubar outro ganso, seu vermezinho noturno.

Quando finalmente seus estômagos em protesto levaram meus torturadores para casa para jantar, Diomache se aproximou furtivamente e me soltou. Os pregos não saíam das palmas das minhas mãos. Ela teve de cortar a madeira com sua adaga; minhas mãos se soltaram com os pregos ainda enfiados nelas. Bruxieus carregou-me no colo, como carregara Diomache depois de ser violada.

— Oh, Zeus — disse minha prima quando viu minhas mãos.

6

Aquele inverno, Bruxieus disse, fora o mais frio de que ele se lembrava. Os carneiros morriam congelados nos pastos altos. Montes de neve de seis metros de altura bloqueavam os desfiladeiros. Os cervos ficavam tão desesperados de fome que se extraviavam montanha abaixo, esqueléticos e cegos pela falta de alimento, até os redis de inverno, onde se apresentavam para o abate, bem diante dos arcos dos pastores.

Permanecemos nas montanhas, tão no alto que o pelo das martas e o das raposas ficavam brancos como a neve. Dormíamos em abrigos subterrâneos que pastores haviam abandonado ou em cavernas de gelo que cavávamos com machados de pedra, nivelando o chão com galhos de pinheiro e nos aconchegando uns nos outros debaixo dos três mantos, como filhotes numa pilha. Supliquei a Bruxieus e Diomache que me abandonassem, que me deixassem morrer em paz no frio. Eles insistiam para que os deixasse me levar até a cidade, a um médico. Eu me recusava terminantemente. Nunca mais eu ficaria diante de um estranho, de nenhum estranho, sem uma arma na mão. Será que Bruxieus achava que os médicos possuíam um senso de honra mais elevado do que os outros homens? Que preço um charlatão de uma cidade montesa cobraria? Que doença lucrativa ele descobriria em um escravo e em um menino aleijado? Que uso faria de uma menina de 13 anos morta de fome?

Eu tinha ainda outra razão para me recusar a descer à cidade. Eu me odiava pela maneira desonrosa como chorara e por não ter conseguido me controlar durante as horas em que havia sofrido a provação. Tinha visto minha alma, e era a alma de um covarde. Eu me desprezava com um escárnio impiedoso e pustulento. As histórias dos espartanos que eu nutrira só conseguiam fazer com que me detestasse ainda mais. Nenhum deles imploraria pela vida como eu tinha implorado, sem nenhum restinho de dignidade. E, o que era pior, a recordação do assassinato de meus pais me atormentava. Onde eu estava na hora de seu desespero? Eu não estava lá quando eles precisaram de mim. Na minha cabeça, o assassinato deles se repetia sem cessar, e eu estava sempre ausente. Eu queria morrer. O único pensamento que me dava conforto era a certeza de que morreria em breve e, assim, sairia do inferno da minha existência desonrosa.

Bruxieus intuía esses pensamentos e, com a sua compaixão, tentava apaziguá-los. Eu era apenas uma criança, dizia ele. Que prodígios de bravura seria possível esperar de um menino de 10 anos?

— Aos 10 anos, os meninos são homens em Esparta — declarei.

Essa foi a primeira e única vez que vi Bruxieus realmente se enfurecer. Sacudiu-me pelos ombros e me obrigou a sentar de frente para ele.

— Preste bem atenção, menino. Somente os deuses e heróis podem ser corajosos quando isolados. Um homem só pode reunir coragem de uma maneira: nas fileiras, com seus irmãos de armas, como parte de sua cidade. Entre todas as condições aqui na terra, a mais digna de pena é a do homem só, sem os deuses de sua terra e sua *polis*. Um homem sem uma cidade não é um homem. É uma sombra, uma concha, uma piada e uma gozação de si mesmo. É isso que você é agora, meu pobre Xeo. Ninguém pode esperar bravura de alguém desterrado e sozinho, isolado dos deuses de sua terra.

Interrompeu-se; seus olhos distantes de tristeza. Eu podia ver a marca de escravo em sua testa. Eu entendi. Essa era a vida que tinha levado todos esses anos, na casa de meu pai.

— Mas você agiu como homem, meu velho tiozinho — disse eu, empregando o mais extremado termo de afeto astaquiota. — Como fez isso?

Voltou-se para mim com os olhos tristes e gentis.

— O amor que eu teria dado a meus filhos, dei a você, sobrinho. Essa foi a minha resposta à maneira enigmática dos deuses. Mas parece que os argivos lhe são mais queridos que eu. Ele deixou que me roubassem a vida não uma, mas duas vezes.

Essas palavras, que tinham a intenção de confortar, só reforçaram minha decisão de morrer. As minhas mãos tinham inchado duas vezes o seu tamanho normal. Pus e secreção pingavam delas, depois congelaram, formando uma massa repelente, que eu tinha de remover toda manhã, revelando a carne lacerada por baixo. Bruxieus fez tudo que podia com unguentos e cataplasmas, mas nada adiantou. Os dois ossos metacarpianos centrais da mão direita haviam se rompido. Eu não podia fechar a mão, não podia formar o punho. Jamais seguraria uma lança ou uma espada. Diomache tentou me consolar equiparando minha ruína com a dela. Desacatei-a.

— Você ainda pode ser uma mulher. O que eu posso fazer? Como poderei ocupar o meu lugar na linha de batalha?

À noite, acessos de febre alternavam-se com calafrios de bater os dentes. O calor me ensopava de suor, em seguida o suor me gelava. Eu me enroscava, me contorcia nos braços de Diomache, com o corpanzil de Bruxieus envolvendo nós dois para nos aquecer. Gritei aos deuses repetidas vezes, mas não recebi nem um sussurro como resposta. Tinham nos abandonado, era evidente, agora que não éramos mais donos de nós mesmos nem éramos possuídos pela nossa *polis*.

Certa noite de febre incessante, talvez dez dias depois do incidente na fazenda, Diomache e Bruxieus me envolveram em um manto e em peles e saíram em busca de suprimento. Tinha começado a nevar e esperavam tirar proveito do silêncio e, se tivessem sorte, pegar de surpresa uma lebre ou uma ninhada de tetrazes.

Era minha chance. Resolvi aproveitá-la. Esperei até Bruxieus e Diomache ficarem fora de vista. Deixando o manto, as peles e protetores dos pés para eles, saí descalço na tempestade.

Subi durante o que me pareceram horas, mas que provavelmente não tinham passado de cinco minutos. A febre me tinha sob seu controle. Eu estava cego como os cervos, ainda que me orientando por um senso de direção totalmente seguro. Encontrei um refúgio em um bosque de pinheiros e soube que ali era o meu lugar. Um profundo senso de decoro tomou conta de mim. Quis fazer isso de maneira apropriada e, acima de tudo, não criar problemas para Bruxieus e Diomache.

Escolhi uma árvore e me apoiei de costas para que o seu espírito, que tocava o céu e a terra, conduzisse o meu, em segurança, para fora deste mundo. Sim, essa era a árvore. Podia sentir o Sono, irmão da Morte, subir pelos meus pés. Sentia-me enfraquecer desde abaixo de minha cintura e meu plexo solar. Quando o entorpecimento alcançasse o coração, eu imaginei, faria a passagem. Então, um pensamento aterrorizante me ocorreu.

E se essa fosse a árvore errada? Talvez eu devesse me apoiar naquela outra. Ou ainda naquela mais adiante. Fui tomado por um pânico de indecisão. Estava no lugar errado! Tinha de me levantar, mas havia perdido o comando dos meus membros. Gemi. Estava falhando até mesmo em minha morte. Quando o meu pânico e desespero atingiram o seu ápice, levei um susto com um homem em pé, bem diante de mim, no bosque!

O meu primeiro pensamento foi que ele poderia me ajudar a me mover. Poderia aconselhar-me. Ajudar-me a me decidir. Juntos escolheríamos a árvore certa, e ele me apoiaria contra ela. De alguma parte de minha mente, surgiu um pensamento meio dormente: o que um homem está fazendo a esta hora, aqui, nesta tempestade?

Pisquei e tentei, com todas as minhas forças, focar a visão. Não, não era um sonho. Quem quer que fosse, estava realmente ali. Ocorreu-me, um tanto indistintamente, que poderia ser um deus. Ocorreu-me que eu podia estar agindo de maneira ímpia com ele. Eu o estava insultando. Certamente o decoro exigia que eu reagisse com terror ou reverência, ou que me prostrasse diante dele. Mas alguma coisa em sua postura, que não era solene, mas estranhamente extravagante, parecia me dizer: "Não se incomode com isso." Acatei. Parecia agradar-lhe. Eu sabia que ele ia falar, e que quaisquer palavras que fossem proferidas seriam de suma importância para mim, nessa minha vida terrena ou na vida que estava prestes a entrar. Tinha de escutar com toda a atenção e não me esquecer de nada.

Os seus olhos encontraram os meus com uma gentileza divertida, delicada.

— Sempre achei a lança — falou ele com uma majestade que não poderia ser outra coisa que não a voz de um deus — uma arma muito deselegante.

Que coisa esquisita a se dizer, pensei eu.

E por que "deselegante"? Tive a impressão de que a palavra era decisivamente deliberada, o preciso termo que o deus buscava. Parecia conter um significado sutil, embora eu não fizesse a menor ideia de qual pudesse ser. Então, vi o arco de prata pendurado em seu ombro.

O Arqueiro em pessoa.

Apolo, o Atirador a Longa Distância.

Em um lampejo, que não foi nem um raio nem uma revelação, mas uma compreensão mais simples, menos elaborada do mundo, percebi tudo o que as suas palavras e sua presença implicavam. Soube o que ele queria dizer e o que eu devia fazer.

A minha mão direita. Os tendões rompidos nunca permitiriam um punho de guerreiro na haste de uma lança. Mas seus dedos podiam pegar e puxar a corda do arco. A minha esquerda, apesar de nunca mais ser capaz de se fechar para segurar o escudo *hoplon*, ainda podia manter estável um arco e esticá-lo até o fim.

O arco.

O arco me preservaria.

Os olhos do Arqueiro devassaram gentilmente os meus por um último instante. Eu tinha compreendido? Seu olhar parecia não tanto me perguntar "Agora, servirá a mim?" quanto confirmar o fato, desconhecido para mim, até aquele momento, de que eu estivera a seu serviço durante toda a minha vida.

Senti o calor voltar ao meu plexo solar e o sangue avançar como uma maré em minhas pernas e pés. Ouvi o meu nome ser chamado lá embaixo, e soube que era minha prima, ela e Bruxieus alarmados, à minha procura, de um lado para o outro da encosta.

Diomache me alcançou, subindo com esforço o cume nevado e penetrando, cambaleando, no bosque de pinheiros.

— O que está fazendo aqui sozinho?

Pude senti-la batendo com força em minhas bochechas, me abraçando, tirando seu manto para com ele me envolver. Ela chamou Bruxieus, que, cego, escalava a ladeira o mais rápido que conseguia.

— Estou bem — ouvi minha voz tranquilizá-la.

Ela me bateu de novo e então, chorando, me xingou por ser tão tolo e tê-los assustado tanto.

— Está tudo bem, Dio — ouvi minha voz repetir. — Estou bem.

7

Peço, a Sua Majestade, paciência com a narrativa dos eventos que se seguiram à pilhagem de uma cidade de que nunca ouviu falar, uma obscura *polis* sem fama, que nunca gerou um herói legendário nem teve ligação com os maiores eventos da guerra atual e da batalha em que as forças de Sua Majestade combateram com os espartanos e seus aliados no Desfiladeiro das Termópilas.

Minha intenção é simplesmente transmitir, por meio da experiência de duas crianças e um escravo, uma parca visão da devastação e do terror da alma que uma população vencida, qualquer que seja, é obrigada a sofrer no momento em que sua nação é extinta. Pois, apesar de Sua Majestade ter ordenado o saque de impérios, ainda assim, se me é permitido falar sem rodeios, testemunhou esses sofrimentos somente à distância, do alto de um trono púrpura ou montada sobre um garanhão ornamentado, protegido pelas lanças de cabo de ouro de sua guarda real.

Ao longo da década seguinte, mais de 120 batalhas, campanhas e guerras foram travadas entre e nas cidades da Grécia. Pelo menos 40 *poleis*, inclusive cidadelas inexpugnáveis como Knidos, Aretusa, Kolonna, Amphissa e Metropolis, foram saqueadas em parte ou integralmente. Inúmeras fazendas foram queimadas, templos, incendiados, navios de

guerra, afundados, soldados, massacrados, esposas e filhas, violadas, populações, escravizadas. Nenhum heleno, por mais poderosa que fosse sua cidade, era capaz de declarar com certeza que na próxima estação ainda estaria sobre a terra, com a cabeça ainda sobre os ombros e sua mulher e seus filhos dormindo em segurança ao seu lado. Esse estado de coisas não era excepcional, nem melhor nem pior do que em qualquer outra época em mil anos, desde Aquiles e Heitor, Teseu e Héracles, até o nascimento dos próprios deuses. Apenas negócios, como os *emporoi,* os mercadores, dizem.

Todo heleno sabia o que significava a derrota na guerra, subentendendo seu custo e consequência. Sabia que, mais cedo ou mais tarde, esse caldo amargo completaria seu circuito na mesa e, por fim, se assentaria em seu devido lugar.

De repente, com a ascensão de Sua Majestade na Ásia, pareceu que o momento se adiantaria.

O terror do saque se espalhou por toda a Grécia quando chegaram as notícias, de muitas bocas para serem desacreditadas, da escala da mobilização de Sua Majestade no Leste e de Sua intenção de incendiar toda a Hélade.

Esse horror era de tal modo penetrante que recebeu um nome.
Phobos.
O medo.

Medo de Sua Majestade. Pavor da ira de Xerxes, filho de Dario, Grande Rei da Pérsia e da Média, Rei dos Reis, e do imenso número de navios de guerra que todos os gregos sabiam em marcha sob a sua bandeira para nos escravizar.

Dez anos se passaram desde o saque de minha cidade, e, mesmo assim, o terror daquela época continuava vivo, indelével, dentro de mim. Eu tinha 19 anos. Os acontecimentos que serão relatados me separaram de minha prima e de Bruxieus e me levaram, conforme minha vontade, à Lacedemônia e ali, após certo tempo, ao serviço de meu mestre Dienekes de Esparta. Nesse posto, fui despachado (eu e um trio de outros escudeiros) a serviço do meu senhor e três outros enviados espartanos – Olympieus, Polynikes e Aristodemos – para a Ilha de Rodes, uma possessão do império de Sua Majestade.

Lá, esses guerreiros e eu vislumbramos, pela primeira vez, uma fração da potência blindada da Pérsia.

Os navios chegaram primeiro. Tive a tarde livre, e, aproveitando o tempo para aprender o que podia sobre a ilha, me deparei com um destacamento de atiradores de Rodes se exercitando. Conversei amigavelmente com vários deles, que se mostraram mais que ansiosos por demonstrar sua perícia. Observei quando arremessaram com a funda, com uma velocidade e perícia assombrosas, seus projéteis de chumbo, três vezes maiores que um polegar humano. Com esses projéteis mortais, conseguiam perfurar pranchas de pinheiro de um centímetro a cem passos e atingir, três em quatro vezes, um alvo do tamanho do peito de um homem. Um deles, um garoto da minha idade, estava me mostrando como os atiradores talhavam com seus punhais saudações esdrúxulas no chumbo macio de seus projéteis – "Coma isso" ou "Amor e beijos" –, quando um do pelotão olhou para cima e apontou para o horizonte, na direção do Egito. Vimos velas, talvez uma esquadra, a pelo menos duas horas. Os atiradores não lhes deram importância e prosseguiram o treino. Não mais de meia hora depois, o mesmo homem apontou de novo, dessa vez com assombro e admiração. Todos pararam e olharam. Lá vinha a esquadra, já dobrando o cabo e aproximando-se veloz a barlavento do quebra-mar. Ninguém havia visto navios daquele tamanho movendo-se tão rapidamente. Devem ser barcos leves de regata, disse alguém. Nenhum navio de tamanho normal e, certamente, nenhuma nau de guerra poderiam deslizar na água naquela velocidade.

Mas eram navios de guerra. Galeões de seis remos de Tiro, tão firmes à superfície da água que as cristas das ondas ficavam a um palmo das amuradas. Competiam entre si por esporte, sob a bandeira de Sua Majestade. Treinavam para a Grécia. Para a guerra. Para o dia em que seus aríetes revestidos de bronze levariam as frotas da Hélade ao fundo.

Naquela noite, Dienekes e os outros emissários foram a pé ao ancoradouro em Lindos. As naus de guerra foram levadas à praia, guardadas pelos marinheiros egípcios. Reconheceram os espartanos por seus mantos escarlates e os cabelos compridos. Seguiu-se uma cena irônica. O capitão dos marinheiros acenou, com um sorriso, para que os oficiais espartanos avançassem da multidão que se reunira para se embasbacar com as naves, e os conduziu a uma visita completa de inspeção do almirantado. Os homens fizeram piadas, através de um intérprete, sobre como em breve estariam em guerra uns contra os outros, e se o destino os faria se reencontrar, frente a frente, na linha de matança.

Os marinheiros egípcios eram os homens mais altos que eu já tinha visto. Quase negros, queimados pelo sol de sua terra desértica. Estavam prontos para a guerra, com grevas, couraças de escamas de bronze e elmos com penachos de avestruz e detalhes dourados. Suas armas eram a lança e a cimitarra. Estavam animados, comparando os músculos de seus traseiros e coxas com os dos espartanos, enquanto todos riam em sua língua, ininteligível à outra.

— Prazer em conhecê-lo, seu cretino cara de hiena — Dienekes sorria largo ao capitão, falando em dórico e batendo afetuosamente nos ombros dele. — Mal posso esperar para cortar suas bolas e enviá-las para casa em uma cesta. — O egípcio riu sem compreender e respondeu, sorrindo exultante, proferindo algum insulto em língua estrangeira, sem dúvida igualmente ameaçador e obsceno.

Dienekes perguntou o nome do capitão, que o homem respondeu ser Ptammitechus. A língua espartana foi vencida, e decidiu por "Teco", o que pareceu agradar também ao oficial. Perguntaramlhe quantos navios de guerra como aqueles o Grande Rei tinha em sua marinha.

— Sessenta — foi a resposta traduzida.

— Sessenta navios? — perguntou Aristodemos.

O egípcio deu um sorriso radiante.

— Sessenta esquadras.

Os marinheiros conduziram os espartanos para uma inspeção mais detalhada das naus de guerra que, arrastadas para a areia, haviam sido tombadas sobre vigas, deixando a parte de baixo dos cascos exposta para limpeza e calafetagem, tarefas que, naquele momento, os marinheiros de Tiro realizavam com entusiasmo. Senti o cheiro da cera de abelha. Os marinheiros enceravam o bojo das embarcações para a aceleração da velocidade. O madeiramento das naus não era de tábuas corridas nem coberto com breu como os navios de guerra gregos, mas bem nivelado; até mesmo a junção entre o aríete e o casco era vitrificada com cerâmica, o que aumentava a velocidade, e encerada com uma espécie de óleo baseado em nafta que os marinheiros aplicavam com remos. Do lado dessas embarcações velozes, a galé espartana Orthia parecia uma barcaça de lixo. Mas os itens que mais chamavam a atenção nada tinham a ver com os navios.

Tratavam-se das tangas de malha de ferro usadas pelos marinheiros para proteger suas partes pudendas.

— O que é isso, uma fralda? — perguntou Dienekes, rindo e dando puxões na bainha do corselete do capitão.

— Cuidado, amigo — respondeu o marinheiro com um gesto afetado de deboche —, ouvi falar de vocês, gregos!

O egípcio perguntou aos espartanos por que usavam cabelos tão longos. Olympieus respondeu, citando o legislador Licurgo: "Porque nenhum outro adorno torna um homem belo mais atraente, e um feio mais aterrador. E ainda é de graça!"

O marinheiro pôs-se a provocar os espartanos em relação às suas espadas curtas, *xiphos*. Recusava-se a acreditar que aquelas eram realmente as armas com que os lacedemônios combatiam. Deviam ser brinquedos. Como aquelas faquinhas tão diminutas podiam causar mal a um inimigo?

— O truque é — demonstrou Dienekes, pressionando seu peito contra o do egípcio Teco — ser gentil e cordial.

Quando se separaram, os espartanos presentearam os marinheiros com dois odres duplos de vinho de Falerii, o melhor que tinham, presente destinado ao consulado de Rodes. Os marinheiros deram a cada espartano um darico de ouro (o pagamento de um mês de um remador grego) e um saco de romãs do Nilo.

A missão retornou à Esparta frustrada. O povo de Rodes, como Sua Majestade sabe, é heleno dório. Falam um dialeto similar ao dos espartanos, e seus deuses têm os mesmos nomes derivados do dórico. Mas a sua ilha havia sido, desde antes da primeira Guerra Persa, um protetorado do império. Que outra opção além da submissão tinha o povo de Rodes, sua nação estando a um dia por mar das invencíveis esquadras da frota persa? A embaixada espartana tinha tentado, contrariando todas as probabilidades e expectativas, afastar, usando antigos vínculos de parentesco, uma pequena parte da marinha de Rodes do serviço de Sua Majestade. Ninguém aceitou.

Tampouco haviam conseguido a adesão, nossa embaixada ficou sabendo ao retornar ao continente grego, das missões simultâneas despachadas para Creta, Kos, Chios, Lesbos, Samos, Naxos, Imbros, Samotrácia, Thasos, Skyros, Mykonos, Paros, Tenos e Lemnos. Até mesmo Delos, local de nascimento do próprio Apolo, havia oferecido provas de submissão aos persas.

Phobos.

Esse terror podia ser aspirado no ar de Andros, onde falamos em voltar para casa. Foi sentido como um suor na pele em Keos e Hermione, onde, em todas as enseadas e praias, os suboficiais e remadores ouviam histórias aterrorizantes da escala da mobilização persa no leste e relatos de testemunhas oculares da quantidade incalculável de soldados inimigos.

Phobos.

Este estrangeiro acompanhou a embaixada quando esta desembarcou em Thyrea e começou a difícil e empoeirada travessia de dois dias de Parnon a Lacedemônia. Quando o nosso grupo escalou o maciço oriental, vimos o povo de Argolis fugindo, transportando seus bens para as montanhas. Meninos conduziam asnos carregados de milho e cevada, protegidos pelos homens da família, armados para a guerra. Em breve, os velhos e as crianças os acompanhariam. Na região alta, grupos de clãs enterravam jarras de vinho e azeite, construíam redis e cavavam abrigos rústicos nas encostas dos penhascos.

Phobos.

No forte da fronteira de Karia, nosso grupo se deparou com uma embaixada da cidade grega de Plataea, uma dúzia de homens, inclusive uma escolta montada, que se dirigia a Esparta. O seu embaixador era o herói Arimnestos de Maratona. Dizia-se que esse cavalheiro, embora já passasse dos cinquenta, tinha, na famosa vitória de dez anos antes, empreendido um ataque na arrebentação das ondas, cortando com sua espada os remos das embarcações persas enquanto davam ré, fugindo para salvar a pele. Os espartanos adoravam esse tipo de coisa. Insistiram para que o grupo de Arimnestos se juntasse ao nosso para a ceia e nos acompanhasse no restante da marcha para a cidade.

Os plataeanos partilharam as informações sobre o inimigo. O exército persa, relataram, compreendendo dois milhões de homens vindos de todas as nações do império, tinha se reunido na capital do Grande Rei, Susa, no verão anterior. A força tinha avançado até Sardis, onde passou o inverno. Desse lugar, como o tenente mais inexperiente não poderia ter deixado de projetar, a miríade de homens prosseguiria para o norte ao longo das estradas costeiras da Ásia Menor, através de Aeolis e de Troad, atravessando o Helesponto por uma ponte de barcos ou por uma operação maciça de barcas, depois viraria a oeste, atravessaria toda a Trácia, prosseguiria por Chersonese, a sudoeste para a Macedônia e, então, ao sul, na Tessália.

A Grécia, propriamente dita.

Os espartanos compartilharam o que ficaram sabendo com a embaixada de Rodes: o exército persa já partira de Sardis; o corpo principal estava agora em Abydus, preparando-se para atravessar o Helesponto.

Estariam na Europa dentro de um mês.

Em Gelassia, um mensageiro dos éforos em Esparta aguardava o meu senhor com uma comunicação do embaixador. Dienekes teria de se separar do grupo e prosseguir imediatamente para Olímpia. Despediu-se, acompanhado exclusivamente por mim, e partiu em marcha rápida, pretendendo percorrer os 80 quilômetros em dois dias.

Não é raro, nesses percursos, encontrarmos alguém que vagueia com vários cães perdigueiros excitados e, até mesmo, crianças praticamente selvagens da vizinhança. Às vezes, esses camaradas despreocupados permanecem na companhia da tropa o dia inteiro, em conversas joviais, na cola dos viajantes. Dienekes adorava esses vagabundos errantes e nunca deixava de acolhê-los e se alegrar em sua inventiva companhia. Nesse dia, entretanto, dispensou, inflexivelmente, todos com que esbarramos, caninos ou homens, avançando com passadas largas, resoluto, sem olhar para os lados.

Nunca o tinha visto tão perturbado nem tão sério.

Em Rodes, ocorrera um incidente que percebi ter certa relação com a inquietação do meu senhor. Esse evento aconteceu no porto logo depois que os marinheiros espartanos e egípcios haviam concluído a troca de presentes e se preparavam para se despedir. Então aconteceu aquele intervalo em que estranhos frequentemente descartam a formalidade do intercâmbio com que, até aquele momento, conversaram e se põem a falar de homem para homem, com o coração. O capitão Ptammitechus havia claramente se afeiçoado ao meu senhor e ao *polemarch* Olympieus, pai de Alexandros. Chamou-os à parte, declarando que queria lhes mostrar uma coisa. Conduziu-os à tenda do comandante, erigida ali, na praia, e retirou da arca desse oficial uma maravilha, que os espartanos, e eu, é claro, nunca tínhamos visto.

Era um mapa.

Uma representação geográfica, não meramente da Hélade e das ilhas do Egeu, mas do mundo inteiro.

A sua largura era de aproximadamente dois metros, com detalhes completos, realizado com muita perícia sobre o papiro do Nilo, material tão extraordinário que, embora pudéssemos ver através dele ao segurá-lo contra a luz, nem as mãos do homem mais forte conseguiria rasgá-lo, a não ser usando a ponta de uma lâmina.

O capitão desenrolou o mapa sobre a mesa do comandante da esquadra. Mostrou aos espartanos sua terra, no coração do Peloponeso, com Atenas a 225 quilômetros ao norte e ao leste. Tebas e Tessália exatamente ao norte dali, e os Montes Ossa e Olimpo na extremidade norte da Grécia. A oeste, o realizador do mapa havia retratado todas as léguas de mar e terra, até os Pilares de Héracles – e, ainda assim, o grosso da carta geográfica mal começara a ser desenrolado.

— Só quis que vissem, para o seu próprio bem, cavalheiros — Ptammitechus dirigiu-se aos espartanos através de seu intérprete —, a importância da escala do império de Sua Majestade e dos recursos de que dispõe contra vocês, para que decidam resistir ou não baseados em fatos, e não em fantasias.

Desenrolou o papiro na direção leste. Sob a luz surgiram as ilhas do Egeu, depois a Macedônia, Ilíria, Trácia e Sythia, o Helesponto, Lídia, Karia, Cilícia, Fenícia e as cidades jônicas da Ásia Menor.

— Todas essas nações são controladas pelo Grande Rei. Ele fez com que elas, todas elas, o servissem. Tudo isso se oporá a vocês. Mas essa é a Pérsia? Não, ainda não atingimos o centro do Império...

Mais léguas de terra, parecia que o mapa se desenrolaria infinitamente. A mão do egípcio passou pelos contornos de Etiópia, Líbia, Arábia, Egito, Assíria, Babilônia, Suméria, depois Capadócia, Armênia e a Transcaucásia. A fama de cada um desses reinos foi mencionada, ele citou o número de guerreiros e a força e os armamentos que possuíam.

— Um homem viajando rapidamente pode atravessar todo o Peloponeso em quatro dias. Vejam, meus amigos. Para ir de Tiro a Sardis, a capital do Grande Rei, são três meses de marcha rápida. E toda essa terra, todos esses homens e riqueza, pertencem a Xerxes. Tampouco suas nações brigam entre si, como vocês helenos gostam tanto de fazer, nem se dividem em alianças que se desentendem. Quando o Rei diz unir, seus exércitos se unem. Quando ele diz em marcha, eles se põem em marcha. E ainda — disse ele — nem chegamos a Persépolis e ao coração da Pérsia.

Desenrolou ainda mais o mapa.

Surgiram mais terras cobrindo ainda mais léguas e com nomes ainda mais curiosos. O egípcio desfiou mais números. Duzentos mil dessa satrapia, trezentos mil daquela. A Grécia, a oeste, parecia cada vez mais miúda. Dava a impressão de estar se atrofiando em um microcosmo em comparação à massa interminável do Império Persa. O egípcio agora falou de feras bizarras e quimeras. Camelos e elefantes, asnos selvagens do tamanho de cavalos de tração. Apareceram as terras da Pérsia, depois as da Média, Báctria, Pártia, Cáspia, Ária, Sogdiana e Índia, lugares cujos nomes e existência eram desconhecidos dos que os ouviam.

— Dessas vastas terras, Sua Majestade atrai inúmeros guerreiros, homens que cresceram sob o sol causticante do leste, habituados às intempéries mais inconcebíveis, munidos de armas com as quais vocês não têm experiência e financiados com uma soma incalculável de ouro e outras riquezas. Cada produto agrícola, cada fruta, grão, porco, carneiro, vaca, cavalo, a produção de cada mina, fazenda, floresta e vinha pertencem à Sua Majestade. E tudo isso investiu na composição desse exército que marcha para escravizá-los. Ouçam bem, irmãos. A raça egípcia é antiga, com as gerações de seus antepassados remontando a tempos longínquos. Vimos impérios se erguerem e caírem. Governamos e fomos governados. Mesmo agora, somos um povo tecnicamente conquistado. Servimos aos persas. Vejam minha situação, amigos. Pareço pobre? A minha conduta é desonrosa? Espiem minha bolsa. Com todo respeito, camaradas, eu poderia comprá-los e vendê-los e tudo que possuem somente com essa bolsa.

Nesse ponto, Olympieus pediu ao egípcio que fosse direto ao ponto.

— Onde quero chegar é: Sua Majestade honrará vocês, espartanos, não menos do que nós, egípcios, ou qualquer outro grande povo guerreiro, se forem sensatos e se alistarem voluntariamente para lutar sob sua bandeira. No Oriente, soubemos que vocês, gregos, não o fizeram. A roda gira, e o homem deve girar com ela. Resistir não é simplesmente insensatez, mas loucura.

Observei os olhos de meu senhor. Ele percebeu claramente a intenção do egípcio como genuína e suas palavras, proferidas por amizade e consideração. Porém, não conseguiu impedir que a raiva aflorasse em seu rosto.

— Vocês nunca experimentaram a liberdade, amigo — disse Dienekes —, ou saberiam que não é comprada com ouro, mas com a espada. — Conteve a ira imediatamente, batendo no ombro do egípcio como um amigo e encontrando o seu olhar com um sorriso. — E quanto à roda que mencionou — concluiu o meu senhor —, ela gira nas duas direções.

Chegamos a Olimpo na tarde do segundo dia. Os Jogos Olímpicos, dedicados a Zeus, são os mais sagrados de todos os festivais helenos; durante as semanas de sua celebração, nenhum grego pode levantar armas contra o outro, nem mesmo contra um invasor estrangeiro. Os Jogos aconteceriam naquele ano, em semanas; de fato, o espaço e os dormitórios olímpicos já fervilhavam de atletas e treinadores de todas as cidades gregas, preparando-se no local como prescrito pela lei celeste. Esses competidores, no auge de sua juventude e incomparáveis em velocidade e destreza, cercaram o meu senhor assim que ele chegou, ansiosos por informações do avanço persa e divididos pela proibição olímpica de portar armas. Não me convinha perguntar a meu mestre sobre a sua missão; no entanto, era possível conjeturar que implicava um pedido de dispensa aos sacerdotes.

Aguardei do lado de fora, enquanto Dienekes tratava de negócios lá dentro. Faltava muito para o dia escurecer quando ele terminou; o nosso grupo de dois homens, sem escolta, deveria dar a volta e seguir imediatamente para Esparta. Porém, meu senhor continuou inquieto; sua mente parecia estar planejando algo.

— Vamos — disse ele, dirigindo-se à Avenida dos Campeões, a oeste do estádio olímpico —, vou lhe mostrar uma coisa para sua educação.

Desviamos para os monumentos de honra, onde os nomes e cidades de campeões dos Jogos estavam registrados. Ali, meus olhos localizaram o nome de Polynikes, um dos emissários do meu senhor a Rodes, talhado duas vezes, vencedor em duas Olimpíadas sucessivas na competição de *stadion*. Dienekes apontou os nomes gravados de outros campeões lacedemônios, homens agora na faixa dos 30 e 40 anos, que eu conhecia de vista da cidade, e outros que haviam caído em batalha décadas, até mesmo séculos, atrás. Depois, ele indicou um último nome, quatro Olimpíadas atrás, na lista dos vencedores do pentatlo.

> *Iatrokles*
> *Filho de Nikodiades*
> *Lacedemônio*

— Era meu irmão — disse Dienekes.

Nessa noite, meu senhor alojou-se no dormitório espartano – um catre havia sido deixado vago para ele e um espaço debaixo dos pórticos para mim. Mas sua inquietação persistia. Antes mesmo de eu me instalar sobre as pedras frias, ele apareceu completamente vestido e fez um gesto para que o seguisse. Atravessamos as avenidas desertas até o estádio olímpico, entrando pelo túnel dos competidores e saindo no espaço amplo e silencioso da arena dos atletas, púrpura e sombrio sob a luz das estrelas. Dienekes subiu a rampa acima da posição dos juízes, os assentos sobre a relva reservados aos espartanos durante os Jogos. Escolheu um local abrigado sob pinheiros no cume da rampa, de onde se via todo o estádio, e ali se sentou.

Eu tinha ouvido falar que, para o amante, as estações são assinaladas na memória por aquelas mulheres cuja beleza inflamou seu coração. Ele recorda esse ano como aquele em que, lunático, perseguiu sua amada pela cidade, e do ano em que outra favorita finalmente rendeu-se aos seus encantos.

Por outro lado, para a mãe e o pai, as estações são contadas pelo nascimento de seus filhos – o primeiro passo de um, a primeira palavra de outro. São esses momentos domésticos que demarcam o calendário da vida dos pais e o fixam no livro das recordações.

Mas, para o guerreiro, as estações são assinaladas não por essas medidas ternas nem pelos próprios anos dos calendários, mas por batalhas. Campanhas disputadas e camaradas perdidos, experiências de morte vencidas. Desavenças e conflitos dos quais o tempo apaga toda recordação superficial, deixando somente os campos e seus nomes, que assumem, na memória do guerreiro, uma estatura enobrecida além de todos os outros modos de comemoração, comprada com a moeda sagrada do sangue e paga com a vida dos queridos irmãos de armas. Assim como o sacerdote com seu *graphis* e tábuas de cera, os soldados também têm sua maneira de gravar sua história: sobre si, com o estilete de aço, o seu alfabeto é esculpido com a lança e a espada, indelevelmente, em sua carne.

Dienekes decidiu-se pela terra à sombra, acima do estádio. Como era minha obrigação como seu escudeiro, comecei a preparar e aplicar o óleo, adicionado de cravo e consolda, como era pedido por meu senhor e praticamente por todos os Pares com mais de 30 anos, simplesmente para se estender sobre a terra e adormecer. Dienekes estava longe de ser um velho, mal completara 42 anos, mas seus membros e juntas estalavam como os de um ancião. Seu escudeiro anterior, um scythiano chamado Suicídio, havia me instruído na maneira adequada de massagear os nós e as saliências do tecido das cicatrizes dos inúmeros ferimentos sofridos por meu senhor e os truques para armá-lo de modo que suas debilitações não se revelassem. Seu ombro esquerdo não podia mover-se totalmente à frente, nem seu braço ser erguido de modo que o cotovelo ficasse acima da clavícula; o corselete era primeiro firmado ao redor de seu torso, que ele seguraria com os cotovelos enquanto eu ajustava o couro dos ombros. A sua coluna não curvava ao levantar o escudo, nem mesmo quando apoiado contra o seu joelho; a manga de bronze tinha de ser suspensa por mim e ajeitada no lugar sobre o antebraço, na posição em pé. Dienekes tampouco podia flexionar seu pé direito, a menos que o tendão fosse massageado até o fluxo dos nervos ser restaurado juntamente com os eixos de comando.

Seu ferimento mais medonho, no entanto, era uma cicatriz da largura de um polegar humano, que seguia um curso recortado por toda a fronte, logo debaixo da linha do couro cabeludo. Não era visível normalmente, ficava coberta por seu cabelo longo que caía sobre a testa, mas quando prendia-o para colocar o elmo, ou o amarrava para trás quando dormia, o corte lívido se punha à mostra. Eu podia vê-lo agora sob a luz do fogo. A curiosidade em minha expressão causou ao meu senhor uma impressão cômica, pois ele riu e ergueu a mão para traçar a linha da cicatriz.

— Foi um presente dos coríntios, Xeo. Muito antigo, do tempo em que você estava nascendo. A sua história, por mais estranho que pareça, também é a história do meu irmão.

O meu senhor olhou distante, ausente, declive abaixo, na direção da Avenida dos Campeões. Talvez sentisse a presença da sombra de seu irmão, ou rasgos fugazes de memória, da infância, de batalhas ou do *agon* dos Jogos. Disse que eu lhe servisse de novo o vinho e que tomasse um pouco também.

— Na época, eu não era um oficial — prosseguiu espontaneamente, ainda preocupado. — Gostaria de escutar a história, Xeo? Como história para dormir.

Respondi que sim, gostaria muito. Ele refletiu por algum tempo. Claramente debatia consigo se tal narrativa constituiria vaidade ou autorrevelação excessiva. Se esse fosse o caso, ele desistiria dela imediatamente. Aparentemente, entretanto, o incidente continha um elemento de instrução, e, com um discreto balançar da cabeça, meu senhor deu a si mesmo a permissão de prosseguir. Acomodou-se mais confortavelmente na rampa.

— Foi em Achilleion, contra os coríntios e seus aliados arcádios. Não me lembro mais do motivo da guerra, mas, não importa qual fosse, aqueles filhos de rameiras tiveram coragem. A linha havia se rompido, as quatro primeiras fileiras se misturaram, era homem contra homem por todo o campo. O meu irmão era comandante de um pelotão, e eu era um terceiro. — Queria dizer que ele, Dienekes, comandava a terceira esquadra, 16 posições atrás, na ordem da marcha. — De modo que, quando nos dispusemos em linha de quatro em quatro, alcancei minha posição de terceiro ao lado do meu irmão, na cabeça da esquadra. Combatemos como um *dyas*, Iatrokles e eu; havíamos treinado em dupla desde que éramos crianças. Só que agora não era mais esporte, e sim pura loucura sanguinária.

— Vi-me diante de um monstro do inimigo, de quase dois metros de altura, páreo para dois homens e um cavalo. Estava desarmado, sua lança havia sido quebrada em pedacinhos, e ele estava de tal modo possesso que não teve a presença de espírito de recorrer à espada. Eu disse a mim mesmo: "É melhor enfiar logo um ferro nesse patife, antes de ele se dar conta do que tem na cintura."

— Ataquei-o. Enfrentou-me agitando o escudo, usando-o como uma arma afiada como uma acha. O seu primeiro golpe estilhaçou meu escudo. Eu tinha minha lança de dois metros e meio bem segura e tentei atingi-lo na altura do queixo, mas um segundo golpe seu a estraçalhou. Fiquei, então, sem defesa diante desse demônio. Ele balançou o escudo como uma travessa de molho. Atingiu-me direto aqui, na órbita dos olhos.

— Pude sentir o topo do elmo se romper, cortando junto metade do meu crânio. A borda inferior da órbita tinha aberto os músculos debaixo da fronte, de modo que meu olho esquerdo ficou envolto em sangue. Tive a sensação de impotência que experimentamos quando somos feridos, quando se sabe que é grave, mas não o quanto é grave, em que se acha que talvez esteja morto, mas não se tem certeza, e tudo acontece lentamente, como em um sonho. Caí de cara no chão. Sabia que esse gigante estava sobre mim, preparando-se para um golpe que me mandaria para o inferno. De repente, ele estava lá, do meu lado. O meu irmão. Eu o vi dar um passo e atirar o seu *xiphos* como se fosse uma lâmina de arremesso. Atingiu essa górgona coríntia bem embaixo do nariz; o ferro esmagou seus dentes, atravessou-lhe o maxilar e penetrou em sua garganta, firmando-se ali e projetando-se para fora da face.

Dienekes balançou a cabeça e soltou uma risadinha enigmática, do tipo que se dá ao se recordar de uma história, ciente de como estivera próximo de ser aniquilado e em reverência diante dos deuses por ter sobrevivido.

— Nem isso deixou aquele canalha mais lerdo. Recuou até Iatrokles, com as mãos vazias, e o cretino as enfiou direto em seu queixo. Agarrei-o por baixo, e o meu irmão, por cima. Nós o derrubamos. Enfiei minha lança, que agora era quase só um cabo, nas suas tripas, depois peguei o resto da lança deixada por alguém na terra e joguei todo o meu peso nela, atravessando sua virilha até atingir o solo, prendendo-o ali. O meu irmão havia pegado a espada do patife e extirpado a metade de sua cabeça, atravessando o bronze de seu elmo. Ele ainda se levantou. Nunca tinha visto meu irmão aterrorizado de verdade, mas dessa vez a coisa era séria. "Zeus Todo-poderoso!", gritou ele, e não foi uma praga, mas uma oração, uma oração de pavor.

A noite esfriara; meu senhor dobrou seu manto em volta dos ombros. Tomou mais vinho.

— Ele tinha um escudeiro, o meu irmão, de Antaurus, em Scythia, de quem deve ter ouvido falar. Os espartanos o chamavam de Suicídio.

A minha expressão deve ter traído o espanto, pois Dienekes deu um risinho como resposta. Esse sujeito, o scythiano, havia sido escudeiro de Dienekes; tornou-se meu mentor e instrutor. No entanto, era totalmente novo para mim o fato de ele ter servido ao irmão do meu senhor anteriormente.

— Esse réprobo tinha vindo de Esparta, como você, Xeo, sozinho, o maluco. Fugia de uma maldita culpa, um assassinato; tinha matado seu pai ou sogro, esqueci quem, em uma disputa acirrada por uma garota. Quando chegou na Lacedemônia, pediu ao primeiro homem que encontrou para matá-lo, e a muitos outros durante dias. Ninguém faria isso, temiam a poluição ritual. Finalmente, meu irmão levou-o à batalha, prometendo que lá se livraria rapidamente dele.

— O homem revelou-se um verdadeiro terror. Não ficava na retaguarda como os outros escudeiros, mas investia com energia, sem proteção, buscando a morte, clamando por ela. A sua arma, como sabe, era a azagaia; fazia a sua própria, serrava tipos não mais compridos do que um braço, que chamava de agulhas de cerzir. Carregava 12 delas, em uma aljava, como flechas, e as lançava de três em três, uma depois da outra, no mesmo homem, deixando a terceira para encerrar o trabalho.

Realmente, isso descrevia o homem. Mesmo então, mais ou menos 20 anos depois, ele permanecia destemido ao ponto da loucura e completamente imprudente com sua vida.

— De qualquer maneira, ali estava o scythiano lunático. Hum, hum, hum, atravessou o fígado daquele monstro coríntio com duas agulhas de cerzir, que saíram pelas costas, e acrescentou a última por medida de segurança exatamente onde pendia o fruto do homem. Isso. O titã olhou direto para mim, berrou uma vez, depois caiu, como um saco para fora de uma carroça. Mais tarde, me dei conta de que metade do meu crânio se expunha ao sol, o globo ocular havia caído, o meu rosto era uma massa de sangue, e todo o lado direito da minha barba e queixo havia sido extirpado.

— Como saiu da batalha? — perguntei.

— Como saí? Tivemos de continuar combatendo, por mais 900 metros. Eu não tinha consciência do meu estado. O meu irmão não deixou que eu me visse. "Teve alguns arranhões", disse ele. Eu sentia o meu crânio exposto e tive certeza de que era grave. Não me lembro de nada, a não ser desse cirurgião asqueroso, o scythiano, me costurando com cordão de marinheiro, enquanto meu irmão segurava minha cabeça e contava piadas. "Não vai ficar muito bonito depois disso", disse ele. "Não vou precisar me preocupar com a possibilidade de você roubar minha noiva."

Nesse ponto, Dienekes interrompeu-se, seu rosto tornou-se subitamente sombrio e solene. Disse que a história agora penetrava em área pessoal. Tinha de encerrá-la ali.

Implorei que continuasse. Ele pôde perceber o desapontamento em minha face. Por favor, senhor, implorei. Ele não podia levar a história tão longe e então desistir.

— Você sabe — disse em um tom de advertência marota — o que acontece com escudeiros que espalham as histórias fora da escola. — Tomou o vinho e, depois de refletir por um instante, recomeçou.

— Você sabe que não sou o primeiro marido de minha mulher. Arete era casada com meu irmão.

Eu ficara sabendo disso, mas não pelo meu senhor.

— Isso gerou um racha grave em minha família, porque eu costumava recusar partilhar de uma refeição em sua casa, eu sempre encontrava uma desculpa para não comparecer. O meu irmão sentia-se profundamente magoado com isso, achando que era um desrespeito à sua mulher ou que descobrira alguma falta nela. Ele a tomara de sua família ainda muito jovem, quando tinha apenas 17 anos, e sei que essa precipitação o perturbava. Ele a queria tanto que não conseguiu esperar, temeu que outro a tivesse. Por isso, quando eu evitava sua casa, achou que eu o censurava.

— Procurou nosso pai, e até mesmo os éforos, tentando me obrigar a aceitar os seus convites. Um dia, brigamos no *palaistra*, e ele quase me estrangulou. Nunca fui páreo para ele. Ordenou que me apresentasse naquela noite em sua casa, com as minhas melhores roupas e maneiras. Jurou me matar se o insultasse mais uma vez.

— Anoitecia quando o vi aproximar-se, do lado do Grande Anel, onde eu estava terminando os exercícios. Você conhece Arete e sua língua. Tinha conversado com ele. "Você é cego, Iatrokles", ela dissera. "Não vê que o seu irmão gosta de mim? Por isso recusa os convites para nos visitar. Sente vergonha de sentir tal paixão pela mulher do irmão."

— O meu irmão perguntou-me sem rodeios se era verdade. Menti como um cão, mas ele enxergou através de mim, como sempre. Dava para ver que estava extremamente perturbado. Ficou completamente imóvel, de uma maneira como fazia desde menino quando refletia sobre uma questão. "Ela será sua quando eu morrer em batalha", declarou. Isso pareceu encerrar a questão para ele. Mas não para mim. Dentro de uma semana, achei uma desculpa para me ausentar da cidade, participando de uma missão diplomática além-mar. Consegui ficar ausente durante todo o inverno, retornando somente quando o regimento de Héracles foi convocado por Pellene. O meu irmão foi morto lá. Eu sequer soube logo disso, não até a batalha ser vencida e sermos novamente recrutados. Eu tinha 24 anos. Ele, 31.

A fisionomia de Dienekes se tornou ainda mais solene. Todo o efeito do vinho se esvaíra. Hesitou por um longo momento, como se ponderasse se prosseguiria ou interromperia a história naquele ponto. Examinou minha expressão até que, por fim, parecendo satisfeito por eu estar escutando com a devida atenção e respeito, jogou fora o resto do vinho e prosseguiu.

— Senti como se a culpa da morte do meu irmão fosse minha, como se a tivesse desejado em segredo, e os deuses, de alguma forma, houvessem respondido a essa prece indigna. Foi a coisa mais dolorosa que me aconteceu. Senti que não podia continuar vivendo, mas não sabia como dar um fim honroso à minha vida. Tinha de voltar para casa, por meu pai e minha mãe, para os jogos funerários. Nunca me aproximei de Arete. Tencionava partir de novo da Lacedemônia assim que os jogos terminassem, mas o pai dela me procurou. "Não vai falar com minha filha?" Ele não fazia ideia dos meus sentimentos por ela, pensava simplesmente na cortesia de um cunhado, e a minha obrigação como *kyrios* era providenciar que Arete fosse dada a um marido apropriado. Ele disse que o marido deveria ser eu mesmo. Eu era o único irmão de seu marido, as famílias já estavam profundamente ligadas, e como Arete nunca gerara filhos de Iatrokles, os meus com ela seriam como se fossem também do meu irmão.

— Recusei. Aquele cavalheiro não podia nem imaginar a verdadeira razão, isto é, que eu não podia aceitar a vergonha de satisfazer o meu interesse mais profundo sobre o cadáver do meu próprio irmão. O pai de Arete não podia entender; sentiu-se profundamente ferido e insultado. Era uma situação insustentável, gerando sofrimento para todo lado. Eu não tinha a menor ideia de como resolver o problema. Certa tarde, estava eu treinando luta corpo a corpo, fazendo os movimentos mecanicamente, atormentado, quando aconteceu uma comoção no portão do *Gymnasion*. Uma mulher penetrara no local. Nenhuma mulher, como todos sabem, pode penetrar nesse local. Murmúrios de ultraje eram ouvidos. Eu mesmo surgi da arena – *gymnos* como todos, nu — para me juntar aos outros e expulsar a intrusa.

— Então, eu vi. Era Arete.

— Os homens dividiram-se diante dela como o grão diante dos ceifeiros. Ela deteve-se bem ao lado das pistas, onde estavam os boxeadores, nus, esperando entrar no ringue. "Qual de vocês terá a mim como esposa?", perguntou ela ao grupo todo, que, a essa altura, estava ofegante, todos boquiabertos e mudos como patetas. Arete ainda é uma bela mulher, mesmo depois de quatro filhas, mas na época, embora com quase 19 anos e não mais uma criança, era tão deslumbrante quanto uma deusa. Todos os homens a desejavam, mas estavam paralisados, sem conseguir dar nem um pio. "Nenhum homem virá me reclamar?"

— Então, ela se virou e andou até ficar bem na minha frente. "Então, você vai ter de se casar comigo, Dienekes, ou meu pai não será capaz de suportar a vergonha."

— O meu coração sofreu, metade entorpecido diante do atrevimento e temeridade daquela mulher, daquela garota, ao tentar tal feito, a outra metade profundamente comovida por sua coragem e sagacidade.

— O que aconteceu? — perguntei.

— Que alternativa me restava? Tornei-me seu marido.

Dienekes relatou várias outras histórias das façanhas de seu irmão nos jogos e sua bravura em combate. Em todos os campos, em velocidade e perspicácia e beleza, em virtude e indulgência, mesmo no coro, seu irmão o eclipsava. Era evidente que Dienekes o reverenciava, não meramente como um irmão mais novo faria com o mais velho, mas como homem, com admiração e consideração discretas.

— Que par Iatrokles e Arete formavam! A cidade inteira antecipava os filhos que teriam. Que guerreiros e heróis as duas linhagens combinadas produziriam!

Mas Iatrokles e Arete não tiveram nenhum filho, e ela e Dienekes só tiveram filhas.

Dienekes não expressou isso, mas não era preciso ser muito perspicaz para perceber a culpa e arrependimento em seu rosto. Por que os deuses só haviam enviado filhas a ele e Arete? Que outra razão haveria se não uma maldição, esse pesar distribuído divinamente para o crime do amor egoísta no coração do meu senhor? Dienekes despertou daquela preocupação, ou do que tive certeza de que era preocupação, e fez um gesto para o declive em direção à Avenida dos Campeões.

— Assim, Xeo, você pode perceber como a coragem diante do inimigo às vezes me vem mais facilmente do que a dos outros. Mantenho o exemplo do meu irmão diante de mim. Sei que, não importa que ato de bravura os deuses permitam que eu realize, nunca serei igual a ele. Esse é o meu segredo. É o que me mantém humilde.

Ele sorriu. Um tipo de sorriso estranho, triste.

— Agora, Xeo, você sabe os segredos do meu coração. E como eu passei a ser o belo homem que está à sua frente.

Ri, como o meu senhor queria que eu risse. Porém, toda a alegria havia se esvanecido de sua fisionomia.

— Agora, estou cansado — disse ele, mudando de posição sobre o solo. — Se me dá licença, está na hora de deflorar a donzela, como dizem.

E, assim, enroscou-se no junco que lhe servia de cama e adormeceu imediatamente.

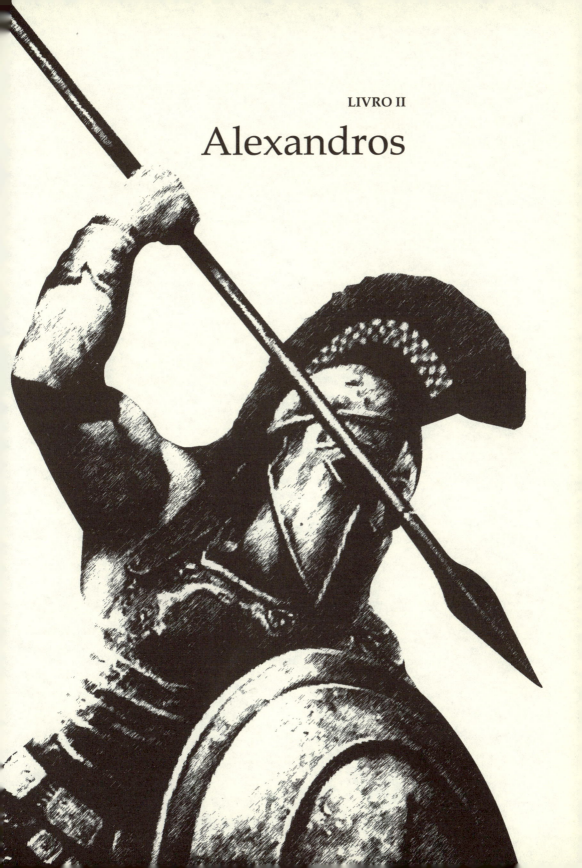

LIVRO II

Alexandros

8

As entrevistas precedentes foram transcritas durante várias noites, enquanto as forças de Sua Majestade prosseguiam o avanço, sem oposição, em direção à Hélade. Os defensores das Termópilas foram vencidos, a frota helena sofrera sérias perdas de barcos e homens na batalha naval travada simultaneamente contra Artemisium. Todas as unidades gregas e aliadas, exército e marinha agora abandonavam o campo. As forças terrestres helenas recuaram para o sul, na direção do Istmo de Corinto, do outro lado do qual, juntamente com os exércitos que agora se reuniam, vindos de outras cidades gregas – inclusive as forças de Esparta, que foram todas convocadas –, estavam construindo um muro para defender o Peloponeso. A marinha retirara-se para Euboea e Cabo Souniom para se unir ao corpo principal da frota helena em Atenas e Salamina, no golfo de Saronika.

O exército de Sua Majestade pôs em chamas toda Phokis. Tropas imperiais incendiaram completamente as cidades de Drymus, Charada, Erochus, Tethronium, Amphikaea, Neon, Pedies, Trites, Elateia, Hylampolis e Parapotamii. Todos os templos e santuários dos deuses helenos, inclusive o de Apolo em Abae, foram demolidos, e seus tesouros, espoliados.

Quanto à Sua Majestade, o tempo da Pessoa Real era agora consumido, quase 20 horas ao dia, com urgentes assuntos militares e diplomáticos. Essas exigências, entretanto, não diminuíram o desejo de Sua Majestade

de ouvir o restante da história do bárbaro. Ordenou que as entrevistas prosseguissem em Sua ausência e que o registro textual fosse transcrito para a leitura cuidadosa de Sua Majestade em suas poucas horas livres.

O bárbaro Xeones respondeu vigorosamente a essa ordem. A visão de sua Hélade nativa sendo reduzida pelo número dominante das forças de Sua Majestade infligia no homem um sofrimento intenso e parece que inflamara sua vontade de registrar o máximo possível de sua história, tão prontamente quanto possível. Despachos relatando a devastação do templo do Oráculo de Apolo, em Delfos, só agravaram o pesar do bárbaro. Privadamente, declarou sua preocupação com que Sua Majestade estivesse ficando cada vez mais impaciente com sua história pessoal e a de outros e estivesse ansiosa por temas mais apropriados, que abordassem as táticas, o treinamento e a filosofia militar espartana. O bárbaro pediu paciência a Sua Majestade, afirmando que o relato parecia "contar a si próprio" e que ele, o narrador, só podia seguir para onde era conduzido.

Recomeçou, com Sua Majestade ausente, no anoitecer do nono dia de Tashritu, na tenda de Orontes, capitão dos Imortais.

Sua Majestade pediu-me que eu relatasse algumas práticas de treinamento dos espartanos, particularmente as relacionadas aos jovens e sua educação sob as leis de Licurgo. Um incidente específico pode ser ilustrativo, não somente para tornar conhecidos alguns detalhes como também para transmitir seu sabor. Esse evento não foi de modo algum atípico. Relato-o tanto por seu valor informativo quanto por envolver vários dos homens cujo heroísmo Sua Majestade testemunhou com seus próprios olhos durante a luta nos Portões Quentes.

Esse incidente ocorreu mais ou menos 6 anos antes da Batalha das Termópilas. Eu tinha 14 anos na época e ainda não tinha sido contratado por meu senhor como seu escudeiro; de fato, eu vivia há apenas 2 anos na Lacedemônia. Estava servindo como *parastates pais*, um parceiro de treinamento, a um jovem espartano da minha idade chamado Alexandros. Já o mencionei uma ou duas vezes. Ele era filho do *polemarch*, ou líder da guerra, Olympieus, e, na época com 14 anos, o protegido de Dienekes.

Alexandros era o membro mais jovem de uma das famílias mais nobres de Esparta; sua linhagem descendia, pelo lado de Eurypontid, diretamente de Héracles. No entanto, a sua constituição não se ajustava ao papel de guerreiro. Em um mundo mais delicado, Alexandros teria sido um poeta ou um músico. Era claramente o tocador de flauta mais perfeito da sua idade, embora quase não praticasse. Seu talento como cantor era ainda mais excepcional, como contralto em menino e, mais tarde, já homem, quando sua voz se estabilizou, como um tenor puro.

Aconteceu, a menos que a mão de um deus estivesse em ação, que ele e eu, aos 13 anos, fôssemos açoitados simultaneamente, por faltas diferentes, em lados diferentes do mesmo campo de treinamento. A sua transgressão relacionava-se a alguma infração no interior de seu *agoge boua*, seu pelotão de treinamento; a minha foi por raspar incorretamente a garganta de um bode para o sacrifício.

Em nosso açoitamento, Alexandros caiu antes de mim. Menciono isso não por orgulho; eu simplesmente havia levado mais surras. Estava mais acostumado. O contraste em nosso comportamento, infelizmente para Alexandros, foi percebido como uma desonra das mais graves. Como uma maneira de não deixá-lo esquecer sua conduta, seus instrutores *eirenes* me designaram para acompanhá-lo permanentemente, com instruções para que ele lutasse comigo tantas vezes até que acabasse comigo. Quanto a mim, fui informado de que, à menor suspeita de que eu fora complacente com ele, sem temer as consequências de me machucar mais, eu seria açoitado até que os ossos das minhas costas ficassem expostos ao sol.

Os lacedemônios são extremamente sagazes nessas questões; sabem que nenhum outro arranjo seria tão astutamente tramado para atar os dois jovens. Eu estava profundamente ciente de que, se desempenhasse o meu papel satisfatoriamente, continuaria a serviço de Alexandros e me tornaria seu escudeiro. E nada me conviria mais. Por isso tinha ido a Esparta — para assistir ao treinamento de perto e a ele me submeter ao máximo que os lacedemônios permitissem.

O exército estava nos Carvalhos, no Vale de Otona, num fim de tarde de um verão escaldante, em um treinamento de oito noites, o que, em Lacedemônia, chamam de *oktonyktia*. Normalmente, ali acontecem os exercícios de batalhões, embora nesse caso envolvesse um regimento. Um *mora* inteiro, mais de 1.200 homens de armadura completa e comitiva incluindo um número igual de escudeiros e hilotas, havia marchado aos vales elevados e treinado na escuridão durante quatro noites, dormindo de dia em bivaque, por turnos, de prontidão, sem nenhuma coberta, e depois treinaram o tempo inteiro durante os três dias seguintes. As condições eram planejadas deliberadamente para tornar o exercício o mais próximo possível do rigor de uma campanha real, simulando tudo, exceto as baixas. Havia falsos ataques noturnos, escalando ladeiras de vinte graus, com cada homem carregando o equipamento completo e *panoplia*, 30 e poucos a 40 quilos de escudo e armadura. Depois, ataques encosta abaixo. Então, transversalmente. O terreno era escolhido pela quantidade de penedos espalhados e os vários carvalhos retorcidos e de galhos baixos que pontilhavam as encostas. A perícia estava em transpor com facilidade tudo, como água sobre as rochas, sem romper a linha.

Nenhuma comodidade, fosse qual fosse. O vinho foi distribuído em meia porção durante os quatro primeiros dias, nenhum nos dois dias seguintes, depois líquido nenhum, nem mesmo água durante os dois últimos. As rações eram pedaços de pão duro de linhaça, que Dienekes dizia ser conveniente somente para isolamento de celeiros, e figos, nada quente. Esse tipo de exercício é só em parte uma antecipação da ação noturna; seu propósito primordial é o treinamento para pisar firme, para orientação pelo tato no interior da falange e para a ação sem visão, particularmente sobre um solo irregular. Entre os lacedemônios, é um axioma dizer que um exército deve ser capaz de alinhar e manobrar as tropas tão habilmente com ou sem visão, pois, como Sua Majestade sabe, na poeira e no terror do *othismos*, o embate inicial da batalha e a consequente desordem terrível, nenhum homem consegue ver além de um metro e meio em qualquer direção, nem ouvir seus próprios gritos acima da algazarra.

Entre os outros helenos, deliberadamente cultivada pelos espartanos, existe a concepção errônea de que o caráter do treinamento militar lacedemônio é extremamente brutal e destituído de humor. Nada poderia estar mais longe da realidade. Nunca experimentei sob outras circunstâncias algo como a hilaridade implacável durante esses exercícios, que de outra forma seriam estafantes. Os homens fazem piadas desde o momento do clangor dos *sarpinx*, o toque da alvorada, até a hora do encerramento, em que os guerreiros exaustos se enroscam em seus mantos para dormir. Mesmo então é possível ouvir, por minutos, bate-papos em sussurro e risadas vigorosas em cantos estranhos do campo, até que o sono, que chega como um golpe de martelo, os subjugue.

Esse humor peculiar dos soldados é gerado pela experiência da penúria compartilhada e, com frequência, mal traduzido para aqueles que não estão ali sofrendo a mesma privação. "Qual a diferença entre um Rei espartano e um soldado?" Um homem lançaria essa pergunta a seu companheiro enquanto preparam a cama ao ar livre, sob uma chuva fria. Seu amigo, afetando preocupação, refletiria por um instante. "O Rei dorme naquela fossa ali adiante", responderia, "e nós dormimos nessa aqui".

Quanto piores as condições, mais divertidas as piadas ou, pelo menos, é o que parecia. Vi Pares veneráveis, de 50 anos ou mais, com a espessa barba encanecida e semblantes tão distintos quanto o de Zeus, caírem no chão, praticamente mijando de tanto rir. Certa vez, ao levar uma mensagem, vi Leônidas, o Rei em pessoa, sem conseguir se manter em pé por sequer um minuto, de tão dobrado sobre si mesmo que estava por causa de alguma piada intraduzível para outros. Toda vez que tentava se levantar, um de seus companheiros de tenda, capitães grisalhos, se aproximando dos 60 anos, mas que para ele não passavam de camaradas da juventude, e que ele ainda tratava por seus apelidos no *agoge*, o atormentava com uma variação da piada, o que tornava a derrubá-lo de tanto rir.

Esse e outros episódios semelhantes tornavam Leônidas querido universalmente, não somente aos oficiais espartanos, mas também aos soldados de sua guarda e aos *perioikoi*. Viam o seu Rei, com quase 60 anos, sofrendo cada fração da penúria por que passavam. E sabiam que, quando chegasse a hora do combate, ele assumiria o seu lugar, não em segurança, na retaguarda, mas na linha de frente, no local mais violento e arriscado do campo.

O propósito do treinamento de oito noites é o de levar o regimento, e a própria unidade, para além do ponto do humor. É quando as piadas cessam, dizem eles, que as verdadeiras lições são aprendidas e que cada homem, e o *lochos* como um todo, faz aqueles avanços invisíveis, que culminam na provação definitiva. A severidade dos exercícios pretende menos fortalecer as costas do que endurecer a mente. Os espartanos dizem que qualquer exército pode vencer enquanto ainda tiver suas pernas no lugar; o verdadeiro teste acontece quando toda a força se esvaiu e os homens têm de conquistar sozinhos a vitória da vontade.

O sétimo dia tinha vindo e ido, e o regimento atingira o estágio de exaustão e irascibilidade que tal treinamento sempre produzia. Era final de tarde, os homens acabavam de despertar de um cochilo insatisfatório, com sede e imundos, enfarruscados e malcheirosos, antecipando a última noite de treinamento. Estavam todos famintos, cansados e sedentos. Centenas de variações da mesma piada foram contadas. O desejo de cada um deles era o de uma guerra de verdade, de modo que pudessem, por fim, tirar mais do que só meia hora de sono e encher a barriga com um prato quente. Os homens ajeitavam o cabelo comprido, suado e embaraçado, concentrados e reclamando, enquanto os escudeiros e hilotas, tão miseráveis e desidratados quanto eles, lhes passavam o último bolo de figo ressequido. As armas empilhadas e a *panoplia* aguardavam em perfeita ordem o início do trabalho da noite.

O pelotão de treinamento de Alexandros já estava em formação com outros 8 da quarta classe etária, garotos de 13 e 14 anos sob as ordens de seus instrutores *eirene* de 20 anos, nas rampas inferiores do campo. Esses pelotões *agoge* expunham-se regularmente à visão dos mais velhos e ao rigor que sofriam como um meio de inspirá-los e de elevar seus instintos competitivos a níveis ainda mais altos de ação física. Eu havia sido despachado ao campo superior com uma mensagem quando a comoção se deu do outro lado da planície.

Virei-me e vi Alexandros destacado de seu pelotão, com Polynikes, o Cavaleiro e campeão olímpico, em pé diante dele, furioso. Alexandros tinha 14 anos, Polynikes, 23. Mesmo a centenas de metros, dava para perceber que o garoto estava aterrorizado.

Esse guerreiro, Polynikes, não era de brincadeira. Era sobrinho de Leônidas, com a honra de bravura já em seu nome, e era, definitivamente, impiedoso. Aparentemente, tinha descido do campo superior para cumprir alguma tarefa, passara pelos garotos do *agoge* em formação e percebera alguma quebra de disciplina.

Agora, os Pares na ladeira acima podiam ver o que era.

Alexandros havia negligenciado seu escudo ou, para usar o termo dórico, *etimasen*, o "difamado". De alguma maneira, o havia deixado de lado, virado para baixo, jogado ao chão, a concavidade apontando para o céu.

Polynikes estava diante dele.

— O que é isso que estou vendo no chão? — berrou. Os oficiais colina acima podiam escutar cada sílaba. — Deve ser um urinol, com o fundo voltado tão graciosamente para cima.

— Isto é um urinol? — perguntou a Alexandros. O garoto respondeu que não.

— Então, o que é?

— É um escudo, senhor.

Polynikes afirmou que era impossível.

— Não pode ser um escudo, tenho certeza. — A sua voz reverberou pelo anfiteatro do vale. — Porque nem o mais desprezível e idiota dos *paidarion* deixaria um escudo virado onde não pudesse pegá-lo no mesmo instante em que o inimigo surgisse. — Avultava-se sobre o garoto mortificado. — É um urinol — afirmou Polynikes. — Encha-o.

A tortura começou.

Alexandros recebeu a ordem de urinar em seu escudo. Sim, era um escudo de treinamento. Mas Dienekes, lá em cima com os outros Pares, ao ver esse *aspis* particular, remendado ao longo de décadas, percebeu tratar-se do escudo que pertencera ao avô e ao pai de Alexandros.

Alexandros estava tão apavorado e tão desidratado que não conseguiu.

Então, um segundo fator entrou na equação. Era uma tendência entre os rapazes em treinamento, aqueles que, no momento, não eram objeto da ira de seus superiores, se regozijarem perversamente com a desgraça do companheiro menos afortunado, que agora era alvo da cólera e reprimenda de seu superior. Por toda a fileira de garotos, os dentes trincados na tentativa de conter a hilaridade inspirada pelo medo. Um garoto chamado Ariston, extremamente belo e o melhor velocista da quarta classe, uma espécie de versão mais jovem de Polynikes, não conseguiu se controlar. Um riso de desdém escapou de seus lábios apertados.

Polynikes virou-se para ele furioso. Ariston tinha três irmãs, que os lacedemônios chamavam de "duplamente belas", querendo dizer que eram tão belas que era preciso olhá-las duas vezes para poder apreciá-las corretamente.

Polynikes perguntou a Ariston se achava aquilo engraçado.

— Não, senhor — respondeu o garoto.

— Bem, se acha engraçado, espere até entrar em combate. Vai gargalhar.

— Não, senhor.

— Vai sim. Vai ficar rindo nervoso como as suas malditas irmãs. — Aproximou-se dele. — Acha que a guerra é isso, seu imbecil?

— Não, senhor.

Polynikes quase encostou sua cara na do menino, fulminando seus olhos com uma malícia mordaz.

— Diga-me. O que acha que será mais risível: quando o inimigo enfiar uma lança de 45 centímetros em seu traseiro ou quando enfiá-la no do seu companheiro salmista, Alexandros?

— Nenhum dos dois, senhor. — O rosto de Ariston estava petrificado.

— Está com medo de mim, não está? Por isso está rindo. Está feliz até não poder mais porque não foi o escolhido.

— Não, senhor.

— O quê? Não está com medo de mim?

Polynikes exigia saber o que era. Porque, se Ariston estivesse com medo dele, era um covarde. E se não estivesse, era imprudente e ignorante, o que seria ainda pior.

— O que é, então, seu desgraçado montículo de merda? Pois seria bem melhor ter medo de mim. Vou enfiar o meu pau pela sua orelha direita até que saia pela esquerda e, aí, encherei esse urinol eu mesmo.

Polynikes ordenou aos outros garotos que substituíssem Alexandros. Enquanto o patético filete de sua urina manchava a madeira e a estrutura forrada de couro, os talismãs de boa sorte que a mãe e as irmãs de Alexandros haviam feito e que pendiam da estrutura interna, Polynikes voltou sua atenção para Alexandros, inquirindo-o sobre o protocolo do escudo, que o garoto conhecia desde os três anos.

O escudo deve ficar sempre levantado, Alexandros declamou aos gritos, com a manga do antebraço e o punho preparados. Se um guerreiro fica em pé em descanso, seu escudo deve ficar escorado em seus joelhos. Se ele sentar-se ou deitar-se, deve deixar o escudo erguido na base de tripé, um tripé leve que todos levam na concavidade do *hoplon*, em uma proteção com esse propósito.

Os outros jovens sob o comando de Polynikes acabaram de urinar, o melhor que puderam, na concavidade do escudo de Alexandros. Relanceei o olhar para Dienekes. Sua fisionomia não traía nenhuma emoção, embora eu tivesse certeza de que ele amava Alexandros e desejava nada menos que se precipitar encosta abaixo e matar Polynikes.

Mas Polynikes estava certo, e Alexandros, errado. O garoto devia receber uma lição.

Polynikes agora tinha a base do tripé de Alexandros na mão. O pequeno tripé era composto de três cavilhas, cujas extremidades eram unidas por uma tira de couro. As cavilhas tinham a espessura de um dedo humano e cerca de vinte centímetros de comprimento.

— Linha de combate! — berrou Polynikes.

O pelotão de garotos entrou em formação. Todos tinham os seus escudos, difamados, virados de bojo no chão, exatamente como Alexandros fizera.

1.200 oficiais espartanos observavam o espetáculo do alto da colina, junto com um número igual de escudeiros e hilotas.

— Portar escudos!

Os garotos precipitaram-se aos seus *hopla* pesados, no chão. Quando fizeram isso, Polynikes açoitou o rosto de Alexandros com o tripé. O sangue jorrou. Deu um tapa no garoto seguinte, e no seguinte, até o quinto, que, por fim, conseguiu com esforço erguer do chão seu escudo pesando 10 quilos e colocá-lo no lugar para se defender.

Fez com que repetissem isso várias vezes.

Iniciando em uma ponta da linha, depois na outra, depois no meio. Polynikes, como eu disse, era um *Agiad*, um dos Trezentos Cavaleiros, além de um campeão olímpico. Podia fazer o que quisesse. O instrutor, que não passava de um *eirene*, foi posto de lado e não podia fazer nada além de observar, mortificado.

— É hilário, não é? — Polynikes perguntou aos garotos. — Estou morrendo de rir, e vocês? Mal posso esperar para ver o combate, que será ainda mais engraçado.

Os garotos sabiam o que viria a seguir.

Foder a árvore.

Quando Polynikes cansasse de torturá-los ali, ordenaria ao instrutor que os conduzisse ao extremo da planície, a um carvalho particularmente resistente. Então, lhes daria a ordem de atacar a árvore com seus escudos, em forma, exatamente da maneira como atacariam um inimigo em combate.

Os garotos se posicionariam em fileiras de oito, o escudo de cada um pressionado às costas do garoto da frente, com o escudo do garoto na dianteira esmagado, com o seu peso combinado com a pressão, contra o carvalho. Então, fariam o exercício *othismos*.

Empurrariam.

Forçariam.

Foderiam a árvore com todas as suas forças.

A sola de seus pés descalços revolveriam a terra, arfando e retesando os músculos até um sulco, com a profundidade de um tornozelo, ser escavado, enquanto se comprimiam, arqueando e berrando, esmagando-se contra o tronco impassível. Quando o garoto da frente não conseguia mais resistir, assumia a posição do último e o segundo garoto se adiantaria.

Duas horas depois, Polynikes retornaria casualmente, talvez com vários outros Pares jovens, que já haviam passado por esse inferno mais de uma vez durante seus anos de *agoge*. Observariam chocados e sem acreditar que a árvore permanecia de pé.

— Por Deus, passaram a metade do dia golpeando-a, e essa árvore insignificante continua como estava!

102

Então, a efeminação seria acrescentada à lista de crimes dos efebos. Era inconcebível receberem permissão para retornar à cidade enquanto essa árvore os desafiasse; desonrariam seus pais e suas mães, irmãos, irmãs, tias, tios e primos, todos os deuses e heróis de sua estirpe, sem falar nos cães de caça, gatos, carneiros e cabras e, até mesmo, os ratos nos barracões dos hilotas, que teriam de se mostrar envergonhados e fugir para Atenas ou outra *polis*, onde homens eram homens e sabiam como realizar uma foda respeitável.

Essa árvore é o inimigo!

Acabem com o inimigo!

E, assim, prosseguiria, durante a noite inteira, o exercício do escudo que, por volta do segundo turno das sentinelas, teria levado os garotos à regurgitação e defecação involuntárias; estariam vomitando e defecando, seus corpos completamente arrasados de exaustão. Depois, quando os sacrifícios do amanhecer finalmente trouxessem clemência e alívio temporários, os garotos entrariam em formação para mais um dia inteiro de treinamento sem dormir nem um minuto.

O tormento, os garotos agora sabiam, ao receber os tapas dados por Polynikes em seus rostos, ainda estava por vir. Era o que esperavam com ansiedade.

Por essa altura, todos os narizes na formação haviam sido quebrados. Os rostos de todos os garotos eram placas de sangue. Polynikes estava apenas recuperando o fôlego (seu braço se cansara de dar todos aqueles tapas), quando Alexandros, inconscientemente, passou a mão em sua face manchada de sangue.

— O que acha que está fazendo, idiota? — instantaneamente, Polynikes voltou-se contra ele.

— Limpando o sangue, senhor.

— Para que está fazendo isso?

— Para poder enxergar, senhor.

— Quem disse que você tinha o direito de enxergar, porra?

Polynikes prosseguiu a ridicularização mordaz. Por que Alexandros achava que o regimento estava ali, treinando à noite? Não seria isso aprender a lutar sem enxergar? Alexandros achava que, em combate, teria permissão para fazer uma pausa para limpar o rosto? Só podia ser isso. Alexandros chamaria o inimigo, e, cordialmente, fariam uma pausa para que o garoto pudesse tirar o sangue do nariz ou limpar o catarro.

— Pergunto de novo: isto é um urinol?

— Não, senhor, é o meu escudo.

Mais uma vez, esbofeteou o garoto.

— "Meu?" — perguntou furioso. — "Meu?"

Dienekes observava, imóvel, da beira do campo superior. Alexandros estava excruciantemente consciente de que seu mentor estava observando; pareceu apelar para sua compostura, recuperar todos os seus sentidos. O garoto deu um passo à frente, o escudo na mão. Destacou-se em frente a Polynikes e proferiu alto com a voz mais clara possível:

> *Este é o meu escudo.*
> *Em combate, eu o levo à minha frente,*
> *mas ele não é só meu.*
> *Protege o meu irmão à minha esquerda.*
> *Protege minha cidade.*
> *Nunca deixarei meu irmão*
> *fora de sua proteção*
> *nem minha cidade sem o seu resguardo.*
> *Morrerei com o meu escudo em minha frente*
> *enfrentando o inimigo.*

O garoto terminou. Suas últimas palavras, gritadas com todas as suas forças, ecoaram por bastante tempo pelas paredes do vale. Dois mil e quinhentos homens permaneceram escutando e observando.

Viam Polynikes balançar a cabeça, satisfeito. Ele berrou uma ordem. Os efebos reassumiram a formação, cada um com o seu escudo na posição correta, ereto, apoiado nos joelhos.

— Portar escudos!

Os garotos lançaram-se sobre seus *hopla*.

Polynikes balançou o tripé.

Com um estalo que podia ser ouvido por todo o vale, as varas de açoitar golpearam o bronze do escudo de Alexandros.

Polynikes balançou de novo, para o garoto seguinte, e assim sucessivamente. Todos os escudos estavam no lugar. Todos os rostos, protegidos.

Repetiu a partir da esquerda e da direita. Agora, todos os escudos eram prontamente erguidos pelos garotos, rapidamente, na posição para defendê-los.

Pronto.

Com um breve movimento de cabeça para o instrutor, Polynikes recuou. Os garotos ficaram alertas, com os escudos erguidos, o sangue começando a secar nas maçãs de cada rosto e de cada nariz quebrado.

Polynikes repetiu a ordem ao instrutor, ordem de que esses molengões filhos de uma cadela fizessem o exercício de derrubar a árvore até o fim do segundo turno das sentinelas, depois o exercício do escudo, até o amanhecer.

Percorreu a linha, encarando cada garoto. Parou diante de Alexandros.

— O seu nariz era bonito demais, filho de Olympieus. Era nariz de menina. — Jogou o tripé do garoto no chão, aos seus pés. — Gosto mais dele agora.

9

Um dos garotos morreu naquela noite. Seu nome era Hermion; chamavam-no de Montanha. Aos 14 anos, ele era tão forte quanto qualquer outro de sua idade ou da turma acima da sua, mas a desidratação combinada com a exaustão o derrotaram. Ele caiu quase no fim do segundo turno e entrou em um estado de torpor convulsivo que os espartanos chamam de *nekrophaneia*, a Pequena Morte, do qual um homem só consegue se recuperar se deixado só, mas morre se tentar se levantar ou fazer esforço. Montanha estava ciente de seu estado, mas recusou-se a permanecer deitado enquanto seus companheiros estavam em pé e continuavam o treinamento.

Tentei fazer o pelotão beber água, eu e o meu companheiro hilota, Dekton, que, mais tarde, passariam a chamar de Galo. Por volta do primeiro turno, surrupiamos um odre para eles, que recusaram aceitá-lo. Ao amanhecer, transportaram Montanha nos ombros, como são transportados os que caem em batalha.

O nariz de Alexandros nunca mais voltou a ser como era. Seu pai o quebrou de novo, duas vezes, e deu para os melhores cirurgiões o consertarem, mas a costura onde a cartilagem se unia ao osso não cicatrizou como deveria. As cavidades internas se obstruiriam com o muco, desencadeando espasmos dos pulmões, que os gregos chamam de *asthma*, que

106

eram uma tortura observar, e sofrê-los devia ser insuportável. Alexandros culpou-se pela morte do garoto chamado de Montanha. Esses acessos, ele tinha certeza, eram uma punição dos deuses por sua falta de concentração e conduta não apropriada a um guerreiro.

Os espasmos debilitavam a resistência de Alexandros e o tornavam cada vez menos um páreo para os companheiros de sua idade no *agoge*. Pior ainda era a imprevisibilidade dos ataques. Quando o acometiam, ficava incapacitado de qualquer coisa por minutos seguidos. Se não conseguisse reverter seu estado, não poderia, ao atingir a maioridade, se tornar guerreiro. Perderia a cidadania e lhe restaria escolher entre sobreviver em um estado de desgraça ou abraçar a honra e tirar a própria vida.

O seu pai, extremamente preocupado, ofereceu sacrifícios repetidas vezes, chegando até mesmo a enviá-lo a Delfos para uma orientação de Pythia. Nada adiantou.

O que agravou a situação ainda mais foi o fato de que, apesar do que Polynikes tinha dito sobre o nariz quebrado do garoto, Alexandros continuou "bonito". Tampouco sua dificuldade de respirar afetou seu canto. De alguma forma, parecia que o medo, mais do que uma incapacidade física, era o desencadeador desses ataques.

Os espartanos têm uma disciplina que chamam de *phobologia*, a ciência do medo. Na qualidade de seu mentor, Dienekes a trabalhava, privadamente, com Alexandros, depois da refeição da noite e antes do amanhecer, enquanto as unidades entravam em formação para o sacrifício.

A disciplina fobológica compreende 28 exercícios, cada um enfocando um ponto central do sistema nervoso. Os cinco primários são os joelhos e jarretes, pulmões e coração, os genitais e intestinos, a parte inferior das costas e a área dos ombros, sobretudo os músculos trapézios, que unem a articulação do ombro ao pescoço.

Um ponto secundário, para o qual os lacedemônios têm mais 12 exercícios, é a face, especificamente os músculos do queixo, o pescoço e os quatro constritores oculares ao redor da cavidade dos olhos. Os espartanos deram a esses pontos o nome de *phobosynakteres*, "acumuladores de medo".

O medo na mente, ensina a ciência fobológica, deve ser combatido no corpo. Uma vez que a carne seja tomada, um *phobokyklos* ou "circuito de medo" pode ter início, alimentando a si mesmo, se tornando uma corrente incontrolável de terror. Os espartanos acreditam que pondo o corpo em um estado de *aphobia*, destemor, a mente o acompanhará.

Sob os carvalhos, na meia-luz que precede a alvorada, Dienekes praticava sozinho com Alexandros. Dava tapinhas no garoto com um ramo de oliveira, bem de leve, na face. Involuntariamente os músculos trapézios se contraíam.

— Sente o medo? Pronto. Sente? — A voz do mais velho ressoava tranquila, como a de um treinador domando um potro. — Agora, deixe o ombro cair. — Deu mais um tapa na bochecha do garoto. — Deixe o medo verter. Está sentindo?

Homem e garoto trabalhavam por horas os "músculos da coruja", o *ophthalmomyes*, ao redor dos olhos. Esses eram, em vários aspectos, Dienekes instruiu Alexandros, os mais poderosos de todos, pois os deuses, em sua astúcia, fizeram o reflexo defensivo mais alerta para proteger a visão.

— Observe o meu rosto quando os músculos se contraem — demonstrou Dienekes. — Que expressão é esta?

— *Phobos*. Medo.

Dienekes, instruído na disciplina, fez seus músculos faciais cederem.

— Agora. Esta expressão indica o quê?

— *Aphobia*. Destemor.

Parecia natural quando Dienekes a fazia, e os outros garotos a estavam praticando no treinamento e a dominando. Mas, para Alexandros, nada da disciplina era apreendido com facilidade. O único momento em que seu coração verdadeiramente batia sem medo era quando subia na plataforma do coral e ali, sozinho, cantava na *Gymnopaedia* e nos festivais dos outros meninos.

Talvez os seus verdadeiros guardiões fossem as Musas. Dienekes mandou Alexandros oferecer sacrifício a elas, a Zeus e à Mnemosyne. Ágata, uma das irmãs de "dupla beleza" de Ariston, fez um talismã de âmbar a Polyhymnia, e Alexandros o carregava com ele, pendendo das hachuras no interior de seu escudo.

Sem cessar, Dienekes encorajou Alexandros a cantar. Os deuses dotam cada homem de um talento com o qual podem derrotar o medo; Dienekes não tinha dúvidas de que o de Alexandros era a voz. O talento para cantar, em Esparta, vem em seguida à bravura marcial e, de fato, está intimamente relacionado, através do coração e dos pulmões, à disciplina da *phobologia*. Por isso, os lacedemônios cantam ao avançar em combate. São instruídos a abrir a garganta e engolir ar, ativar os pulmões até os acumuladores cederem e romperem a constrição do medo.

Há dois trajetos de corrida na cidade: o Pequeno Anel, que começa no *Gymnasion* e segue a Via Konooura sob Atenas da Casa de Latão; e o Grande Anel, que envolve as cinco aldeias, passando por Amyklai, ao longo da Via Hyakinthiana, e atravessa as encostas de Taygetos. Alexandros correu o Grande, quase 10 quilômetros, descalço, antes do sacrifício e depois do jantar. Rações extra lhe foram dadas furtivamente pelos hilotas cozinheiros. Por um pacto tácito, os garotos de seu *boua* o protegiam no treinamento. Cobriam-no quando seus pulmões o traíam, quando havia a possibilidade de ser punido. Alexandros respondia com uma vergonha secreta, que o incitava a exercícios ainda mais vigorosos.

Ele começou a treinar luta livre, aquele tipo de rinha de garotos sem limite nenhum encontrada somente em Lacedemônia, na qual o competidor pode chutar, morder, arrancar os olhos, fazer qualquer coisa menos levantar a mão à clemência. Alexandros lançava a si mesmo descalço no córrego de Therai e as suas mãos contra o saco de *pankratist*; corria trajetos sinuosos, golpeava as caixas de areia dos treinadores. Suas mãos esguias ficaram cheias de cicatrizes, e as juntas, quebradas. Seu nariz tornou a quebrar. Lutava com efebos de seu próprio pelotão e de outros e lutava comigo.

Eu estava crescendo rápido. Minhas mãos foram ficando cada vez mais fortes. Qualquer ação atlética realizada por Alexandros, eu fazia melhor; eu estava ficando rápido. No ringue, tudo o que eu podia fazer era não arrebentar o seu rosto ainda mais. Ele poderia ter me odiado, mas o ódio não existia nele. Partilhava suas rações extras e se preocupava que eu seria açoitado por ser complacente com ele.

Conversávamos durante horas secretamente na busca da *esoterike harmonia*, o estado de serenidade que os exercícios da *phobologia* pretendem gerar. Assim como uma corda da *kithera* vibra com pureza, emitindo somente a nota da escala que é só sua, o guerreiro abre mão de tudo que é supérfluo em seu espírito, até ele próprio vibrar o timbre exclusivo que o seu *daimon* dita. A realização desse ideal, na Lacedemônia, é mais considerada que a coragem no campo de batalha; é a suprema personificação da virtude, *andreia*, de um cidadão e um homem.

Além da *esoterike harmonia* existe a *exoterike harmonia*, estado de união com os companheiros que tem seu paralelo na harmonia musical dos instrumentos de corda ou do próprio coro de vozes. Na batalha, a *exoterike harmonia* guia a falange em seus movimentos e ataques como se fosse um único organismo, de uma única mente e vontade. No amor, une marido e mulher, amante a amante, em uma união perfeita e tácita. Na política, a *exoterike harmonia* cria uma cidade de concórdia e unidade, onde cada indivíduo garante sua expressão de caráter mais nobre, doando-a uns aos outros, todos tão obedientes às leis quanto as cordas da *kithera* à imutável matemática da música. Na devoção, a *exoterike harmonia* produz a sinfonia do silêncio que tanto deleita os ouvidos dos deuses.

No auge do verão, houve uma guerra com os antirhionianos. Quatro dos vinte *lochoi* do exército foram mobilizados (reforçados por elementos do Skiritai, patrulheiros montanheses que possuíam seu próprio regimento de força principal) em um recrutamento das dez primeiras turmas por idade, 2.800 ao todo. Não era uma força para ser tomada facilmente, todos lacedemônios, comandados pelo Rei em pessoa; só o séquito guerreiro tinha 800 metros de comprimento. Seria a primeira campanha na expressão da palavra, desde a morte de Kleomenes, e a terceira na qual Leônidas assumiria o comando como Rei.

Polynikes iria como Cavaleiro da guarda do Rei, Olympieus com o batalhão Caçadora, no *lochos* Oliveira Selvagem, e Dienekes como comandante de pelotão, um *enomotarch*, no Héracles. Até mesmo

Dekton, meu amigo mestiço, seria mobilizado como pastor para os animais de sacrifício.

Todo o refeitório de Deukalion, no qual Alexandros "esteve", o que significa que foi um copeiro ocasional para poder observar os mais velhos e aprender, foi convocado, exceto os cinco homens mais velhos, entre 40 e 60 anos. Para Alexandros, embora lhe faltassem seis anos, a mobilização pareceu mergulhá-lo ainda mais profundamente na depressão. Os Pares não convocados se contraíam com o seu próprio estigma de frustração. A atmosfera estava suscetível e no ponto ideal para a explosão.

Não sei bem como, certa noite, teve início uma briga entre mim e Alexandros, lá fora, atrás do refeitório. Os Pares se reuniram rapidamente; era justamente de ação que todos precisavam. Ouvi a voz de Dienekes incitando a rixa. Alexandros parecia inflamado; não tínhamos nada nas mãos, e seus punhos, um tanto pequenos, se arremessavam rápidos como dardos. Atingiu-me com um sólido murro; eu caí. Foi uma queda genuína, mas os Pares haviam visto os amigos de Alexandros protegerem-no tantas vezes que acharam que eu estava simulando. Alexandros também achou.

— Levante-se, seu bostinha estrangeiro! — Montou sobre mim, prendendo-me no chão, e me atingiu de novo quando me ergui. Pela primeira vez senti realmente um instinto de matador em sua voz. Os Pares também perceberam e gritaram satisfeitos. Enquanto isso, os cães de caça, dos quais nunca havia menos do que vinte depois da hora da comida, latiam e saltavam por toda parte, na agitação a que a voz excitada de seus donos os incitava.

Levantei-me e golpeei Alexandros. Eu sabia que podia vencê-lo facilmente, apesar de sua fúria estimulada pela multidão; tentei desferir um murro mais brando, mas de modo a ninguém perceber. Perceberam. Um urro de ultraje elevou-se dos Pares do refeitório e outros da *syssitia* adjacente, que agora haviam se unido, formando um círculo do qual nem Alexandros nem eu podíamos escapar.

Eu sentia as mãos dos homens baterem com força em minhas orelhas. "Lute com ele, seu panaca, senão vai virar carne para os cachorros!" O instinto de matilha tomara os cães de caça; estavam

111

prestes a se perder em sua natureza animal. De repente, dois irromperam no ringue. Um deu uma mordida em Alexandros antes que as varas dos homens o pusessem para correr. Foi isso.

Sem se saber como, Alexandros foi acometido de um espasmo do pulmão; sua garganta se contraiu, começou a sufocar. O meu golpe hesitou. Uma vara de quase um metro queimou minhas costas. "Bata nele!" Obedeci; Alexandros caiu de joelhos. Seus pulmões haviam congelado, estava impotente. "Bata nele, seu idiota!", gritou uma voz atrás de mim. "Acabe com ele!"

Era Dienekes.

Sua vara açoitou-me com tal força que me derrubou de joelhos. O delírio das vozes sobrepujou os sentidos, todos gritando para que eu acabasse com ele. Não se tratava de raiva. Nem estavam torcendo por mim. Não podiam se importar menos comigo. Era por ele, para ensinar-lhe, para fazê-lo engolir a milésima lição das outras mil que sofreria antes de fortalecerem-no como uma rocha e o autorizarem a ocupar o seu lugar como um Par. Alexandros sabia disso e levantou-se com a fúria do desespero, sufocado, com falta de ar; atacou como um javali. Senti o golpe. Girei com toda a minha força. Alexandros rodopiou e caiu, a cara no chão, sangue e saliva escorrendo do canto da boca.

Ficou ali, imóvel como um morto.

Os gritos dos Pares cessaram instantaneamente. Somente a terrível algazarra dos cães persistiu em seu tom estridente, enlouquecedor. Dienekes avançou na direção da forma caída de seu protegido e ajoelhou-se para sentir seu coração. A respiração retornou no inconsciente Alexandros. A mão de Dienekes limpou a saliva e o catarro dos lábios do garoto.

— O que estão olhando embasbacados? — gritou aos Pares. — Acabou! Deixem-no em paz!

Na manhã seguinte, o exército marchou para Antirhion. Leônidas andava à frente, com a *panoplia* completa, inclusive o escudo a tiracolo, com a testa engrinaldada e seu elmo sem adornos, o bornal de batalha enrolado sobre seu manto escarlate, o cabelo comprido cor de aço, imaculadamente penteado e caindo sobre os ombros. Ao seu redor, marchavam a guarda de Cavaleiros, 150 ao todo, a metade de seu número, com Polynikes na fileira da frente, na posição de honra, ao lado de outros 6 campeões olímpicos. Não marchavam rigidamente, em fileira cerrada silenciosa e carrancuda, mas à vontade, conversando e brincando um com o outro, com suas famílias e amigos à beira da estrada. O próprio Leônidas, não fossem seus anos e posição de honra, poderia facilmente ser confundido com um soldado comum da infantaria, de tão despretensioso era o seu armamento, de tal modo sua conduta era descontraída. No entanto, a cidade toda sabia que essa marcha, assim como as duas anteriores sob o seu comando, era movida por sua vontade, única e exclusivamente por sua vontade. Visava à invasão persa que o Rei sabia que aconteceria, talvez não nesse ano, talvez não daqui a cinco anos, mas aconteceria inevitavelmente.

Os portos gêmeos de Rhion e Antirhion controlavam o acesso pelo ocidente ao golfo de Corinto. Essa via ameaçava o Peloponeso e toda a Grécia central. Rhion, o porto mais próximo, já pertencia à hegemonia espartana, era um aliado. Mas Antirhion, do outro lado do estreito, permanecia altivo, considerando-se fora do alcance do poder lacedemônio. Leônidas pretendia mostrar-lhe o erro de sua postura. Ele o dominaria e conteria o golfo, protegendo a Hélade central do ataque marítimo da Pérsia, pelo menos do noroeste.

O pai de Alexandros, Olympieus, liderava o regimento Oliveira Selvagem, com Meriones, de 50 anos, ex-capitão potidaeano, cativo de batalha ao seu lado como escudeiro. Esse homem gentil usava a barba grande e basta, branca como a neve; costumava esconder pequenos tesouros em seu ninho espesso e revelá-los, como presentes de surpresa, para Alexandros e suas irmãs, quando eram pequenos. Fez isso agora, desviando para a beira da estrada, para pôr na mão de Alexandros um minúsculo amuleto de ferro na forma de um escudo. Meriones apertou a mão do garoto com uma piscadela e afastou-se.

Permaneci com a multidão ao longo da Via Amyklaian, com Alexandros e os outros garotos dos pelotões de treinamento, as mulheres e as crianças, toda a cidade debaixo das acácias e ciprestes, cantando o hino a Castor, enquanto os regimentos marcharam pela Rua da Partida, com seus escudos guardados, suas lanças amarradas, seus elmos ligados aos ombros de suas capas rubras, balançando sobre seus *polemothylakioi*, bolsas que os Pares carregavam de maneira exibicionista no momento, mas que, como suas armaduras, seriam transferidas com todo o equipamento, salvo as lanças e espadas, para os ombros de seus escudeiros, quando o exército assumisse marcha em forma de coluna e se dirigisse para o norte.

O lindo rosto de Alexandros, todo machucado, permanecera como uma máscara enquanto Dienekes marchara para nosso campo de visão, acompanhado de seu escudeiro, Suicídio, encabeçando seu pelotão do *lochos* Héracles. O corpo principal das tropas passou. Liderando e acompanhando cada regimento, se arrastavam os animais de carga, levando os suprimentos da intendência e espancados nas ancas, divertidamente, com as varas dos garotos pastores hilotas. O trem de armamentos ribombava, já obscurecido em uma nuvem de poeira, carregado com pesados peitorais de bronze, escudos de reserva e lanças; em seguida, iam os altos carros dos mantimentos carregados de potes de azeite e jarras de vinho, sacos de figo, azeitonas, cebolas, alhos-porós, romãs e panelas balançando em ganchos debaixo deles, batendo umas contra as outras ritmicamente, na poeira do rastro das mulas, contribuindo com uma atmosfera metronômica para a cacofonia do estalar dos chicotes e o ranger do aro das rodas, os gritos dos carreteiros e os eixos rangentes.

Atrás dos portadores das provisões vinham as forjas portáteis e os equipamentos dos armeiros com seus *xiphos* de reserva e adagas, "perfuradores de lagartos" e as lanças mais curtas e as de dois metros, sobressalentes hastes de freixo e de cornáceas sacudidas nas carroças. Hilotas armeiros caminhavam com dificuldade na névoa, usando as toucas de pele de cão e aventais, os braços atravessados das marcas de queimaduras da forja.

Por último, os bodes e carneiros de sacrifício, com seus chifres revestidos e as correias seguradas pelos garotos pastores, conduzidos por Dekton em sua roupa branca de acólito já enfarruscada pelo pó da estrada, arrastando um asno encabrestado, carregado de grãos e dois galos em gaiolas, cada um de um lado do animal de carga. Ele sorriu ao passar, um ligeiro lampejo de desacato escapando de sua conduta, que, não fora isso, seria impecavelmente pia.

Eu dormia profundamente naquela noite, sobre a pedra no pórtico atrás do local dos éforos, quando uma mão me sacudiu e despertou. Era Ágata, a garota espartana que havia feito o talismã de Alexandros para Polyhymnia.

— Levante-se! — sussurrou ela, para não alertar os outros 20 jovens da *agoge* e que vigiavam esses prédios públicos. Relanceei os olhos em volta. Alexandros, que estava dormindo ao meu lado, havia desaparecido. — Depressa!

A garota misturou-se imediatamente às sombras. Segui-a rapidamente através das ruas escuras até o bosque da murta de tronco duplo que eles chamam de Dioscuri, os Gêmeos, logo a oeste do ponto de partida do Pequeno Anel.

Alexandros estava lá. Havia se afastado furtivamente de seu pelotão sem mim (o que nos teria colocado, os dois, se pegos, à mercê de chibatadas inclementes). Ele usava seu manto preto de *pais* e a mochila de guerra, e estava sendo confrontado por sua mãe, a senhora Paraleia, um dos escravos da casa e suas duas irmãs mais novas. Palavras ásperas foram ditas. Alexandros pretendia combater com o exército.

— Eu vou — declarou ele —, nada vai me impedir.

Sua mãe mandou que eu o derrubasse.

Vi algo cintilar em seu punho. O seu *xyele*, a arma semelhante à foice que todos os efebos carregavam. As mulheres também a viram, e a expressão implacável em seus olhos. Por um longo instante, todos se imobilizaram. O absurdo da situação tornava-se cada vez mais evidente, assim como a resolução inflexível do garoto.

A sua mãe empertigou-se.

— Então, vá — falou, por fim, a senhora Paraleia a seu filho. Não precisou acrescentar que eu iria com ele. — E que os deuses o protejam na punição que receberá ao retornar.

10

Não foi difícil seguir o rastro do exército. Havia somente uma estrada, um único desfiladeiro ao norte através das montanhas. Em Selasia, o regimento *perioikic* havia se juntado à expedição. Alexandros e eu chegamos quando já estava escuro, mas ainda assim pudemos perceber no solo os sinais de formação das tropas e o sangue recentemente ressecado sobre o altar de pedra no qual os sacrifícios foram realizados, e o augúrio, interpretado. O exército estava a um dia inteiro à frente; não pudemos parar para dormir, e prosseguimos durante toda a noite.

Ao alvorecer, nos deparamos com homens que logo reconhecemos. Um hilota armeiro de nome Eukrates havia quebrado a perna e estava retornando à casa auxiliado por dois de seus companheiros. Contou-nos que, em Selasia, Leônidas recebera informações recentes. Os antirhionianos, longe de terem se fingido de mortos, como o Rei esperava, haviam enviado emissários secretamente, pedindo ajuda ao *tyrannos* Gelon, em Sikelia. Gelon tinha ciência, assim como Leônidas e os persas, da importância estratégica do porto de Antirhion; 20 de seus navios, transportando 2 mil soldados da infantaria pesada de Siracusa, estavam a caminho para reforçar os antirhionianos. Enfim, seria um combate de verdade.

116

A força espartana fez pressão através de Tegea. O povo de Tegea, aliados da Liga do Peloponeso e obrigados a "seguir os espartanos aonde quer que fossem", foram compelidos a reforçar o exército com 600 de seus hoplitas, recrutados imediatamente. Leônidas não estava querendo uma *parataxis*, uma batalha campal, com os antirhionianos. Em vez disso, esperava intimidá-los com uma demonstração de força tal que se dessem conta da insensatez do desafio e se alistassem, por sua livre e espontânea vontade, na aliança contra os persas. Na manada de Dekton, havia um touro oculto, levado antecipadamente à celebração, para o sacrifício festivo em honra dessa adesão à Liga. Mas os antirhionianos, talvez comprados pelo ouro de Gelon, inflamados pela retórica de algum demagogo sedento de glória ou traídos por um oráculo falso, escolheram a luta.

Quando Alexandros falou com os hilotas na estrada, perguntou-lhes sobre a constituição específica das forças de Siracusa: que unidades, sob que comandos, reforçadas por quais auxiliares? Os hilotas não sabiam. Em qualquer exército que não o espartano, tal ignorância teria provocado uma descompostura furiosa ou coisa pior. Mas Alexandros deixou para lá. Entre os lacedemônios, a questão de quem e em que consiste o inimigo é indiferente.

Os espartanos são instruídos a considerar o adversário, qualquer adversário, como sem nome e sem rosto. Em sua mente, é sinal de exército mal preparado e amador contar, momentos antes da batalha, com o que chamam de *pseudoandreia*, "falsa coragem", isto é, o frenesi marcial inflado artificialmente, produzido por uma arenga, na última hora, de um general ou alguma bravata alardeada, batendo no escudo, ou algo parecido. Na mente de Alexandros, que já na idade de 14 anos mirava-se na imagem do general de sua cidade, um indivíduo de Siracusa era tão bom quanto outro qualquer, um inimigo *strategos* não era diferente do outro. Que o inimigo fosse da Mantinea, Olintho ou Epidaurus; que viesse em unidades de elite ou hordas estridentes da ralé, em regimentos de cidadãos muito bem treinados ou mercenários estrangeiros contratados pelo ouro. Não fazia diferença. Nenhum era páreo para os guerreiros da Lacedemônia, e todos sabiam disso.

Entre os espartanos, o ato da guerra é desmitificado e desperso-nalizado através de seu vocabulário, pontuado igualmente com refe-rências agrárias e obscenas. A palavra que traduzi anteriormente por "foda", como na "foda da árvore", tem a conotação não tanto de pene-tração, mas de trituração, como uma pedra de moleiro. As três fileiras da frente "fodem" ou "trituram" o inimigo. O verbo "matar", *theros* em dórico, significa o mesmo que "ceifar". Os guerreiros da quarta à sexta fileira às vezes são chamados de "ceifadores", tanto pelo trabalho que fazem no inimigo pisoteado com os "perfuradores de lagartos", as pontas de suas lanças de dois metros, quanto pelo golpe inclemente desferido com a curta espada *xiphos*, muitas vezes chamada de "sega-dora". Decapitar um homem é "concluí-lo" ou "fazer-lhe um corte de cabelo". Amputar um braço ou mão é chamado de "desmembrar".

Alexandros e eu chegamos a Rhion, no rochedo que dava para o porto de embarque do exército, um pouco depois da meia-noite do terceiro dia. As luzes de Antirhion brilhavam, claramente visíveis do outro lado do estreito canal. As praias de embarque já estavam repletas de homens e garotos, mulheres e crianças, uma multidão festiva apinhada para observar o espetáculo da frota de 40 galeões, transportadores e cargueiros reunidos antecipadamente pelos rhionianos aliados para atravessar o exército no escuro ao longo do litoral ocidental, fora de vista de Antirhion, depois para o outro lado do golfo, onde ele era mais amplo, alguns quilômetros abaixo. Leônidas, considerando a reputação do combate marítimo dos antirhionianos, optou por atravessar o golfo à noite.

No meio dos que gritavam adeus no alto do penhasco, Alexandros e eu localizamos um garoto de nossa idade cujo pai, disse ele, possuía um barco de pesca veloz e que não se oporia em embolsar as dracmas áticas nas mãos de Alexandros em troca de uma travessia rápida e si-lenciosa, sem perguntas. O garoto levou-nos pelo meio do amontoado de espectadores e daqueles que dançavam, bebiam e cantavam como em dias de festival, até uma praia obscura chamada os Fornos, atrás de um quebra-mar não iluminado. Menos de vinte minutos depois que o último transporte espartano desatracou, também estávamos na água, seguindo o rastro da frota, para o oeste, sem sermos vistos.

Eu sempre temi o mar, ainda mais em uma noite sem lua e sendo transportado por estranhos. O nosso capitão havia insistido em levar junto seus dois irmãos, embora bastasse um homem e um garoto para lidar com uma embarcação tão leve. Eu conhecia esse tipo de barco costeiro e esse tipo de sujeito, e não confiava neles; os irmãos, se realmente eram seus irmãos, eram dois grandalhões broncos que mal conseguiam falar, com barbas tão espessas que começavam logo abaixo da linha dos olhos e se estendiam cerradas.

Passou-se uma hora. O barco navegava rápido demais; o som dos remos e até mesmo o ranger das cordas nos mastros eram transmitidos facilmente através da água escura. Alexandros ordenou duas vezes ao pirata para retardar sua marcha, mas o homem reagiu com uma risada. Navegávamos a favor do vento, disse ele, ninguém podia nos ouvir, e mesmo que pudessem, nos tomariam por parte do comboio, ou por um dos barcos de espectadores, que seguiam para ver a ação.

Como esperado, assim que as luzes de Rhion reduziram sua intensidade atrás de nós, uma chalupa espartana surgiu da treva e veio na nossa direção para interceptar nosso caminho. Escutamos vozes no dialeto dórico, saudando nosso pequeno barco e ordenando que parasse. Subitamente, nosso capitão pediu seu dinheiro. Quando desembarcarmos, Alexandros insistiu, como combinado. Os barbados apertavam os remos nos punhos como armas. A chalupa está se aproximando, garotos. O que acontecerá com vocês se formos pegos?

— Não lhe dê nada, Alexandros — sussurrei.

Mas ele percebeu a precariedade da nossa situação.

— É claro, capitão. Com prazer.

O pirata aceitou seu preço, sorrindo largo como Caronte na travessia para o inferno.

— Agora, garotos, pulem para fora do barco.

Estávamos exatamente no meio da parte mais larga do golfo.

O nosso barqueiro apontou a chalupa aproximando-se velozmente por barlavento.

— Segurem a corda e fiquem sob a popa enquanto dou uma boa distância desses marinheiros de meia-tigela. — As barbas se avultaram. — Assim que despistarmos esses tolos, os puxaremos de volta a bordo, sem nenhum arranhão.

Lá fomos nós. A chalupa se aproximou. Escutamos uma lâmina raspando o cabo.

A corda soltou-se.

— Feliz desembarque, garotos!

Em uma fração de segundo, o remo que dava a direção do barco unhou fundo na onda. Os dois brutamontes imprestáveis mostraram-se, de súbito, tudo menos isso. Três movimentos ligeiros nos remos, e o barco disparou como se arremessado por uma catapulta.

Fomos lançados à deriva no meio do canal.

A chalupa aproximou-se, em busca do barco que já desaparecia. Os espartanos ainda não tinham nos visto. Alexandros agarrou meu braço. Não devíamos gritar, seria uma desonra.

— Concordo. Afogar-se é muito mais honroso.

— Cale-se.

Ficamos em silêncio, mantendo a cabeça acima do nível da água enquanto a chalupa esquadrinhava a área, em busca de uma embarcação que talvez fosse espiã. Por fim, vimos sua popa, e ele se afastou. Ficamos sós sob as estrelas.

Se o mar já parece tão amplo quando visto do cais, parece ainda maior quando se tem apenas alguns centímetros do corpo acima da superfície.

— Que direção vamos seguir?

Alexandros lançou-me um olhar como se eu fosse louco. É claro que seguiríamos em frente.

Chapinhamos durante o que pareceram horas. A costa não se dignou a se aproximar sequer a extensão de uma lança.

— E se a correnteza está contra nós? Pelo que estamos vendo, não saímos do lugar, se é que não fomos arrastados para trás.

— Estamos mais perto — insistiu Alexandros.

— Sua vista deve ser melhor que a minha.

Não havia outra coisa a fazer a não ser chapinhar e rezar. Que monstros marinhos rondavam naquele momento debaixo dos nossos pés, prontos para prender nossas pernas em suas espirais terríveis, ou arrancar nossas rótulas? Eu ouvia Alexandros engolir água, lutando contra um acesso de asma. Chegamos mais perto um do outro. Os olhos grudados de sal; os braços pesando como chumbo.

— Conte-me uma história — disse Alexandros.

Por um instante, temi que tivesse enlouquecido.

— Para darmos coragem um ao outro. Para manter o ânimo elevado. Conte-me uma história.

Recitei alguns versos da *Ilíada*, que Bruxieus havia feito Diomache e eu decorar, no nosso segundo verão nas colinas. Eu proferi os hexâmetros fora de ordem, mas Alexandros não se importou; as palavras pareceram fortificá-lo consideravelmente.

— Dienekes diz que a mente é como uma casa com muitos quartos — disse ele. — Há quartos em que não se deve entrar. Antecipar a morte de alguém é um desses quartos. Não devemos nem mesmo pensar nele.

Instruiu-me a prosseguir, selecionando somente os versos sobre a bravura. Declarou que não devíamos, sob nenhuma circunstância, pensar em fracasso.

— Acho que os deuses nos jogaram aqui com um propósito. Ensinar-nos sobre esses quartos.

Continuamos chapinhando. Órion, o Caçador, estava em cima de nós quando começamos; agora o seu arco baixara no céu. A costa continuava tão distante quanto antes.

— Conhece Ágata, a irmã de Ariston? — perguntou Alexandros, sem mais nem menos. — Vou me casar com ela. Eu nunca tinha dito isso a ninguém.

— Parabéns.

— Acha que estou brincando. Mas o meu pensamento está fixado nela há horas, ou o tempo que for que estamos aqui. — Ele falava sério. — Acha que ela me aceitará?

No meio do oceano, fazia tanto sentido discutir isso como qualquer outra coisa.

— A sua família é de posição superior à dela. Se seu pai pedi-la, ela terá de dizer sim.

— Não a quero dessa maneira. Você a observou. Diga-me a verdade. Acha que me aceitará?

Refleti um instante.

— Ela fez esse talismã para você. Seus olhos não se desprendem de você quando canta. Ela vai ao Grande Anel quando você corre. Ela finge estar treinando, mas, na verdade, está olhando para você furtivamente.

Isso pareceu animá-lo enormemente.

— Vamos dar uma puxada. Vinte minutos com toda a força que temos, e vamos ver até onde chegamos.

Ao completarmos vinte minutos, decidimos tentar mais uma vez.

— Você também gosta de uma garota, não gosta? — perguntou Alexandros enquanto chapinhávamos. — Da sua cidade. A garota com quem estava nas colinas, sua prima, a que foi para Atenas.

Eu disse que era impossível ele saber de tudo isso.

Ele riu.

— Eu sei tudo. Soube pelas garotas e garotos pastores hilotas, e pelo seu amigo, o escravo Dekton. — Também disse que queria saber mais sobre "essa sua garota".

Respondi que não contaria mais.

— Posso ajudá-lo a vê-la. O meu tio-avô é *proxenos* para Atenas. Ele pode encontrá-la e trazê-la para a cidade, se você quiser.

As ondas estavam ficando maiores. Um vento frio intensificou-se. Não estávamos indo a lugar nenhum; ao que parecia, derivávamos para trás. Sustentei Alexandros de novo quando foi acometido de outro acesso de asma. Pôs o polegar entre os dentes e mordeu-o até tirar sangue. A dor pareceu equilibrá-lo.

— Dienekes diz que guerreiros avançando no combate devem falar com firmeza e calma uns com os outros, cada homem encorajando o seu companheiro. Não podemos parar de conversar, Xeo.

A mente prega peças em condição tão extrema. Não saberia dizer o quanto falei em voz alta a Alexandros durante as horas seguintes ou o quanto simplesmente minha mente se deixou levar pelas recordações, enquanto fazíamos esforços sem fim em direção à costa, que se recusava a se aproximar.

Sei que lhe falei de Bruxieus. Se o meu conhecimento de Homero era bom, todo o crédito era desse homem, de sina amaldiçoada, sem visão como o poeta, e sua firme vontade de que eu e minha prima não crescêssemos selvagens e analfabetos nas colinas.

— Esse homem foi um mentor para você — falou Alexandros com gravidade —, assim como Dienekes é para mim. — Ele quis ouvir mais. Como era ver sua cidade se incendiar? Quanto tempo permanecemos nas colinas? Por que não tínhamos descido?

Engolindo água e engasgando um pouco, eu lhe contei.

Por volta do nosso segundo verão nas montanhas, Diomache e eu havíamos nos tornado tão bons caçadores que não só não precisávamos mais descer à cidade ou às fazendas para buscar comida como não sentíamos vontade. Éramos felizes nas colinas. Nosso corpo se desenvolvia. Tínhamos carne, não uma ou duas vezes por mês ou somente em ocasiões festivas, como na casa dos nossos pais, mas diariamente, em todas as refeições. O nosso segredo: tínhamos achado cachorros.

Dois filhotes, para ser exato, produtos de uma ninhada repudiada. Cães de caça dos pastores arcadianos que havíamos descoberto tremendo e sem amamentação, abandonados por sua mãe que parira fora do tempo, em pleno inverno. Demos o nome de Feliz a um e Sortudo ao outro, o que eram. Na primavera, os dois já tinham pernas suficientes para correr, e, no verão, o instinto os havia transformado em caçadores. Com aqueles cachorros, nossos dias de fome chegaram ao fim. Podíamos perseguir e matar qualquer coisa que respirasse. Podíamos dormir com os dois olhos fechados e saber que nada nos passaria despercebido. Tornamo-nos caçadores tão competentes, Dio, eu e os cachorros, que realmente deixávamos passar oportunidades, deparávamo-nos com animais selvagens e os deixávamos em paz com a benevolência dos deuses. Banqueteávamo-nos como grandes senhores e olhávamos com desprezo os suados fazendeiros nos vales e, nos planaltos, os pastores na labuta.

Bruxieus começou a temer por nós. Estávamos crescendo selvagens. Sem cidade. Antigamente, Bruxieus nos recitava Homero à noite, e tornara um jogo o número de versos que éramos capazes de

123

repetir sem errar. Agora esse exercício adquiria uma gravidade extrema para ele. Ele estava se debilitando, todos sabíamos disso. Não ficaria conosco por muito mais tempo. Tinha de passar tudo o que sabia.

Homero foi nossa escola, e a *Ilíada* e a *Odisseia* os textos do nosso currículo. Bruxieus nos fez recitar os versos sobre o retorno de Odisseu inúmeras vezes, quando, maltrapilho e irreconhecível como o verdadeiro senhor de Ítaca, o herói de Troia procura abrigo na cabana de Eumaeus, o guardador de porcos. Embora Eumaeus não faça a menor ideia de que o viajante é o seu verdadeiro rei e o considere apenas mais um vagabundo sem cidade, por respeito a Zeus que protege os viajantes, convida-o delicadamente a entrar e partilha com ele sua comida simples.

Isso foi humildade, hospitalidade e amabilidade com o estranho; devemos absorver a lição, mergulhá-la fundo em nossos ossos. Bruxieus ensinava-nos, austeramente, a compaixão, essa virtude que achava estar diminuindo a cada dia em nossos corações endurecidos pela vida nas montanhas. Tínhamos de recitar a cena da tenda no final da *Ilíada*, quando Príamo de Troia ajoelha-se diante de Aquiles e beija, em súplica, a mão do homem que assassinou seus filhos, inclusive o seu preferido, Heitor, herói e protetor de Ilium. Depois, Bruxieus nos submetia a um interrogatório severo. O que teríamos feito se fôssemos Aquiles? E se fôssemos Príamo? A ação dos dois homens era adequada e pia aos olhos dos deuses?

Devemos ter uma cidade, declarava Bruxieus.

Sem uma cidade, não éramos melhores do que os animais selvagens que caçávamos e matávamos.

Atenas.

Para lá, insistia Bruxieus, é que eu e Dio deveríamos ir. A cidade de Atenas era a única cidade verdadeiramente aberta na Hélade, a sua cidade mais livre e civilizada. O amor pela sabedoria, *philosophia*, era mais apreciado em Atenas do que qualquer outra busca. A vida da mente era cultivada e honrada, avivada por uma elevada cultura de teatro, música, poesia, arquitetura e artes. E tampouco os atenienses eram inferiores a qualquer outra cidade na Hélade na prática da guerra.

Os atenienses recebiam bem os imigrantes. Um garoto brilhante e forte como eu poderia ingressar no comércio, ser contratado como aprendiz em uma loja. E Atenas tinha uma frota. Mesmo com as minhas mãos aleijadas, poderia mover um remo. Com a minha destreza no arco, poderia me tornar um *toxotes*, um marinheiro arqueiro, distinguir-me na guerra e explorar esse serviço para galgar posição.

Atenas também era a cidade aonde Diomache deveria ir. Nascida livre, falando bem e tão bela, poderia encontrar serviço em uma casa respeitada e não lhe faltariam admiradores. Estava na idade ideal para ser uma noiva; não era preciso imaginar demais para vê-la com um contrato de casamento. Como esposa, até mesmo de um *meteco*, um residente estrangeiro, ela poderia me proteger, ajudar-me a conseguir um emprego. E estaríamos juntos.

À medida que a força de Bruxieus ia diminuindo, nas semanas que se seguiram, a convicção de que deveríamos obedecer à sua vontade nessas questões se intensificou. Fez-nos jurar que, quando chegasse a hora, desceríamos as colinas e nos dirigiríamos à Ática, à cidade de Atenas.

Em outubro desse segundo ano, Dio e eu fomos caçar em um longo dia frio e não matamos nada. Voltamos, resmungando um com o outro, antecipando um mingau de ervilhas sem graça, e, o que era pior, a visão de Bruxieus, cuja constituição enfraquecida se tornava cada dia mais difícil de ser observada, e ele insistia que estava tudo bem, que não precisava de carne. Vimos sua fumaça e deixamos os cachorros dispararem colina acima, como ele gostava, correndo para o seu amigo para receber os afagos e a farra do regresso à casa.

Da curva na senda abaixo do acampamento, ouvimos os seus latidos. Não os ganidos usuais das brincadeiras, porém algo mais incisivo, estridente, mais insistente. Feliz saltou e ficou à vista, 100 metros acima de nós. Não era preciso ser perspicaz para perceber sua perturbação. Diomache olhou para mim, e nós dois soubemos.

Levamos uma hora para construir a pira de Bruxieus. Quando seu corpo macilento, com a marca de escravo, finalmente jazia na chama purificadora, acendi uma flecha e a disparei, incandescente, na cavidade acima de seu coração, com toda a minha força, formando um arco como o de um cometa descendo sobre o longo e escuro vale.

*...e então o idoso Nestor, sem par em
sua sabedoria entre o povo de
Aqueia, de cabelo harmonioso,
deitou-se na plenitude dos anos
e fechou os olhos como se dormisse,
morto pelos dardos gentis de Ártemis.*

Dez alvoradas depois, Diomache e eu estávamos na Via dos Três Ângulos, na fronteira de Ática e Megara, onde a estrada para Atenas separava-se a leste, a Estrada Sagrada para Delfos, e a oeste e sudoeste coríntio, o Istmo e o Peloponeso. Sem dúvida, parecíamos o par mais selvagem de maltrapilhos, os dois descalços, os rostos tostados do sol, o cabelo comprido amarrado em rabos de cavalo. Nós dois carregávamos punhais e arcos, e os cachorros corriam desenfreados ao nosso lado, tão cobertos de carrapicho e imundos quanto nós.

O tráfego obstruía a Via dos Três Ângulos, os veículos logo antes do amanhecer, carroças transportando produtos, carregadores de lenha, garotos das fazendas a caminho do mercado com seus queijos, ovos e sacos de cebola, como eu e Dio partimos de Astakos naquela manhã que parecia tanto tempo atrás, e, no entanto, pelo calendário, só havia se passado dois invernos. Paramos no cruzamento e perguntamos a direção. Sim, um carreteiro indicou, Atenas era naquela direção, a duas horas, não mais.

A minha prima e eu mal nos falamos durante a semana em que descemos a montanha. Pensávamos em cidades e em como seria nossa nova vida. Observei os outros viajantes quando passavam na estrada, como a olhavam. A necessidade de ser mulher estava nela.

— Quero ter filhos — disse ela inesperadamente, no último dia de nossa caminhada. — Quero um marido de quem cuidar e que cuide de mim. Quero um lar. Não me importa que seja humilde, simplesmente que seja um lugar em que eu possa cultivar um pequeno jardim, pôr flores no peitoril da janela, enfeitá-lo para o meu marido e nossos filhos. — Era sua maneira de ser gentil comigo, de traçar uma distância de antemão, para que eu tivesse tempo de absorvê-la. — Você entende, Xeo?

126

Eu entendia.

— Qual cachorro você quer?

— Não fique irritado. Só estou tentando dizer como as coisas são, e como devem ser.

Decidimos que ela levaria Sortudo, e eu ficaria com Feliz.

— Podemos ficar juntos na cidade — pensou ela em voz alta, enquanto caminhávamos. — Diremos às pessoas que somos irmãos. Mas você tem de entender, Xeo, se eu encontrar um homem decente, que me trate com respeito...

— Eu entendo. Não precisa falar mais.

Dois dias antes, uma dama de Atenas passara por nós na estrada, numa carruagem com seu marido e um grupo alegre de amigos e criados. A garota selvagem, Diomache, chamou a atenção da dama, que insistiu em que suas criadas a banhassem, passassem óleo em seu corpo e a penteassem. Quis fazer o mesmo comigo, mas não deixei que chegassem perto. O grupo parou à margem de um riacho, à sombra, e se entreteve com bolos e vinho, enquanto as criadas levavam Dio e a arrumavam. Quando minha prima apareceu, não a reconheci. A dama ateniense ficou extasiada; não parava de elogiar os encantos de Dio, nem de antecipar o rebuliço que sua beleza criaria entre os jovens da cidade. A dama insistiu que Dio e eu fôssemos direto para a casa de seu marido assim que chegássemos a Atenas; ela providenciaria para que fôssemos empregados e pelo prosseguimento da nossa instrução. Seu empregado nos esperaria nos Portões Thriasianos. Qualquer pessoa nos informaria.

Continuamos nossa marcha, nesse último e longo dia. Agora, líamos nos carreteiros que passavam as palavras "Phalerum" e "Atenas" escrevinhadas nas faixas das jarras de vinho, cerradas umas contra as outras, nas mercadorias encaixotadas. O sotaque se tornava ático. Paramos para observar uma tropa da cavalaria ateniense, na maior folia. Quatro marinheiros passaram, seguindo na direção da cidade, cada um equilibrando um remo sobre os ombros e carregando seu saco de dormir. Exatamente o que eu faria pouco tempo depois.

Nas colinas, Diomache e eu dormíamos sempre juntos, não como amantes, mas para nos aquecermos. Nessas últimas noites na estrada,

127

ela se envolvia em seu manto e dormia separada. Finalmente chegamos, ao amanhecer, aos Três Ângulos. Parei e fiquei olhando uma carroça passar. Senti os olhos de minha prima fitos em mim.

— Você não vem, não é?

Não respondi.

Ela sabia que direção eu tomaria.

— Bruxieus ficaria danado com você — disse ela.

Dio e eu tínhamos aprendido, com os cachorros e caçando, como nos comunicarmos só com o olhar. Despedi-me dela com os olhos e implorei que compreendesse. Ela seria bem cuidada naquela cidade. A sua vida como mulher estava apenas começando.

— Os espartanos serão cruéis com você — disse Diomache. Os cachorros agitavam-se impacientes aos nossos pés. Ainda não sabiam que também eles se separariam. Dio pegou minhas mãos com as suas. — E nunca mais dormiremos nos braços um do outro, primo?

Deve ter parecido um espetáculo singular, aos carreteiros e garotos das fazendas que passavam, a visão dessas duas crianças selvagens abraçadas à beira da estrada, com seus arcos e punhais, e seus mantos presos em rolos de viagem sobre as costas.

Diomache tomou sua estrada, e eu tomei a minha. Ela estava com 15 anos, e eu, 12.

O quanto disso partilhei com Alexandros naquelas horas na água, não posso dizer. A alvorada ainda não mostrara sua face quando terminei. Estávamos agarrados a uma ínfima verga flutuante, mal podendo sustentar uma única pessoa, e exaustos demais para dar mais uma braçada. A água ficava cada vez mais fria. Era hipotermia; nós dois sabíamos disso. Ouvi Alexandros tossir e espirrar, lutando para ter forças para falar.

— Temos de largar essa tábua. Senão morreremos.

Esforcei-me na direção norte. Podíamos ver os picos, mas a costa permanecia invisível. Alexandros pegou minha mão.

— O que quer que aconteça — disse ele —, não o abandonarei.

Largou a prancha. Eu o acompanhei.

Uma hora depois, demos, como Odisseu, em uma praia rochosa sob um viveiro de corvos ruidosos. Bebemos água doce de uma fonte na parede do penhasco, lavamos o sal do cabelo e dos olhos e nos ajoelhamos para agradecer nossa salvação. Dormimos como uma pedra metade da manhã. Escalei atrás de ovos, que devoramos crus, na areia, com nossas roupas em farrapos.

— Obrigado — disse Alexandros com tranquilidade.

Estendeu a mão para pegar a minha.

— Obrigado a você também — repliquei.

Agora, o sol estava em seu zênite; nossos mantos endurecidos de sal estavam secos sobre as nossas costas.

— Vamos — disse Alexandros. — Já perdemos a metade do dia.

11

A batalha aconteceu em uma planície empoeirada a oeste da cidade de Antirhion, a distância de uma flechada da praia e logo abaixo dos muros da cidadela. Um arroio desconexo, o Akanathus, serpenteava a planície, dividindo-a pela metade. Perpendicular a esse curso de água, ao longo do flanco em direção ao mar, os antirhionianos erigiram uma improvisada muralha de batalha. Colinas escarpadas obstruíam a esquerda do inimigo. Uma porção da planície adjacente ao muro estava ocupada por um depósito de sucata; embarcações apodrecidas se espalhavam desordenadamente, estendendo-se por metade do campo, no meio de oficinas em ruínas, pilhas malcheirosas de escombros e ganidos de bandos de gaivotas sobrevoando em círculos. Além disso, o inimigo havia espalhado grandes pedras e madeiras lançadas à costa para tornar irregular a superfície plana sobre a qual Leônidas e seus homens avançariam. Do seu lado, isto é, do inimigo, o terreno foi desobstruído e nivelado como a mesa de um professor.

Quando Alexandros e eu chegamos ao local, esbaforidos e atrasados, os soldados espartanos skiritai tinham acabado de pôr fogo nos escombros do inimigo. Os exércitos permaneciam em formação, a 600 metros um do outro, com as naus em chamas entre os dois. Todas as embarcações mercantes e de pesca foram retiradas pelo inimigo, ou

arrastadas para a segurança dentro dos muros ou ao largo da costa, longe do alcance dos invasores. Isso não impediu que os skiritai incendiassem os desembarcadouros e armazéns do porto. Os soldados haviam saturado de nafta o madeirame dos galpões dos navios, os quais ardiam em chamas até a linha-d'água. Os defensores de Antirhion, como Leônidas e os espartanos bem sabiam, eram milicianos, fazendeiros e oleiros, soldados ocasionais como o meu pai. A devastação do porto pretendeu acovardá-los, desarticular suas faculdades não familiarizadas com tal visão e impregnar seus sentidos intempestivos do mau cheiro e desgraça da matança que estava por acontecer. Era de manhã, por volta da hora do mercado, e a brisa litorânea soprava. A fumaça negra dos destroços carenados começou a obscurecer o campo; a resina da calafetação do madeirame ardia com fúria, atiçada e carregada pelo vento, que transformava os borrões ardentes das pilhas de escombros em fogueiras vorazes e estrondosas.

Alexandros e eu conseguíamos uma posição favorável no penhasco, não mais de 200 metros acima do local em que as formações entrariam em conflito. A fumaça começava a nos sufocar. Pusemo-nos a caminho pela encosta. Outros haviam reivindicado o local antes de nós, garotos e homens mais velhos de Antirhion, armados com arcos, fundas e projéteis com que pretendiam atacar os espartanos quando avançassem, mas essas forças com armamento leve foram removidas antes pela tropa de skiritai. Seus camaradas, lá embaixo, avançariam como sempre em sua posição de honra, à esquerda dos lacedemônios. A tropa montanhesa tomou posse de metade do esquadrão, fazendo o inimigo recuar até onde suas fundas e lanças estivessem fora do alcance e não pudessem causar nenhum dano ao exército.

Imediatamente abaixo de nós, a 200 metros de distância, os espartanos e seus aliados estavam se preparando para ocupar suas posições. Escudeiros armavam os guerreiros dos pés à cabeça, iniciando com as solas pesadas de couro de boi, que pisariam sobre o fogo; em seguida, as grevas de bronze, que os escudeiros colocavam em torno da canela de seus senhores, prendendo-as nas panturrilhas, só com o fio de metal. Víamos o pai de Alexandros, Olympieus, e a barba branca de seu escudeiro, Meriones.

131

Os soldados, em seguida, atavam suas partes íntimas, ato acompanhado de um humor obsceno, quando o guerreiro saudava de modo zombeteiro sua virilidade e oferecia uma oração para que ele e ela ainda se reconhecessem quando o dia acabasse.

Esse processo de se armar para o combate, que os soldados-cidadãos de outras *poleis* haviam praticado não mais de uma dúzia de vezes por ano nos treinamentos da primavera e do verão, os espartanos haviam ensaiado duzentas, quatrocentas, seiscentas vezes em cada temporada de campanha. Homens na faixa dos 50 tinham feito isso 10 mil vezes. Para eles, era um hábito arraigado, como passar óleo, tirar o pó de seus membros antes de lutar ou pentear o cabelo comprido, o que, agora com o corselete de linho e o peitoral de bronze já colocados, faziam com cuidado e cerimônia elaborada, ajudando uns aos outros como um regimento de dândis se preparando para um baile a rigor. Durante o tempo todo, irradiavam uma calma e indiferença extraordinárias.

Por fim, os homens grafaram seus nomes ou sinais sobre os *skytalides*, braceletes improvisados com galhos, os quais chamavam de "etiquetas", que distinguiriam seus corpos caso, mortos, fossem mutilados de modo medonho demais para serem identificados. Usavam galhos porque não tinham valor como espólio para o inimigo.

Atrás dos homens agrupados, as profecias eram interpretadas. Escudos, elmos e pontas de lança do comprimento de 30 centímetros haviam sido polidos até brilharem como um espelho; cintilavam ao sol, conferindo à formação a aparência de um moedor colossal, composta mais de bronze e de ferro do que de homens.

Então, soldados espartanos e de Tegea se posicionaram na linha. Primeiro os skiritai, à esquerda, 48 escudos ao largo por 8 de fundo; depois os Stephanos selasianos, o regimento do Loureiro, mil hoplitas *perioikoi*. À direita, 600 homens da infantaria pesada de Tegea; depois, os Cavaleiros no centro da linha, o proeminente Polynikes entre eles, 30 escudos por 5 de profundidade, para lutar e proteger a pessoa do Rei. À direita, dispondo a tropa, posicionava-se toda a *mora* Oliveira Selvagem, além de 140 de largo, com o batalhão da Pantera do lado dos Cavaleiros, depois a Caçadora com

Olympieus na linha de frente, e, finalmente, Menelaion. Por último, o regimento Héracles, 140 escudos, com Dienekes claramente visível à cabeça de seu enomotia de 36 homens, baseando-se à direita. No total, sem contar os escudeiros armados que serviam como auxiliares, excedia 4.500 homens e tinha uma extensão de ponta a ponta, através da planície, de quase 600 metros.

Podíamos ver Dekton, tão alto e musculoso quanto qualquer guerreiro, sem armadura em sua roupa branca de acólito, levando rapidamente duas cabras a Leônidas, que, com uma grinalda, permanecia com os sacerdotes antes da formação, pronto para o sacrifício. Eram necessárias duas cabras, para o caso de a primeira sangrar desfavoravelmente. A postura dos comandantes, assim como a dos guerreiros reunidos, projetava um ar de absoluta despreocupação.

Do outro lado, os antirhionianos e seus aliados de Siracusa haviam se reunido com a mesma largura dos espartanos, mas seis ou mais escudos mais profundos. Os cascos dos navios no meio da sucata haviam queimado até se transformarem em esqueletos cobertos de cinzas, lançando uma manta de fumaça por todo o campo. Além daí, as pedras do porto chiavam negras na água, enquanto os pregos grandes do madeiramento, enegrecido pelo fogo, do cais projetavam-se na superfície dos destroços de naufrágios como pedras tumulares; uma cinzenta cerração coalhada obscureceu o que restara da zona portuária.

O vento apontou a fumaça para o inimigo, sobre os indivíduos agrupados. Os tendões, cujos joelhos e ombros estremeciam, tiritavam sob o peso da armadura a que não estavam acostumados, enquanto o coração martelava no peito e o sangue latejava nos ouvidos. Não era preciso nenhum talento de adivinho para discernir o estado de agitação interior.

— Veja as pontas de suas lanças — Alexandros apontou para os inimigos agrupados enquanto se empurravam e disputavam posições. — Veja como tremem. Até as plumas nos elmos estão tremendo. — Olhei. Na linha espartana, a floresta laminada de ferro das lanças de dois metros destacava-se sólida como uma cerca de pregos grandes, as lanças alinhadas na posição vertical, retas como a linha de um geômetra, completamente imóveis. Do outro lado, as lanças oscilavam, bamboleavam; todos, exceto os siracusanos ao centro, estavam mal alinhados, algumas lanças realmente se chocavam com as vizinhas, rangendo como dentes.

Alexandros estava contando o número de batalhões nas fileiras de Siracusa. Calculou o total de escudos em 2.400, quase tantos quanto toda a força de Leônidas, com um suplemento de 3.000 da cidade de Antirhion. O número do inimigo era o dobro do dos espartanos. Não era o suficiente, e o inimigo sabia disso.

Então, o clamor teve início.

Nas fileiras do inimigo, os mais valentes (ou talvez os mais amedrontados) começaram a bater as hastes de suas lanças sobre o bojo de seus escudos de bronze, gerando um tumulto de *pseudoandreia* que reverberou por toda a planície circundada pelas montanhas. Outros reforçaram a barulheira, impelindo, como na guerra, as pontas de suas lanças para o céu e emitindo súplicas aos deuses, e gritos de ameaça e raiva. A gritaria triplicou, aumentou cinco, dez vezes, enquanto a retaguarda e o flanco captavam o clamor e contribuíam com os seus próprios brados e batidas no bronze. Em breve, todos os 5 mil estavam bradando o grito de guerra. Seu comandante impeliu sua lança à frente, e a massa surgiu atrás dele, no movimento de avançar.

Os espartanos não tinham se movido nem feito qualquer som.

Aguardavam, com seus mantos escarlates, pacientemente em suas posições. Nem sombrios nem rígidos, apenas trocando, com calma, palavras de encorajamento e estímulo, nos preparativos finais para a ação que haviam ensaiado centenas de vezes em treinamento e realizado muitas vezes mais em combate.

Ali vinha o inimigo, acelerando o passo de seu avanço. Um andar rápido. Largas passadas rítmicas. A linha estendeu-se mil metros da esquerda à direita; já se podia ver as fileiras inimigas cambalearem e abandonarem o alinhamento, com os mais valentes precipitando-se à frente e os hesitantes se retraindo.

Leônidas e os sacerdotes continuavam expostos.

O riacho raso ainda esperava, diante do inimigo. Os generais dos adversários, esperando os espartanos avançarem primeiro, haviam formado suas linhas de modo que esse curso d'água ficasse no meio, entre os exércitos. Sem dúvida, no plano inimigo, o desfiladeiro sinuoso do rio perturbaria as fileiras lacedemônias e as tornaria vulneráveis no momento do ataque. Os espartanos, no entanto, os esperaram. Assim que o bater no bronze começou, os comandantes inimigos souberam que não poderiam mais reter suas fileiras; tinham de avançar enquanto o sangue de seus homens fervia, ou todo aquele fervor se dissiparia, e o terror inundaria, inevitavelmente, o vazio.

O rio, agora, agia contra o inimigo. Suas fileiras da vanguarda desceram para o desfiladeiro, a 400 metros dos espartanos. Lá vieram eles, mantendo incrivelmente bem a disposição e o intervalo. Estavam agora, novamente, no terreno plano, mas com o rio na retaguarda, o lugar mais perigoso no caso de debandada.

Leônidas permaneceu observando pacientemente, flanqueado pelos sacerdotes e por Dekton com suas cabras. O inimigo estava a cerca de 300 metros e acelerando a marcha. Os espartanos ainda não tinham se movido. Dekton entregou a correia que amarrava a primeira cabra. Podíamos vê-lo relanceando os olhos apreensivamente quando a planície começou a ribombar com o bater dos pés do inimigo e o ar começou a ressoar com o seu medo e seus gritos inspirados pela raiva.

Leônidas realizou o *sphagia*, proferindo uma prece às Musas, depois perfurou, com a própria espada, a garganta da cabra, cujas ancas prendeu por trás com os joelhos, a mão esquerda abrindo a mandíbula do animal enquanto a espada atravessava a garganta. Ninguém deixou de ver o sangue jorrar e se derramar na Gaia, a terra materna, esparramando-se ao cair nas grevas de bronze de Leônidas, pintando de carmesim seus pés no calçado de couro.

O Rei virou-se, com a vítima sem vida ainda presa entre os seus joelhos, para encarar os skiritai, oficiais espartanos, os *perioikoi* e os soldados de Tegea, que se mantinham, pacientes e em silêncio, em suas colunas. Estendeu a espada, escura e pingando o sangue do sacrifício sagrado, primeiro na direção do céu, dos deuses, cuja ajuda invocou, depois na direção do inimigo, que avançava rápido.

— Zeus, Salvador, e Eros! — sua voz retumbou, eclipsada, mas não inaudível na confusão da cacofonia. — Lacedemônia!

Os *sarpinx* soaram "Avançar!", as trombetas sustentando a nota ensurdecedora dez passos depois de os homens terem se posto em movimento. O lamento dos trombeteiros cortava o ar, as notas agudas de seus *auloi* atravessavam o tumulto como o grito de mil Fúrias. Dekton pôs a cabra morta e a cabra viva sobre os ombros e correu como um raio para a segurança das fileiras.

Os espartanos avançaram com ritmo, as lanças com suas pontas afiadas e polidas cintilando verticalmente ao sol. Então, o inimigo irrompeu em um ataque a toda carga. Leônidas, sem demonstrar nenhum sinal de pressa ou urgência, manteve o passo firme em sua posição na fileira da frente, enquanto avançavam para envolvê-lo, com os cavaleiros posicionados impecavelmente à sua direita e à sua esquerda.

Então, das fileiras espartanas, ouviu-se o *paean*, o hino a Castor, entoado simultaneamente por 2.800 gargantas. No compasso culminante da segunda estrofe,

> *Irmão refulgindo no firmamento*
> *O herói transportado pelo céu*

as lanças das três primeiras fileiras espartanas se posicionaram para o ataque.

É impossível exprimir com palavras o impacto de reverência e terror produzido no inimigo, em qualquer inimigo, por essa manobra aparentemente simples, chamada em lacedemônio "espetada" ou "cutucar o pinheiro", tão simples de realizar na praça de armas e tão extraordinária em condições de vida e morte. Observando-a ser executada com tal precisão e intrepidez, nenhum homem avançando fora de controle nem se retraindo de pavor, nenhum se escondendo na sombra do escudo do companheiro ao lado, mas todos sólidos e inflexíveis, juntos como as escamas do flanco de uma serpente, o coração parava admirado, o cabelo se eriçava, arrepios atravessavam a espinha de cima a baixo.

Assim como um animal colossal que, acuado por cães de caça, gira em sua fúria, arrepiando o pelo e mostrando, enraivecido, suas presas, e se firma no poder e destemor de sua força, a falange brônzea e escarlate dos lacedemônios se move para matar.

A ala esquerda do inimigo, 80 de largo, caiu antes mesmo que os escudos de seus *promachoi*, as fileiras da vanguarda, estivessem a 30 passos dos espartanos. Um grito de pavor elevou-se de suas gargantas, tão primitivo que gelava o sangue e, então, foi tragado pelo tumulto.

O inimigo rompeu a formação.

Essa ala, cuja largura ao avançar, um momento antes, era de 48 escudos, abruptamente reduziu-se a 30, depois 20, depois 10, enquanto o pânico, como chamas agitadas por uma ventania, refulgia nos grupos do interior da formação. Aqueles das três primeiras fileiras que se viraram para fugir colidiram com seus camaradas que avançavam da retaguarda. Escudo contra escudo, lança sobre lança; carne e bronze se emaranharam quando homens carregando 30 quilos de escudo e armadura tropeçaram e caíram, tornando-se obstáculos aos seus próprios camaradas que avançavam. Viam-se os bravos avançando em passadas largas, gritando irados para seus conterrâneos que os abandonavam. Aqueles que ainda mantinham a coragem empurravam os que a tinham abandonado, gritando ultrajados e furiosos, pisoteando os da frente, até a bravura também os abandonar e fugirem para salvar a própria pele.

No auge da confusão do inimigo, a direita espartana atacou-os. Agora, até os inimigos mais bravos rompiam a disciplina. Por que um homem, por mais corajoso que fosse, resistiria até morrer quando à sua esquerda e sua direita, à frente e atrás seus companheiros o abandonavam? Escudos e lanças foram jogados a esmo sobre a relva. Nesse instante, o centro e a direita da linha inimiga bateram escudos com o corpo central dos espartanos.

O som que todo guerreiro conhece, mas que Alexandros e meus jovens ouvidos até então desconheciam, elevou-se da colisão dos *othismos*.

Certa vez, quando eu era menino, Bruxieus e eu ajudamos nosso vizinho Pierion a trocar de lugar uma de suas caixas de abelhas triplas. Quando conseguimos colocá-la no novo local, alguém escorregou. As colmeias empilhadas caíram. De dentro desses limites tampados, ainda seguros em nossas mãos, elevou-se um alarme,

137

nem ganido nem grito, nem rosnado nem uivo, mas um zumbido do outro mundo, uma vibração de raiva e assassínio que se erguia não do cérebro ou do coração, mas das células, dos átomos das *poleis* no interior das colmeias.

Esse mesmo som, multiplicado cem mil vezes, elevava-se agora desse amontoado compacto de homens e armaduras agitando-se convulsamente embaixo de nós, na planície. Então, compreendi o verso do poeta, a "fábrica de Ares", e por que os espartanos falavam da guerra como um trabalho. Senti as unhas de Alexandros se cravarem na pele do meu braço.

— Está vendo o meu pai? Consegue ver Dienekes?

Dienekes atacava com energia a debandada lá embaixo; víamos seu elmo de crista cruzada à esquerda do Héracles, na vanguarda do terceiro pelotão. Na mesma medida da desordem das fileiras inimigas, os espartanos se mantinham intactos e coesos. A sua vanguarda não atacava a esmo, golpeando como selvagens, nem avançava com a precisão imperturbável da praça de armas. Avançava, em uníssono, como uma linha de naus de guerra com o espigão projetado na proa para atacar os navios inimigos. Nunca tinha calculado até onde as pontas mortíferas das lanças de dois metros perfuravam o bronze dos escudos dos *promachoi*. Perfuravam e golpeavam, de cima para baixo, impulsionadas pela força do braço e do ombro direito, a borda superior do escudo; não somente as lanças das fileiras da frente, mas as da segunda, terceira, estendendo-se sobre os ombros dos companheiros para formar um mecanismo que avançava como um muro de morte. Como cães de pastores revolvem o redil agitado, como uma matilha de lobos persegue e captura uma corça, assim a direita espartana investiu sobre os defensores de Antirhion, não com uma fúria frenética, a expressão de desacato e as presas à mostra, mas à maneira dos caçadores, com sangue-frio, usando a arma com a coesão tácita da matilha mortal e a eficiência impassível dos lobos.

Dienekes estava forçando-os a retornar. Girando seu pelotão para dominar o inimigo pelo flanco. Agora, estavam na fumaça. Era impossível enxergar. O pó era levantado em tal quantidade pelos pés dos homens, misturando-se com a tela de fumaça dos cascos inflamados, que a planície toda parecia em chamas, e da nuvem sufocante ergueu-se o som, um som terrível, indescritível. Não víamos, mas podíamos sentir o *lochos* Héracles, diretamente debaixo de nós, onde a poeira e a fumaça eram menos espessas. Ele havia feito o inimigo debandar para a esquerda; as fileiras da vanguarda investiram então, matando aqueles infelizes que haviam caído ou foram pisados, ou cujos joelhos enfraquecidos pelo pânico não lhes permitiram reagir rápido o bastante para se defender.

No centro e à direita, ao longo da linha, os espartanos e os siracusanos chocaram escudo com escudo, elmo com elmo. No meio do turbilhão, só pudemos vislumbrar, em princípio, a retaguarda, 8 de profundidade no lado lacedemônio, 12 e 16 de profundidade no lado siracusano, quando lançaram seus escudos *hoplon* de um metro de largura vigorosamente contra as costas dos homens à sua frente e empurraram e pressionaram, com toda a força, as solas dos calçados sulcando a planície e levantando mais poeira no ar já asfixiante.

Não foi mais possível distinguir os homens individualmente, nem mesmo as unidades. Só conseguíamos ver o fluxo e refluxo das formações e ouvir incessantemente aquele terrível som que gelava nosso sangue.

Como quando um dilúvio desce a montanha e a parede de água cai estrondosamente nos cursos d'água secos, chocando-se contra as estacas fincadas nas rochas e no mato emaranhado do dique do agricultor, a linha espartana se lançou contra a massa pesada dos siracusanos. O volume do dique, firmado tão solidamente contra a inundação quanto o medo e a previsão foram capazes de planejar, parece se fixar, concentrar toda sua força na terra e, por um bom tempo, não demonstra o menor sinal de ceder. Mas então, enquanto o agricultor ansioso observa, uma onda começa a emborcar uma estaca fincada bem fundo, outra investida mina um muro de pedras. Em cada fração de uma brecha, a força e o peso da onda se precipitam para baixo irresistivelmente, chocando-se mais fundo, rasgando e desbastando, ampliando a lacuna e a explorando com sucessivos marulhos.

Então, a parede do dique, que havia rachado só um palmo, abre-se 30 centímetros, depois um metro. A massa da inundação que desce edifica a si mesma, com toneladas e toneladas caindo dos cursos acima, acrescentando seu peso à maré sempre crescente. Ao longo das margens dos rios, camadas de terra se partem em uma torrente agitada, em ebulição. Assim, o centro siracusano, golpeado pela infantaria pesada de Tegea, o Rei e os Cavaleiros e a força principal do Oliveira Selvagem e do Héracles, começou a sair da formação e a se deteriorar.

Os skiritai haviam forçado o inimigo a debandar para a direita. A partir da esquerda, os batalhões do Héracles tomaram o flanco inimigo. Cada siracusano foi obrigado a girar para defender seu lado desprotegido, o que significou desviar mais uma vez do ataque frontal espartano. O som agudo da luta pareceu aumentar por um momento, depois se calou completamente enquanto homens desesperados reuniam toda a reserva de coragem em seus membros exaustos. Levou-se uma eternidade para se aspirar o ar algumas vezes e, então, como o mesmo som nauseante feito pela represa da montanha enquanto cedia, incapacitada de resistir à força da torrente, a linha siracusana rompeu-se.

Na poeira e no fogo da planície, a matança teve início.

Um grito, metade de júbilo e metade de admiração, ecoou da garganta dos espartanos. A linha siracusana recuou, não em debandada desordenada como haviam feito os antirhionianos, mas em pelotões e grupos disciplinados, comandados por seus oficiais, ou outro homem corajoso que havia assumido o posto dos oficiais, mantendo os escudos na frente e as fileiras cerradas enquanto faziam a retirada. Não adiantou. Os soldados espartanos, *eirenes* e homens das três primeiras classes mais jovens, eram a nata da cidade em força e velocidade nos pés, nenhum de mais de 25 anos. Muitos, como Polynikes na vanguarda entre os Cavaleiros, eram velocistas de estatura olímpica, ou quase, com várias guirlandas conquistadas diante dos deuses.

Agora, liberados por Leônidas e estimulados pelas trombetas, estavam ansiosos para passar a espada nos siracusanos fugitivos.

Quando os trombeteiros tocaram os *sarpinx* e o seu lamento entorpecedor anunciou o cessar da matança, até mesmo o olho mais inexperiente seria capaz de ler o campo como um livro.

Lá, na direita espartana, onde o regimento Héracles havia afugentado os antirhionianos, via-se a relva intocada e o campo além coberto de escudos, elmos, lanças e, até mesmo, peitorais, deixados pelo inimigo em sua fuga precipitada. Corpos jaziam espalhados, de bruços, com os cortes vergonhosos sofridos nas costas enquanto fugiam.

À direita, onde os soldados inimigos mais vigorosos resistiram por mais tempo aos skiritai, a carnificina se espalhava mais densa, a relva tinha sido revolvida com mais fúria; ao longo do muro de batalha que o inimigo erigira para ancorar o seu flanco, eram vistos cadáveres, caídos na armadilha de seu próprio muro, mortos quando tentavam escalá-lo.

Então, o olho se deparava com o centro, onde a matança se concentrara de maneira mais selvagem. Aí, a terra estava revolvida e fendida como se mil parelhas de bois a tivessem atacado o dia todo com a força de seus cascos e o aço das lâminas de seus arados. A terra remexida, úmida de urina e sangue, estendia-se numa linha de 300 por 100 metros de profundidade, onde os pés das formações em conflito haviam sulcado e pressionado ao se firmar. Corpos espalhavam-se por toda parte, empilhados como lenha, até a cintura de um homem. Na retaguarda, do outro lado da planície para a qual os siracusanos tinham fugido, outros cadáveres eram vistos em pelotões dispersos de dois e três, cinco e sete, onde, desesperados, cerraram fileiras e organizaram sua resistência final, fadados, como castelos de areia, à maré. Caíram com honra, enfrentando o inimigo espartano, afastados da vanguarda.

Um lamento elevou-se das encostas onde os atacantes antirhionianos observavam a derrota de seus camaradas e, nos muros da cidadela, esposas e filhas sofriam como devem ter sofrido Hécuba e Andrômaca em Ilium.

Os espartanos retiravam corpos das pilhas de mortos, procurando um amigo ou irmão ferido, ainda com vida. Quando um inimigo gemendo se jogava ao chão, a lâmina de um *xiphos* em sua garganta mantinha-o cativo.

— Parem! — gritou Leônidas, ordenando com um gesto que os trombeteiros soassem o toque de trégua. — Ajudem os nossos! Ajudem também o inimigo! — gritou ele, e os oficiais retransmitiram a ordem por toda a linha.

Alexandros e eu precipitamo-nos atabalhoadamente encosta abaixo. Estávamos no campo de batalha. Disparei dois passos atrás quando ele se imiscuiu entre os guerreiros sujos de sangue, com a pele ainda ardendo do calor da fúria e a respiração enevoando o ar.

— Pai! — gritou Alexandros tomado pelo horror e então, adiante, avistou o elmo de crista cruzada do oficial e, enfim, Olympieus, ereto e sem ferimentos. A expressão de choque na face do *polemarch* foi quase cômica ao ver seu filho correr para ele do meio dos cadáveres. Homem e menino se abraçaram. Os dedos de Alexandros tatearam o corselete e o torso de seu pai, querendo confirmar que seus quatro membros permaneciam intactos e nenhuma perfuração vazava o sangue escuro.

Dienekes emergiu da multidão ainda excitada; Alexandros lançou-se em seus braços.

— Você está bem? Foi ferido? — Corri. Suicídio estava ali, ao lado de Dienekes, azagaias "agulhas de cerzir" na mão, o rosto manchado do sangue inimigo. Formou-se um agrupamento; vi a seus pés a forma imóvel e dilacerada de Meriones, o escudeiro de Olympieus.

— O que está fazendo aqui? — perguntou Olympieus a seu filho, a voz se tornando enfurecida ao se dar conta do perigo a que o garoto se expusera. — Como chegou aqui?

Ao nosso redor, outros rostos reagiram com a mesma raiva. Olympieus deu um forte tapa na cabeça de seu filho. Então, o menino viu Meriones. Com um grito de angústia, caiu de joelhos ao lado do escudeiro caído.

— Nadamos — informei. Um punho pesado me atingiu, de novo e mais outra vez.

— O que isso é para você, uma farra? Veio fazer uma excursão?

Os homens estavam furiosos, eles também deveriam estar. Alexandros, surdo em sua preocupação com Meriones, ajoelhou-se ao lado do homem que jazia de costas com um guerreiro agachado de cada lado, a cabeça descoberta apoiada sobre um escudo e sua barba espessa e branca grudada de sangue, catarro e escarro. Meriones, como escudeiro, não usava couraça para proteger o tórax. Uma lança siracusana atravessara o osso do seu peito. O ferimento vazou sangue para o esterno; sua túnica estava encharcada de um fluido escuro e já coagulando; ouvia-se o chiado dos pulmões lutando para respirar e inalando sangue.

— O que ele estava fazendo na linha? — a voz de Alexandros, falhando por causa do sofrimento, interpelou os guerreiros agrupados à volta. — Ele não deveria estar lá!

O garoto gritou por água.

— Água! Tragam água! — gritou mais de uma vez. Rasgou sua própria túnica e, dobrando o linho, pressionou-o como atadura no peito arfante de seu amigo. — Por que não cuidam dele? — Sua voz jovem gritou aos homens em volta, que observavam sérios. — Ele está morrendo! Não veem que está morrendo? — Gritou de novo por água, mas ninguém veio. Os homens sabiam a razão e agora também ficava claro para Alexandros, como já era para Meriones.

— Já estou com um pé lá, querido sobrinho — os pulmões do velho lutador permitiram que falasse.

A vida estava se esvaindo rapidamente dos olhos do guerreiro. Ele, como eu disse, não era um espartano, mas de Potidae, oficial em sua própria cidade, tornado cativo há muitos anos. Nunca tinham lhe permitido rever sua terra. Com um esforço que dava pena ver, Meriones reuniu forças para erguer uma mão, negra de sangue, e colocá-la sobre a do menino. Seus papéis inverteram-se, o moribundo confortou o jovem.

— Não há melhor morte que esta — seus pulmões chiaram.

— Irá para sua terra — prometeu Alexandros. — Por todos os deuses, levarei seus ossos eu mesmo.

Olympieus ajoelhou-se também, pegando a mão de seu escudeiro.

— Diga o seu desejo, velho amigo. Os espartanos o realizarão.

O velho tentou falar, mas os canais de sua garganta não lhe obedeceram. Tentou erguer a cabeça; Alexandros não deixou, apoiando delicadamente seu pescoço e o levantando. Os olhos de Meriones relancearam à frente e para o lado onde, no meio da gleba revolvida, os mantos escarlates de outros guerreiros mortos em combate

143

eram vistos, cada um cercado por um grupo de camaradas e irmãos de armas. Então, com um esforço que pareceu consumir toda a força que lhe restava, falou:

— Onde eles ficarem, ponham-me lá. Essa é a minha terra. É tudo que peço.

Olympieus jurou. Alexandros, beijando a testa de Meriones, reforçou o voto.

Uma paz sombria inundou o olhar do homem. Passou-se um momento. Então, Alexandros, com a sua voz de tenor mais pura, entoou "A despedida do herói":

> *O daimon que Deus*
> *Inspirou em mim ao nascer*
> *Com o coração em júbilo*
> *Agora retorna a Ele.*

Dekton levou a Leônidas o galo que seria sacrificado em agradecimento a Zeus e Nike pela vitória. O garoto estava excitado com o triunfo; suas mãos tremiam violentamente, desejando ter podido segurar um escudo e uma lança e se posicionado na linha de batalha.

De minha parte, não conseguia parar de olhar os rostos dos guerreiros que eu tinha conhecido e observado treinar e se exercitar, mas nunca vira com sangue e no horror da batalha. Sua estatura, mais elevada do que a de qualquer homem de outra cidade que eu conhecera, agora era ainda maior, próxima à dos heróis e semideuses. Havia testemunhado colocarem em debandada antirhionianos bravos, lutando diante de seus muros em defesa de seus lares e famílias, e comandarem por minutos as tropas de siracusanos, treinados e equipados com o ouro do tirano Gelon.

Em parte alguma de todo o campo os espartanos haviam vacilado. Agora, mesmo com a excitação do triunfo, sua disciplina mantinha-os castos e nobres, acima da ostentação e fanfarrice. Não despiram os corpos dos mortos com voracidade e volúpia, como os soldados das outras cidades fariam, nem construíram troféus de vanglória e vaidade com as armas dos vencidos. Sua discreta ofe-

144

renda de agradecimento era um único galo, que valia menos que uma esmola, não porque desrespeitassem os deuses, mas porque os reverenciavam e consideravam desonroso expressar exageradamente a alegria mortal no triunfo que os céus lhes haviam garantido.

Observei Dienekes reorganizando as fileiras de seu pelotão, relacionando suas perdas e providenciando ajuda para os feridos, os *traumatiai*. Os espartanos têm um termo para o estado mental, que deve ser, a qualquer preço, evitado em combate. Chamam de *katalepsis*, "possessão", isto é, a perturbação dos sentidos que ocorre quando o terror ou a raiva usurpam o domínio da mente.

Agora, observando Dienekes socorrer e cuidar de seus homens, percebi que esse era o papel do oficial: impedir que aqueles sob o seu comando, em todos os estágios da batalha — antes, durante e depois —, fossem "possuídos". Atiçar sua bravura quando esmoreciam e refrear sua fúria quando ela ameaçava tirar-lhes o controle. Essa era a tarefa de Dienekes. Era por isso que ele usava o elmo de crista cruzada de um oficial.

Ele não possuía, agora eu podia ver, o heroísmo de um Aquiles. Não era um super-homem que investia na luta invulneravelmente, matando, com uma única mão, milhares de inimigos. Era simplesmente um homem fazendo um trabalho. Um trabalho cujo atributo primordial era o autocontrole e a serenidade, não por si mesmo, mas por aqueles para quem ele era o exemplo. Um trabalho cujo objetivo poderia ser resumido em uma única frase, como ele fez nos Portões Quentes na manhã em que morreu, "realizar o banal sob condições nada banais".

Os homens coletaram as "etiquetas". Como mencionei antes, são os braceletes de ramos amarrados com barbante que cada homem faz para si mesmo antes da batalha, para identificar seu corpo quando for necessário. Escrevem ou rabiscam o nome duas vezes, uma em cada ponta, depois o quebram ao meio. A "metade sangue" é amarrada em seu pulso esquerdo e usada durante a batalha; a "metade vinho" fica em uma cesta no trem da retaguarda. As metades são partidas de propósito, de modo que, mesmo que o nome de sangue seja apagado ou manchado de alguma forma, seu gêmeo

145

permaneça inequivocamente reconhecível. Quando a batalha é encerrada, cada homem recupera sua etiqueta. As que não são procuradas na cesta identificam os mortos.

Quando os homens ouvem seus nomes e se apresentam para pegar as etiquetas, não conseguem impedir que seus membros tremam.

De uma ponta a outra da linha, vê-se guerreiros se agrupando em dois e três, como se o terror que tivessem conseguido manter sob controle durante o combate agora se soltasse e dominasse seus corações. Ajoelham-se de mãos dadas com seus camaradas, não só por reverência, embora isso exista, mas porque a força de repente abandona seus joelhos e não conseguem mais sustentá-los. Muitos choram, outros tremem descontroladamente. Isso não é considerado efeminado, mas chamado no idioma dórico de *hesma phobou*, ou seja, "purgar", "extravasar o medo".

Leônidas caminhou entre os homens, deixando todos verem que o seu Rei estava vivo e sem ferimentos. Os homens engoliram avidamente sua porção de vinho forte e não se envergonharam de beber também muita água. O vinho desceu rápido e não produziu nenhum efeito. Alguns dos homens tentaram pentear o cabelo, como se assim induzissem uma volta à normalidade. Suas mãos tremiam tanto que não conseguiram. Outros deram risadinhas dessa tentativa, que os guerreiros veteranos sabiam que não daria certo. Era impossível comandar os membros, e os que se frustravam riam de volta, uma risada sombria, vinda do inferno.

Quando todas as etiquetas haviam sido reclamadas, as peças que ficavam na cesta identificavam os homens que haviam sido mortos ou que estavam feridos demais para irem buscá-las. Estas últimas eram pedidas pelos irmãos e os amigos, os pais e os filhos, e os amantes. Às vezes, um homem pegava sua própria etiqueta, depois outra e, às vezes, uma terceira, chorando. Vários retornavam à cesta, só para olhar. Dessa maneira, calculavam o número de perdas.

Nesse dia, foram 28.

Sua Majestade talvez considere um número insignificante, se comparado aos milhares que se perdem em grandes batalhas. Mas pareceu, então, uma dizimação.

146

Houve uma agitação. Leônidas surgiu na frente dos guerreiros reunidos.

— Ajoelharam? — Percorreu a linha, não declamando como um monarca orgulhoso, satisfazendo-se com o som da própria voz, mas falando suave, como um camarada. Tocava no cotovelo de cada homem, abraçando alguns, pondo o braço em volta de outros, falando com todos os guerreiros, de homem para homem, de Par para Par, sem nenhum ar superior, majestoso. Reunir: essa palavra propagou-se por murmúrios, sem precisar ser ordenada.

— Todos já estão com a metade de suas etiquetas? Suas mãos já pararam de tremer o suficiente para conseguirem uni-las? — Riu, e os homens riram com ele. Eles o amavam.

Os vitoriosos se organizaram sem obedecer uma ordem particular, feridos e não feridos, escudeiros e escravos. Abriram espaço para o Rei, os que estavam na frente se ajoelharam para que os companheiros que estivessem atrás pudessem ver e ouvir, enquanto Leônidas percorria, informalmente, a linha, se apresentando de modo que fosse visto e sua voz, escutada por todos.

O sacerdote de campanha, Olympieus, ergueu a cesta diante do Rei. Leônidas retirou as etiquetas não procuradas e leu os nomes. Não ofereceu nenhum panegírico. Nada foi dito além do nome. Entre os espartanos, essa é considerada a forma mais pura de consagração.

Alkamenes.

Damon.

Antalkides.

Lysandros.

E toda a lista.

Os corpos, já retirados do campo por seus escudeiros, seriam limpos e untados; preces seriam oferecidas e sacrifícios, realizados. Cada um dos mortos seria envolvido em seu próprio manto ou no de um amigo e enterrado no local, ao lado de seus companheiros, com honra. Escudo, espada, lança e armadura seriam levados de volta por seus camaradas, a menos que os augúrios declarassem mais honroso ao corpo ser restituído e enterrado na Lacedemônia.

Leônidas ergueu seu próprio bracelete e uniu as duas partes.

— Irmãos e aliados, eu os saúdo. Juntem-se, amigos, e ouçam as palavras do meu coração.

Fez uma breve pausa, sóbrio e solene.

Então, quando todos ficaram em silêncio, ele falou:

— Quando um homem põe diante dos olhos a face de bronze de seu elmo e se afasta da linha de partida, divide-se, como divide esta "etiqueta" em duas partes. Uma parte é deixada para trás. A parte que deleita seus filhos, que ergue sua voz no coro, que abraça sua mulher no doce aconchego de sua cama. Essa metade dele, a melhor parte, é deixada de lado, para trás. Ele bane de seu coração todos os sentimentos de ternura e misericórdia, toda compaixão e gentileza, todo pensamento ou conceito do inimigo como homem, um ser humano como ele. Marcha para o combate somente com a segunda porção de si mesmo, a dimensão mais egoísta, a metade que conhece a matança e a carnificina, ignorando qualquer misericórdia. Não conseguiria lutar se não agisse assim.

Os homens escutaram atentos, em silêncio e solenes. Leônidas estava com 55 anos. Havia combatido em mais de 40 batalhas, desde os 20 anos; ferimentos tão antigos quanto de há 30 anos subsistiam, vívidos em seus ombros e panturrilhas, em seu pescoço e em sua barba prateada.

— Então, esse homem retorna, vivo, da matança. Ouve o seu nome e adianta-se para pegar sua etiqueta. Reclama essa parte de si mesmo que antes deixara de lado. Esse é um momento sagrado. Um momento sacramental. Um momento em que um homem sente os deuses tão próximos quanto sua própria respiração.

— Que misericórdia desconhecida o poupou nesse dia? Que clemência do divino desviou a lança do inimigo para um palmo de distância da nossa garganta e dirigiu-a fatalmente para o peito do querido camarada, ao nosso lado? Por que continuamos aqui sobre a terra, nós que não somos melhores, nem mais corajosos, que não reverenciamos mais o céu do que os nossos irmãos que os deuses escolheram mandar ao inferno? Quando um homem junta as duas partes da etiqueta e as vê unidas, sente que parte dele, a parte que conhece o amor, a compaixão e a misericórdia, retorna com toda a sua força. É isso que enfraquece seus joelhos. O que mais um homem pode sentir nesse momento a não ser a gratidão mais solene e profunda em relação aos deuses, que, por razões que ignora, pouparam sua vida nesse dia? Amanhã, seu capricho pode se alterar. Na semana seguinte, no próximo ano. Mas nesse dia o sol ainda brilha sobre ele, ele sente o seu calor sobre os seus ombros, ele contempla, à sua volta, os rostos de seus camaradas, amados por ele, e exulta com a salvação deles tanto quanto com a sua própria.

Leônidas fez uma pausa, no centro do espaço aberto para ele.

— Ordenei que a perseguição ao inimigo cessasse. Ordenei um fim à matança desses que hoje chamamos de inimigos. Que retornem às suas casas. Que abracem suas mulheres e filhos. Que, como nós, vertam lágrimas de salvação e queimem oferendas de graças aos deuses. Que nenhum de nós se esqueça ou interprete errado a razão por que combatemos com outros gregos hoje, aqui. Não foi para conquistar nem escravizá-los, eles que são nossos irmãos, mas para torná-los nossos aliados contra um inimigo maior. Por persuasão, esperamos. Por coerção, se for preciso. Mas, não importa, eles são nossos aliados agora e os trataremos assim a partir deste momento. O persa! — de repente, a voz de Leônidas elevou-se, ressoando com uma emoção tão explosiva que aqueles mais próximos dele assustaram-se com sua força repentina.

— O persa foi o motivo de termos lutado aqui, hoje. Sua presença pairou, invisível, sobre o campo de batalha. Por ele, essas etiquetas continuam nesta cesta. O motivo por que 28 dos homens mais nobres da cidade nunca mais contemplarão a beleza de suas colinas ou dançarão de novo sua doce música. Sei que muitos de vocês acham que sou meio maluco, eu e Kleomenes, o rei antes de mim. — Os homens riram. — Ouço murmúrios e, às vezes, não são apenas murmúrios. — Mais risos. — Leônidas ouve vozes que nós não ouvimos. Arrisca sua vida de uma maneira nada augusta e prepara-se para a guerra contra um inimigo que nunca viu e que muitos dizem que nunca chegará. Tudo isso é verdade...

Os homens tornaram a rir.

— Mas ouçam e nunca se esqueçam: o persa virá. Virá em um número que fará com que os que foram enviados há quatro anos pareçam quase nada, quando os soldados de Atenas e Platae os derrotaram tão gloriosamente na planície de Maratona. Virão dez vezes, cem vezes mais. E será em breve.

Leônidas fez mais uma pausa, o entusiasmo em seu peito corando sua face e seus olhos inflamados de ardor e convicção.

— Ouçam, irmãos. O persa não é um rei como Kleomenes era ou eu sou. Ele não combate com escudo e lança no meio do entrevero, mas observa, seguro, a distância, do alto de uma colina, sentado em um trono dourado. — Zombarias foram murmuradas quando os homens ouviram isso. — Seus camaradas não são Pares e Iguais, livres para expressar suas mentes diante dele sem medo, mas escravos, uma peça de sua propriedade. Todo homem, mesmo o mais nobre, não é considerado um igual perante os deuses, mas propriedade do Rei, valendo não mais que uma cabra ou um porco e impulsionado à guerra não por amor à nação ou à liberdade, mas pelo açoite de outros escravos.

— Esse Rei experimentou a derrota nas mãos dos helenos, e sua vaidade está ferida. Retorna para se vingar, mas não como um homem digno de respeito, e sim como uma criança petulante e mimada, em seu acesso de raiva porque lhe tiraram um brinquedo. Cuspo na coroa desse Rei. Limpo a bunda em seu trono, que é o assento de um escravo, que não busca nada mais nobre do que tornar todos os outros homens escravos.

— Tudo que fiz como Rei e tudo que Kleomenes realizou antes de mim, todo inimigo cortejado, toda confederação forjada, todo aliado oprimido, foi para um único evento: o dia em que Dario, ou um de seus filhos, retornaria à Hélade para nos dar o troco.

Leônidas ergueu a cesta com as etiquetas dos mortos em combate.

— Foi por isso que eles, homens melhores que nós mesmos, deram suas vidas, por isso consagraram esta terra com seu sangue de heróis. Esse é o significado do seu sacrifício. Descarregaram suas entranhas não nessa guerra enlameada de urina que travamos hoje, mas na primeira das muitas batalhas na guerra maior que os deuses, nos céus, e todos vocês em seus corações sabem que está próxima. Esses irmãos são heróis dessa guerra, que será a mais séria e calamitosa da história. Nesse dia — Leônidas apontou o golfo, Antirhion abaixo e Rhion do outro lado do canal —, nesse dia, em que o persa lançará suas tropas tão numerosas sobre nós, através desse estreito, não encontrará a passagem livre e amigos comprados, mas inimigos unidos e implacáveis, aliados helenos que atacarão das duas costas. E se ele escolher outra rota, se os seus espiões informarem o que os espera aqui, e ele optar por outro estreito, algum outro lugar de combate onde terra e mar atuem a nosso favor, será pelo que fizemos hoje, por causa do sacrifício desses nossos irmãos cujos corpos sepultamos em um túmulo de heróis.

— Portanto, não esperei que os siracusanos e antirhionianos, nossos inimigos neste dia, nos enviassem seus mensageiros, como sói acontecer, para pedir autorização para remover os corpos de seus soldados. Despachei nossos corredores primeiro, oferecendo-lhes trégua sem rancor, com generosidade. Que os nossos aliados recuperem, sem terem sido profanadas, as armaduras de seus mortos, que recuperem os corpos não violados de seus maridos e filhos. Que aqueles poupados hoje resistam ao nosso lado na linha de batalha no dia em que ensinaremos ao persa, de uma vez por todas, que bravura os homens livres são capazes de demonstrar contra escravos, não importa seu número ou o quanto sejam intimidados pelo chicote de seu Rei-criança.

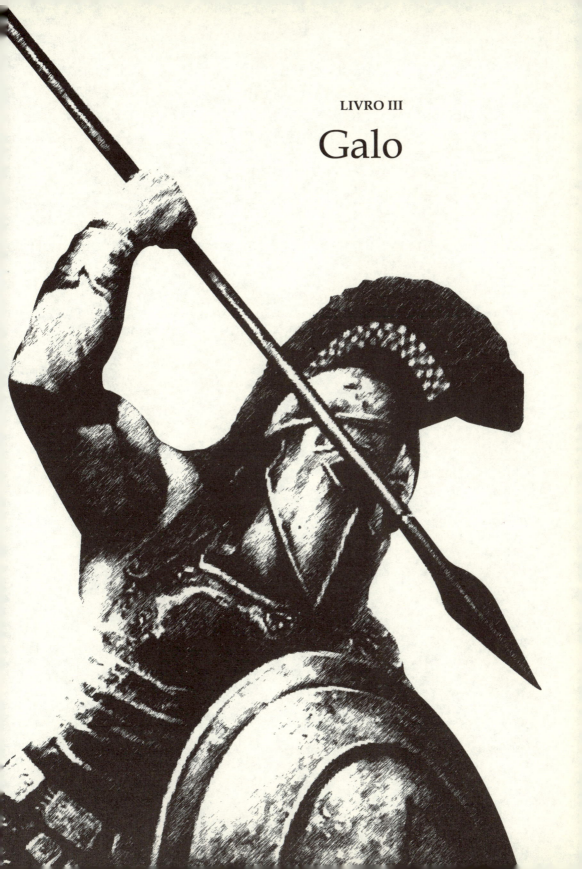

LIVRO III

Galo

12

A essa altura da narrativa, ocorreu um infeliz incidente relacionado com o grego Xeones. Um subordinado do Cirurgião Real, durante a assistência permanente aos ferimentos do cativo, informou-lhe, inadvertidamente, o destino de Leônidas, o Rei espartano e comandante nas Termópilas, depois da batalha nos Portões Quentes, e o sacrilégio, aos olhos do grego, que os soldados de Sua Majestade haviam cometido com o corpo recuperado das pilhas de mortos depois da carnificina. O prisioneiro havia, até aquele momento, ignorado tal procedimento.

O ultraje do homem foi imediato e extremo. Recusou-se a prosseguir sua narrativa e, de fato, exigiu de seus capturadores imediatos, Orontes e os oficiais dos Imortais, que o matassem também, sem demora. O homem Xeones ficou nitidamente em um estado de extrema consternação diante da decapitação e crucificação do corpo de seu Rei. Todos os argumentos, as ameaças e as lisonjas fracassaram em demovê-lo de sua mortificação.

Ficou claro para o capitão Orontes que, se Sua Majestade fosse informada da oposição do prisioneiro, por mais que estivesse desejosa de ouvir a continuação da história, o cativo Xeones devia, por sua insolência em relação à Pessoa Real, ser morto. O capitão, verdade seja dita, temeu também por sua própria cabeça e a de seus oficiais, caso Sua Majestade fosse frustrada em Seu desejo de saber tudo que pudesse sobre o inimigo espartano pela intransigência do grego.

Orontes havia se tornado, nas diversas conversas informais com Xeones durante o interrogatório, uma espécie de confidente e, até mesmo, se o significado da palavra pode ser estendido a esse ponto, um amigo. Tentou, por iniciativa própria, abrandar a postura do cativo. Com esse intento, procurou deixar claro para o grego o seguinte:

Que o insulto físico cometido sobre o corpo de Leônidas tinha sido profundamente lamentado por Sua Majestade praticamente no momento em que o tinha ordenado. A verdadeira ordem havia sido dada em pleno sofrimento resultante da batalha, quando o sangue de Sua Majestade derramava-se sobre a perda, diante de seus próprios olhos, de milhares, segundo alguns 20 mil, dos melhores guerreiros do Império massacrados pelas tropas de Leônidas, cujo desafio à vontade do deus Ahura Mazda só poderia ser visto pelos olhos persas como um ultraje aos céus. Além disso, dois irmãos de Sua Majestade, Habrocomes e Hyperanthes, e mais de 30 parentes reais tinham sido mortos pelo inimigo espartano e seus aliados.

Além do mais, o capitão acrescentou, a mutilação do corpo de Leônidas, se vista de uma perspectiva apropriada, fora um testemunho do respeito e admiração de Sua Majestade pelo Rei espartano, pois contra nenhum outro comandante inimigo Ele nunca ordenara uma retaliação tão extrema e, aos olhos helênicos, selvagem.

O homem Xeones mostrou-se inabalável ante essas palavras e repetiu o seu desejo de ser morto imediatamente. Recusava toda água e comida. Parecia que a narrativa de sua história seria interrompida e nunca mais retomada.

Foi nesse ponto que, temendo que a situação não pudesse ser mantida em segredo de Sua Majestade por muito mais tempo, Orontes procurou Demaratos, o rei deposto de Esparta que residia na corte como hóspede exilado e conselheiro, e exigiu sua intercessão. Demaratos, respondendo, foi pessoalmente à tenda do Cirurgião Real e, ali, falou a sós com o cativo Xeones por mais de uma hora. Quando surgiu, informou ao capitão Orontes que o homem havia mudado de ideia e estava disposto a prosseguir o interrogatório.

A crise tinha passado.

— Diga-me — o capitão Orontes perguntou, bastante aliviado —, que argumento e persuasão empregou para influir nessa mudança de atitude?

Demaratos respondeu que, de todos os helenos, os espartanos eram reconhecidos como os mais devotos e os que mais reverenciavam os deuses.

Declarou que sua observação pessoal a esse respeito era que, entre os lace-demônios, os de patentes inferiores e aqueles em serviço, particularmente os forasteiros da mesma posição do cativo Xeones, eram, quase sem exceção, na frase de Demaratos, "mais espartanos que os espartanos".

Demaratos tinha, disse ele, apelado ao respeito pelos deuses, especificamente Febo Apolo, pelo qual o homem demonstrava claramente a mais profunda reverência. Sugeriu que o prisioneiro rezasse e se sacrificasse para determinar, da melhor maneira que pudesse, a vontade do deus. Pois, disse-lhe ele, certamente o Arqueiro o havia auxiliado em sua narrativa até ali. Por que agora ele ordenaria sua interrupção? O homem Xeones, perguntou Demaratos, colocava-se acima dos deuses imortais, presumindo conhecer sua vontade incognoscível e abafar suas palavras por um capricho pessoal?

Qualquer resposta que o cativo tenha recebido de seus deuses, coincidira, aparentemente, com o conselho dado por Demaratos.

Retomamos a história no décimo quarto dia do mês de Tashritu.

Polynikes recebeu o prêmio de bravura por Antirhion.

Foi o seu segundo, conquistado na idade inaudita de 24 anos. Nenhum outro Par, exceto Dienekes, havia sido condecorado duas vezes, e isso só quando se aproximava dos 40 anos. Por seu heroísmo, Polynikes foi designado Capitão dos Cavaleiros; seria sua a honra de nomear os Trezentos acompanhantes do Rei no ano seguinte. Essa distinção, extremamente cobiçada, juntamente com a sua coroa de velocista, de Olímpia, o tornaram famoso, e seu brilho refulgiu muito além das fronteiras da Lacedemônia. Ele foi percebido como um herói de toda a Hélade, um segundo Aquiles com um futuro de glória sem limites estendendo-se à sua frente.

Para crédito de Polynikes, ele recusou-se à vaidade por conta disso. Se alguma altivez podia ser discernida, manifestava-se somente na autodisciplina ainda mais ferrenha, embora esse zelo da virtude, como os eventos confirmariam, pudesse transbordar, excessivo, quando aplicado a outros menos espetacularmente dotados do que ele.

Quanto a Dienekes, só havia sido honrado com a inclusão nos Trezentos Cavaleiros uma vez, quando tinha 26 anos, e havia, respeitosamente, declinado todas as nomeações desde então. Gostava da obscuridade de um comandante de pelotão, dizia ele. Sentia-se mais ele mesmo entre as fileiras. Nutria a convicção de que podia contribuir melhor liderando os homens diretamente, e isso somente até um determinado número. Recusou todas as tentativas de promoção além do nível de pelotão.

— Não consigo contar além de 36 — era o seu repúdio padrão. — Acima disso, fico atordoado.

Acrescentarei, baseado em minha própria observação, que o talento e a vocação de Dienekes, mais do que de guerreiro e oficial, era a de professor.

Como todo professor nato, era primordialmente um estudante. Estudava o medo e o seu contrário.

Mas perseguir tal digressão nos desviaria da narrativa. Retomando Antirhion:

Na travessia de volta à Lacedemônia, como punição por ter acompanhado Alexandros no rastro do exército, fui retirado da companhia desse jovem e obrigado a marchar na poeira da retaguarda, com o rebanho do sacrifício e meu amigo metade escravo, Dekton. Em Antirhion, ele adquirira um novo apelido — "Galo" —, por causa de um evento. Imediatamente depois da batalha, havia entregado o galo, oferenda de agradecimento, a Leônidas, quase estrangulado por seus próprios punhos, tal era sua excitação com a batalha e o desejo pessoal frustrado de ter participado dela. O nome pegou. Dekton *era* um galo, escancarando uma beligerância de terreiro e pronto para brigar com qualquer coisa, do seu tamanho ou três vezes maior. Esse novo rótulo foi adotado por todo o exército, que começou a considerar o garoto como uma espécie de talismã da sorte, um mascote da vitória.

É claro que isso feriu o orgulho de Dekton, além, até mesmo, de seu estado belicoso habitual. A seus olhos, o nome denunciava condescendência. Mais uma razão para odiar seus senhores e desprezar sua posição a seu serviço. Achou-me um idiota por seguir o exército.

— Você devia ter fugido — sussurrou-me sem me olhar enquanto caminhávamos com dificuldades na abafada e suja esteira do trem. — Merece cada chibatada que levou, não pelo que o acusam, mas por não afogar aquele cantor de hinos, Alexandros, quando teve a chance, e não bater as pernas direto para o Templo de Poseidon. — Referia-se ao santuário em Tegea, ao qual foragidos escapavam e recebiam asilo.

A minha lealdade aos espartanos foi uma fonte de escárnio e diversão para Dekton. Fui colocado sob o poder desse garoto cerca de meio ano após o destino ter levado-me à Lacedemônia, dois anos antes, quando ele e eu tínhamos 12 anos. A sua família trabalhava na propriedade de Olympieus, o pai de Alexandros, que era parente de Dienekes através de sua esposa, Arete. O próprio Dekton era mestiço de escravo, gerado ilegalmente, assim diziam os boatos, por um Par cuja lápide

Idotychides
em guerra na Mantinea

jaz ao longo da Via Amyklaiana, oposta à linha *syssitia*, as cantinas comuns.

A meia estirpe de oficiais espartanos não contribuiu em nada para o progresso da posição de Dekton. Era um escravo e pronto. Ainda por cima, os jovens de sua idade, e os Pares ainda mais, o olhavam com uma suspeita extra, reforçada por sua força excepcional e habilidade atlética. Aos 14 anos, sua constituição era a de um adulto e quase tão forte quanto.

Ele teria de lidar com isso um dia, e sabia disso.

Quanto a mim, eu era um garoto selvagem que acabara de descer das colinas e fora dedicado ao mais vil trabalho de fazenda, já que era mais seguro do que me arriscar à poluição ritual me matando. Revelei-me um fracasso tal que meus senhores escravos queixaram-se diretamente com o seu senhor, Olympieus. Esse cavalheiro teve pena de mim, talvez por eu ter nascido livre, talvez por ter entrado na cidade não como um cativo, mas por minha livre vontade.

Fui designado ao pequeno destacamento de cabras e cabritos.

Eu seria pastor de animais de sacrifício, cuidando dos que serviam às cerimônias da manhã e da noite e acompanhavam o exército ao campo para os exercícios de treinamento.

O chefe dos garotos era Dekton. Odiou-me à primeira vista. Concentrou o seu desdém mais mordaz para o relato, que imprudentemente confessei, de receber conselhos diretamente de Apolo, o Arqueiro. Dekton achou hilariante. Eu achava, eu sonhava, eu imaginava que o deus do Olimpo, rebento de Zeus, o Trovão, protetor de Esparta e Amyklai, guardião de Delfos, Samos e quem sabe quantas mais *poleis* e heróis, desperdiçaria seu valioso tempo descendo para bater papo na neve com um pirralho *heliokekaumenos* sem cidade como eu? Para Dekton, eu era o caipira mais bronco e maluco que ele tinha visto.

Designou-me para ser o Chefe Limpador de Traseiros do rebanho.

— Acha que vou ter as minhas costas lanhadas por entregar ao Rei uma cabra coberta de merda? Vamos, deixe esse buraco enrugado impecável!

Dekton não perdia nenhuma oportunidade de me humilhar.

— Estou educando-o, Garoto Tampão. Esses cus são sua academia. A lição de hoje é a mesma de ontem: em que consiste a vida de um escravo? Em ser rebaixado, degradado e não ter outra opção a não ser suportar. Diga-me, meu amigo nascido livre. Está gostando?

Eu não respondia, simplesmente obedecia. Seu escárnio era ainda maior por causa disso.

— Você me odeia, não? Tudo o que queria era acabar comigo. O que o impede? Tente! — Pôs-se na minha frente certa tarde, quando eu e os outros garotos pastoreávamos os animais no terreno do Rei. — Não dormiu planejando isso? — Dekton escarneceu de mim. — Sabe exatamente como fazer. Com aquele arco tessaliano, se os seus senhores o deixarem chegar perto dele. Ou com o punhal que guarda escondido entre as tábuas do estábulo. Mas não vai me matar. Não importa de quanta desgraça eu o cubra, não importa o quanto miseravelmente eu o degrade.

Pegou uma pedra e a jogou em mim, à queima-roupa, atingindo-me com tal força no peito que quase me derrubou. Os outros garotos se juntaram para observar.

160

— Se foi o medo que o impediu, eu respeito. Seria, pelo menos, uma demonstração de bom senso. — Dekton jogou outra pedra, que me atingiu no pescoço, fazendo sangrar. — Mas a sua razão é mais insensata. Você não me machucaria pela mesma razão por que não machucaria nenhum desses animais miseráveis, fedidos. — Dizendo isso, chutou com fúria uma cabra, derrubando-a, e ela fugiu balindo. — Porque *os* ofenderia. — Fez um gesto indicando, com um desacato rancoroso, a planície até os campos de ginástica, onde três pelotões de oficiais espartanos exercitavam a lança ao sol. — Não vai me tocar porque sou propriedade deles, exatamente como essas cabras come-merda. Estou certo, não estou?

A minha expressão respondeu por mim.

Encarou-me com contentamento.

— O que representam para você, debiloide? A sua cidade foi saqueada, dizem. Odeia os argivos e acha que esses filhos de Héracles — indicou os Pares em treinamento, cuspindo a frase final com uma aversão sarcástica — são inimigos deles. Acorde! O que acha que teriam feito se fossem eles a pilhar sua cidade? O mesmo, se não pior! Como fizeram com minha terra, a Messênia, e comigo. Olhe para mim. Olhe para você mesmo. Escapou da escravidão só para se tornar inferior ao escravo.

Dekton foi a primeira pessoa que conheci, homem ou garoto, que não tinha absolutamente nenhum medo dos deuses. Não os odiava, como alguns odeiam, nem zombava de seus jogos, como eu soubera que os livres-pensadores ímpios faziam em Atenas e Corinto. Dekton não acreditava em sua existência. Não havia deuses, simplesmente isso, o que me impressionava com uma espécie de admiração. Eu continuava atento, esperando que ele fosse fulminado por algum revés horripilante vindo dos céus.

Agora, na estrada de volta a Antirhion, Dekton (deveria dizer Galo) insistiu na arenga que ouvira dele tantas vezes antes. Que os espartanos haviam me enganado como enganavam todo mundo; que exploram seus escravos dando-lhes as migalhas de sua mesa, elevando um escravo uma fração acima do outro e transformando cada miserável avidez por posição de um indivíduo nos elos invisíveis que os mantêm acorrentados e na servidão.

— Se odeia tanto os seus senhores — perguntei —, por que estava que nem uma barata tonta durante a batalha, tão ansioso para participar do combate?

Outro fator, eu sabia, acrescentava-se à frustração do Galo. Ele acabava de engravidar sua colega de estábulo (como os garotos escravos chamavam suas namoradas ilícitas). Em breve, seria pai. Como poderia escapar? Não abandonaria um filho, tampouco poderia empreender sua fuga carregando uma garota e um bebê.

Caminhava com passos pesados, praguejando contra um dos garotos pastores que havia deixado extraviar duas cabras, mandando-o ir atrás delas depois do rebanho.

— Olhe para mim — resmungou ao recomeçar a andar do meu lado. — Posso correr tão rápido quanto qualquer um desses espartanos punheteiros. Tenho 14 anos, mas luto com qualquer cara de 20 anos e o derrubo. Ainda assim, aqui estou eu, nessa camisola de idiota, segurando uma cabra pela correia.

Jurava um dia ainda roubar um *xyele* e cortar a garganta de um espartano.

Eu disse a ele que não devia falar desse jeito na minha presença.

— O que vai fazer? Me delatar?

Não, e ele sabia.

— Pelos deuses — praguejei —, levante sua mão só uma vez contra eles e o matarei.

O Galo riu. — Pegue um galho afiado à beira da estrada e o enfie nos olhos, meu amigo. Eu não poderia cegá-lo mais do que já está.

O exército chegou à fronteira da Lacedemônia ao anoitecer do segundo dia e a Esparta dois dias depois. Corredores haviam precedido as tropas; a cidade tinha tomado conhecimento, há 72 horas, dos nomes dos feridos e mortos. Os funerais estavam sendo preparados; teriam início dois dias depois.

Aquela noite e o dia seguinte foram passados desmontando o trem de suprimentos: limpando e consertando armas e armaduras, recolocando as hastes nas lanças quebradas em combate e refazendo os eixos dos escudos *hoplon*, separando e guardando o cordame das carroças, cuidando dos animais de tração e de carga, assegurando-se de que cada animal estivesse adequadamente lavado e arrumado e disperso com seus hilotas carreteiros nos diversos *kleroi*, dependências das fazendas em que trabalhavam. Na segunda noite, os Pares do trem, finalmente, retornaram às suas cantinas.

Depois de uma batalha, essa era, habitualmente, uma noite solene. Quando camaradas mortos em combate eram lembrados, ações de bravura, comemoradas, e a conduta desonrosa, censurada, quando as graves lições da batalha eram revistas mais uma vez.

As cantinas dos Pares são geralmente refúgios de cordialidade, santuários de camaradagem, piadas e descontração. Aí, após um longo dia, amigos soltam o cabelo entre outros amigos, falam como cavalheiros sobre assuntos íntimos e, até mesmo, embora nunca em excesso, aceitam o suave conforto de uma ou duas taças de vinho.

Essa noite, no entanto, não foi uma noite de tranquilidade e sociabilidade. As almas dos 28 mortos pairavam, pesadas, sobre a cidade. A vergonha secreta do guerreiro, o conhecimento no fundo do seu coração de que poderia ter feito melhor, feito mais, feito mais prontamente ou com menos hesitação autopreservadora; essa censura, sempre mais impiedosa quando diretamente contra si mesmo, carcomia, tácita e sem alívio, as entranhas dos homens. Nenhuma condecoração ou prêmio por bravura, nenhuma vitória poderia subjugá-la inteiramente.

— Bem — Polynikes mandou o jovem Alexandros avançar e lhe falou com severidade —, o que acha disso?

Referia-se à guerra.

Estar lá, vê-la e respirá-la.

A noite agora ia avançada. Expirara a hora do *epaikla*, aquele segundo momento da refeição em que a carne da caça e o pão de trigo podiam ser divididos. Agora, os 16 Pares da cantina do Deukalion, com sua fome saciada, se instalavam em seus sofás de madeira de lei. Era o momento em que os rapazes que permaneciam em pé, diante da cantina, à espera de instrução, seriam chamados e cozidos no espeto.

Alexandros recebeu ordem de avançar, diante dos homens, e assumir a posição de alerta. As mãos ocultas debaixo das dobras de seu manto, os olhos fixos no chão como se ainda não merecessem se erguer e encarar um Par diretamente.

— O que achou da batalha? — perguntou Polynikes.

— Deu-me náusea — respondeu Alexandros.

Sob o interrogatório, o garoto confessou não ter conseguido dormir desde então, nem a bordo do navio nem em marcha. Se fechasse os olhos, até mesmo só por um instante, disse ele, veria de novo com o mesmo horror as cenas de carnificina, particularmente o espasmo da morte de seu amigo Meriones. A sua compaixão, admitiu, era despertada tanto por baixas do inimigo quanto pela queda de heróis de sua cidade. Pressionado sobre esse ponto, o garoto declarou achar a matança da guerra "bárbara e profana".

— Bárbara e profana? — reagiu Polynikes, cego de raiva.

Os Pares em suas cantinas são encorajados, quando julgam útil para a instrução dos jovens, a escolher um dos efebos, ou mesmo outro Par, e insultá-lo oralmente da maneira mais severa e impiedosa. Isso é chamado de *arosis,* "mortificação". Seu propósito, assim como o das surras físicas, é disciplinar os sentidos para fortalecer a vontade contra a reação com raiva e medo, as forças gêmeas desvirilizadoras, que compreendem o estado chamado *katalepsis,* "possessão". A resposta ótima, que os Pares buscam, é o humor. Rir na sua cara. Uma mente que consegue manter sua leveza não se desintegrará na guerra.

Mas Alexandros não possuía nenhum dom para piadas. Não podia fazer isso; não era ele. Tudo que conseguia era responder com sua voz clara e pura, com a franqueza mais excruciante. Observei-o do meu posto à esquerda da entrada da cantina, sob a placa esculpida:

Exo tes thyras ouden

"Passando por esta porta, nada", isto é, nenhuma palavra dita nesse recinto poderá ser repetida em outro lugar.

Era uma forma de coragem superior que Alexandros demonstrava, fazendo face à provocação dos Pares sem uma piada ou mentira. Em qualquer momento durante uma mortificação, o garoto alvo podia fazer um sinal e pedir uma pausa. É um direito concedi-do pelas leis de Licurgo. Entretanto, o orgulho impediu que Alexandros usasse essa opção, e todos perceberam.

— Você queria ver a guerra — Polynikes começou. — Como imaginou que seria?

Alexandros foi solicitado a responder da maneira espartana, imediatamente, com extrema brevidade.

Seus olhos foram tomados pelo pânico, seu coração afligiu-se diante da visão da matança. Responda ao seguinte:

Achava que a lança era para quê?

E o escudo?

E uma espada *xiphos*?

Perguntas desse tipo seriam feitas ao garoto, não em um tom ríspido e ofensivo, que teria sido mais fácil de suportar, mas frio, racional, exigindo uma resposta concisa e ponderada. Alexandros recebeu a ordem de descrever os ferimentos que uma lança de dois metros poderia produzir e os tipos de morte que provocaria. Um golpe de cima para baixo deveria mirar a garganta ou o peito? Se o tendão da panturrilha de um inimigo fosse machucado, deveria parar para acabar com ele ou prosseguir avançando? Se uma lança é enfiada acima dos testículos de um homem, a lâmina deve ser apenas retirada ou conduzida para cima, para estripar o homem? O rosto de Alexandros enrubesceu, sua voz tremeu e falhou. Gostaria de parar, rapaz? Essa instrução é demais para você?

Responda concisamente:

Pode imaginar um mundo sem guerra?

Pode imaginar clemência do inimigo?

Descreva a condição da Lacedemônia sem o seu exército, sem os seus guerreiros para defendê-la.

O que é melhor, vitória ou derrota?

Governar ou ser governado?

Fazer da esposa do inimigo uma viúva ou enviuvar sua própria esposa?

Qual a virtude suprema de um homem? Por quê? Quem você mais admira em toda a cidade? Por quê?

Defina a palavra "misericórdia". Defina "compaixão". São virtudes da guerra ou da paz? Dos homens ou das mulheres? São realmente virtudes?

Dos Pares que atormentaram Alexandros naquela noite, Polynikes, aparentemente, não pareceu o mais inflexível nem o que demonstrava mais severidade. Ele não conduziu a *arosis*, nem seu interrogatório foi abertamente cruel ou malicioso. Simplesmente não queria que fosse interrompido. No tom das vozes dos outros homens, não importa quão impiedosamente crivavam Alexandros de perguntas, havia, por fim, o fundamento tácito da inclusão. Alexandros era do sangue deles, era um deles; tudo que fizeram nessa noite, e nas outras, não era para derrubar seu ânimo ou aniquilá-lo como um escravo. Era para torná-lo mais forte, moderar sua vontade e torná-lo mais merecedor de ser chamado de guerreiro, como eles eram, de ocupar o seu lugar como oficial espartano e um Par.

A provocação de Polynikes era diferente. Havia algo pessoal. Ele detestava o garoto, embora fosse impossível saber por quê. O que tornava isso ainda mais penoso, tanto para ver como deve ter sido para resistir, era a suprema beleza física de Polynikes.

Em todos os aspectos, no rosto, assim como no físico, o cavaleiro era perfeito como um deus. Nu no *Gymnasion*, mesmo ao lado dos jovens e dos guerreiros agraciados com atrativos, elevados ao seu máximo com o treinamento, Polynikes se sobressaía, sem par, superando os outros em simetria de forma e perfeição de estrutura física. Vestido em túnica branca para a Assembleia, brilhava como Adonis. E armado para a guerra, com o bronze de seu escudo lustrado, seu manto escalarte em volta dos ombros e o elmo com a crina de animal de um Cavaleiro, destacava-se, sem igual, como Aquiles.

Assistir a Polynikes treinar no Grande Anel, preparando-se para os Jogos em Olímpia, Delfos ou Nemea, olhá-lo à luz pastel do final do dia, quando ele e os outros velocistas haviam concluído o trabalho de distância e agora, diante de seus treinadores, vestiam a armadura de corrida para os percursos finais — até mesmo os Pares mais insensíveis, treinando o boxe ou nas arenas de luta corpo a corpo, se detinham para observar.

Eram quatro corredores regularmente treinados com Polynikes: dois irmãos, Malineus e Gorgone, ambos vencedores em Nemea na corrida *diaulos*; Doreion, o Cavaleiro, que era capaz de ultrapassar um cavalo de corridas em mais de 60 metros; e Telamonias, o pugilista e *enomotarch* do regimento Oliveira Selvagem.

Os cinco se posicionavam, e um treinador batia as mãos dando o sinal de partida. Por 30 metros, às vezes 50, o campo da elite permanecia um grupo de bronze e carne distendidos, movendo-se com dificuldade sob o peso dos apetrechos. Por um instante, os Pares que estão observando, com o coração pulsando acelerado, pensam que talvez uma vez, talvez dessa única vez, alguém o sobrepuje. Então, na vanguarda, quando o poder de aceleração dos corredores começava a superar as restrições de seus fardos, o escudo de Polynikes surgia, 10 quilos de carvalho e bronze sustentados sobre a pele e o músculo de seu braço esquerdo; viriam seu elmo refulgindo; suas grevas polidas estendidas ao lado, flutuando como as sandálias aladas do próprio Hermes. Aí, com uma força e poder de tal modo extraordinários que fazem parar o coração, Polynikes se destacava, resplandecendo com uma velocidade quase irreal, que o fazia parecer despido, até mesmo alado, e não maltratado pelo peso em seu braço e suas costas. A luz do dia arrojava-se entre ele e os que vinham atrás. Precipitava-se ao final, num total de 400 metros, sem competir mais com os inferiores companheiros, reles mortais, que em qualquer outra cidade seriam objetos de adoração, cercados por uma multidão de adoradores, mas que ali, contra o corredor invencível, estavam fadados a comer poeira e gostar disso. Assim era Polynikes. Ninguém o tocava. Possuía os traços e o físico abençoados, daqueles que os deuses permitem que se combinem em um único mortal somente uma vez a cada geração.

Alexandros também era belo. Mesmo com o nariz quebrado de que Polynikes o dotara, sua perfeição física aproximava-se da do velocista incomparável. Talvez isso, de certa maneira, esteja na raiz do ódio que o homem nutria pelo garoto. O fato de o prazer de Alexandros estar no canto, e não no campo atlético, o tornava indigno de sua beleza; o fato de, nele, não refletir a virtude viril, a *andreia*, que em Polynikes se anunciava de uma maneira tão indubitável.

A minha suspeita pessoal era a de que a animosidade do corredor era atiçada ainda mais pela proteção de Dienekes a Alexandros. Pois, de todos os homens na cidade com que ele competia em virtude e excelência, de quem mais se ressentia era do meu senhor. Não tanto pelas honras que Dienekes conquistara em batalha, já que Polynikes, assim como o meu senhor, havia recebido o prêmio de bravura duas vezes, e era 10 ou 12 anos mais jovem.

Era alguma outra coisa, um aspecto menos óbvio de caráter que Dienekes possuía e pelo qual a cidade o distinguia, reconhecendo-o instintivamente, sem incitação ou cerimônia. Polynikes percebeu isso na maneira como os jovens, rapazes e moças, brincavam com Dienekes quando ele passava pela *sphairopaedia*, os campos de jogo de bola, durante o intervalo ao meio-dia. Percebia-o na inclinação do sorriso de uma matrona e suas criadas nas fontes ou de uma mulher idosa passando no mercado. Até mesmo os escravos dedicavam ao meu senhor um afeto e um respeito negados a Polynikes, apesar de todas as honrarias que recebia em outras áreas. Isso o mortificava. Mistificava-o. Ele, Polynikes, havia até gerado dois filhos homens, enquanto Dienekes só mulheres, quatro filhas que diluiriam o seu patrimônio e enfraqueceriam sua linhagem, se não a extinguissem, ao passo que os garotos, grandes, fortes e velozes, um dia seriam guerreiros. O fato de Dienekes ostentar o respeito da cidade de maneira tão discreta e com uma sagacidade e modéstia tão reservadas era ainda mais penoso para Polynikes.

O corredor não via em Dienekes nem a beleza da forma nem a agilidade dos pés. Percebia uma qualidade da mente, um poder de autoconfiança que, com todos os dons com que os deuses lhe haviam sido pródigos, lhe faltava. A coragem de Polynikes era a de um leão ou uma águia, algo no sangue e na medula que convocava a si mesmo, sem pensar, e sentia enorme prazer em sua supremacia instintiva.

A coragem de Dienekes era diferente. Sua virtude era a de um homem, um mortal falível, que gerava a bravura da compreensão do seu coração, pela força de alguma integridade interior desconhecida a Polynikes. Seria por isso que ele odiava Alexandros? Seria por isso que ele havia quebrado o nariz do garoto naquela noite?

Polynikes, agora, tentava quebrar mais que o rosto do garoto. Ali, na cantina, quis arrebentá-lo, vê-lo em pedaços.

— Parece infeliz, efebo. Como se o aspecto da batalha não lhe oferecesse nenhuma alegria.

Polynikes mandou Alexandros recitar o prazer da guerra, ao que o garoto respondeu automaticamente, citando as satisfações de partilhar os reveses, do triunfo sobre a adversidade, da camaradagem e *philadelphia*, o amor de um camarada de armas.

Polynikes franziu o cenho.

— Sente prazer quando canta, efebo?

— Sim, senhor.

— E quando flerta com aquela vadia, Ágata?

— Sim, senhor.

— Pois imagine o prazer que o aguarda quando estiver na linha de batalha, escudo contra escudo com um inimigo louco para matá-lo, e você para matá-lo. Pode imaginar esse êxtase, seu pequeno verme?

— O *pais* está tentando, senhor.

— Deixe-me ajudá-lo. Feche os olhos e imagine. Obedeça!

Polynikes estava perfeitamente ciente do tormento que isso causava a Dienekes, que se mantinha controlado e impassível em seu divã sem coberta, apenas dois lugares abaixo.

— Enfiar a lança, até o fim, nas entranhas de um homem é como foder, só que melhor. Gosta de foder, não gosta?

— O efebo não sabe, senhor.

— Não brinque comigo, garoto.

Alexandros, agora em pé há uma hora, tinha se revestido de coragem. Respondia às perguntas de seu torturador, imóvel e atento, os olhos fixos no solo, pronto para suportar qualquer coisa.

— Matar um homem é como foder, só que, ao invés de gerar vida, a tiramos. Experimentamos o êxtase da penetração quando a lâmina e a haste perfuram o ventre do inimigo. Vemos o branco de seus olhos girar em sua órbita, dentro de seu elmo. Sentimos seus joelhos cederem e o peso de sua carne vacilante arriar a ponta da lança. Está imaginando?

— Sim, senhor.

— O seu pau já está duro?

— Não, senhor.

— Você meteu a lança nas entranhas de um homem e o seu pau não endureceu? O que você é, uma mulher?

Nesse ponto, os Pares da cantina começaram a bater as juntas dos dedos na madeira de lei, uma indicação de que a instrução de Polynikes estava indo longe demais. O velocista ignorou.

— Agora, imagine comigo. Você sente a batida do coração do inimigo no ferro e o enfia mais, girando-o enquanto mete mais fundo. Uma sensação repentina de prazer na madeira de sua lança, atravessando sua mão e subindo pelo braço ao coração. Está sentindo o prazer?

— Não, senhor.

— Sente-se como os deuses nesse momento, exercendo o direito que somente eles e o guerreiro em combate podem experimentar: o de lidar com a morte, de perder a alma de outro homem e mandá-la ao inferno. Você quer saborear isso mais intensamente, torcer a lâmina mais fundo e arrancar o coração e as entranhas do homem com a ponta do ferro de sua lança, mas não pode. Diga-me por quê.

— Porque devo prosseguir e matar o próximo homem.

— Vai chorar?

— Não, senhor.

— O que vai fazer quando os persas chegarem?

— Matá-los, senhor.

— E se você estiver à minha direita numa linha de batalha? Você vai me proteger?

— Sim, senhor.

— E se eu avançar, protegido pela sombra de seu escudo? Você vai segurá-lo com bravura diante de mim?

— Sim, senhor.

— Vai derrubar o homem?

— Sim.

— E o outro?

— Sim.

— Não acredito.

Ao ouvir isso, os Pares bateram com mais força sobre as mesas. Dienekes falou.

— Isso não é mais instrução, Polynikes. É malícia.

— Mesmo? — respondeu o velocista, sem se dignar a olhar para o rival. — Perguntemos ao seu objeto. Já está farto, salmista de merda?

— Não, senhor — respondeu Alexandros. — Peço ao Par que prossiga.

Dienekes interveio. Gentilmente, com compaixão, dirigiu-se ao jovem, seu protegido.

— Por que diz a verdade, Alexandros? Poderia mentir, como qualquer outro garoto, e dizer que sente prazer com a visão da guerra, que se deleita com o triunfo de sua cidade e seus guerreiros.

— Pensei nisso, senhor. Mas a companhia perceberia.

— Está certíssimo — confirmou Polynikes. Sentiu a raiva em sua própria voz e logo a controlou. — No entanto, em consideração ao meu estimado camarada — e virou-se fazendo uma reverência sarcástica para Dienekes —, farei minha próxima pergunta não a essa criança, mas à cantina como um todo. — Fez uma pausa, depois apontou o garoto à sua frente. — Quem ficará com esta mulher à sua direita na linha de batalha?

— Eu — respondeu Dienekes sem hesitar.

Polynikes riu com desdém.

— O seu mentor tenta protegê-lo, efebo. Orgulhoso de suas próprias proezas, acha que pode lutar por dois. Isso é uma temeridade. A cidade não pode arriscar perdê-lo só porque se interessa pela graça de sua face feminina.

— Chega, meu amigo. — Isso foi dito por Medon, o mais velho da cantina. Os Pares o apoiaram com um coro de batidas nas mesas.

Polynikes sorriu.

— Aceito a punição, cavalheiros e anciãos. Por favor, desculpem meu excesso de zelo. Tento somente transmitir ao nosso jovem camarada um certo discernimento da natureza da realidade, o estado do homem como os deuses o fizeram. Posso concluir a instrução?

— Com brevidade — advertiu Medon.

Polynikes tornou a se virar para Alexandros. Ao recomeçar, sua voz era gentil e não demonstrava malícia; ressoava, por mais estranho que pareça, delicada e, até mesmo, arrependida.

— A humanidade, como é constituída — disse Polynikes —, é um tumor e um câncer. Observe os espécimes em qualquer outra região que não a Lacedemônia. O homem é fraco, ganancioso, libidinoso, presa para todas as espécies de vício e depravação. Mente, rouba, trapaceia, assassina, funde as estátuas dos deuses e cunha o ouro como dinheiro para prostitutas. Isso é o homem. Essa é sua natureza, como atestam todos os poetas. Felizmente, os deuses, em sua benevolência, proviram um contrapeso para a depravação inata de nossa espécie. Essa dádiva, meu jovem amigo, é a guerra. A guerra, não a paz, produz a virtude. A guerra, não a paz, purga o vício. A guerra, e a preparação para a guerra, suscita tudo que é nobre e digno em um homem. Une-o a seus irmãos e os liga em um amor altruísta, erradicando no cadinho da necessidade tudo que é vil e ignóbil. Ali, no moinho sagrado do assassínio, o homem mais vil pode buscar e encontrar essa parte de si mesmo, oculta sob a corrupção, que reluz intensa e virtuosa, digna de honra diante dos deuses. Não despreze a guerra, efebo, nem imagine que a misericórdia e a compaixão sejam virtudes superiores a *andreia*, à bravura viril.

Polynikes terminou, virando-se para Medon e os anciãos.

— Perdoem-me — disse ele — por ter-me estendido tanto.

A mortificação terminou; os Pares se dispersaram. Lá fora, sob os carvalhos, Dienekes procurou Polynikes, tratando-o por seu nome Kallistos, que pode ser definido como "harmoniosamente belo" ou "de simetria perfeita", embora no tom que Dienekes empregava se traduzisse por "garoto bonito" ou "cara de anjo".

— Por que odeia tanto esse menino? — perguntou Dienekes.

O corredor respondeu sem hesitar.

— Porque ele não ama a glória.

— E o amor pela glória é a virtude suprema do homem?

— De um guerreiro — respondeu Polynikes.

— E de um cavalo de corridas e um cão de caça.

— É a virtude dos deuses, que eles nos ordenam emular.

Os outros, na cantina, escutavam essa troca de palavras, embora simulassem o contrário, na medida em que, segundo as leis de Licurgo, nada discutido atrás dessas portas pode ser levado aos recintos mais públicos. Dienekes, ciente disso, manteve-se sob controle e encarava o Polynikes olímpico com uma expressão sarcástica.

— Desejo-lhe, Kallistos, que sobreviva a tantas batalhas na carne quantas já combateu em sua imaginação. Talvez, então, adquira a humildade de um homem e deixe de se comportar como o semideus que você supõe ser.

— Poupe sua preocupação comigo, Dienekes, guarde-a para o seu amigo. Ele precisa mais dela.

Havia chegado a hora em que as cantinas ao longo da Via Amyklaiana liberavam seus homens, os com mais de 30 anos, para irem para casa e para suas esposas, e os mais jovens, das 5 primeiras classes por idade, para se retirarem, armados e prontos para a luta, aos pórticos dos prédios públicos, onde passavam a noite enroscados em seus mantos. Dienekes usou esses últimos minutos para falar com Alexandros.

O homem pôs o braço em volta do ombro do garoto; moveram-se lentamente sob os carvalhos iluminados.

— Você sabe — disse Dienekes — que Polynikes morreria por você em batalha. Se cair ferido, o escudo dele o preservará. A lança dele o trará de volta em segurança. E se o sopro da morte o atingir, ele se precipitará sem hesitar no assassínio e dará a própria vida para recuperar seu corpo e impedir que o inimigo tire sua armadura. Suas palavras podem ser cruéis, Alexandros, mas agora você já viu a guerra e sabe que ela é cem vezes mais cruel. A noite de hoje foi uma diversão. Um exercício. Prepare sua mente para suportar isso repetidas vezes, até não significar nada para você, até você poder rir na cara de Polynikes e revidar seus insultos com o coração leve. Lembre-se de que os garotos da Lacedemônia suportam esses tormentos, e piores ainda, por séculos. Sofremos agora, na cantina, para que, mais tarde, não soframos no campo de batalha. Polynikes, hoje, não tentava fazer-lhe mal. Estava tentando ensinar a disciplina da mente que bloqueará o medo quando as trombetas ressoarem e os trombeteiros marcarem o ritmo. Lembre-se do que eu lhe disse sobre a casa com vários quartos. Há quartos em que não devemos entrar. Ira. Medo. Qualquer paixão que leve a mente à "possessão" que desintegra os homens na guerra. O hábito será o seu campeão. Quando treinamos a mente a pensar de uma maneira, e de uma única maneira, quando recusamos deixá-la pensar de outra maneira, produzimos uma grande força em combate.

Pararam sob um carvalho e se sentaram.

— Já lhe contei sobre o ganso que tínhamos no *kleros* do meu pai? A ave havia adquirido um hábito, só os deuses sabem por quê, de bicar três vezes em certo pedaço da relva antes de se encaminhar gingando para a água com seus irmãos e irmãs. Quando eu era menino, isso costumava me maravilhar. O ganso sempre fazia isso. Não tinha como evitar fazê-lo. Um dia, meti na cabeça que o impediria. Só para ver o que faria. Postei-me nesse trecho da relva supersticiosa, eu não tinha mais de quatro ou cinco anos na época, e recusei-me a permitir que o ganso se aproximasse. Ele ficou frenético. Precipitou-se sobre mim e me bateu com suas asas, bicou-me a ponto de tirar sangue, e eu fugi como um rato. Imediatamente, o ganso se recompôs. Bicou o seu cantinho de relva três vezes e deslizou para a água, mais contente que nunca.

Os Pares mais velhos partiam para suas casas, os rapazes mais jovens e efebos retornavam a seus postos.

— O hábito é um aliado poderoso, meu jovem amigo. O hábito do medo e da raiva, ou o hábito da compostura e da coragem. — Bateu afetuosamente no ombro do garoto, e se levantaram.

— Agora vá. Durma um pouco. Prometo que, antes de tornar a ver uma batalha, nós o armaremos com todos os hábitos mais convenientes.

13

Quando os jovens começaram a se dispersar para as suas posições, Dienekes e seu escudeiro Suicídio foram para a estrada se juntar à companhia de outros oficiais reunidos para proceder à *ekklesia*, onde participariam da organização dos jogos funerários. Um garoto escravo surgiu correndo com uma mensagem e abordou Dienekes na frente da cantina. Eu estava para partir com Alexandros para os pórticos abertos ao redor da Praça da Liberdade, para assumir o meu lugar onde passaria a noite, quando um assobio agudo me chamou.

Para meu espanto, era Dienekes.

Atravessei rapidamente em sua direção, apresentei-me respeitosamente à sua esquerda, do lado do seu escudo.

— Sabe onde é minha casa? — perguntou. Foram as primeiras palavras que me dirigiu diretamente. Respondi que sim. — Vá até lá, agora. Este menino o guiará.

Dienekes não disse mais nada, virou-se e partiu imediatamente para a Assembleia com o corpo de oficiais. Eu não fazia a menor ideia do que me pediriam. Perguntei ao garoto se não tinha sido um engano, se ele tinha certeza de que era eu mesmo que ele queria.

— É você mesmo, e é melhor corrermos.

A casa da família de Dienekes, na cidade, em contraste com a fazenda em que as famílias de seus escravos trabalhavam, cinco quilômetros ao sul, ao longo de Eurotas, localizava-se a duas ruas da Estrada Entardecer, no extremo oeste da aldeia de Pitana. Não estava unida a outras residências, como muitas naquele quarteirão, mas isolada, à beira do bosque, sob carvalhos e oliveiras antigas. No passado, fora uma fazenda, e ainda possuía o encanto utilitário, sem adornos, de um *kleros* rural. A casa em si era despretensiosa ao extremo, pouco mais larga que um chalé, ainda menos atraente que a casa do meu pai em Astakos, embora o pátio e os jardins, aninhados em uma alameda de murta e jacintos, irradiassem um porto de refúgio e encanto. Chegava-se ao local após percorrer uma série de alamedas cercadas de flores, cada uma parecendo nos conduzir cada vez mais fundo em um espaço de serenidade e retiro, passando, à medida que o penetrávamos, por grupos mosqueados dos chalés dos outros Pares, suas lareiras acesas no frio da noite, com o som das risadas das crianças e o latido alegre dos cães de caça propagando-se para além dos muros. O local em si e seus arredores frondosos não podiam parecer mais distantes da área de treinamento e de guerra nem oferecer mais contraste e conforto àqueles que vinham de lá.

A filha mais velha de Dienekes, Eleiria, que, na época, tinha 11 anos, me abriu o portão. Percebi muros brancos e baixos circundando um pátio ladrilhado discretamente, impecavelmente varrido, decorado com flores em vasos de barro na soleira. Jasmins floresciam nas vigas não envernizadas de uma pérgola construída com golpes de machado; trepadeiras de flores púrpuras e brancas e oleandros aninhados podados; um canal de água construído com pedras, não mais largo que a extensão de um palmo, gorgolejava ao longo da parede norte. Uma criada, uma garota que não reconheci, esperava do lado de um assento de vime à sombra.

Fui levado a uma gamela de pedra e me mandaram enxaguar as mãos e os pés. Vários panos limpos estavam pendurados em uma trave; sequei-me e voltei a pendurá-los cuidadosamente. O meu coração batia descompassado, se bem que, por mais que me esfor-

176

çasse, não saberia dizer por quê. A donzela Eleiria introduziu-me no vestíbulo da lareira, a sala retirada, de que, à parte o quarto de dormir de Dienekes e sua mulher Arete, a casa era composta.

As quatro filhas de Dienekes estavam presentes, inclusive a pequenininha, que dormitava, e a recém-nascida; a segunda mais velha, Alexa, a quem se juntou sua irmã, as duas sentadas de lado, puseram-se a cardar a lã como se fosse uma atividade normal no meio da noite. Essas meninas eram presididas por Arete, que, com o bebê no peito, estava sentada em um banco baixo e sem almofada ao lado da lareira.

De imediato, percebi que não era a senhora de Dienekes que deveria me pedir algo. Ao seu lado, na direção do centro da sala, estava a senhora Paraleia, mãe de Alexandros, esposa do *polemarch* Olympieus.

Sem cerimônia, essa senhora pôs-se a me interrogar sobre a mortificação de seu filho menos de meia hora antes, na cantina. O fato de ela ter conhecimento do evento, e tão imediatamente, era surpreendente. Alguma coisa em seu olhar alertou-me de que eu deveria escolher as palavras com cuidado.

A senhora Paraleia declarou estar perfeitamente ciente da proibição de se revelar qualquer conversa havida nos recintos da cantina dos Pares e respeitá-la profundamente. No entanto, eu podia, sem violar o caráter sagrado da lei, ser condescendente com ela, uma mãe compreensivelmente preocupada com o bem-estar e o futuro de seu filho, em uma indicação, se não das palavras e atos exatos do evento mencionado, então, talvez, parte de seu tom.

Inquiriu-me, pretendendo motivar, com o tom atenuado idêntico àquele com que os Pares na cantina tinham interrogado Alexandros, quem governava a cidade. Os reis e os éforos, respondi imediatamente e, é claro, as Leis. A senhora sorriu e relanceou os olhos, só por um instante, à senhora Arete.

— Sim — disse ela. — Certamente assim deve ser.

Foi sua maneira de me fazer saber que as mulheres dirigem o espetáculo e que, se eu não quisesse voltar permanentemente para os campos imundos dos fazendeiros, era melhor começar a soltar

177

uma dose satisfatória de informação. Em dez minutos, ela havia conseguido tudo que era possível. Cantei que nem um pássaro.

Queria, disse ela, saber tudo que seu filho tinha feito nas horas após ter desafiado a vontade dela na relva dos Gêmeos e partido atrás do exército em direção a Antirhion. Interrogou-me como se eu fosse um espião. A senhora Arete não interrompeu. Suas filhas mais velhas não ergueram seus olhos para mim sequer uma vez, nem para a senhora Paraleia, embora, em seu silêncio recatado, não perdessem uma palavra. Era assim que aprendiam. Naquele dia, a lição era como interrogar um garoto de serviço. Como uma mulher fazia isso. Que tom usava, que perguntas fazia, quando sua voz se erguia com uma insinuação de ameaça e quando baixava para assumir um tom mais confidencial, evocando franqueza.

Que rações Alexandros e eu recebemos? Que armas? Quando nossa comida acabou, como conseguimos mais? Esbarramos com estranhos no caminho? Como o meu filho se comportou? Como os estranhos reagiram? Demonstraram-lhe o respeito digno de um espartano? A conduta do meu filho infundiu respeito?

Ela assimilava minhas respostas sem revelar nada de si mesma, se bem que ficasse claro em determinados momentos críticos que desaprovava a conduta de seu filho. Somente uma vez deixou que uma raiva verdadeira influísse em seu tom: quando reconheci, sob coação, que Alexandros não havia procurado saber o nome do capitão do barco que nos traíra. A voz da mulher tremeu. O que há com esse menino? O que tinha aprendido durante todos esses anos à mesa de seu pai e na cantina comum? Não percebia que esse réptil, esse capitão pescador devia ser punido, executado, se necessário, para ensinar a esses estranhos o preço de usar de perfídia com o filho de um Par da Lacedemônia? Ou, se a prudência mandasse, que ele, esse barqueiro, poderia ser usado? Explorado para se tirar vantagem dele? Se a guerra com os persas acontecesse, esse sujeito, transformado em informante, poderia se revelar uma inestimável fonte de dados para o exército. Mesmo se tentasse com a mentira bancar o traidor, isso poderia ser percebido e se tornar uma aprendizagem valiosa. Por que o meu filho não descobriu o seu nome?

— Seu criado não sabe, senhora. Talvez seu filho tenha descoberto e seu criado não saiba.

— Trate-se por "Eu" — repreendeu-me Paraleia. — Você não é um escravo, não fale como se fosse.

— Sim, senhora.

— O garoto precisa de algo para molhar a garganta, mãe — falou Eleiria, abafando um risinho. — Olhe para ele, se seu rosto ficar um pouquinho mais escarlate, explodirá feito um tomate.

O interrogatório prosseguiu por mais uma hora. Ao desconforto que eu sentia na posição delicada em que me encontrava, acrescentava-se a aparência física da senhora Paraleia, que possuía uma semelhança fantástica com o seu filho. Como ele, ela era bela, e, como a dele, a sua beleza assumia a forma espartana discreta e modesta.

As mulheres e donzelas da minha cidade de Astakos, e de todas as outras cidades da Hélade, usam geralmente cosméticos e pintura facial para realçar a beleza. Essas mulheres estão totalmente cientes do efeito que o lustro artificial de seus cachos ou o rosa dos lábios produzem no homem atingido por seu encanto.

Nada disso estava no esquema da senhora Paraleia, nem tampouco de Arete. Sua túnica *peplos* era fendida do lado, ao estilo espartano, revelando sua perna nua até a coxa. Em qualquer outra cidade, isso seria obsceno, chegando a ser escandaloso. Porém, aqui em Lacedemônia, não era nem notado. Isso é uma perna. Nós, mulheres, as possuímos assim como vocês homens as possuem. Para os homens espartanos, olhar de soslaio ou lançar um olhar cobiçoso a uma mulher com essa roupa era inconcebível. Viram sua mãe, irmãs e filhas nuas desde que tinham idade suficiente para abrir os olhos, no treinamento atlético tanto das meninas quanto das mulheres, nos festivais e outros cortejos de mulheres.

Ainda assim, essas mulheres, as duas, estavam cientes de seu magnetismo pessoal e do efeito que produziam até mesmo sobre um garoto que as estivesse servindo. Afinal, Helena não era espartana? A esposa de Menelau, ela, que Páris levou para Troia,

a causa de um sofrimento sem fim
entre os troianos e os gregos,
e em nome de cuja beleza
tantos aqueus valentes perderam a vida
em Troia, distantes de seu país nativo.

As mulheres espartanas superam em beleza todas as outras na Hélade, e um de seus encantos é não os explorarem tanto. Afrodite não é sua deusa, e sim Ártemis, a Caçadora. Vejam a graça do nosso cabelo, sua postura parece dizer que reflete a luz não com o artifício dos cosméticos, mas com o brilho da saúde e o lustro da virtude. Olhem em nossos olhos, que envolve os do homem sem baixar em uma modéstia maquinada nem tremular por trás de pestanas tingidas, como as prostitutas coríntias. As nossas pernas são trabalhadas não no toucador, com cera e murta, mas ao sol, nas corridas e no Anel.

Essas mulheres eram fêmeas, esposas e mães cujo dever primordial era gerar meninos que cresceriam para serem guerreiros e heróis, defensores da cidade. As mulheres espartanas eram éguas reprodutoras, as donzelas mimadas das outras cidades podiam escarnecer, mas se eram éguas, eram corredoras, campeãs olímpicas. O brilho e vigor atlético que a *gynaikagoge,* a disciplina de treinamento das mulheres, lhes produziam exercia certo poder, e elas tinham consciência disso.

Ali, diante daquelas mulheres, os meus pensamentos, apesar de todos os esforços, retornavam ao passado, a Diomache e à minha mãe. Vi mentalmente as pernas de minha prima refulgindo fortes e bem torneadas quando ela corria atrás de alguma lebre ou corça, com os nossos cachorros correndo à frente, escalando um declive rochoso. Vi a pele macia e lustrosa de seu braço quando puxava o arco, os seus olhos que se contraíam sem motivo e o rubor da liberdade e juventude que se espalhava na pele de seu rosto quando ela sorria. Revi minha mãe, que tinha somente 36 anos ao morrer e cuja recordação a meus olhos era a de uma nobreza e uma delicadeza incomparáveis. Esses pensamentos eram como um quarto na casa da mente de que Dienekes falava, um quarto que eu nunca, desde a Via dos Três Ângulos, me permitira entrar.

Mas agora, ali na sala real daquela casa de verdade, diante das fragrâncias e ruges-ruges femininos, das auroras femininas daquelas esposas, mães, filhas e irmãs, seis delas, de tanta presença feminina concentrada em um espaço tão íntimo, minha mente retornou ao passado contra a minha vontade. Precisei de todas as minhas forças para ocultar o efeito dessas recordações e responder às perguntas sucessivas em ordem. Enfim, a inquisição pareceu se aproximar de sua conclusão.

— Responda uma última pergunta. Fale com franqueza. Se mentir, eu perceberei. O meu filho tem coragem? Avalie sua *andreia*, sua virtude masculina, como um jovem que em breve deve assumir seu lugar como guerreiro.

Eu não precisava ser perspicaz para perceber que estava pisando em ovos. Como se poderia responder a uma pergunta como essa? Aprumei o corpo e me dirigi a ela diretamente.

— Há 1.400 efebos nos pelotões de treinamento da *agoge*. Somente um demonstrou a temeridade de seguir o exército, e isso desafiando o desejo da própria mãe, sem mencionar a consciência da punição a que estaria sujeito ao retornar.

Ela refletiu.

— É uma resposta política, mas boa. E a aceito.

Levantou-se e agradeceu à senhora Arete por ter arranjado a entrevista e providenciado o seu caráter confidencial. Mandaram-me aguardar fora, no pátio. A empregada da senhora Paraleia estava lá, imóvel, sorrindo afetadamente. Sem dúvida escutara cada palavra e iria tagarelar por todo o vale de Eurotas assim que o dia amanhecesse. Dali a pouco, a senhora em pessoa apareceu, sem se dignar a olhar ou falar comigo e, acompanhada de sua criada, partiu com passadas largas, sem a luz de uma tocha, pela alameda escura.

— Já tem idade para beber vinho?

A senhora Arete falou, da porta, diretamente comigo, e fez um gesto para que eu entrasse. Todas as suas quatro filhas estavam dormindo. Ela mesma serviu-me, seis medidas para uma de água, como fazem para os garotos. Tomei um trago, agradecido. Claramente, essa noite de entrevistas ainda não se encerrara.

A senhora convidou-me a sentar. Ela ficou na posição de dona da casa, ao lado da lareira. Pôs um pedaço de pão em um prato na minha frente, além de azeite, queijo e cebola.

— Seja paciente, a noite no meio de mulheres logo terminará. Retornará aos homens, com quem, obviamente, se sente mais à vontade.

— Estou à vontade, senhora. De verdade. É um alívio estar longe da vida de quartel por uma hora, mesmo que isso signifique dançar descalço sobre brasa.

Ela sorriu, mas era evidente que sua mente estava em um tema mais sóbrio. Fez com que a olhasse.

— Já ouviu o nome Idotychides?

Respondi que sim.

Pediu que eu dissesse o que sabia sobre o homem.

— Foi um oficial espartano morto em batalha na Mantinea. Vi sua lápide diante da cantina de Hermes, o Alado, na Via Amyklaiana.

— O que mais sabe sobre esse homem? — perguntou ela. Murmurei alguma coisa. — O que mais? — insistiu ela.

— Dizem que Dekton, o garoto escravo que chamam de Galo, é seu filho ilegítimo. De uma mãe oriunda de Messênia, que morreu ao dar à luz.

— E você acredita nisso?

— Acredito, senhora.

— Por quê?

Eu tinha me metido em uma situação difícil e vi que ela havia percebido.

— Seria porque — respondeu ela por mim — esse garoto, o Galo, odeia tanto os espartanos?

Fiquei em pânico por ela saber disso e, por um instante, perdi a fala.

— Já notou que — continuou ela, em um tom de voz que, para minha surpresa, não demonstrava nem ultraje nem raiva —, entre os escravos, os mais pobres parecem suportar sua sina sem uma aflição excessiva, enquanto os mais nobres, aqueles à beira da liberdade, irritam-se mais? Como se quanto mais aquele que serve se sente merecedor de honra, embora sem meios para alcançá-la, mais excruciante é a experiência de sujeição.

Em suma, o Galo. Eu nunca pensara sobre isso dessa maneira, mas agora, ao escutá-la, percebi que era verdade.

— O seu amigo Galo fala demais. E o que sua língua retém, sua conduta anuncia francamente. — Ela citou, quase literalmente, várias declarações sediciosas de Dekton feitas somente a mim, eu achava, durante a marcha de volta de Antirhion.

Continuei sem fala e senti que começava a transpirar incontrolavelmente. A senhora Arete mantinha sua expressão inescrutável.

— Sabe o que é *krypteia*? — perguntou.

Eu sabia.

— É uma sociedade secreta entre os Pares. Ninguém sabe quem são seus membros, só que são os mais jovens e mais fortes. Fazem o seu trabalho à noite.

— E que trabalho é esse?

— Fazem homens desaparecer. — Isto é, escravos. Escravos traidores.

— Agora pense antes de responder. — A senhora Arete fez uma pausa, como se para reforçar a importância da pergunta que estava prestes a fazer. — Se você fosse um membro da *krypteia* e soubesse o que acabei de lhe dizer sobre esse escravo, o Galo, que ele expressara sentimentos traiçoeiros em relação à cidade e, além disso, declarara sua intenção de agir baseado neles, o que faria?

Só havia uma única resposta.

— Seria meu dever matá-lo, se eu fosse membro da *krypteia*.

A senhora absorveu o que eu disse, sua expressão continuou impassível.

— Agora, responda: se você fosse mesmo um amigo desse garoto escravo, o Galo, o que faria?

Gaguejei alguma coisa a respeito de circunstâncias justificadoras, que o Galo era cabeça quente, que falava quase sempre sem pensar, que grande parte do que dizia eram bazófias, e todos sabiam disso.

A mulher virou-se na direção da parte escura da sala.

— Este garoto está mentindo?

— Sim, mãe!

Virei-me com o susto. As duas filhas mais velhas estavam completamente despertas, na cama que compartilhavam, atentas a cada palavra.

— Responderei a pergunta por você, meu jovem. — A mulher tirou-me da situação embaraçosa. — Acho que você faria o seguinte: acho que alertaria esse garoto, o Galo, a parar de falar dessas coisas em sua presença e a não fazer nada, por mais insignificante que fosse, ou você o mataria.

Fiquei completamente desnorteado. Ela sorriu.

— Você é um péssimo mentiroso, não é um dos seus dons. Admiro isso, mas está pisando em solo perigoso. Esparta talvez seja a maior cidade da Hélade, mas não deixou de ser uma cidade pequena. Um rato não conseguiria espirrar sem que todos os gatos dissessem "Saúde!". Os criados e escravos escutam tudo, e suas línguas podem se soltar ao preço de um bolo de mel.

Pensei nisso.

— E a minha — perguntei — se soltaria por uma tigela de vinho?

— O garoto a está desrespeitando, mãe! — Falou Alexa, de 9 anos. — Deve mandar açoitá-lo!

Para meu alívio, a senhora Arete olhou para mim sem raiva nem indignação, mas me examinando calmamente.

— Um garoto na sua posição temeria, justificadamente, a mulher de um Par da estatura do meu marido. Diga-me: por que não tem medo de mim?

Eu não tinha me dado conta, até aquele momento, que de fato não estava com medo.

— Não sei bem, senhora. Talvez porque me lembre alguém.

Por alguns instantes, a senhora não falou, mas continuava olhando-me com o mesmo escrutínio intenso.

— Fale-me dela — disse ela.

— Quem?

— Sua mãe.

Corei novamente. Fiquei embaraçado ao pensar que essa mulher, de certa maneira, sabia ou intuía tudo antes que eu falasse.

— Vamos, tome um pouco de vinho. Não precisa bancar o durão na minha frente.

Que se dane. Aceitei o vinho. Ajudou. Falei brevemente de Astakos, do saque e do assassinato da minha mãe e do meu pai pelos guerreiros de Argos, que sorrateiros penetraram na cidade à noite.

— Os argivos sempre foram covardes — observou ela, desprezando-os com um riso de desdém que me fez estimá-la mais do que se deu conta. É claro que seus ouvidos já haviam escutado minha história, embora prestasse total atenção, parecendo reagir com empatia à narrativa contada por mim mesmo.

— Teve uma vida infeliz, Xeo — disse ela, falando o meu nome pela primeira vez. Para minha surpresa, isso me comoveu profundamente; lutei para não demonstrá-lo.

De minha parte, eu invocava todo o meu controle para falar corretamente, em um grego apropriado, digno de um indivíduo nascido livre, e me conter não somente em respeito por ela como pelo meu país e minha estirpe.

— E por que — perguntou ela — um garoto sem cidade demonstra tal lealdade a essa região estrangeira, a Lacedemônia, da qual não faz nem nunca fará parte?

Eu sabia a resposta, mas não sabia até onde me atreveria a dizê-la. Respondi indiretamente, falando um pouco de Bruxieus.

— O meu tutor instruiu-me que um garoto deve ter uma cidade ou não conseguirá se tornar um homem completo. Como eu não tinha mais uma cidade, senti-me livre para escolher qualquer uma de que gostasse.

Esse era um ponto de vista novo, mas percebi que ela o aprovou.

— Então, por que não uma *polis* de ricos ou de oportunidades? Por que não Tebas, Corinto ou Atenas? Tudo que pode lhe acontecer aqui é pão duro e as costas açoitadas.

Respondi com um provérbio que Bruxieus havia citado certa vez para mim e Diomache: outras cidades produzem monumentos e poesias, Esparta produz homens.

— E isso é verdade? — perguntou a mulher. — Qual o seu julgamento sincero, agora que teve a oportunidade de estudar nossa cidade, seu lado pior assim como o melhor?

— É verdade, senhora.

Para minha surpresa, essas palavras pareceram comovê-la profundamente. Desviou o olhar, piscando várias vezes. A sua voz, quando se recompôs para falar, estava rouca de emoção.

185

— O que soube do Par Idotychides é verdade. Era o pai do seu amigo Galo. E também era meu irmão.

Ela percebeu minha surpresa.

— Você não sabia?

— Não, senhora.

Ela controlou a emoção, a dor, agora eu percebia, que ameaçara dominá-la.

— Assim, como vê — disse ela com um sorriso forçado —, o jovem Galo é como que um sobrinho meu. E eu, uma tia dele.

Bebi mais vinho. Ela sorriu.

— Posso perguntar por que a família da senhora não apadrinhou o garoto Galo e indicou o seu nome como *mothax*?

Era uma permissão especial na Lacedemônia, a categoria de "meio-irmão", autorizada aos filhos bastardos de, primordialmente, oficiais espartanos, que, apesar de seu nascimento ilegítimo, podiam ser protegidos e elevar sua posição e ser inscritos na *agoge*. Treinavam junto com os filhos de Pares. Podiam, até mesmo, se demonstrassem mérito e coragem suficiente em combate, tornar-se cidadãos.

— Pedi mais de uma vez a seu amigo Galo — respondeu ela. — Ele rejeitou-me.

Ela percebeu a desconfiança em meu rosto.

— Com respeito — acrescentou. — Com o respeito mais cortês possível. Mas com determinação.

Ela refletiu por um instante.

— Há outra curiosidade que observamos entre os escravos, particularmente aqueles que vêm de um povo conquistado, como esse garoto, Galo, com uma mãe de Messênia. Esses homens orgulhosos frequentemente se identificam com a metade mais indigna de sua estirpe, talvez por despeito, ou pelo desejo de não parecer adular ao tentar insinuar-se no melhor lado.

Era verdade no caso do Galo. Ele se via como de Messênia, e de modo intransigente.

— Vou lhe dizer uma coisa, meu jovem amigo, para o seu bem e o do meu sobrinho: a *krypteia* sabe. Observam-no desde que ele tinha 5 anos. Também vigiam você. Você fala bem, tem coragem, é

186

talentoso. Nada disso passou despercebido. E vou dizer mais uma coisa: há alguém na *krypteia* que não lhe é desconhecido. É o Capitão dos Cavaleiros, Polynikes. Ele não hesitará em cortar o pescoço de um escravo traiçoeiro, tampouco acredito que o seu amigo Galo, apesar de toda a sua força e fibra, venceria um campeão de Olímpia.

As meninas, a essa altura, haviam caído no sono. A própria casa e o escuro além de seus muros pareciam, por fim, extraordinariamente silenciosos.

— A guerra com os persas se aproxima — declarou ela. — A cidade vai precisar de todos os seus homens. A Grécia precisará de todos os homens. E o que também é muito importante: essa guerra, que todos concordam será a mais grave da história, fornecerá um palco e uma arena poderosa para a glória. Um campo sobre o qual um homem poderá demonstrar por seus feitos a nobreza que lhe foi negada por seu nascimento.

O seu olhar encontrou o meu e o sustentou.

— Quero esse menino, Galo, vivo quando a guerra acontecer. Quero que você o proteja. Se seus ouvidos detectarem qualquer indício de perigo, o mais leve rumor, deve me procurar imediatamente. Fará isso?

Eu prometi que o faria.

— Você gosta deste menino, Xeo. Embora ele o tenha flagelado, vejo que você o considera seu amigo. Eu imploro, em nome de meu irmão e de seu sangue que corre nas veias deste menino, Galo. Você cuidará para que nada aconteça a ele? Você fará isto por mim?

Prometi que faria o que pudesse.

— Jure.

Jurei por todos os deuses.

Parecia absurdo. Como eu poderia resistir à *krypteia* ou qualquer outra força que tentasse matar o Galo? No entanto, não sei como, minha promessa pareceu aliviar a aflição dela. Examinou meu rosto por um longo momento.

— Diga-me, Xeo — falou ela baixinho —, você nunca... nunca pediu nada para você mesmo?

Respondi que não tinha compreendido a pergunta.

— Vou pedir mais uma coisa a você. Vai realizá-la?

Jurei que sim.

— Ordeno que, um dia, aja simplesmente por você próprio e não a serviço de outros. Você saberá quando chegar a hora. Prometa-me. Em voz alta.

— Prometo, senhora.

Levantou-se e, com o bebê adormecido em seus braços, foi até o berço entre as camas das outras meninas, deitou-o e cobriu-o com as mantas macias. Foi o sinal para que eu partisse. Eu já me levantara, como devia fazer, antes dela:

— Posso fazer uma pergunta antes de ir?

Seus olhos brilharam de modo provocador.

— Deixe-me adivinhar. É sobre uma garota?

— Não, senhora. — Arrependi-me de meu impulso. A pergunta que eu tinha para fazer era impossível, ridícula. Nenhum mortal poderia respondê-la.

Entretanto, ela ficou intrigada e insistiu em que eu prosseguisse.

— É para um amigo — eu disse. — Não posso responder, por ser ainda muito jovem e conhecer muito pouco do mundo. Talvez a senhora, com sua sabedoria, seja capaz. Mas tem de me prometer não rir nem se ofender.

Ela concordou.

— Nem contar a ninguém, inclusive seu marido.

Ela prometeu.

Respirei fundo e fui fundo.

— Esse amigo... ele acredita que certa vez, quando era pequeno e sozinho como na morte, um deus lhe falou.

Fiz uma pausa, procurando qualquer sinal de zombaria ou indignação. Para meu grande alívio, ela não demonstrou nada disso.

— Esse garoto... meu amigo... quer saber se é possível algo assim. Poderia... um ser divino condescenderia em falar com um menino sem cidade nem posição, uma criança sem dinheiro, sem nada para oferecer em sacrifício e que sequer conhecia as palavras apropriadas de uma oração? Ou o meu amigo estava maquinando fantasmas, engendrando visões vazias, devido ao seu isolamento e desespero?

Ela perguntou que deus havia falado com o meu amigo.

— O deus arqueiro. Apolo.

Fiquei embaraçado. Certamente ela escarneceria dessa temeridade e presunção. Não deveria nunca ter aberto a boca.

Mas ela não fez pouco da minha pergunta nem considerou-a ímpia.

— Você também é um arqueiro, eu compreendo, e muito avançado para sua idade. Tiraram o seu arco, não tiraram? Foi confiscado quando você chegou na Lacedemônia?

Ela declarou que a sorte devia ter-me guiado à sua casa naquela noite, pois, sim, as deusas da terra fluíam bem próximas. Ela podia senti-las. Os homens pensam com a mente, disse ela; as mulheres com o sangue, que tem seu fluxo e refluxo e flui ao arbítrio da lua.

— Não sou nenhuma sacerdotisa. Só posso responder o que meu coração de mulher dita, que intui e discerne a verdade diretamente, de dentro.

Respondi que era precisamente o que eu queria.

— Diga ao seu amigo o seguinte: o que ele viu é verdade. A sua visão foi realmente a do deus Apolo.

Sem controle, as lágrimas correram dos meus olhos. A emoção tomou conta de mim. Curvei-me e solucei mortificado com tal perda de controle e pasmo diante do poder da paixão que, aparentemente, surgiu inesperadamente para me dominar. Com o rosto nas mãos, chorei como uma criança. Ela aproximou-se e me abraçou delicadamente, batendo em meu ombro como uma mãe e proferindo gentis palavras de conforto.

Em um minuto, eu tinha me controlado. Pedi mil desculpas por aquele lapso vergonhoso. Ela não admitiu isso; repreendeu-me, declarando que essa emoção era sagrada, inspirada pelos deuses, e eu não devia me arrepender nem pedir desculpas.

Ela dirigiu-se à porta, através da qual se refletia a luz das estrelas e ouvia-se o murmúrio suave do riacho no pátio.

— Gostaria de ter conhecido sua mãe — disse a senhora Arete, olhando-me com candura. — Talvez ela e eu nos encontremos um dia, além do rio. Falaremos do filho dela e da porção infeliz que os deuses colocaram à sua frente.

Tocou-me mais uma vez no ombro, despedindo-se.

— Agora vá e diga a seu amigo que ele pode voltar com suas perguntas, se ele quiser. Mas que da próxima vez deve vir pessoalmente. Gostaria de olhar o rosto desse menino que conversou com o Filho dos Céus.

14

Alexandros e eu fomos açoitados, por causa de Antirhion, na noite seguinte. As chibatadas dele foram ministradas por seu pai, Olympieus, diante dos Pares na cantina dos oficiais; eu fui açoitado sem cerimônia, nos campos, por um escravo encarregado do pátio. Depois, Galo me levou, sozinho, no escuro, a um pequeno bosque chamado Bigorna, à margem do Eurotas, para lavar e tratar dos meus ferimentos. Era um lugar sagrado a Demétrio dos Campos e, por costume, segregado para o uso dos escravos de Messênia. No passado, havia uma forja nesse local, daí seu nome.

Para meu alívio, Galo não insistiu na sua arenga de sempre sobre a vida de um escravo, mas se limitou à observação de que Alexandros havia sido açoitado como um garoto, e eu, como um cachorro. Foi delicado comigo e, o mais importante, possuía perícia na limpeza e tratamento desse tipo de laceração produzida exclusivamente pelo impacto da vara nodosa na carne nua das costas.

Primeiro água, muita água, a imersão do corpo até o pescoço na corrente gelada. Galo me segurava por trás, os cotovelos apertados debaixo das minhas axilas, pois o choque da água gelada sobre os vergões abertos raramente falhavam em provocar um desmaio. O frio entorpece a carne rapidamente, e a lavagem com urtiga fervida e

mosto de Nessos pode ser feita e suportada. Isso estanca o sangue e promove a rápida reconstituição da pele. Uma atadura de lã ou linho, nessa fase, seria insuportável, mesmo que aplicada da maneira mais delicada. Mas a palma da mão de um amigo, colocada de início bem levemente, depois pressionando com força a carne trepidante e ali mantida por um tempo, provoca um alívio cujos efeitos aproximam-se do êxtase. Galo já tinha sofrido sua cota de surras e conhecia bem como tratá-las.

Em cinco minutos, pude me levantar. Em quinze, minha pele pôde suportar o musgo macio que Galo pressionava na massa manchada, para sugar o veneno e injetar seu próprio anestésico sutil.

— Pelos deuses, não sobrou nem uma virgem — observou ele, referindo-se a um espaço que ainda fosse carne de um deus, e não um tecido rompido e lacerado. — Não vai carregar o escudo desse cantorzinho de hinos na corcova durante um mês.

Ele acabava de disparar mais uma denúncia maldosa contra meu senhor efebo, quando se ouviu um farfalhar na ribanceira acima de nós. Nós dois giramos, prontos para qualquer coisa.

Era Alexandros. Ele avançou, ficando visível lá em cima, seu manto caindo em dobras para a frente, deixando suas costas nuas. Galo e eu gelamos. Alexandros podia ser novamente açoitado se fosse encontrado ali, àquela hora, e conosco.

— Tome — disse ele, escorregando ribanceira abaixo para se juntar a nós —, arrombei o baú do cirurgião para pegar isso.

Era cera de mirra. A medida de dois dedos, envolvida em folhas verdes de sorveira brava. Ele entrou no córrego, do nosso lado.

— O que pôs em suas costas? — perguntou ao Galo, que se pusera de lado, com a expressão de assombro.

A mirra era usada pelos Pares em ferimentos de batalha, quando a conseguiam, o que raramente acontecia. Surrariam Alexandros até quase matá-lo se soubessem que ele havia roubado essa porção preciosa.

— Aplique nele mais tarde, quando tiver retirado o musgo — disse Alexandros. — Remova totalmente ao amanhecer. Se alguém sentir o cheiro, lá se irão nossas costas e o resto.

Pôs as folhas nas mãos do Galo.

— Tenho de estar de volta antes da contagem — declarou Alexandros. Em um instante havia sumido na ribanceira; dava para ouvir o som baixinho de seus passos se reduzindo enquanto ele corria em disparada de volta à posição dos efebos ao redor da Praça.

— Bem, tenho de dar o braço a torcer — disse Galo, balançando a cabeça. — Essa cotoviazinha tem mais colhões do que eu imaginava.

Ao amanhecer, quando nos alinhamos antes do sacrifício, Galo e eu fomos chamados por Suicídio, o escudeiro scythiano. Ficamos pálidos de terror. Alguém havia nos espiado; com certeza pagaríamos caro.

— Vocês, seus porqueiras, devem ter uma estrela da sorte — foi tudo que Suicídio disse. Levou-nos para a retaguarda da formação. Dienekes ali estava, em silêncio, sozinho à luz da alvorada. Assumimos nosso lugar respeitoso, à sua esquerda. As trombetas soaram; a formação iniciou a marcha. Dienekes indicou que eu e Galo ficaríamos.

Ele permaneceu imóvel à nossa frente. Suicídio à sua direita, com a aljava com as azagaias, que ele chamava de agulhas de cerzir, displicentemente às suas costas.

— Examinei o seu histórico — Dienekes falou-me diretamente pela segunda vez, a primeira tendo sido duas noites antes, quando me mandou acompanhar o menino à sua casa. — Os escravos me disseram que você é inútil no campo. Observei-o na comitiva do sacrifício. Não consegue nem raspar a garganta da cabra direito. E ficou claro, com a sua conduta com Alexandros, que obedecerá qualquer ordem, por mais insensata e absurda que seja. — Fez um gesto para que eu me virasse e ele pudesse examinar as minhas costas. — Parece que o único talento que possui é se curar rápido.

Curvou-se e cheirou minhas costas.

— Se eu não estivesse tão bem informado — comentou —, juraria que esses arranhões haviam sido tratados com mirra.

Suicídio olhou-me e, depois, para Dienekes de novo.

— Você é uma má influência para Alexandros — disse-me o Par. — Um garoto não precisa de outro e, certamente, não de um encrenqueiro como você. Ele precisa de um homem maduro, alguém com a autoridade de detê-lo quando mete algo temerário na cabeça, como seguir o exército. Por isso estou lhe dando meu próprio escudeiro. — Com um movimento da cabeça indicou Suicídio. — Estou exonerando você — disse-me. — Está acabado.

Que droga. De volta à porcaria do campo.

Dienekes virou-se para o Galo.

— E você, o filho de um herói oficial espartano que não consegue nem mesmo segurar um galo de sacrifício sem quase estrangulá-lo. Você é patético. Tem a língua mais solta que o rabo de um coríntio e profere traição toda vez que abre a boca. Eu lhe faria um favor se cortasse sua goela aqui neste exato momento e poupasse trabalho à *krypteia*.

Falou de Meriones ao Galo, o escudeiro de Olympieus que havia sido morto tão corajosamente na semana anterior em Antirhion. Nenhum de nós dois fazia a menor ideia de onde ele queria chegar.

— Olympieus passou dos 50. Tem a prudência e circunspecção de que precisa. Seu próximo escudeiro deverá compensá-lo com a juventude. Alguém novo, forte e arrojado. — Olhou para o Galo com escárnio. — Só os deuses sabem que loucura o inspirou, mas ele o escolheu. Substituirá Meriones. Servirá a Olympieus. Apresente-se a ele imediatamente. Agora, é o seu primeiro escudeiro.

Percebi que Galo não tinha acreditado. Devia ser uma pilhéria.

— Não é uma piada — disse Dienekes —, e é melhor que não transforme em uma. Acompanhará um homem melhor que a metade dos Pares no regimento. Arrume confusão e o lançarei às chamas pessoalmente.

— Não arrumarei, senhor.

Dienekes examinou-o por um longo momento.

— Cale-se e dê o fora daqui.

Galo disparou atrás da formação. Confesso que eu estava morto de inveja. O primeiro escudeiro de um Par, e não somente isso, mas de um *polemarch* e companheiro de tenda do Rei. Odiei o Galo por sua sorte inesperada.

Ou não? Quando empalideci, entorpecido de ciúme, a imagem da senhora Arete passou por minha mente. Ela estava por trás disso. Senti-me ainda pior e me arrependi amargamente de ter-lhe confiado minha visão de Apolo.

— Deixe-me ver suas costas — ordenou Dienekes. Virei-me novamente; ele assobiou aprovando. — Pelos deuses, se houvesse uma competição olímpica de resistência a açoites nas costas, você seria o favorito. — Virei-me e postei-me em sentido diante dele. Ele olhou-me atentamente, tive a impressão de que o seu olhar atravessara minha espinha. — As qualidades de um bom escudeiro de batalha são simples. Ele tem de ser mudo como uma mula, insensível como um poste e obediente como um imbecil. Em relação a essas três, Xeones de Astakos, suas credenciais são impecáveis.

Suicídio ria em segredo. Ele puxou algo da aljava às suas costas.

— Vá, dê uma olhada — ordenou Dienekes. Eu obedeci.

Na mão do scythiano havia um arco. O meu arco.

Dienekes mandou que o pegasse.

— Você ainda não é forte o bastante para ser o meu primeiro escudeiro, mas, se conseguir manter a cabeça no lugar, poderá se tornar um respeitável segundo escudeiro. — Suicídio pôs o arco em minha mão, a grande arma da cavalaria da Tessália que me fora confiscada aos 12 anos, quando atravessera a fronteira da Lacedemônia pela primeira vez.

Não consegui fazer minhas mãos pararem de tremer; sentia o freixo quente do arco e a corrente viva que percorria sua extensão e subia às palmas das minhas mãos.

— Você cuidará das minhas rações, cama e estojo de medicamentos — instruiu-me Dienekes. — Cozinhará para os outros escudeiros e caçará para mim, nos exercícios na Lacedemônia e além da fronteira, em campanha. Aceita?

— Sim, senhor.

— Em casa, pode caçar lebres e ficar com elas, mas não alardeie sua boa sorte.

— Não, senhor.

Olhou-me com aquele olhar divertido que eu observara, de longe, em sua face anteriormente e que voltei a ver várias vezes de perto.

— Quem sabe — disse o meu senhor —, com sorte, talvez até consiga acertar o inimigo.

LIVRO IV
Arete

15

O exército da Lacedemônia participara de 21 campanhas nos últimos 5 anos, todas contra outros helenos. O grau de hostilidade que Leônidas havia buscado desde Antirhion e que pretendia concentrar contra os persas foi, então, necessariamente dirigido contra alvos mais imediatos, aquelas cidades da Grécia que tendiam a se tornar traidoras, aliando-se antecipadamente ao invasor para salvar a própria pele.

Os exilados aristocratas da poderosa Tebas conspiravam incessantemente com a corte persa na tentativa de recuperar a preeminência em seu país, vendendo-a ao inimigo.

Os nobres da invejosa Argos, a rival mais ferrenha e próxima de Esparta, negociavam abertamente com os agentes do Império. A Macedônia, sob a liderança de Alexandre, há muito oferecia sinais de submissão. Atenas também havia exilado aristocratas que repousavam nos pavilhões persas enquanto tramavam sua própria reintegração como senhores, sob a bandeira persa.

A própria Esparta não ficou imune à traição, pois seu Rei deposto, Demaratos, também havia se exilado entre os sicofantas que circundavam Sua Majestade. O que mais Demaratos desejaria a não ser retomar o poder na Lacedemônia como sátrapa e magistrado do Senhor do Leste?

No terceiro ano depois de Antirhion, Dario da Pérsia morreu. Quando as notícias chegaram à

Grécia, a esperança voltou a se inflamar nas cidades livres. Talvez, então, os persas abortassem sua mobilização. Com o seu rei morto, o exército do Império não se dispersaria? O voto persa de conquista da Hélade não seria posto de lado?

Então, Sua Majestade subiu ao trono.

O exército do inimigo não debandou.

A sua frota não se dispersou.

Em vez disso, a mobilização do Império redobrou. O zelo de um príncipe recém-coroado ardia no peito de Sua Majestade. Xerxes, filho de Dario, não seria julgado inferior a seu pai pela história, nem os seus ilustres antepassados Cambises e Ciro, o Grande. Eles, que conquistaram e escravizaram toda a Ásia, seriam reunidos no panteão da glória por seu descendente, que acrescentaria a Grécia e a Europa ao rol de províncias do Império.

Phobos avançava como o túnel de um sapador. Sentia-se sua poeira na quietude da manhã e cada metro de seu avanço ribombando embaixo enquanto dormíamos. De todas as cidades poderosas da Grécia, somente Esparta, Atenas e Corinto mantiveram-se firmes. Despacharam várias legações às *poleis* hesitantes, na tentativa de uni-las à Aliança. O meu senhor foi designado, em uma única estação, a cinco embaixadas além-mar. Vomitei nas amuradas de tantos navios que já nem sei.

Em todos os lugares que essas embaixadas estiveram, *phobos* estivera antes. O Medo torna as pessoas temerárias. Muitos vendiam tudo que possuíam; outros, mais insensatos, compravam. — Que Xerxes guarde sua espada e envie sua bolsa — observou meu senhor com desgosto depois de mais uma embaixada ser repelida. — Os gregos arrancarão os olhos uns dos outros para ver quem primeiro venderá sua liberdade.

Sempre, nessas legações, parte de minha mente se mantinha alerta a notícias de minha prima. Quando estava com 17 anos, o serviço a meu senhor levou-me três vezes à cidade ateniense; toda vez eu procurava me informar sobre a localização da casa da dama que Diomache e eu conhecêramos naquela manhã na estrada dos Três Ângulos, quando a boa mulher disse para ela procurar sua propriedade na cidade e ali trabalhar. Por fim, consegui o bairro e a rua, mas não a casa.

Certa vez, no salão da Akademe Ateniense, uma linda recémcasada de 20 anos apareceu, dona da casa, e por um instante tive certeza de que era Diomache. O meu coração bateu tão acelerado em meu peito que tive de me apoiar sobre um joelho por medo de cair desmaiado. Mas não era ela. Tampouco a jovem que vi, um ano depois, buscando água em uma fonte em Naxos. Também não era a esposa de um médico que encontrei por acaso sob um claustro em Potidaea seis meses mais tarde.

Em uma noite de verão extremamente quente, dois anos antes da batalha nos Portões, o navio que transportava a legação do meu senhor aportou brevemente em Phaleron, um porto de Atenas. Tínhamos duas horas até a virada da maré. Pude desembarcar e consegui, finalmente, localizar a casa da família da mulher dos Três Ângulos. A casa estava fechada; *phobos* havia feito o clã se deslocar para as propriedades na Sikelia, ou assim fui informado por um grupo de arqueiros da Trácia, sicários que os atenienses empregam como força policial da cidade. Sim, os brutos lembravam-se de Diomache. Quem poderia esquecê-la? Tomaram-me por mais um de seus cortejadores e falaram empregando a linguagem rústica das ruas.

— O pássaro se mandou — disse um deles. — Selvagem demais para a gaiola.

Outro declarou que a vira depois, no mercado com um marido, cidadão e oficial naval.

— Vadia boboca — riu. — Amarrar-se naquele moleirão quando podia ter ficado comigo!

Ao retornar à Lacedemônia, decidi arrancar essa saudade insensata do meu coração, como um fazendeiro queima um cepo rebelde. Disse ao Galo que estava na hora de arranjar uma noiva. Ele encontrou uma para mim, sua prima Thereia, filha da irmã de sua mãe. Eu tinha 18, e ela, 15 anos quando nos unimos à maneira de Messênia, como fazem os escravos. Ela deu à luz um filho em dez meses e uma filha enquanto eu estava fora, em campanha.

Agora marido, jurei não mais pensar em minha prima. Erradicaria minha impiedade e não mais nutriria fantasias.

Os anos passaram-se rapidamente. Alexandros completou seu serviço como jovem do *agoge*, recebeu o escudo de guerra e assumiu sua posição entre os Pares do exército. Casou-se com a donzela Ágata, como havia prometido. Ela deu-lhe gêmeos, um menino e uma menina, antes de ele completar 20 anos.

Polynikes foi coroado em Olímpia pela segunda vez, vencedor na corrida *stadion*. Sua mulher pariu seu terceiro filho.

A senhora Arete não gerou mais filhos de Dienekes; havia ficado estéril depois de quatro filhas, sem gerar nenhum herdeiro varão.

A mulher de Galo, Harmonia, gerou-lhe um segundo filho, um menino, que ele chamou de Messenieus. A senhora Arete ajudou no parto, oferecendo sua própria parteira, e auxiliou na hora do nascimento com as próprias mãos. Eu carreguei a tocha que a acompanhou à sua casa. Ela não falou nada, de tão dividida que estava entre a alegria de finalmente testemunhar o nascimento de um varão de sua estirpe, um defensor da Lacedemônia, e a dor de saber que o menino, gerado pelo filho bastardo de seu irmão, o Galo, com toda a sua rebeldia traiçoeira em relação a seus senhores espartanos, a começar pelo nome que escolhera para o filho, enfrentaria uma transição implacável e perigosa para a idade adulta.

Os persas estavam agora na Europa. Haviam transposto o Helesponto e atravessado toda a Trácia. Mas os aliados helênicos brigavam entre si. Uma força de 10 mil da infantaria pesada, comandada pelo espartano Euanetus, foi despachada para Tempe, na Tessália, para resistir contra o invasor na fronteira no extremo norte da Grécia. Mas o local, quando o exército lá chegou, revelou-se indefensável. A posição podia ser contornada por terra, através do estreito em Gonnus, e flanqueada por mar através de Aulis. Desonrada e mortificada, a força dos Dez Mil retirou-se, dispersando-se nas cidades de seus componentes.

Uma paralisia desesperada tomou o Congresso dos Gregos. A Tessália, abandonada, foi para o lado dos persas, incorporando sua extraordinária cavalaria aos pelotões do inimigo. Tebas oscilava à beira da submissão. Argos não se mexia. Presságios e prodígios terríveis abundavam. O Oráculo de Apolo em Delfos tinha aconselhado os atenienses a

Voarem para os confins da terra

enquanto o Concílio Espartano dos Anciãos, notoriamente lento para agir, hesitava e perdia tempo. Uma resistência tinha de ser armada em algum lugar. Mas onde?

No fim, foram suas mulheres que inflamaram os espartanos para a ação. Aconteceu como descreverei agora.

Refugiadas, muitas recém-casadas com bebês dirigiam-se à última das cidades livres. Mães jovens fugiram para a Lacedemônia, ilhéus e parentes escapando do avanço persa pelo Egeu. Essas jovens inflamavam em seus ouvintes o ódio ao inimigo com relatos das atrocidades dos conquistadores em sua passagem pelas ilhas: como, em Chios, Lesbos e Tenedos, eles realizaram uma carnificina em um extremo do território e avançaram por cada ilha, esquadrinhando cada esconderijo, arrancando para fora os jovens, reunindo os mais bonitos e castrando-os, matando os homens e violando as mulheres, vendendo-as como escravas no estrangeiro. Os heróis da Pérsia batiam a cabeça dos bebês contra as paredes, espalhando seus miolos sobre as pedras do pavimento.

As esposas espartanas escutavam essas histórias com uma fúria glacial, aninhando seus bebês em seus seios. As hordas persas haviam passado pela Trácia e pela Macedônia. Os assassinos de bebês estavam às portas da Grécia, e onde estava Esparta e seus guerreiros? Retornavam às cegas à casa, sem uma gota de sangue, da missão tola em Tempe.

Eu nunca tinha visto a cidade nesse estado, consequência desse desastre. Heróis com prêmios por bravura se esgueiravam, fisionomias abatidas de vergonha, e suas mulheres os olhavam com escárnio e se mantinham altivas e desdenhosas. Como Tempe podia ter acontecido? Qualquer batalha, até mesmo uma derrota, teria sido preferível a nada.

Dispor tal força magnífica, engrinaldando-a diante dos deuses, transportá-la para tão longe e não derramar sangue, nem o seu próprio, não era somente desonroso, mas, as esposas declaravam, uma blasfêmia.

O escárnio das mulheres descompunha a cidade. Uma delegação de esposas e mães apresentou-se aos éforos, insistindo para que, da próxima vez, fossem elas mesmas enviadas, armadas de grampos de cabelo e rocas de fiar, pois certamente as mulheres de Esparta não poderiam se desgraçar mais nem realizar menos do que os propalados Dez Mil.

Nas cantinas dos guerreiros, o humor era ainda mais corrosivo. Por quanto tempo mais o Congresso Aliado hesitaria? Por quantas semanas mais os éforos atrasariam sua decisão?

Recordo-me nitidamente da manhã em que, por fim, aconteceu a proclamação. O regimento Héracles treinava em um curso d'água seco, chamado Corredor, um funil quente entre as ribanceiras de areia ao norte da aldeia de Limnai. Os homens estavam ministrando exercícios de impacto, dois em um e três em dois, quando um ancião respeitado chamado Charilaus, que havia sido éforo duas vezes e agora atuava primordialmente como conselheiro sênior e emissário, surgiu no alto da ribanceira e falou à parte com o *polemarch* Derkylides, comandante do regimento. O ancião já passara dos 70; havia perdido a perna em combate anos atrás. Para ele ter caminhado, apoiado numa vara, toda aquela distância desde a cidade, certamente algo grande havia acontecido.

O patriarca e o *polemarch* falaram em particular. Os exercícios prosseguiram. Ninguém olhou para cima, ainda assim todos souberam.

Era isso.

Os homens de Dienekes souberam por Laterides, comandante do pelotão adjacente, que passou a informação pela linha.

— Os Portões, garotos.

Os Portões Quentes.

Termópilas.

Não foi convocada nenhuma assembleia. Para o assombro de todos, o regimento foi dispensado. Os homens tiveram o resto do dia de folga.

Tal feriado só havia acontecido uma meia dúzia de vezes; invariavelmente os Pares se dispersavam animados e partiam rapidamente para casa. Dessa vez, ninguém arredou pé. O regimento inteiro permaneceu no lugar, nos confins sufocantes do rio seco, zumbindo como um enxame.

A palavra era a seguinte:

Quatro *morai*, cinco mil homens, seriam mobilizados para as Termópilas. A coluna, reforçada por quatro regimentos *perioikic*, escudeiros e escravos armados, dois para cada homem, marchariam assim que a Karneia, o festival de Apolo que proibia armas, expirasse. Duas semanas e meia.

A força totalizaria 20 mil homens, o dobro da força em Tempe, concentrada em um desfiladeiro dez vezes mais estreito.

Mais 30 a 50 mil da infantaria aliada seriam mobilizados para apoiar a força inicial, enquanto a força principal da marinha aliada, 120 naus de guerra, bloquearia os canais de Artemisium e Andros e o estreito de Euripos, protegendo o exército, nos Portões, do ataque por mar.

O recrutamento foi massivo. Tão massivo que cheirava mal. Dienekes sabia disso, todo mundo sabia.

O meu senhor apressou-se em retornar à cidade acompanhado de Alexandros, agora um guerreiro do pelotão, seus companheiros Bias, Leon Negro e seus escudeiros. No primeiro terço do caminho alcançamos o ancião Charilaus, caminhando trôpega e lentamente de volta à casa, apoiado por seu auxiliar Sthenisthes, tão idoso quanto ele. Leon Negro conduzia um asno no cabresto, e insistiu para que o velho homem o montasse. Charilaus declinou, mas cedeu o lugar a seu criado.

— Fale logo o que sabe, meu tio, por favor — disse Dienekes ao estadista, afetuosamente, mas com a impaciência de um soldado para saber a verdade.

— Transmito apenas o que me foi instruído, Dienekes.

— Os Portões não suportarão 50 mil. Não suportarão 5 mil.

Uma expressão de desagrado enrugou o rosto do ancião.

— Vejo que supõe que sua estratégia é superior à de Leônidas.

Um fato era evidente, mesmo para nós escudeiros. O exército persa estava na Tessália. O que significava a mais ou menos dez dias dos Portões? Menos? Em duas semanas e meia, seus milhões atravessariam e percorreriam cerca de 130 quilômetros além, estacionariam à nossa soleira.

— Quantos no escalão de reconhecimento da vanguarda? — perguntou Leon Negro ao ancião.

Referia-se à força espartana de vanguarda, que, como sempre no avanço de uma mobilização, seria despachada para as Termópilas imediatamente, para tomar posse do desfiladeiro antes de os persas chegarem e antes de a força principal do exército aliado movimentar-se.

— Saberá amanhã, por Leônidas — respondeu o velho homem. Porém, percebeu a frustração dos homens mais jovens.

— Trezentos — propôs espontaneamente. — Todos Pares.

O meu senhor tinha um jeito de firmar o queixo, um aperto brusco dos dentes, quando ferido em campanha não queria que seus homens percebessem a gravidade. Observei. Essa expressão estava agora em seu rosto.

Uma unidade contendo somente guerreiros que fossem pais de filhos homens vivos.

Isso porque, se os guerreiros morressem, sua estirpe não seria extinta.

Era uma unidade suicida.

Uma força despachada para resistir e morrer.

As minhas obrigações usuais ao retornar do treinamento eram limpar e guardar o equipamento do meu senhor e cuidar, com os criados da cantina, da preparação da refeição da noite. Mas, naquele dia, Dienekes pediu a Leon Negro que seu escudeiro fizesse o trabalho duplo. Quanto a mim, mandou-me correr à casa dele. Deveria informar à senhora Arete que o regimento fora dispensado e que seu marido chegaria em casa em breve. Eu lhe faria um convite em seu nome: ela e suas filhas aceitariam acompanhá-lo em um passeio nas colinas?

Corri na frente, transmiti a mensagem e fui dispensado. Entretanto, algo fez com que eu me deixasse ficar.

Da colina acima do chalé do meu senhor, pude ver suas filhas irromperem pelo portão e correrem, com um entusiasmo ávido, para recebê-lo no caminho. Arete tinha preparado uma cesta de frutas, queijo e pão. O grupo estava descalço, usando chapéus grandes e maleáveis para se proteger do sol.

Vi o meu senhor afastar-se com sua esposa para debaixo dos carvalhos e ali conversarem, privadamente, por vários minutos. O que quer que tenha dito fez com que as lágrimas corressem no rosto dela. Abraçou-o com força, os dois braços em volta de seu pescoço. De início, Dienekes pareceu resistir, depois rendeu-se e apertou-a contra si, com ternura.

As meninas faziam alarido, impacientes para partir. Dois cachorrinhos guinchavam no solo. Dienekes e Arete soltaram-se. Vi o meu senhor levantar sua filha mais nova, Ellandra, e montá-la em seus ombros. Segurou a mão de Alexa ao partirem, as meninas exuberantes e alegres, Dienekes e Arete atrasando-se só um pouco.

Nenhuma força principal seria despachada para as Termópilas; isso era a versão para o público, para sustentar a confiança dos aliados e manter o moral alto.

Somente seriam enviados os Trezentos, com a ordem de resistir e morrer.

Dienekes não estaria entre eles.

Não tinha filho homem.

Não podia ser selecionado.

16

Agora tenho de narrar um evento de batalha de vários anos antes, cujas consequências na atual conjuntura afetaram profundamente a vida de Dienekes, Alexandros, Arete e outros. Esse incidente ocorreu em Oenophyta, contra os tebanos, um ano depois da batalha de Antirhion.

Refiro-me ao extraordinário heroísmo demonstrado nessa ocasião por meu companheiro Galo. Assim como eu na época, ele tinha apenas 15 anos. Bastante inexperiente, servia há somente alguns meses como primeiro escudeiro do pai de Alexandros, Olympieus.

As frentes dos exércitos haviam entrado em conflito. Os regimentos Héracles e Oliveira Selvagem estavam empenhados em uma luta furiosa com os tebanos, que apresentavam 20 de profundidade em vez de 8 como sempre e defendiam sua posição com uma obstinação incrível. De repente, à direita do inimigo, que estava sofrendo as baixas mais lamentáveis, perdeu a coesão e recorreu às fileiras da sua retaguarda. Seguiu-se o caos. A linha rompeu-se. O inimigo foi tomado pelo pânico.

No meio desse entrevero, Olympieus foi ferido gravemente no arco do pé pela ponta de uma lança inimiga. Isso aconteceu, como eu disse, num momento de extremo transtorno no campo, quando a linha inimiga se quebrava e os espartanos

208

surgiam em massa, enquanto esfarrapados soldados da cavalaria tebana vagavam pelo campo sem rivais.

Olympieus se viu sozinho em campo aberto, no "solo respigado", na retaguarda da batalha, com o pé ferido deixando-o incapacitado e o elmo de oficial com a crista cruzada oferecendo um alvo irresistível para qualquer pretenso herói da cavalaria inimiga.

Três cavaleiros tebanos foram na sua direção.

O Galo, sem armas ou armadura, lançou-se impetuosamente à luta, pegando uma lança do chão enquanto corria. Precipitando-se para Olympieus, além de usar o escudo de seu senhor para protegê-lo das armas do inimigo, enfrentou o ataque dos cavaleiros sozinho, ferindo e afugentando dois com golpes de lança e derrubando o crânio do terceiro com o elmo do próprio homem que ele, o Galo, na loucura do momento, havia arrancado da sua cabeça com as próprias mãos e, simultaneamente, derrubando-o do cavalo. O Galo chegou a conseguir capturar o mais belo dos três cavalos, uma montaria magnífica que usou para arrastar a maca que retiraria, em segurança, Olympieus do campo.

Quando o exército retornou a Esparta depois dessa campanha, a proeza do Galo era o assunto da cidade. O seu futuro foi muito discutido entre os Pares. O que deveria ser feito com esse menino? Todos lembraram que, apesar de sua mãe ter sido uma serva escrava de Messênia, seu pai fora o oficial espartano Idotychides, irmão de Arete, herói morto em combate na Matinea quando Galo tinha dois anos.

Os espartanos, como observei, classificavam um tipo de jovem guerreiro como "meio-irmão", chamado de *mothax*. Bastardos como Galo e, até mesmo, filhos legítimos de Pares, que por infortúnio ou pobreza perdiam a cidadania, podiam ser, se julgados merecedores, tirados de sua penúria e elevados a essa posição.

Essa honra foi, então, concedida ao Galo.

Ele recusou-a.

Alegou já ter 15 anos. Era tarde demais, preferia continuar escudeiro.

Essa rejeição da generosa oferta enraiveceu os Pares da cantina de Olympieus e fez com que a cidade, de modo geral, tanto quanto uma questão relacionada a um bastardo escravo conseguiria, se sentisse ultrajada. As asserções chegaram ao ponto de esse filho ilegítimo ser conhecido por sentimentos traiçoeiros. Era um tipo nada raro entre os escravos, orgulhoso e obstinado. Via-se como de Messênia. Ou deveria ser eliminado, juntamente com a sua família, ou abraçar e garantir nenhuma dúvida de traição à causa espartana.

O Galo escapou, na época, de ser assassinado nas mãos da *krypteia*, em grande parte por sua juventude e pela intervenção franca de Olympieus entre os Pares. Durante algum tempo, o tema arrefeceu, reacendendo nos combates sucessivos, quando Galo, repetidas vezes, revelou-se o mais audacioso e corajoso dos jovens escudeiros, superando todos no exército, menos Suicídio, Ciclopes, o principal homem do pentatleta olímpico Alpheus, e o escudeiro de Polynikes, Akanthus.

Agora, os persas estavam às portas da Grécia. Agora, os Trezentos estavam sendo selecionados para as Termópilas. Olympieus se destacaria entre eles, com Galo ao seu lado. Esse jovem orgulhoso era digno de confiança? Com uma espada na mão e a poucos centímetros das costas do *polemarch*?

A última coisa de que Esparta precisava nessa hora de desespero eram problemas com seus escravos. A cidade não podia enfrentar uma revolta, nem que malograda. Nessa época, Galo, com 20 anos, havia se tornado uma força entre os camponeses, fazendeiros e trabalhadores das vinhas oriundos de Messênia. Ele era um herói para eles, um jovem cuja coragem em combate poderia ter sido aproveitada como um bilhete para sair da servidão. Podia estar usando o escarlate espartano e ser senhor absoluto sobre seus irmãos de nascimento humilde, mas ele desdenhara isso. Havia se declarado de Messênia, e seus amigos nunca esqueceriam. Quem sabe quantos deles seguiram Galo em seus corações? Quantos artesãos, pessoal de apoio, armeiros, transportadores de macas, escudeiros e encarregados das provisões, todos absolutamente vitais? É um vento ruim, dizem, que não sopra nada de bom para a pessoa, e essa invasão persa poderia ser a melhor coisa que já tinha acontecido aos escravos. Poderia significar libertação. Liberdade. Seriam leais? Como o portal de uma cidadela poderosa que gira sobre uma única dobradiça, grande parte do sentimento do povo de Messênia concentrava sua atenção em Galo e estava pronta a imitá-lo.

Na noite de véspera da proclamação dos Trezentos, Galo foi chamado a se apresentar à cantina de Olympieus, o Bellerophon. Ali, oficialmente e com a boa vontade de todos, a honra do escarlate espartano foi novamente oferecida ao rapaz.

Mais uma vez, ele rejeitou-a.

Àquela hora, eu flanava, deliberadamente, em frente ao Bellerophon, para ver como se resolveria a questão. Não foi necessária nenhuma imaginação, ao ouvir o murmúrio de ultraje lá dentro e vendo a saída rápida e em silêncio de Galo, para avaliar a gravidade da questão e o seu perigo. O meu senhor recebeu uma incumbência que me deteve por uma hora. Finalmente, consegui uma oportunidade de escapar.

Do lado do Pequeno Anel, onde fica a cabina do juiz de largada, há um pequeno bosque com um riacho seco que se divide em três direções. Ali, Galo, eu e outros garotos costumávamos nos encontrar e, até mesmo, levar garotas, pois, se fôssemos encontrados, seria fácil escapar rapidamente para o escuro de um dos três leitos do rio seco. Eu sabia que ele deveria estar lá naquele momento, e estava. Para minha surpresa, Alexandros estava com ele. Estavam discutindo. Não demorou para eu perceber que era o tipo de discussão em que alguém quer ser amigo do outro, que recusa sua amizade. O mais incrível era que Alexandros era quem queria ser amigo de Galo. Seria um problema grave se ele fosse pego tão imediatamente após sua iniciação como guerreiro. Enquanto eu me esgueirava nas sombras do rio seco, Alexandros amaldiçoava Galo e o chamava de tolo.

— Eles vão matá-lo, sabia?

— Que se fodam. Fodam-se eles todos.

— Parem com isso! — Irrompi no meio dos dois. Repeti o que nós três já sabíamos: que o prestígio de Galo nas ordens inferiores impedia-o de agir só pensando em si mesmo. O que tinha feito repercutiria em sua mulher, filho e filha, em sua família. Havia se arruinado e arruinado sua família. A *krypteia* acabaria com ele naquela mesma noite, e nada seria mais conveniente a Polynikes.

— Não me pegarão se eu não estiver aqui.

Galo havia decidido fugir naquela noite para o Templo de Poseidon em Tegea, onde um servo escravo tinha o direito de asilo.

Quis que eu fosse com ele. Respondi que ele estava maluco.

— O que pensou quando os rejeitou? O que lhe ofereceram é uma honra.

— Danem-se as suas "honras". A *krypteia* está atrás de mim agora, no escuro, sem mostrar a cara, como covardes que são. É isso honra?

Disse-lhe que o seu orgulho de escravo comprara sua passagem para o inferno.

— Calem-se, vocês dois!

Alexandros mandou que Galo fosse para sua concha, termo que os espartanos usam para descrever as cabanas pobres dos escravos.

— Se vai fugir, foge agora!

Afastamo-nos correndo pelo riacho escuro. Harmonia estava com os dois filhos, a filha e o bebê, prontos para partir. Nos confins enfumaçados da concha do escravo, Alexandros pôs na mão de Galo um punhado de óbolos, não muito, mas tudo o que tinha, o bastante para ajudá-lo na fuga.

Esse gesto deixou Galo sem fala.

— Sei que não me respeita — disse Alexandros. — Você se acha melhor do que eu no manejo das armas, em força e coragem. Bem, você é. Tentei, como os deuses são testemunhas, com todas as fibras do meu ser e, ainda assim, não sou nem a metade do guerreiro que você é. E nunca serei. Você deveria estar no meu lugar, e eu no seu. Foi a injustiça dos deuses que o fez escravo, e eu, livre.

Essas palavras, vindas de Alexandros, desarmaram completamente Galo. Era possível ver a combatividade ceder em seu olhar e o seu desafio orgulhoso relaxar e abrandar.

— Você tem mais coragem do que jamais terei — replicou o bastardo —, pois a fabricou de um coração terno, enquanto os deuses me pegaram dando socos e chutes no berço. E você fala com tal sinceridade. Tem razão, eu o desprezava. Até este momento.

Então, Galo relanceou os olhos para mim; percebi confusão em seu semblante. Estava comovido com a integridade de Alexandros, que pressionava o seu coração a não partir, a ceder. Então, com esforço, rompeu o sortilégio.

— Mas não me influenciará, Alexandros. Que os persas venham. Que transformem em pó todos os lacedemônios. Dançarei em sua sepultura.

Ouvimos Harmonia arfar. Lá fora, ardiam as tochas. Sombras circundavam a concha. Seu manto foi rompido. Ali, na tosca soleira, estava Polynikes armado e acompanhado de quatro assassinos da *krypteia*. Eram todos jovens atletas de nível olímpico, impiedosos ao extremo.

Irromperam porta adentro e amarraram Galo com uma corda. O bebê chorava no colo de Harmonia. A pobrezinha mal tinha 17 anos; tremia e chorava, puxando sua filha para o seu lado. Polynikes reagiu com desacato àquela visão. Seu olhar passou de Galo para sua esposa e filhos, e para mim, para se fixar com desprezo na pessoa de Alexandros.

— Eu devia saber que o encontraria aqui.

— E eu a você — respondeu o rapaz.

Em seu rosto estava escrito o ódio que sentia da *krypteia*.

Polynikes considerou Alexandros e seus sentimentos com um ultraje mal contido.

— A sua presença aqui, neste recinto, constitui traição. Você sabe disso, assim como eles. Só por respeito a seu pai direi uma coisa: saia já. Vá embora imediatamente e nada mais será dito. O amanhecer encontrará quatro escravos perdidos.

— Não vou sair — respondeu Alexandros.

Galo cuspiu.

— Mate-nos, então! — exigiu de Polynikes. — Mostre-nos a bravura espartana, seus covardes moleirões.

Um punho acertou seus dentes, silenciando-o.

Vi mãos agarrarem Alexandros e outras me pegarem; tiras de couro amarraram meus pulsos, uma mordaça de pano apertou minha garganta. Os *krypteis* agarraram Harmonia e as crianças.

— Tragam todos — ordenou Polynikes.

17

Há um bosque atrás da cantina de Deukalion, no qual os homens e seus cães geralmente se agrupam antes de partir para a caça. Ali, em minutos, um tribunal se reuniu.

O local é medonho. Valetas toscas se estendem sob os carvalhos, com redes e outros apetrechos de caça pendendo debaixo das cimalhas dos postos de alimentos. A cozinha da cantina guarda ferramentas de abate em vários anexos bem trancados; sobre as portas internas estão penduradas machadinhas, facas, cutelos e cutilões; uma tábua preta de sangue para as aves selvagens e frangos, na qual as cabeças dos pássaros são arrancadas e jogadas no chão para os cães de caça, se estende ao longo da parede. Pilhas de penas que vão do chão à altura dos joelhos de um homem, empapadas do sangue que pinga da próxima ave desafortunada a estirar seu ventre sob o cutelo. Em cima, ao longo de uma bancada, as barras do açougue com os seus pesados ganchos de ferro para pendurar, estripar e sangrar a caça.

Foi decidido que Galo e seu filho homem deveriam morrer. O que ainda restava resolver era o destino de Alexandros e a sua traição, que, se divulgada na cidade, causaria um grave dano nesse momento tão exposto ao perigo, não somente a si mesmo e à sua posição como guerreiro recentemente iniciado, como ao prestígio de todo o

214

seu clã, sua mulher Ágata, sua mãe Paraleia, seu pai, o *polemarch* Olympieus, sem mencionar o seu mentor Dienekes. Este se posicionava, naquele instante, no escuro, junto com os outros 16 Pares da cantina de Deukalion. A mulher de Galo chorava em silêncio, a filha ao seu lado; o bebê choramingava, aconchegado em seus braços. Galo ajoelhou-se, amarrado, na terra seca do verão.

Polynikes andava de um lado para o outro, impaciente, querendo uma decisão.

— Posso falar? — disse Galo, com a voz engasgada e rouca por ter sido sufocada a caminho dessa acusação sumária.

— O que uma escória como você tem a dizer? — perguntou Polynikes.

Galo apontou para Alexandros.

— Este homem que os seus sicários acham ter "capturado"... deviam declará-lo um herói. Ele me prendeu, ele e Xeones. Por isso eles estavam em minha concha. Para me prenderem.

— Claro — replicou Polynikes sarcasticamente. — Por isso o amarraram tão bem.

Olympieus dirigiu-se a Alexandros.

— É verdade, filho? Realmente pôs o jovem Galo sob custódia?

— Não, pai. Não o detive.

Todos sabiam que esse "julgamento" não seria demorado. Mesmo ali, no escuro, era inevitável a descoberta pelos rapazes da *agoge* que ficavam de sentinela à noite, com suas patrulhas redobradas agora, em tempo de guerra. A assembleia durou cinco minutos, não mais que isso.

Em duas trocas breves de palavras, como se os Pares não pudessem adivinhá-lo por si mesmos, ficou claro que Alexandros tinha, no último momento, tentado convencer Galo a anular sua rebeldia e aceitar a honra da cidade, que tinha fracassado e que, ainda assim, não tomara nenhuma medida contra ele.

Isso era traição pura e simples, declarou Polynikes. No entanto, disse ele, pessoalmente não tinha nenhuma vontade de difamar e punir o filho de Olympieus nem a mim, o escudeiro de Dienekes. Que a questão se encerrasse ali. Vocês, cavalheiros, se retirem. Deixem o escravo e sua cria comigo.

Dienekes, então, falou. Expressou sua gratidão pela oferta de clemência de Polynikes. Entretanto, havia um aspecto de quase exoneração das sugestões do cavaleiro. Não deixemos as coisas como estão, mas limpemos totalmente o nome de Alexandros. Poderia, pediu Dienekes, falar em nome do garoto?

O velho Medon assentiu, os Pares o apoiaram.

Dienekes falou.

— Cavalheiros, todos conhecem os meus sentimentos em relação a Alexandros. Todos vocês estão cientes de que o aconselhei e orientei desde que era pequeno. Ele é como um filho para mim, assim como um amigo e irmão. Mas não o defenderei por esses sentimentos. Antes, amigos, considerem os seguintes pontos.

— O que Alexandros estava tentando hoje à noite nada mais era do que o que seu pai tem tentado desde Oenophyta, isto é, influenciar informalmente, pela razão e persuasão, e por um sentimento de amizade, este garoto Dekton, que chamam de Galo. Abrandar o rancor que ele nutre por nós espartanos, que, ele acha, escravizamos seus conterrâneos, e atraí-lo para a causa maior da Lacedemônia. Nesse esforço, Alexandros não pretendeu hoje, nem nunca, tirar vantagem para si mesmo. Que bem lhe proporcionaria alistar esse renegado sob o escarlate espartano? Ele pensou somente no bem da cidade, em utilizar um jovem de vigor e coragem já comprovados, o filho bastardo de um Par e herói, o irmão de minha mulher, Idotychides. De fato, podem me julgar tão culpado quanto Alexandros, pois, mais de uma vez, me referi a esse garoto, o Galo, como o meu sobrinho ilegítimo.

— Sim — interveio Polynikes rapidamente —, como uma piada e deboche.

— Ninguém está para brincadeiras nesta noite, Polynikes.

As folhas farfalharam e, subitamente, para o espanto de todos ali, no espaço de abate, surgiu a senhora Arete. Vi de relance dois garotos de estábulo escapando nas sombras; claramente, esses espiões haviam assistido à cena na concha do Galo e disparado para contar à senhora.

Ela se aproximou. Usava um vestido *peplos* simples, o cabelo solto, sem dúvida chamada enquanto ninava as filhas, alguns minutos antes. Os Pares deram-lhe passagem, de tal modo surpresos que ficaram sem voz para protestar.

— O que é isso? — perguntou ela com desprezo. — Um tribunal informal sob os carvalhos? Qual o veredicto augusto que os bravos guerreiros pronunciarão esta noite? Assassinar uma donzela ou cortar a garganta de um bebê?

Dienekes e os outros tentaram silenciá-la, afirmando que uma mulher não tinha o que fazer ali, que ela devia partir imediatamente, que não ouviriam nada mais. Arete, no entanto, ignorou-os completamente, avançando, sem hesitação, para o lado da garota Harmonia, pegando no colo o bebê de Galo.

— Dizem que minha presença aqui não tem propósito. Pelo contrário — declarou ela aos Pares —, posso oferecer uma assistência bastante conveniente. Veem? Posso erguer o queixo deste bebê e facilitar seu assassinato. Qual de vocês, filhos de Héracles, cortará sua garganta? Você, Polynikes? Você, meu marido?

Foram proferidas mais declarações de ultraje, insistindo em que a mulher fosse embora imediatamente. O próprio Dienekes disse isso nos termos mais enfáticos. Arete não arredou pé.

— Se a vida deste jovem era tudo que estava em risco — com um gesto indicou Galo —, obedecerei ao meu marido e aos outros Pares sem hesitação. Porém, quem mais vocês heróis levarão à morte forçada? Os irmãos dele? Seus tios e primos, mulheres e filhos, todos inocentes e todos trunfos de que a cidade precisa desesperadamente nesta hora de perigo extremo?

Foi reafirmado que essas questões não eram da conta de uma mulher.

Actaeon, o pugilista, falou-lhe diretamente.

— Com todo respeito, senhora, é óbvio que a sua intenção é proteger da extinção a linhagem de seu venerável irmão — fez um gesto para o filho do garoto —, até mesmo isso, sua forma bastarda.

— O meu irmão já alcançou uma reputação indestrutível — respondeu a mulher, com veemência —, o que é mais do que qualquer um de vocês conquistou. Não, busco somente a justiça pura e simples. A criança que estão prontos a matar não é desse garoto, Galo.

Essa afirmação parecia tão irrelevante que tocava as raias do ridículo.

— É filho de quem, então? — Actaeon perguntou com impaciência.

A mulher não hesitou nem por um instante.

— Do meu marido — replicou ela.

Essas palavras foram recebidas com sons de incredulidade.

— A verdade é uma deusa imortal, senhora — falou o velho Medon, com severidade. — Deve-se refletir muito antes de difamá-la.

— Se não acreditam, perguntem à garota, a mãe do bebê.

Os Pares claramente não deram o menor crédito à afirmação ultrajante da mulher. Porém, todos os olhares estavam fixos na pobre garota, Harmonia.

— Ele é meu filho — interferiu Galo com veemência — e de ninguém mais.

— Deixe a mãe falar — interrompeu-o Arete. Depois, a Harmonia: — De quem ele é filho?

A pobrezinha engrolou uma resposta, desolada. Arete ergueu o bebê diante dos Pares.

— Vejam todos, o bebê é bem-feito, membros e voz fortes, com o vigor que antecede força na juventude e bravura quando homem.

Virou-se para a garota.

— Diga-lhes. O meu marido deitou com você? Esse filho é dele?

— Não... sim... eu não...

— Fale!

— Senhora, está assustando a garota.

— Fale!

— É do seu marido — expressou bruscamente a garota, e começou a soluçar.

— Ela mente! — gritou Galo. Recebeu um murro, o sangue jorrou de seus lábios.

— É claro que ela não contaria a você, seu próprio marido — disse-lhe a mulher. — Nenhuma mulher contaria. Mas isso não altera os fatos.

Com um gesto, Polynikes indicou Galo.

— Por uma única vez na vida, esse patife fala a verdade. Ele gerou esse bastardo, como ele mesmo afirma.

Essa opinião foi apoiada vigorosamente pelos outros.

Medon, então, dirigiu-se a Arete.

— Eu preferiria enfrentar de mãos nuas uma leoa em sua toca do que sua ira, senhora. Ninguém poderia deixar de louvar seu motivo, como esposa e mãe, de tentar proteger a vida de um inocente. Entretanto, nós, nessa cantina, conhecemos seu marido desde a idade desse bebê. Ninguém, na cidade, o supera em honra e fidelidade. Estivemos com ele mais de uma vez em combate, quando teve oportunidades, muitas e tentadoras, de ser desleal. Nunca ele chegou a hesitar.

Isso foi corroborado com ênfase pelos outros.

— Então pergunte a ele — pediu Arete.

— Não faremos isso — respondeu Medon. — Pôr sua honra em dúvida já seria infame.

Os Pares encararam Arete, sólidos como uma falange. Porém, longe de se intimidar, ela confrontou audaciosamente a linha, com um tom de ordem.

— Direi o que farão — declarou Arete, pondo-se diante de Medon, o mais velho da cantina, e falando com ele como um comandante. — Reconhecerão esta criança como filho de meu marido. Você, Olympieus, e você, Medon, e você, Polynikes, protegerão o menino e o inscreverão na *agoge*. Pagarão suas despesas. Ele receberá um nome de instrução, e esse nome será Idotychides.

Isso foi demais para os Pares suportarem. O pugilista Actaeon falou:

— Está desonrando seu marido e o nome do seu irmão, na simples insinuação que acabou de fazer, senhora.

— Se o filho fosse de meu marido, o meu argumento seria aceito?

— Mas ele não é do seu marido.

— Se fosse?

Medon a interrompeu.

— A senhora sabe muito bem que se um homem, como esse rapaz Galo, é considerado culpado de traição e executado, seus filhos homens não podem ficar vivos, pois, se tiverem um pouco de dignidade que seja, tentarão se vingar quando adultos. Não é simplesmente a lei de Licurgo, mas de todas as cidades na Hélade, e se mantém verdadeiro, sem exceção, até mesmo entre os bárbaros.

— Se acredita nisso, então corte a garganta do bebê agora.

Arete pôs-se diretamente em frente a Polynikes. Antes que o corredor reagisse, levou a mão à cintura e pegou o seu *xiphos*. Mantendo a mão firme no cabo, impeliu a arma contra a mão de Polynikes e ergueu o bebê, expondo sua garganta sob o aço afiado.

— Honrem a lei, filhos de Héracles. Mas façam isso à luz, onde todos possam ver, não nas trevas tão amadas pela *krypteia*.

Polynikes gelou. Sua mão tentou afastar o punhal, mas a mulher o segurava firme.

— Não consegue? Deixe-me ajudá-lo. Pronto, eu o enfiarei com você...

Várias vozes, lideradas por seu marido, imploraram que parasse. Harmonia soluçava incontrolavelmente. Galo olhava, ainda amarrado, paralisado de terror.

A ferocidade no olhar da mulher poderia ser comparada à de Medeia quando pôs o aço do punhal sobre seus próprios filhos.

— Pergunte ao meu marido se o filho é dele — exigiu Arete novamente. — Pergunte-lhe!

Um coro de recusa ressoou. Mas que outra alternativa tinham os Pares? Os olhares agora se voltaram para Dienekes, não tanto pedindo que respondesse a essa acusação ridícula quanto por estarem completamente confusos com a temeridade da mulher e não saberem que outra coisa fazer.

— Diga-lhes, meu marido — Arete falou baixinho. — Diante dos deuses, o filho é seu?

Arete soltou o punhal. Afastou o bebê da espada de Polynikes e o estendeu a seu marido.

Os Pares sabiam que a afirmação da mulher podia ser falsa. Mas se Dienekes confirmasse, e sob juramento como Arete exigira, deveria ser aceito por todos e pela cidade, ou sua honra sagrada seria perdida. Dienekes também sabia disso. Olhou por um longo instante nos olhos de sua mulher, que o encarava, como a imagem de Medon havia sugerido tão apropriadamente, como uma leoa.

— Por todos os deuses — jurou Dienekes —, esse filho é meu.

Lágrimas correram dos olhos de Arete, que ela prontamente reprimiu.

Os Pares murmuraram em choque diante dessa profanação do voto de honra.

Medon falou.

— Reflita sobre o que está dizendo, Dienekes. Você difama sua mulher ao asseverar que isso é "verdade" e a você mesmo ao jurar essa falsidade.

— Refleti, meu amigo — respondeu Dienekes.

Repetiu que o filho era dele.

— Tome-o, então — Arete instruiu-o imediatamente, dando o passo final para diante de seu marido e pondo gentilmente o bebê em seu colo. Dienekes aceitou-o como se estivesse recebendo uma ninhada de serpentes.

Relanceou o olho, novamente, para sua mulher, depois se virou e dirigiu-se aos Pares.

— Qual de vocês, amigos e camaradas, apadrinhará meu filho e o registrará diante dos éforos?

Nem um pio. Era um voto terrível que o seu irmão de armas havia feito. Se o apoiassem, seriam também desacreditados?

— Será meu privilégio proteger a criança — disse Medon. — Nós o registraremos amanhã. O seu nome, como deseja a senhora, será Idotychides, como era o do seu irmão.

Harmonia chorou aliviada.

Galo encarou a assembleia com uma raiva impotente.

— Então, está acertado — disse Arete. — A criança será criada por sua mãe entre os muros da casa de meu marido. Será respeitada por mim e por toda a cidade como qualquer outro *mothax*. Se demonstrar valor em virtude e disciplina, quando atingir a idade adulta ocupará seu lugar de guerreiro e defensor da Lacedemônia.

— Que assim seja — anuiu Medon. Os outros, embora com relutância, concordaram.

A questão ainda não se encerrara.

— Quanto a este aqui — Polynikes apontou para Galo —, este morre.

Os guerreiros da *krypteia* derrubaram Galo. Ninguém levantou o dedo em sua defesa. Os assassinos se puseram a arrastar o cativo para o escuro. Em cinco minutos, ele estaria morto. O seu corpo nunca seria encontrado.

— Posso falar?

Alexandros avançou para o grupo de algozes.

— Posso dirigir-me aos Pares da cantina?

Medon, o mais velho, assentiu com um movimento da cabeça.

Alexandros indicou Galo.

— Há outra maneira de lidar com esse traidor, a qual, sugiro, pode se revelar mais conveniente à cidade do que despachá-lo sumariamente. Reflitam: muitos entre os escravos veneram esse homem. A sua morte por assassinato o transformará em um mártir a seus olhos. Aqueles que o chamam de amigo podem, no momento, se sentir intimidados pelo terror de sua execução, porém, mais tarde, no campo contra os persas, o seu senso de injustiça talvez encontre um escape contrário aos interesses da Hélade e da Lacedemônia. Talvez se revelem traidores quando pressionados, ou prejudiquem nossos guerreiros quando estiverem mais vulneráveis.

Polynikes interrompeu com raiva.

— Por que protege esse patife, filho de Olympieus?

— Ele nada significa para mim — replicou Alexandros. — Sabe que ele me desacata e se considera mais corajoso do que eu. Nesse julgamento ele está, incontestavelmente, com a razão.

Os Pares ficaram desconcertados com sua franqueza, expressa tão abertamente. Alexandros prosseguiu.

— Proponho o seguinte: que esse escravo viva, mas que passe para o lado persa. Que seja escoltado até a fronteira e libertado. Nada conviria mais a seus propósitos sediciosos. Assumirá a possibilidade de nos fazer mal, já que nos odeia. O inimigo acolherá bem um escravo fugitivo. Ele os proverá das informações que desejarem sobre os espartanos. Talvez até mesmo o armem e permitam que marche sob sua bandeira contra nós. Mas nada do que ele disser poderá ferir nossa causa, pois Xerxes já tem entre seus cortesãos Demaratos, e quem melhor para dar informações sobre a Lacedemônia do que o seu próprio Rei deposto? A deserção desse jovem não pode nos prejudicar em nada, mas realizará algo de um valor inestimável: o impedirá de ser visto por seus companheiros em nosso meio como um mártir e herói. Será visto pelo que é: um ingrato que teve a oportunidade de usar o escarlate lacedemônio e que o rejeitou por orgulho e vaidade. Deixe-o ir, Polynikes, e prometo uma coisa: se os deuses permitirem que esse patife apareça na nossa frente de novo, no campo de batalha, você não precisará matá-lo, eu próprio o matarei.

Alexandros terminou. Recuou. Relanceei os olhos para Olympieus, e seus olhos brilhavam de orgulho do caso ter sido apresentado de maneira tão clara e enfática por seu filho.

O *polemarch* dirigiu-se a Polynikes.

— Providencie para que assim seja.

Os *krypteis* levaram Galo.

Medon encerrou a assembleia com ordens de os Pares se dispersarem imediatamente para seus alojamentos ou casas e não repetirem nada do que havia acontecido ali até o dia seguinte, na hora certa, diante dos éforos. Falou com a senhora Arete, severamente, avisando-a de que havia tentado dolorosamente os deuses. Arete, agora abrandada e começando a experimentar aquele tremor dos membros que os guerreiros experimentam depois do combate, aceitou a repreensão do ancião sem protestar. Quando se pôs a caminho de casa, seus joelhos fraquejaram. Ela tropeçou, desmaiou e teve de ser amparada por seu marido, que permaneceu ao seu lado.

Dienekes pôs o seu manto em volta dos ombros de sua mulher. Eu o vi olhá-la intensamente enquanto ela se recompunha com dificuldade. Uma porção dele ainda se inflamava, furiosa com o que ela o obrigara a fazer naquela noite. Mas a outra parte a admirava, admirava sua compaixão e audácia e, até mesmo, se é possível dizer assim, a sua estratégia.

O equilíbrio da mulher se refez; ela relanceou os olhos para cima e deu com o seu marido observando-a. Ela sorriu.

— Quaisquer que sejam os feitos de virtude que realizou ou venha a realizar, meu marido, nenhum sobrepujará o que fez nesta noite.

Dienekes não pareceu muito convencido.

— Espero que tenha razão — disse ele.

Os Pares haviam partido, deixando Dienekes sob os carvalhos com o bebê ainda em seu colo, pronto para devolvê-lo à sua mãe.

Medon falou:

— Deixe eu dar uma olhada nessa criança.

À luz das estrelas, o ancião aproximou-se do ombro do meu senhor. Pegou o bebê e passou-o, delicadamente, para Harmonia. Medon examinou a criancinha, estendendo o dedo indicador com cicatrizes de guerra, que o menino pegou com seu punho forte de bebê e puxou com prazer. O ancião assentiu com a cabeça, aprovando. Acariciou o alto da cabeça do neném, abençoando-o, depois se virou, satisfeito, para a senhora Arete e seu marido.

— Agora, vocês têm um filho, Dienekes — disse ele. — Agora você pode ser escolhido.

O meu senhor olhou para o ancião de maneira curiosa, sem entender direito o significado dessas palavras.

— Para os Trezentos — disse Medon. — Para as Termópilas.

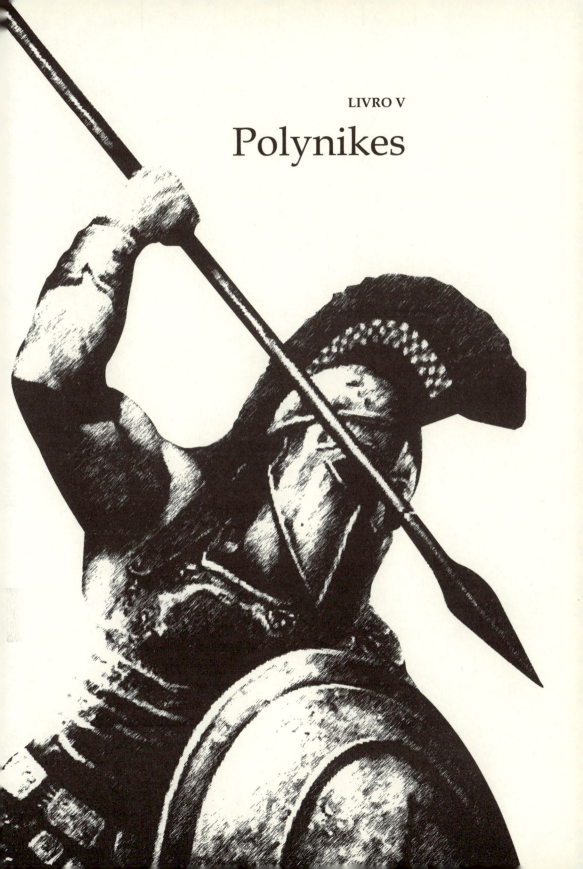

LIVRO V
Polynikes

18

Sua Majestade leu com grande interesse as palavras do grego Xeones que eu, Seu historiador, apresentei-lhe na forma transcrita. O exército da Pérsia, nesta data, avançou fundo na Ática e armou as tendas no cruzamento que os helenos chamam de Via dos Três Ângulos, duas horas de marcha a noroeste de Atenas. Ali, Sua Majestade fez o sacrifício ao deus Ahura Mazda e distribuiu condecorações por bravura aos homens no comando das forças do império. Sua Majestade, por vários dias, não convocou à Sua presença o cativo Xeones para escutar por ele em pessoa a continuação de seu relato, tão ocupada estava, tratando das muitas questões relacionadas ao exército e à marinha, que avançavam. Ainda assim, Sua Majestade não deixou de acompanhar a narrativa em suas horas de folga, analisando a forma transcrita que o Seu historiador lhe apresentava diariamente.

De fato, Sua Majestade não esteve bem nas últimas 48 horas. Seu sono tinha sido agitado; foi convocada a assistência do Cirurgião Real. O repouso de Sua Majestade foi perturbado por sonhos desfavoráveis cujo conteúdo não divulgou a ninguém, exceto aos Magos e ao círculo de seus conselheiros mais dignos de confiança: o general Hydarnes, comandante dos Imortais e vencedor nas Termópilas; Mardonius, marechal de campo das forças terrestres de Sua Majestade; Demaratos, o rei espartano deposto, agora amigo-convidado; e a guerreira Artemísia, cuja sabedoria ao aconselhar Sua Majestade a tornou mais estimada que todos.

A preocupação que causavam esses pesadelos, Sua Majestade agora confiou, parecia ser o Seu próprio remorso em relação ao tratamento, após a vitória nos Portões Quentes, dispensado ao corpo do espartano Leônidas. Sua Majestade reiterou seu arrependimento pela profanação do cadáver do guerreiro que, acima de tudo, fora um rei.

O general Mardonius lembrou Sua Majestade que Ela havia realizado o ritual pio e expiatório necessário para dissipar os vapores prolongados da culpa do homicídio. Sua Majestade não havia, subsequentemente, ordenado a execução de todos aqueles do grupo real, inclusive de Seu próprio filho, o príncipe Rheodones, que participaram do evento? O que mais era preciso fazer? Apesar de tudo isso, Sua Majestade declarou, o sono real continuava inquieto e agitado. Sua Majestade, em um melancólico tom de voz, expressou a ideia de que, talvez em visões ou transe induzidos, pudesse conhecer pessoalmente a sombra do homem Leônidas e com ele beber uma taça de vinho.

Um silêncio, nada breve, seguiu-se. — A febre, — falou, por fim, o general Hydarnes — entorpeceu a perspicácia do comando de Sua Majestade e comprometeu sua acuidade. Peço a Sua Majestade que não fale mais dessa maneira.

— Sim, sim, tem razão, meu amigo. — replicou Sua Majestade. — Como sempre.

Os comandantes voltaram a atenção às questões militares e diplomáticas. Foram apresentados relatórios. A força de vanguarda da infantaria e da cavalaria persa, 50 mil soldados, entraram em Atenas e tomaram posse da cidade. Os cidadãos atenienses — homens, mulheres, crianças e escravos — haviam abandonado o lugar pelo mar, dirigindo-se, somente com os bens que podiam carregar, ao outro lado do estreito, para Troezen e a ilha de Salamina, onde agora eram refugiados, aconchegando-se em volta do fogo nas encostas e lamentando suas penas.

A cidade em si não ofereceu resistência, a não ser a de um pequeno grupo de fanáticos que ocupava a Cidade Alta, a Acrópole, que, muito tempo atrás, fora confinada por uma paliçada. Esses defensores desesperados haviam criado uma fortaleza nesse local, colocando, ao que parece, sua fé no oráculo de Apolo que algumas semanas antes declarara:

[...] o muro de madeira sozinho não lhes faltará.

Essa resistência lastimável foi facilmente eliminada pelos arqueiros de Sua Majestade, que a destruíram à distância. Bela profecia, disse Mardonius. Agora, as fogueiras do bivaque ardiam na acrópole ateniense. No dia seguinte, Sua Majestade entraria na cidade. Foram aprovados os planos de destruição de todos os templos e santuários dos deuses helênicos e o incêndio do restante da cidade. A fumaça e as chamas, foi relatado pelo oficial da inteligência, eram claramente visíveis ao populacho ateniense do outro lado do canal, agora acuados nos pastos altos de cabras na ilha de Salamis. — Estão na primeira fila — sorriu o tenente — para assistir à aniquilação de seu universo.

Agora era tarde da noite, e Sua Majestade começara a dar sinais de fadiga. O Mago, que observava, propôs que os procedimentos noturnos fossem proveitosamente encerrados. Todos se levantaram de seus repousos, fizeram a reverência e saíram, menos o general Mardonius e Artemísia, que Sua Majestade pediu que ficassem com um gesto sutil. Sua Majestade também indicou a Seu historiador que permanecesse para registrar as transações. Claramente, a paz de Sua Majestade havia sido perturbada.

Sozinha, na tenda, com seus dois confidentes mais íntimos, Ela falou, contando um sonho.

— Eu estava em um campo de batalha, que parecia se estender ao infinito, sobre o qual os cadáveres da matança se espalhavam até se perderem de vista. Gritos de vitória enchiam o ar; generais e homens jactavam-se triunfantes. Abruptamente, divisei o corpo de Leônidas, decapitado, com a cabeça empalada em um espigão, como fizemos nas Termópilas, o corpo preso como um troféu em uma única árvore estéril no meio da planície. Fui tomado por dor e vergonha. Corri para a árvore, gritando para os meus homens que baixassem o espartano. No sonho, parecia que se eu pudesse simplesmente recolocar a cabeça do Rei ficaria tudo bem. Ele reviveria, e até mesmo se tornaria meu amigo, o que eu desejava ardentemente. Alcancei o espigão, onde a cabeça decepada estava empalada...

— E a cabeça era a de Sua Majestade — Artemísia interrompeu.

— O sonho é tão transparente assim? — perguntou Sua Majestade.

— Não é nada e não significa nada — a guerreira afirmou enfaticamente, prosseguindo em um tom que, deliberadamente, esclareceu a questão e exortou Sua Majestade a tirá-la rapidamente da cabeça. — Significa apenas que Sua Majestade é Rei, reconhece a mortalidade de todos os reis, inclusive a Sua. É sabedoria, como o próprio Ciro, o Grande, expressou quando poupou a vida de Croesus de Lídia.

Sua Majestade refletiu sobre as palavras de Artemísia durante um longo momento. Queria estar convencido, mas, era evidente, não conseguira estancar definitivamente sua preocupação.

— A vitória é de Sua Majestade, e nada pode reverter isso — disse o general Mardonius. — Amanhã incendiaremos Atenas, que era a meta de seu pai, Dario, e a Sua própria, e a razão de ter reunido esse exército e marinha magníficos, de ter trabalhado e lutado por tanto tempo e superado tantos obstáculos. Alegre-se, meu senhor! A Grécia inteira prostra-se a seus pés. Derrotou os espartanos e matou seu rei. Saqueou o Santuário de Apolo em Delfos. Fez com que os atenienses viessem como gado, forçando-os a abandonar os templos de seus deuses e todas as suas terras e bens. Sua Majestade é vitoriosa, está com o pé sobre a garganta da Grécia.

A vitória foi tão completa — declarou Mardonius — que a Pessoa real não precisa se deter mais um dia aqui, nesse local diabólico no extremo remoto da terra.

— Deixe o trabalho sujo comigo. Sua Majestade deve embarcar amanhã de volta para casa, para Susa, e lá receber a adoração e adulação de seus súditos e tratar de assuntos mais urgentes do império que, devido a essa amolação com os helenos, foram negligenciados por tempo demais. Eu efetuarei a operação de limpeza. O que Suas forças fazem em Seu nome é feito por Sua Majestade.

— E o Peloponeso? — interveio a guerreira Artemísia, citando a península ao sul da Grécia, que era o único ponto em todo o país que não fora dominado. — O que vai fazer, Mardonius?

— O Peloponeso é um pasto de cabras — respondeu o general. — Um deserto de rochas e esterco de carneiro, sem riquezas nem espólio, sem nem um único porto com ancoradouro para mais que uma dúzia de barcaças de lixo. Não é nada e não contém nada de que Sua Majestade precise.

— Exceto Esparta.

— Esparta? — replicou Mardonius, com insolência e veemência. — Esparta é uma aldeia. O lugar inteiro caberia, deixando espaço livre, no jardim de Sua Majestade em Persépolis. É um burgo interiorano, uma pilha de pedras. Não tem templos nem tesouros de importância, nenhum ouro. É um terreiro de alho-poró e cebola, com o solo tão fino que um homem pode fender com um único pontapé.

— Tem os espartanos — falou Artemísia.

— *Que massacramos* — *replicou Mardonius com raiva* —, *e cujo Rei as forças de Sua Majestade mataram.*

— *Matamos trezentos deles* — *disse Artemísia* —, *e para isso foram necessários dois milhões dos nossos.*

Essas palavras enfureceram a tal ponto Mardonius que ele pareceu prestes a se erguer do repouso e confrontar Artemísia fisicamente.

— *Meus amigos, meus amigos* — *o tom conciliador de Sua Majestade tentou pôr fim à perturbação momentânea.* — *Estamos aqui para sermos aconselhados, e não para brigarmos como colegiais.*

O ardor de Artemísia persistiu.

— *O que tem entre as pernas, Mardonius, um nabo? Fala como um homem com os colhões do tamanho de ervilhas.*

Ela falou diretamente com Mardonius, controlando sua raiva e se expressando com precisão e clareza.

— *As forças de Sua Majestade nem mesmo vislumbraram, muito menos confrontaram ou derrotaram, a força principal do exército espartano, que permanece intacta no Peloponeso e, sem dúvida, em preparação e ansiosa pela guerra. Sim, matamos um rei espartano. Mas eles, como você sabe, têm dois; agora reina Leotychides, e o filho de Leônidas, o menino Pleistarchus; o seu tio e regente Pausanias, que irá liderar o exército e que, como sei, é idêntico a Leônidas em coragem e sagacidade. De modo que a perda de um rei não significa nada para eles, a não ser fortalecer sua decisão e inspirá-los a prodígios ainda maiores de bravura ao tentarem imitar sua glória. Considere agora seu número. Só os Pares oficiais espartanos compõem uma infantaria pesada de oito mil. Acrescente os fidalgos-oficiais e os perioikoi e multiplique por cinco. Arme os escravos, o que certamente farão, e o total aumentará em 40 mil. A isso acrescente Corinto, Tegea, Elea, Mantinea, Plataea, Megara e os argivos, que todos os outros forçarão a se aliar, se já não o fizeram, sem mencionar Siracusa, sob o comando de Gelon e os outros sikelianos, que ainda podem achar proveitoso entrar na briga. E não os mencionei ainda? Os atenienses, cujas retaguardas encostamos na parede e cujos corações estão repletos da valentia do desespero.*

— *Os atenienses são cinzas* — *replicou Mardonius* —, *assim como será sua cidade amanhã, ao crepúsculo.*

Sua Majestade parecia dividida entre a prudência do conselho do seu general e a paixão do aviso de sua guerreira. Virou-se para Artemísia.

— Diga-me, Mardonius tem razão? Devo recostar-me em meus travesseiros e embarcar de volta amanhã?

— Nada seria mais ignominioso, Majestade — replicou a mulher sem hesitar —, ou mais indigno de sua grandeza. — Levantou-se e falou andando de um lado para o outro, com calma, diante de Sua Majestade, sob o pano em arco de Seu pavilhão.

— Mardonius enumerou as cidades helênicas que apresentaram sinais de submissão e, admito, não são nada desprezíveis. Mas a flor da Hélade permanece intocada. Mal fizemos sangrar o nariz dos espartanos, e os atenienses, apesar de os termos expulsado de suas terras, permanecem uma polis intacta e respeitável. Sua marinha é composta de 200 naus guerreiras, de longe a maior na Hélade, e cada nau é tripulada por um grupo de cidadãos extremamente competentes. Podem levar os atenienses a qualquer lugar do mundo, onde seu poder poderá forçar a rendição de qualquer cidade, e onde poderão se reinstalar sem se humilhar, e continuar a ser uma ameaça à Sua Majestade tão grande quanto antes. Tampouco depauperamos seu efetivo. Seu exército de hoplitas permanece intacto e seus líderes gozam todo o respeito e apoio da cidade. Nós nos iludimos ao subestimar esses homens, que Sua Majestade talvez não conheça, mas eu sim. Temístocles, Aristides, Xanthippos, Cimon, o filho de Miltíades, são nomes que já provaram grandeza e têm anseio demais. Quanto à pobreza da Grécia, o que Mardonius diz não pode ser contestado. Não há nem ouro nem tesouro sobre essas costas estéreis, nem terras férteis nem rebanhos gordos para espoliar. Mas foi por isso que viemos? Esta é a razão por que Sua Majestade recrutou e dispôs seu exército, o mais poderoso que o mundo já viu? Não! Sua Majestade fez esses gregos se ajoelharem, forçou-os a oferecer terra e água, e isso essas cidades rebeldes se recusaram e ainda se recusam a fazer. Tire da cabeça esse sonho criado pelo cansaço, Majestade. É um sonho falso, um fantasma. Que os gregos degradem a si mesmos recorrendo à superstição. Temos de ser homens e comandantes, explorar os oráculos e presságios quando se ajustam aos propósitos da razão e desprezá-los quando não. Considere o oráculo que os espartanos receberam, que toda a Hélade conhece, e que sabem que sabemos. Que ou Esparta perderia um rei em combate, calamidade que não acontecia há seiscentos anos, ou a cidade cairia. Bem, eles perderam um rei. O que seus profetas farão disso, Majestade? É óbvio: que agora a cidade não cairá. Se retirar-se agora, Senhor, os gregos dirão que foi porque temeu um sonho e um oráculo.

Então, ela aproximou-se de Sua Majestade e dirigiu-lhe diretamente essas palavras:

— Ao contrário do que o nosso amigo Mardonius diz, Sua Majestade ainda não asseverou a vitória. Ela oscila na sua frente, um figo maduro esperando ser colhido. Se Sua Majestade se retirar agora ao luxo do palácio e deixar essa fruta ser colhida por outros, mesmo aqueles que mais admira e estima, a glória do triunfo será manchada e difamada. A vitória não pode ser simplesmente declarada, tem de ser conquistada. E conquistada, se assim posso dizer, em pessoa. Então, e só então, Sua Majestade poderá embarcar com honra e retornar à Sua casa.

A guerreira terminou e retomou sua posição no repouso. Mardonius não refutou seus argumentos. Sua Majestade olhou para um e outro.

— Parece que minhas mulheres viraram homens, e meus homens, mulheres.

Sua Majestade falou não com rancor ou reprovação, mas estendendo sua mão direita ao repouso, pousando-a afetuosamente no ombro de Seu amigo e parente Mardonius, como que para assegurar ao general que Sua confiança nele permanecia inabalável.

Sua Majestade, então, aprumou o corpo e, com o vigor da voz e porte, reassumiu Seu tom de realeza.

— Amanhã — disse — destruiremos Atenas pelo fogo e, em seguida, marcharemos ao Peloponeso e, ali, derrubaremos as mesmas pedras fundamentais de Esparta, só parando quando as tivermos transformado para sempre em pó.

19

Sua Majestade não dormiu naquela noite. Ordenou que o grego Xeones se apresentasse imediatamente, com a intenção, apesar da hora tardia, de interrogá-lo pessoalmente, em busca de mais informações sobre os espartanos, que agora, mais do que os atenienses, haviam se tornado o foco da febre e obsessão de Sua Majestade. A guerreira Artemísia e Mardonius foram dispensados e, quando ela estava saindo, ao escutar as ordens de Sua Majestade, voltou-se e falou-lhe preocupada:

— Senhor, por favor, em nome do exército e daqueles que o amam, imploro que preserve a Pessoa Real. Por mais divino que Seu espírito seja, está contido em um recipiente mortal. Durma um pouco. Não se atormente com essas preocupações que não passam de fantasmas.

O general Mardonius apoiou-a com veemência.

— Por que se afligir, Senhor, com essa história contada por um escravo? Que significado pode ter a história de oficiais obscuros e suas guerras triviais, mutuamente destrutivas, para os eventos de um momento supremo como este em que estamos empenhados? Não se inquiete mais com essa fantasia engendrada por um selvagem que o odeia e odeia a Pérsia com cada nervo de seu corpo. Aliás, sua história são apenas mentiras, se quer a minha opinião.

Sua Majestade sorriu ao ouvir as palavras do general.

— Pelo contrário, meu amigo. Acredito que o relato desse homem é verdadeiro em todos os aspectos, embora

não possa garanti-lo ainda, principalmente quanto às questões com que lutamos agora.

Sua Majestade apontou seu trono de campanha, que estava sob a luz da tocha sob o pináculo da tenda.

— Veem essa cadeira, amigos? Nenhum mortal pode ser mais solitário ou estar mais isolado do que aquele que senta sobre ela. Não pode avaliar quanto, Mardonius. Ninguém pode, ninguém que nunca sentou ali. Reflitam: em quem um rei pode confiar entre aqueles que se apresentam a Ele? Que homem se apresenta a Ele sem algum desejo secreto, ou paixão, ressentimento ou reivindicação, que usa de todo artifício e astúcia para ocultar? Quem fala a verdade na presença de um rei? Um homem dirige-se a Ele ou com medo do que Ele pode captar ou por cobiça pelo que Ele pode conceder. Somente um suplicante vai à Sua presença. O bajulador não diz em voz alta o que lhe vai no coração; oculta tudo sob o manto de hipocrisia e dissimulação. Toda voz que jura lealdade, todo coração que declara amor, o Ouvinte Real deve investigar e examinar como se Ele fosse um vendedor em um bazar, procurando os indícios sutis de traição e logro. Como isso se torna cansativo. As próprias mulheres de um rei sussurram-lhe palavras doces no escuro do quarto de dormir. Elas o amam? Como Ele pode saber, quando percebe sua verdadeira paixão gasta em maquinações e intrigas para o benefício de seus filhos e o seu próprio? Ninguém fala a verdade toda a um rei, nem Seu próprio irmão, nem mesmo você, meu amigo e parente.

Mardonius apressou-se em negar, mas Sua Majestade interrompeu-o com um sorriso.

— De todos os que estiveram em minha presença, somente um homem, creio eu, fala sem querer tirar vantagem para si mesmo. É esse grego. Você não o compreende, Mardonius. O seu coração anseia somente por uma única coisa: reunir-se com seus irmãos de armas debaixo da terra. Até mesmo a paixão de contar a história é secundária, uma obrigação que lhe foi imposta por um de seus deuses, e que é para ele um fardo e uma maldição. Não quer nada de mim. Não, meus amigos, as palavras do grego não perturbam nem afligem. Causam prazer. Restauram.

Sua Majestade, na soleira do pavilhão, fez um gesto, para além da sentinela dos Imortais, para as tochas acesas.

— Pensem no cruzamento em que estamos acampados, este local que os helenos chamam de Via dos Três Ângulos. Não significa nada para nós, simplesmente terra sob nossos pés. Mas essa área despretensiosa não ganha importância, e até mesmo encanto, ao recordarmos a história do prisioneiro de que ele, quando criança, separou-se aqui da menina Diomache, a prima que ele amava?

Artemísia trocou um olhar com Mardonius.

— Sua Majestade rende-se ao sentimento — disse a mulher ao Rei —, e a um sentimento ilusório.

Nesse momento, o portal de serviço do pavilhão abriu-se, e oficiais da custódia pediram permissão para entrar. O grego foi introduzido, ainda na maca, os olhos vendados como sempre, por dois subalternos dos Imortais precedidos por Orontes, seu capitão.

— Vejamos o rosto do homem — mandou Sua Majestade —, e que os seus olhos vejam os nossos.

Orontes obedeceu. A venda foi retirada.

O cativo Xeones piscou várias vezes à luz das tochas, depois olhou Sua Majestade pela primeira vez. A expressão em seu rosto foi de tal modo impressionante que o capitão, enfurecido, comentou o fato e exigiu saber que arrogância fazia com que o rapaz encarasse tão atrevidamente a Pessoa Real.

— Eu já vi o rosto de Sua Majestade antes — replicou o homem.

— Na batalha, como todos os inimigos viram.

— Não, capitão. Aqui, nesta tenda. Na noite do segundo dia.

— Você é um mentiroso! — Orontes bateu no homem com raiva. Pois a violação a que o cativo se referia de fato tinha ocorrido no segundo anoitecer da batalha nas Termópilas, quando uma diligência noturna dos espartanos levara alguns de seus guerreiros à distância de um golpe de lança da Presença Real, nesse mesmo pavilhão, antes de os intrusos serem rechaçados pelos Imortais e marinheiros egípcios, que acorreram em grande número para defender Sua Majestade.

— Eu estive aqui — respondeu o grego calmamente —, e meu crânio teria sido partido ao meio por um machado, atirado em mim por um nobre, se não tivesse antes batido contra um pau de cumeeira na tenda e ali ficasse encravado.

Ao ouvir isso, o general Mardonius ficou lívido. No lado oeste do pavilhão, justamente por onde a diligência espartana penetrara, ainda se via *a cabeça de um machado, tão fundo no cedro que fora impossível removê-lo sem partir o pau, e por isso foi deixado ali pelos carpinteiros, serrado o cabo, a viga consertada e uma corda atada em volta dele.*

O olhar do heleno focalizou Mardonius.

— Foi esse senhor que lançou o machado. Também o reconheço.

A expressão do general, no momento pasma, traiu a verdade do fato.

— A sua espada — prosseguiu o grego — feriu o pulso do guerreiro espartano no momento que ele impulsionava a lança para atirá-la em Sua Majestade.

Sua Majestade perguntou a Mardonius se aquilo era realmente verdade. O general confirmou que, de fato, ele causara esse ferimento em um espartano que atacava, entre muitos outros golpes desferidos nesses momentos de confusão e perigo.

— Esse guerreiro — declarou Xeones — era Alexandros, filho de Olympieus, de quem falei.

— O garoto que foi atrás do exército espartano? Que atravessou a nado o canal em Antirhion? — perguntou Artemísia.

— Já adulto — confirmou o grego. — Os oficiais que o trouxeram a esta tenda protegido por seus escudos eram o cavaleiro Polynikes e o meu senhor, Dienekes.

Houve uma pausa por um longo momento, para absorverem o que fora dito.

Sua Majestade falou:

— Foram realmente esses homens que penetraram nesta tenda?

— Eles e outros, Senhor. Como Sua Majestade viu.

O general Mardonius recebeu essa informação com um ceticismo às raias do ultraje. Acusou o prisioneiro de inventar essa história a partir de fragmentos que tinha escutado por acaso dos cozinheiros persas ou do pessoal médico que o tratara. O cativo negou calmamente, mas com veemência.

Orontes, respondendo a Mardonius, na condição de seu Oficial da Guarda, declarou ser impossível o grego ter conhecimento desses eventos da maneira como o general sugeriu. O capitão em pessoa havia supervisionado o isolamento do prisioneiro. Ninguém, nem do comissariado nem da equipe do Cirurgião Real, tivera permissão para ficar sozinho com o homem, nem mesmo por um instante, sem a supervisão imediata dos Imortais de Sua Majestade, e esses, como todos sabiam, eram incomparáveis em escrúpulos e assistência.

— Então ele formou essa história dos boatos da batalha — falou Mardonius —, ouviu-a dos guerreiros espartanos, que, de fato, romperam a linha de Sua Majestade.

Todos voltaram, agora, a atenção para o cativo Xeones, que, sem se perturbar nem um pouco por essas acusações, que poderiam provocar sua morte ali mesmo, impassível, encarou Mardonius e falou-lhe sem medo.

— Talvez eu tenha sabido desses eventos, senhor, da maneira como sugeriu. Mas como eu o reconheceria, entre todos os outros, como o homem que lançou o machado?

Sua Majestade foi até o local em que a cabeça do machado estava encravada e com o seu punhal cortou a corda que a atava para melhor expor a arma. Sobre o aço, Sua Majestade identificou o grifo das duas cabeças de Efeso, sátrapa de Mardonius, na Ásia Menor.

— Diga-me — Sua Majestade falou ao general — que a mão de nenhum deus está agindo aqui.

Sua Majestade declarou que Ela e Seus conselheiros já tinham tomado conhecimento, com a narrativa do cativo, de muito do que não era prognosticado.

— Quanto mais ainda podemos saber?

Com um gesto afetuoso, Sua Majestade aproximou Xeones de Si e escorou aquela forma ainda gravemente enferma em um encosto acolchoado.

— Por favor, amigo, continue sua história. Conte-a como quiser, da maneira que o deus o instruiu a fazer.

20

Eu havia observado o exército se organizar na planície abaixo de Atenas da Casa de Bronze talvez umas 50 vezes ao longo de 9 anos, com recrutamentos de tamanhos desiguais, que se preparavam para marchar para uma ou outra campanha. O corpo despachado para os Portões Quentes foi o mais reduzido de todos. Não um recrutamento de dois terços, como para Oenophyta, quando quase 6 mil guerreiros, escudeiros e seu séquito ocupavam toda a planície, nem a meia mobilização, 4.500, como para Achilleion, nem mesmo um dois-*mora*, 2.500, quando Leônidas liderou a força a Antirhion, quando Alexandros e eu, ainda meninos, os seguimos.

Trezentos.

O número irrisório parecia chocalhar pela planície como ervilhas em um pote. Somente três dúzias de animais de carga à frente, ao longo da estrada. Havia apenas oito carroças; o rebanho do sacrifício foi conduzido por dois pastores meninos com a expressão assustada. Os trens de suprimento já haviam sido despachados. Depósitos de apetrechos foram armados ao longo do itinerário de seis dias. Além disso, previa-se que as cidades aliadas forneceriam provisões ao longo do caminho, enquanto os exploradores espartanos recrutavam os diversos contingentes que completariam a força e a totalizariam quatro mil.

Um silêncio augusto impregnou os sacrifícios de despedida realizados por Leônidas em seu papel de principal sacerdote, assistido por Olympieus e Megistias. O vidente tebano fora à Lacedemônia, com o seu filho, por sua própria vontade, por amor não somente à sua cidade natal como por toda a Hélade, para contribuir, sem pagamento nem recompensa, com a sua arte de adivinhação.

O exército inteiro, todos os 24 *lochoi*, entrou em formação, desarmado por causa da proibição karneiana, mas com o manto escarlate, para assistir à partida. Cada guerreiro dos Trezentos estava engrinaldado, armado com o *xiphos*, com o escudo em posição, o manto escarlate drapeado nos ombros, enquanto o escudeiro, ao seu lado, segurava a lança até os sacrifícios se encerrarem. Como eu disse, era o mês de Karneius, o ano-novo tendo se iniciado no solstício de verão, como acontece no calendário grego, e cada homem deveria receber seu novo manto anual, substituindo o agora surrado que usara nas quatro estações anteriores. Leônidas ordenou a suspensão da troca para os Trezentos. Seria um desperdício dos recursos da cidade, declarou ele, prover novos mantos para homens que os usariam por tão pouco tempo.

Como Medon havia predito, Dienekes foi escolhido como um dos Trezentos. O próprio Medon foi selecionado. Aos 56 anos, era o quarto mais velho, atrás de Leônidas, que já passava dos 60, Olympieus e Megistias, o vidente. Dienekes comandaria a *enomotia* do regimento Héracles. Os gêmeos campeões de Olímpia, Alpheus e Maron, também foram selecionados; se uniriam ao pelotão representando Oleaster a Oliveira Selvagem, e assumiriam a posição à direita dos Cavaleiros, no centro da linha. Combatendo como uma *dyas*, os dois pentatletas destacavam-se invencíveis; sua inclusão encorajou enormemente a todos. Aristodemos, o emissário, também foi selecionado. Porém, o mais inesperado e controverso foi a escolha de Alexandros.

Aos 20 anos, ele seria o guerreiro mais jovem da infantaria e seria um dos apenas 12 soldados inclusive seu companheiro de *agoge* Ariston (um dos "narizes quebrados" de Polynikes), sem experiência de combate. Há um provérbio na Lacedemônia, "o caniço junto do bastão", que significa que uma corrente se torna mais forte ao possuir um elo fraco. O frágil tendão do jarrete que faz o lutador compensar com habilidade e astúcia, o ceceio que faz o orador desenvolver o seu talento para superá-lo. Os Trezentos, Leônidas acreditava, lutariam melhor não como uma companhia de campeões individuais, mas como uma espécie de exército em miniatura, de jovens e velhos, inexperientes e experientes. Alexandros faria parte do pelotão Héracles, comandado por Dienekes; ele e seu mentor lutariam como uma *dyas*.

Alexandros e Olympieus foram os únicos pai e filho selecionados para os Trezentos. O bebê do sexo masculino, filho de Alexandros, também chamado Olympieus, seria o sobrevivente e manteria a estirpe. Foi uma visão extremamente pungente, ali, ao longo da Aphetais, a Rua da Partida, quando a mulher de Alexandros, Ágata, de apenas 19 anos, ergueu seu bebê para a despedida final. A mãe de Alexandros, Paraleia, que me havia interrogado tão habilidosamente sobre Antirhion, estava ao lado da garota, no mesmo bosque de murta de onde Alexandros e eu havíamos partido naquela noite, anos atrás, para seguir o exército.

Adeuses eram ditos enquanto a formação marchava solenemente, a cidade toda nas ruas, observando debaixo dos carvalhos, entoando o hino a Castor. Observei Polynikes despedir-se de seus três filhos. Os dois mais velhos, de 9 e 11 anos, já estavam na *agoge* e usavam o manto preto dos efebos com a dignidade mais solene — os dois seriam capazes de cortar o braço direito pela oportunidade de marchar com seu pai.

Dienekes parou diante de Arete, à margem da estrada. Ela estendeu o menino do Galo, que agora se chamava Idotychides. O meu senhor abraçou as filhas, carregando as duas mais novas e beijando-as com uma ternura infinita. Abraçou Arete, que deixou o rosto contra o seu pescoço, e ele sentiu o cheiro de seu cabelo pela última vez.

Dois dias antes desse momento delicado, Arete me chamou em particular, como sempre fazia antes de uma marcha. É um costume espartano, durante a semana anterior a uma partida para a guerra, os Pares passarem um dia, não em treinamento nem exercícios, mas ociosos, vale abaixo nos *kleroi*, as fazendas que todo guerreiro

241

possui, garantidas pela lei de Licurgo, e da qual tira o produto que sustenta a si próprio e sua família como cidadão e Par. Esses "dias do condado", como são chamados, compreendem uma tradição despretensiosa derivada, a razão nos faz supor, do natural desejo do guerreiro de revisitar, antes da batalha, as cenas felizes de sua infância e, de certa maneira, se despedir delas. Além disso, há um propósito mais prático, pelo menos no passado, o de se abastecer dos víveres do *kleros*. Um dia de condado é uma feira, uma das raras ocasiões em que um Par e aqueles que trabalham em sua terra se confraternizam e enchem a barriga com o coração despreocupado. De qualquer maneira, fomos à fazenda chamada Daphneion algumas semanas antes de marcharmos para os Portões.

Duas famílias de escravos, oriundos de Messênia, trabalhavam nessa terra, 23 ao todo, inclusive um par de avós, gêmeas, tão idosas que já não conseguiam se recordar quem era quem entre elas, além do perneta meio maluquinho Kamerion, que tinha perdido o pé direito quando servia ao pai de Dienekes como escudeiro. Esse velho rústico e desdentado era capaz de superar, em insultos, o marinheiro de língua mais obscena e presidir, por sua própria insistência e para o deleite de todos, como mestre de cerimônias do dia.

Minha mulher e meus filhos também trabalhavam nessa fazenda. Proprietários de terras vizinhas vinham fazer visitas, e eram concedidos prêmios em categorias esdrúxulas. Dançava-se quadrilha ao ar livre, ao lado do bosque de loureiros do qual derivara o nome da fazenda, na pista em que se fazia a debulha, e diversos jogos infantis eram realizados antes de o grupo, no fim da tarde, se acomodar para uma refeição comum sob as árvores, na qual Dienekes, a senhora Arete e suas filhas serviam. Presentes eram trocados, disputas e queixas eram encerradas, reivindicações eram apresentadas, e protestos, desabafados. Se um rapaz do *kleros* quisesse se comprometer com uma garota de uma fazenda além da colina, podia, então, aproximar-se e pedir a Dienekes sua benção.

Invariavelmente, dois ou três dos escravos jovens e adultos mais robustos seriam escolhidos para acompanhar o exército, como artífices, armeiros, escudeiros ou encarregados das lanças. Longe de se ressentir ou tentar se esquivar desses perigos, os jovens se regozijavam com a atenção viril; suas amadas não os largavam o dia inteiro e várias propostas de casamento eram feitas nas aventuras amorosas regadas a vinho dessas tardes no campo.

Quando o animado grupo havia "deixado de lado o desejo de comida e bebida", como diz Homero, mais grãos, frutas, vinho, bolos e queijos foram deixados aos pés de Dienekes, mais do que ele conseguiria levar para cem batalhas. Então, ele retirou-se para a mesa no átrio, com os mais velhos da fazenda, para concluir os detalhes que faltavam para acertar as questões do *kleros* antes de partir.

Quando os homens voltaram a atenção para os negócios, a senhora Arete fez um sinal para que eu me juntasse a ela. Sentamo-nos a uma mesa na cozinha da fazenda. Era um local animado, aquecido pelo sol de fim de tarde que se infiltrava pela passagem para o átrio. Idotychides, filho de Galo, brincava lá fora com outros dois meninos, todos nus, inclusive o meu filho Skamandridas. Os olhos da mulher fitaram, por um instante, com o que parecia ser pesar, as criaturinhas bagunceiras.

— Os deuses estão sempre um passo à frente de nós, não estão, Xeo?

Foi o primeiro sinal que recebi de seus lábios confirmando o que ninguém tinha coragem de perguntar: que ela não previra as consequências de seu ato na noite da *krypteia*, quando salvara a vida do bebê.

Deixou um espaço livre sobre a mesa. Aos meus cuidados, ela entregou, como sempre, os artigos do equipamento de seu marido, que é responsabilidade da esposa prover. O conjunto de cirurgia atado no rolo de couro de boi, que se desdobra como proteção de uma tala; a atadura firmemente presa sobre a pele para estancar uma perfuração. As três agulhas curvas de ouro egípcio, que os espartanos chamam de "anzóis", com a sua bobina de categute e lanceta de aço, para serem usadas na arte de alfaiate de costurar a pele. As compressas de linho branqueado, ataduras de couro que serviam como torniquetes, as "dentadas de cachorro" de cobre, pinças de pontas finas para extrair cabeças de flechas ou, mais frequentemente, cacos e farpas de metais que se soltam no choque do aço no ferro e o ferro no bronze.

Em seguida, dinheiro. Um esconderijo de óbolos aeginetanos que, como toda moeda, os guerreiros eram proibidos de levar. Mas, se descobertos casualmente nas coisas do escudeiro, viriam a calhar em algum mercado no caminho ou junto à carroça do vivandeiro, para granjear o que estaria precisando ou comprar algo para animar o coração.

Por fim, artigos de significado puramente pessoal, as pequenas surpresas e os amuletos, itens de superstição, os talismãs do amor. O esboço de uma moça com cera colorida, uma fita do cabelo de uma filha, um amuleto de âmbar esculpido, espontaneamente, pelas mãos de uma criança. Ela colocou aos meus cuidados um pacote de trifles, doces, bolos de gergelim e figos cristalizados.

— Pode pegar sua parte — sorriu ela —, mas deixe um pouco para o meu marido.

Tinha sempre alguma coisa para mim. Nesse dia, foi uma bolsa de moedas dos atenienses, 20 ao todo, em moedas de quatro dracmas, quase três meses de pagamento de remadores com prática ou de um hoplita. Fiquei pasmo por ela possuir tal soma, mesmo de sua própria bolsa, e boquiaberto diante de tal generosidade. Essas "corujas", como eram chamadas por causa da imagem em seu anverso, valiam não somente na cidade de Atenas, mas em qualquer lugar da Grécia.

— Quando acompanhou meu marido na embaixada a Atenas no mês passado — a mulher rompeu o meu silêncio apalermado —, teve oportunidade de procurar sua prima? Diomache. É o seu nome, não é?

Tive, e ela sabia disso. O meu desejo, há tanto tempo buscado, realmente fora, finalmente, realizado. Dienekes havia, pessoalmente, me dado algumas incumbências. Foi então que tive um palpite de sua influência. Perguntei se fora ela, Arete, que tramara tudo.

— Nós, esposas de lacedemônios, somos proibidas de belos vestidos, joias ou cosméticos. Seria extremamente cruel, não acha, banir também uma pequena e inocente intriga.

Sorriu para mim, aguardando.

— Então? — perguntou ela.

— Então o quê?

A minha mulher Thereia estava conversando fiado com as outras mulheres fazendeiras, no pátio. Fiquei embaraçado.

— A minha prima é uma mulher casada, senhora. Assim como eu sou um homem casado.

Seus olhos chisparam malícia.

— Você não seria o primeiro marido unido pelo amor a uma mulher que não é sua esposa. Nem ela, a primeira esposa.

De imediato, toda a malícia abandonou seus olhos. Seu semblante tornou-se grave e sombrio.

— Os deuses pregaram a mesma peça em meu marido e em mim. — Levantou-se, apontou a porta e o átrio lá fora. — Venha, vamos dar uma volta.

A mulher guiou-me encosta acima, descalça, até um local sombreado sob os carvalhos. Em que outro lugar, que não na Lacedemônia, as solas dos pés de uma mulher eram tão calosas e grossas que eram capazes de pisar sobre as folhas espinhosas do carvalho e não sentir espetadas?

— Você sabe, Xeo, que fui esposa do irmão do meu marido antes de me casar com ele.

Eu sabia. Tinha sabido, como já disse, pelo próprio Dienekes.

— O seu nome era Iatrokles. Sei que conhece a história. Ele foi morto em Pellene, morreu como um herói, aos 31 anos. Foi o mais nobre de sua geração, um Cavaleiro e campeão em Olímpia, dotado pelos deuses de virtude e beleza, como a de Polynikes nesta geração. Ele me cortejava com tal paixão que me tirou da casa de meu pai quando eu ainda era uma menina. Tudo isso é conhecido pelos espartanos. Mas vou lhe contar algo que ninguém sabe, exceto meu marido.

Ela alcançara um tronco baixo de carvalho, um banco natural à sombra do bosque. Sentou-se e fez um gesto para que eu me sentasse ao seu lado.

— Lá embaixo — disse ela apontando para o espaço aberto entre os dois anexos e a trilha que levava ao local de debulha. — Exatamente ali, onde o canteiro faz a curva, eu vi Dienekes pela primeira vez. Era um dia de condado, exatamente como hoje. Foi na ocasião

245

da primeira partida de Iatrokles para a guerra. Ele tinha 20 anos. O meu pai havia trazido a mim e meus irmãos e irmãs do nosso *kleros*, com presentes de frutas e uma cabra de um ano. Os meninos da fazenda estavam brincando, logo ali, quando cheguei, de mãos dadas com meu pai, neste outeiro em que estamos agora sentados.

Ela interrompeu a história. Por um instante, buscou meus olhos, como que para ter certeza de que estavam atentos e compreendendo.

— Vi Dienekes primeiro de costas. Somente seus ombros nus e a parte de trás da cabeça. E soube imediatamente que o amaria, e somente ele, por toda a vida.

Sua expressão foi se tornando sóbria diante desse mistério, os apelos de Eros e o processo desconhecido do coração.

— Lembro-me de esperar que ele se virasse, para que pudesse vê-lo, ver o seu rosto. Foi tão estranho. De certa maneira, foi como um casamento arranjado, quando se espera, com o coração disparado, ver a face que terá de amar. Por fim, ele se virou. Estava lutando com outro garoto. Já na época, Xeo, Dienekes não era belo. Mal dava para acreditar de quem era irmão. Mas, aos meus olhos, ele pareceu *eueidestatos*, a alma da beleza. Os deuses não poderiam ter composto um rosto mais aberto e que mais tocasse o meu coração. Ele tinha 13 anos, e eu, 9.

Ela fez uma breve pausa, com o olhar solene voltado para o local do qual falava. Não aconteceu, declarou ela, durante toda a sua meninice, uma ocasião em que pudesse falar a sós com Dienekes. Observava-o frequentemente nas pistas de corrida e nos exercícios com o pelotão de sua *agoge*. Mas nunca tiveram um instante um com o outro. Ela nem mesmo fazia a menor ideia se ele sabia quem ela era.

Porém, sabia que o irmão dele a escolhera e já estivera falando com os mais velhos de sua família.

— Chorei quando meu pai me disse que eu havia sido dada a Iatrokles. Amaldiçoei a mim mesma pela insensibilidade de minha ingratidão. O que mais uma garota podia querer além de um homem nobre e virtuoso? Mas eu não podia dominar o meu coração. Eu amava o irmão desse homem, esse homem bom e corajoso com quem me casaria. Quando Iatrokles foi morto, sofri inconsolavelmente. Mas o motivo da minha aflição não era o que as pessoas pensavam. Temia que os deuses houvessem respondido, com sua morte, a prece egoísta do meu coração. Esperei que Dienekes escolhesse um novo marido para mim, como era sua obrigação segundo as leis. Quando isso não aconteceu, o procurei, sem nenhuma vergonha, no *palaistra*, e forcei-o a me tomar como sua esposa. Meu marido aceitou esse amor e o retribuiu com a mesma intensidade, ambos sobre os ossos ainda quentes de seu irmão. O prazer foi tão intenso, na nossa alegria secreta no leito nupcial, que o próprio amor tornou-se uma maldição para nós. A minha culpa pude pagar; é fácil para uma mulher porque ela sente a nova vida crescendo dentro dela, a vida que seu marido plantou. Mas quando as crianças nasceram, todas do sexo feminino, quatro filhas, e eu perdi o dom de conceber, achei, e meu marido também, que havia sido uma maldição dos deuses por causa de nossa paixão.

Ela fez uma pausa e tornou a relancear os olhos encosta abaixo. Os meninos, inclusive o meu filho e o pequeno Idotychides, haviam corrido do átrio e agora brincavam despreocupados bem abaixo de onde estávamos.

— Então, aconteceu a convocação dos Trezentos para as Termópilas. Finalmente, pensei, percebo a verdadeira perversidade do plano dos deuses. Sem um filho, meu marido não poderia ser convocado. A ele, seria negada a maior das honras. Mas, em meu coração, isso não tinha importância. Tudo que importava era que ele viveria. Talvez por mais uma semana, ou um mês; até a próxima batalha. Mas ainda assim viveria. Eu ainda o teria. Ele ainda seria meu.

Então Dienekes, tendo concluído o negócio da fazenda, surgiu lá embaixo. Juntou-se, alegremente, à bagunça dos garotos, que já obedeciam aos instintos do combate e da guerra.

— Os deuses nos levam a amar a quem não amaríamos e retaliam a quem nos afeiçoamos. — Declarou ela. — Matam os que deviam viver e poupam os que merecem morrer. Dão com uma das mãos e tiram com a outra, prestando contas somente às suas leis, enigmáticos.

Dienekes, então, localizou Arete e a viu observando-o. De brincadeira, levantou Idotychides e agitou o bracinho do menino, como se acenasse lá para cima. Ela respondeu também acenando.

— Inspirada por um impulso cego — disse-me ela —, salvei a vida desse menino, do filho bastardo do meu irmão, e perdi o meu marido.

Ela proferiu essas palavras tão baixinho e com tamanha tristeza que senti minha garganta apertar, e meus olhos começaram a arder.

— As esposas das outras cidades se maravilham com as mulheres da Lacedemônia — disse ela. — Perguntam: "Como essas esposas espartanas se mantêm eretas e impassíveis quando os corpos de seus maridos são trazidos para casa para serem sepultados? Ou, pior ainda, quando são enterrados em terra estrangeira com nada mais que uma recordação indiferente para apertar em seus corações?" Essas mulheres acham que somos feitas de um material mais sólido que elas. Pois vou lhe dizer uma coisa, Xeo: não somos. Será que acham que nós, da Lacedemônia, amamos menos nossos maridos do que elas? Nosso coração seria feito de pedra e aço? Será que imaginam que a nossa dor é menor porque a sufocamos em nossas entranhas?

Ela piscou uma vez, os olhos secos, depois olhou para mim.

— Os deuses também armaram uma peça para você, Xeo. Mas talvez não seja tarde demais para roubar um lance de dados. Foi por isso que lhe dei essa bolsa de "corujas".

Percebi a intenção de seu coração.

— Você não é espartano. Por que se sujeitaria às suas leis cruéis? Os deuses já não lhe roubaram o suficiente?

Implorei que não falasse mais a esse respeito.

— A garota que você ama, posso mandar buscá-la. Basta pedir.

— Não! Por favor.

— Então, corra. Saia hoje à noite. Vá até lá.

Respondi imediatamente que não podia.

— O meu marido achará outro para servi-lo. Deixe que outro morra, em vez de você.

— Por favor, senhora. Seria uma desonra.

Senti as maçãs do meu rosto arderem e percebi que ela havia me batido.

— Desonra? — Ela soltou a palavra com repugnância e desprezo.

Lá embaixo, aos meninos e Dienekes, haviam se juntado outros garotos da fazenda. Tivera início um jogo de bola. Os gritos dos meninos de *agon*, de disputa e competição, ribombavam encosta acima, onde ela estava.

Só se podia sentir gratidão pelo que brotara, tão nobremente, de seu coração: o desejo de me conceder a clemência que ela achava que *moira*, o destino, lhe negara. Conceder a mim e a quem eu amava uma chance de escapar das amarras que aprisionavam ela própria e seu marido.

Eu nada podia oferecer a não ser o que ela já sabia. Eu não podia ir.

— Além do mais, os deuses já estarão lá — disse eu. — Como sempre, um passo à frente.

Vi seus ombros se aprumarem, como se sua vontade subjugasse o impulso valoroso, mas impossível, de seu coração.

— A sua prima saberá onde estará o seu corpo e com que dignidade morreu. Juro por Helena e os Gêmeos.

Ela levantou-se do banco de carvalho. O encontro se encerrara. Voltara a ser uma espartana.

Agora, na manhã da partida, via novamente em seu rosto a mesma máscara austera. Soltou-se do abraço de seu marido e juntou seus filhos, reassumindo a postura ereta e solene, repetida nas outras esposas espartanas espalhadas à frente e atrás, debaixo dos carvalhos.

Vi Leônidas abraçar sua mulher Gorgo, "Olhos Brilhantes", suas filhas e seu filho Pleistarchus, que um dia ocuparia o seu lugar como rei.

Minha mulher, Thereia, abraçou-me com força, contorcendo-se contra mim sob seu vestido branco, típico de Messênia, enquanto segurava nossos bebês, recurvados em seu braço. Ela não ficaria sem marido por muito tempo.

— Espere, pelo menos, que eu esteja fora de vista — brinquei e segurei meus filhos, que eu mal conhecera. Sua mãe era uma boa mulher. Gostaria de tê-la amado como merecia.

Os sacrifícios finais se encerraram, os presságios foram interpretados e registrados. Os Trezentos entraram em formação, cada Par com um único escudeiro, nas sombras compridas lançadas pelo

Parnon distante, com o exército inteiro observando na encosta, ao lado dos escudos. Leônidas assumiu o seu lugar diante de todos, do lado do altar de pedra, engrinaldado como eles. O resto da cidade, velhos e meninos, esposas e mães, escravos e artífices, permaneceram em pé ao lado das lanças. O dia ainda não rompera; o sol ainda não surgira no cume do Parnon.

— A morte está perto de nós — falou o Rei. — Podem senti-la, irmãos? Eu sinto. Sou humano e a temo. Os meus olhos procuram em volta uma visão que fortaleça o coração no momento em que a olharei de frente.

Leônidas começou em tom baixo, a voz se pronunciando na quietude do alvorecer, ouvida com nitidez por todos.

— Posso dizer-lhes onde encontro essa força, amigos? Nos olhos de nossos filhos em escarlate diante de nós. E na fisionomia de seus camaradas que participarão de batalhas futuras. Porém, mais que isso, o meu coração encontra coragem nelas, em nossas mulheres, que observam em um silêncio sem lágrimas nossa partida.

Fez um gesto indicando as mulheres agrupadas, destacando duas matriarcas, Pyrro e Alkmeina, e citando-as pelo nome.

— Quantas vezes as duas ficaram, à sombra fria do Parnon, observando aqueles a quem amam partirem para a guerra? Pyrro, você viu os avôs e pai marcharem para Aphetais e nunca retornarem. Alkmeina, seus olhos não derramaram uma lágrima quando o marido e os irmãos partiram para a morte. Agora, aí estão mais uma vez, com outras, que não são poucas, e que sofrem o mesmo e mais, vendo filhos e netos partirem para o inferno.

Era verdade. O filho da matriarca Pyrro, Doreion, estava engrinaldado entre os Cavaleiros; os netos de Alkmeina eram os campeões Alpheus e Maron.

— O sofrimento dos homens é aguentado com leveza e termina rapidamente. Nossos ferimentos são da carne, que não é nada. Os das mulheres são do coração: tristeza sem fim, muito mais difícil de suportar.

Leônidas apontou as mulheres e mães reunidas ao longo das encostas ainda à sombra.

— Aprendam com elas, irmãos, com a sua dor no parto, que os deuses ordenaram imutável. Atestem a lição: que nada de bom na vida acontece sem um preço. Nada é mais doce do que a liberdade; nós a escolhemos e pagaremos um preço por ela. Adotamos as leis de Licurgo, leis severas. Fomos instruídos a desdenhar uma vida ociosa, o que esta nossa terra rica nos proporcionaria se quiséssemos, e nos alistarmos na academia da disciplina e do sacrifício. Guiados por essas leis, nossos pais respiraram, por 20 gerações, o ar abençoado da liberdade, e pagaram a conta inteira quando esta lhes foi apresentada. Nós, seus filhos, não podemos fazer menos.

Na mão de cada guerreiro foi colocada, por seu escudeiro, uma taça de vinho; seu próprio cálice ritual, presenteado no dia em que se tornara Par, só apresentado em cerimônias solenes. Leônidas ergue o seu com uma prece a Zeus, o Conquistador, a Helena e aos Gêmeos. Verteu a libação.

— Em 600 anos, assim diz o poeta, nenhuma mulher espartana viu a fumaça do fogo inimigo.

Leônidas levantou os braços e sua face aos deuses.

— Por Zeus e Eros, pela Protetora Atenas e pela Honrada Ártemis, pelas Musas e todos os deuses e heróis que defendem a Lacedemônia e pelo sangue de minha carne, juro que nossas esposas e filhas, nossas irmãs e mães não o verão agora.

Ele bebeu, e os homens o acompanharam.

21

Sua Majestade está bem familiarizada com a topografia dos arredores, os desfiladeiros e a comprimida planície de batalha onde Seus exércitos combateram os espartanos e seus aliados nas Termópilas; não me deterei nisso. Passarei para a composição das forças gregas e o estado de confusão e desordem que prevalecia quando chegaram e tomaram posição, preparando-se para a defesa do estreito.

Quando os Trezentos – agora reforçados pelos 500 da infantaria pesada de Tegea e um número igual da Mantinea, junto com 2.000 de Orchomenos e do resto da Arcádia, Corinto, Phlius e Micenas, além dos 700 de Thespiae e 400 de Tebas — chegaram em Opus, Lokris, a 16 quilômetros dos Portões Quentes, para ali se unirem a 1.000 soldados da infantaria pesada de Phokis e Lokris, encontraram a região deserta.

Somente alguns meninos e rapazes da vizinhança haviam restado. Eles estavam ocupados em saquear as casas abandonadas, apropriando-se de todos os depósitos de vinho que conseguiam descavar dos esconderijos de seus compatriotas. Tentaram escapar ao ver os espartanos, mas a tropa de choque perseguiu-os. O exército e o povo, relataram os saqueadores, foram para as montanhas, enquanto os chefes locais partiram em disparada para o norte, para os persas, o mais rápido

que suas pernas longas conseguiram. Na verdade, os moleques argumentavam que seus comandantes já haviam se rendido.

Leônidas ficou furioso. No entanto, após um breve e, decididamente, indelicado interrogatório desses saqueadores, ficou claro que os lokrianos de Opus haviam entendido errado a data em que se reuniriam. Aparentemente, o mês chamado Karneius em Esparta era chamado Lemendieon em Lokris. Além disso, o seu começo é contado inversamente a partir da lua cheia, e não para a frente a partir da lua nova. Os lokrianos tinham esperado os espartanos dois dias antes e, quando não apareceram, acharam que haviam sido abandonados. Rogaram pragas e maldições impulsivamente. Os rumores se espalharam rapidamente pela vizinha Phokis, onde se localizam os Portões e cujos habitantes já estavam com pavor de serem invadidos. O povo de Phokis também havia fugido.

Durante a marcha ao norte, a coluna aliada havia se deparado com tribos camponesas e aldeões em fuga, em direção ao sul, ao longo da estrada militar, ou o que agora se tornara uma estrada militar. Grupos de clãs maltrapilhos fugiam antes do avanço persa, transportando seus deploráveis bens em sacos a tiracolo, feitos de colchas e mantos entrouxados, equilibrando os pacotes esfarrapados na cabeça como bacias com água. Agricultores de faces encovadas empurravam carrinhos de mão, cuja carga era menos de mobília do que de gente, crianças com as pernas exaustas da caminhada ou anciãos amontoados de qualquer jeito, com dificuldades em andar por causa da idade. Alguns tinham carros de boi e bestas de carga. Animais de estimação e de criação se esbarravam, esquálidos cães de caça filavam alimento, porcos de cara desconsolada eram chutados como se soubessem que se tornariam a ceia dali a uma ou duas noites. Os refugiados eram quase todos mulheres; a maioria caminhava descalça, com os sapatos a tiracolo para poupar o couro.

Quando as mulheres divisaram a coluna aliada se aproximando, desocuparam a estrada aterrorizadas, escalando as encostas às pressas, arrastando seus bebês e deixando cair seus bens na fuga repentina. Mas chegou o momento em que perceberam que os guerreiros que avançavam eram os seus. Então, a alteração que surpreendeu o seu coração beirou o extático. As mulheres desceram correndo as encostas escaladas com tanto esforço, cercando a coluna, algumas entorpecidas pelo assombro, outras com as lágrimas correndo por suas faces sujas da poeira da estrada. Avós forçaram caminho à frente para beijar as mãos dos jovens; matronas fazendeiras envolveram os pescoços dos guerreiros com seus braços, abraçando-os de maneira, ao mesmo tempo, pungente e despropositada.

— São espartanos? — perguntaram elas aos soldados queimados de sol, soldados de Tegae, Micenas, Corinto, Tebas, Phlius e Arcádia, e muitos mentiram e responderam que eram. Quando elas souberam que Leônidas, em pessoa, comandava a coluna, muitas não conseguiram acreditar, tão acostumadas estavam em ser traídas e abandonadas. Quando o Rei espartano lhes foi apontado, e viram o corpo de Cavaleiros à sua volta, finalmente acreditaram, e muitas não suportaram o alívio. Puseram o rosto nas mãos e caíram sentadas à margem da estrada, vencidas.

O coração dos aliados, ao verem essa cena repetida 8, 10, 12 vezes por dia, foi tomado por uma urgência implacável. Seria necessária toda diligência; os defensores deveriam, a todo custo, alcançar e fortificar o desfiladeiro antes da chegada dos persas. Nenhuma ordem foi dada, mas os homens aceleraram o passo por conta própria. O passo da coluna logo deixou o trem de provisões sem condições de alcançá-la. As carroças e bestas de carga foram simplesmente deixadas para trás, para que a acompanhassem da melhor maneira possível; os itens necessários, transferidos para as costas dos homens. Quanto a mim, havia tirado os sapatos e enrolado meu manto como uma ombreira; eu levava o escudo do meu senhor em seu estojo de couro, que, junto com as grevas e o peitoral, pesava mais de 30 quilos, além dos itens de dormir e de campanha, minhas armas, três aljavas de lanças envolvidas em couro de cabra untada e vários outros artigos indispensáveis: "anzóis" e categutes para suturas; bolsas de ervas medicinais, erva santa-maria e erva-dedal, euforbiácea, azeda-miúda, manjerona e resina de pinho; tiras para as artérias, faixas para a mão, compressas de linho, os "cães" de bronze para aquecer e serem comprimidos nos ferimentos provocados por perfurações, para cauterizar a pele, "ferros" com a mesma função em lacerações; sabão, pele de toupeira, equipamento de costura; o material de cozinha, espeto, uma panela, um moedor, pedra de fogo e gravetos; arenito e azeite para polir o bronze, aba de oleado para a tenda quando chovesse. A combinação de picareta e pá, chamada de *hyssax* por causa de sua forma, termo chulo empregado pelo soldado para o orifício da mulher. E, ainda mais, as rações: cevada não moída, cebolas e queijo, alho, figos, carne de cabra defumada, além de dinheiro, berloques e talismãs.

O meu senhor levava a armação do escudo de reserva com dupla face de bronze, nossos sapatos e correia, rebites e o conjunto de ferramentas, seu guarda-peito de couro, duas lanças de madeira de freixo e de cornácea, com cabeças de ferro de reserva, o elmo e três *xiphe*, um em seu quadril e os outros dois amarrados na mochila pesando 20 quilos, apinhada de mais dois odres de vinho e um de água, mais o "pacote de guloseimas" que Arete e suas filhas haviam preparado e envolvido duplamente com linho untado, para que o cheiro da cebola não impregnasse a mochila. De cima abaixo da coluna, escudeiro e homem carregavam cargas de 90, 100 quilos.

A coluna tinha adquirido um voluntário que não estava listado. Uma cadela de caça cor de ruão chamada Styx, que pertencia a Pereinthos, um patrulheiro skirita, que era uma das "seleções do Rei" de Leônidas. A cachorra seguira seu dono das colinas até Esparta e agora, sem lar para onde retornar, continuava a acompanhá-lo. Por uma hora, ela patrulhava toda a extensão da coluna, totalmente absorta, memorizando pelo faro a posição de cada membro da marcha, depois retornava ao seu dono, que recebera o apelido de "Perdigueiro", para reassumir seu incansável trote na sua cola. Não havia dúvida de que, na cabeça da cadela, aqueles homens todos lhe pertenciam. Ela estava nos pastoreando, observou Dienekes, e fazendo um trabalho incrível.

A cada quilômetro, a região rural se tornava mais rarefeita. Todos haviam desaparecido. Por fim, na nação dos phokianos, próxima aos Portões, a coluna penetrou em um território completamente desolado e abandonado. Leônidas despachou corredores à fortaleza da montanha, onde o exército local havia se retirado, para informá-los, em nome do Congresso helênico, de que os aliados estavam ali e pretendiam defender o território de Phokis e Lokris, quer eles mostrassem as caras ou não. A mensagem do Rei não estava inscrita no usual rolo de despacho militar, mas naquele tipo de embrulho de linho usado para convidar família e amigos para uma dança. A última frase dizia: "Venham como estiverem."

Os aliados chegaram à aldeia de Alpenoi naquela tarde, a sexta depois da partida da Lacedemônia. As Termópilas ficavam a meia hora. Ao contrário da região rural, o campo de batalha, ou o que seria o campo de batalha, estava longe de vazio. Vários habitantes de Alpenoi e Anthela, a aldeia ao extremo norte defronte o arroio chamado Fênix, haviam estabelecido, de improviso, a especulação comercial. Diversos tinham cevada e pão de trigo assado; um havia montado uma casa de bebida alcoólica; e uma dupla de prostitutas empreendedoras chegou a estabelecer seu bordel de duas mulheres em uma das casas de banho abandonadas. Imediatamente, ele passou a ser conhecido como o Santuário de Afrodite Decaída, ou os "dois buracos", dependendo de quem procurava informações e quem as dava.

Os persas, relataram os patrulheiros, ainda não haviam alcançado a Trácia, nem por terra nem por mar. A planície, ao norte, ainda não estava ocupada pelo acampamento inimigo. A frota do império, foi relatado, fizera-se ao mar de Therma, na Macedônia, ou no dia anterior ou no dia anterior a esse. Suas mil naus agora percorriam a costa da Magnésia, e elementos avançados esperavam desembarcar nas praias de Aphetae, a cerca de 13 quilômetros ao norte, em 24 horas.

As forças terrestres do inimigo haviam deixado Therma dez dias antes; suas colunas estavam avançando, assim fugitivos do norte relataram, pelas estradas litorâneas e do interior, cortando caminho pelas florestas. Seus patrulheiros estavam sendo esperados na mesma data da frota.

Então, Leônidas surgiu à frente.

Antes mesmo de o acampamento aliado ser delimitado, o Rei despachou grupos de saque no território da Trácia, imediatamente ao norte dos Portões. Deveriam queimar cada caule de planta e capturar ou afugentar todo animal de criação, até porcos-espinhos e gatos, que pudessem servir de alimento para o inimigo.

Na esteira do pessoal do saque, foram despachados grupos de reconhecimento, agrimensores e engenheiros de cada destacamento aliado, com ordens de prosseguir ao norte até as praias de desembarque que, provavelmente, seriam tomadas pelos persas. Esses homens mapeariam a região o melhor que pudessem na escuridão que se acentuava, concentrando-se nas estradas e trilhas acessíveis aos persas em seu avanço ao estreito. Embora a força aliada não tivesse cavalaria, Leônidas fez questão de incluir bons cavaleiros nesse grupo. Apesar de estarem a pé, estavam mais preparados para avaliar como a cavalaria inimiga operaria. Xerxes poderia conduzir cavaleiros trilha acima? Quantos? Com que velocidade? Como os aliados poderiam se opor a isso?

Além do mais, os grupos de reconhecimento deveriam deter qualquer habitante local cujo conhecimento topográfico pudesse ser útil aos aliados. Leônidas queria informações de cada centímetro dos acessos imediatos ao norte e, o mais crucial ao se lembrarem de Tempe, uma avaliação sólida dos desfiladeiros ao sul e oeste, procurando toda e qualquer senda por onde a posição grega pudesse ser flanqueada e cercada.

Algo atroz, entretanto, ocorreu, um acontecimento que quase acabou com a determinação dos aliados antes mesmo de tirarem suas coisas dos ombros. Um soldado tebano pisou, acidentalmente, em um ninho de serpentes bebês e recebeu, no tornozelo descoberto, todo o veneno de meia dúzia delas. Como todo caçador sabe, esse veneno deve ser mais temido do que o de uma serpente adulta, pois, quando bebês, elas ainda não aprenderam a soltá-lo em doses, e o injetam todo na pele humana. O soldado morreu em uma hora, após um sofrimento terrível, apesar de ter sido sangrado, a ponto de quase empalidecer completamente, pelos cirurgiões.

Megistias, o vidente, foi chamado enquanto o tebano atacado contorcia-se em agonia. No entanto, o restante do exército, ordenado por Leônidas a avaliar imediatamente a extensão e o reforço do antigo Muro de Phokis do outro lado dos Portões, apesar de suas tarefas, flanava em pânico enquanto a vida do homem mordido pelas serpentes, o que foi sentido por todos como um acidente emblemático, declinava rápida e angustiosamente.

Foi o filho de Megistias quem finalmente pensou em perguntar o nome do homem.

Seus companheiros disseram ser Perses.

O abatimento gerado pelo agouro dispersou-se assim que Megistias declarou o significado do acontecimento, que não poderia ser mais óbvio: esse homem, mal-aventurado na escolha do nome por sua mãe, representava o inimigo, que ao invadir a Grécia havia pisado em uma ninhada de serpentes. Não completamente desenvolvidos e desunidos, os bebês com presas ainda assim eram capazes de soltar seu veneno na corrente vital do inimigo e derrubá-lo.

A noite caíra quando esse pobre homem, a quem a sorte se opôs, expirou. Leônidas mandou enterrá-lo imediatamente com honra e, em seguida, fez os homens voltarem ao trabalho. Foram dadas ordens para que cada pedreiro nas fileiras aliadas se apresentasse, não importando a unidade. Talhadeiras, picaretas, pés de cabra foram reunidos e mais foram enviados da aldeia Alpenoi e das redondezas. O destacamento partiu seguindo a senda para a Trácia. Os pedreiros receberam ordens de destruir o máximo possível da trilha e cinzelar bem nitidamente na pedra a seguinte mensagem:

> *Gregos recrutados por Xerxes:*
> *Se sob compulsão devem lutar contra nós, seus irmãos,*
> *que lutem com tudo.*

Simultaneamente, teve início o trabalho de reconstrução do antigo Muro de Phokis que bloqueava o estreito. Essa fortificação, quando os aliados chegaram, não era muito mais que um monte de entulho. Leônidas exigiu um muro de batalha apropriado.

Uma cena estranha aconteceu quando os engenheiros e desenhistas das milícias aliadas se reuniram em um concílio solene para levantar o sítio e propor alternativas arquitetônicas. Tochas foram posicionadas de modo a iluminar o estreito, diagramas foram esboçados no chão; um dos capitães coríntios produziu um projeto detalhado, traçado em escala. Então, os comandantes começaram a discutir. O muro devia ser erigido exatamente no estreito, bloqueando a passagem. Não, propôs outro, seria melhor recuá-lo 50 metros, criando um "triângulo da morte" entre os penhascos e o muro de batalha. Um terceiro capitão recomendou uma distância duas vezes maior que essa, dado o espaço para a infantaria aliada se agregar e manobrar. Enquanto isso, as tropas perambulavam, assim como os helenos, oferecendo seus conhecimentos e sabedoria.

Leônidas espontaneamente apanhou uma pedra grande e caminhou até um determinado lugar. Ali, pôs a pedra. Ergueu uma segunda e a pôs do lado da primeira. Os homens observavam, atônitos, seu comandante supremo, que já passara dos 60, curvar-se para pegar uma terceira pedra. Alguém berrou:

— Quanto tempo pretendem ficar olhando boquiabertos, imbecis? Vão esperar a noite toda enquanto o Rei constrói o muro sozinho?

Com animação, os soldados começaram. Leônidas não interrompeu seu esforço quando viu outras mãos participarem do trabalho, mas prosseguiu junto com eles enquanto a pilha de pedras começou a se erguer e formar uma legítima fortaleza.

— Nada de ilusões, camaradas — o Rei orientou a construção —, um muro de pedras não preservará a Hélade, mas um muro de homens sim.

Como havia feito em toda batalha na qual eu tivera o privilégio de observá-lo, o Rei despiu-se e, ao lado de seus guerreiros, não se esquivou do trabalho por nada. Fazia pausas para se dirigir a eles individualmente, chamando pelo nome aqueles que conhecia, memorizando os nomes de outros que até então lhe eram desconhecidos, muitas vezes dando tapinhas nos ombros desses novos companheiros, como faria um camarada e amigo. Foi incrível a rapidez com que essas palavras íntimas, ditas somente a um ou dois homens, foram retransmitidas de guerreiro a guerreiro por toda a linha, enchendo de coragem o coração de todos eles.

Chegou a hora da mudança do primeiro turno.

— Tragam-me o vilão.

Com essas palavras, Leônidas mandou buscar um marginal da região. Ele se envolvera com a coluna e tinha sido recrutado para auxiliar no reconhecimento. Dois skiritai apresentaram o homem. Para minha surpresa, eu o conhecia.

Era o jovem de minha terra que chamava a si mesmo de Sphaireus, Jogador de Bola, o garoto selvagem que escapara para as colinas quando a cidade fora destruída e chutava o cérebro empalhado de um homem como sinal de seu principado criminoso. Agora, esse delinquente avançava nas margens do fogo do Rei, já não mais um garoto de cara lisa, mas um homem adulto, de barba e cicatrizes no rosto.

Aproximei-me dele. Reconheceu-me. Ficou contente por termos nos reencontrado e se divertiu muito com o fato de o destino ter-nos levado, nós, dois órfãos, a isso, ao epicentro do perigo que a Hélade corria.

O criminoso estava excitado com as possibilidades da guerra. Rondaria suas margens e saquearia os subjugados e derrotados. A guerra, para ele, era um grande negócio; era óbvio, nem precisava falar, que me achava um pateta por ter escolhido servir, sem proveito ou pagamento algum.

— O que aconteceu com aquele pedaço gostoso de vapor com quem você andava? — perguntou-me. — Como era mesmo o nome dela... da sua prima? — Vapor era a gíria obscena de minha terra para uma mulher bela e jovem.

— Está morta — menti —, e você também estará se disser mais uma palavra.

— Calma, conterrâneo! Guarde suas armas. Só estou querendo descontrair.

Os oficiais do Rei levaram-no embora antes que tivéssemos tempo de falar mais. Leônidas precisava de um rapaz cujos pés soubessem se firmar na trilha ingrata traçada pelo rastro das cabras, alguém intrépido para escalar a face escarpada de 900 metros, chamada Kallidromos, que se destacava acima do estreito. Queria saber o que havia lá no alto e os riscos da escalada. Se os persas se apossassem da planície trácia e das vias de acesso ao norte, os aliados conseguiriam que um grupo, ou, até mesmo, um único homem, cruzasse a encosta da montanha e penetrasse na retaguarda do inimigo?

Jogador de Bola decididamente não demonstrou o menor entusiasmo com sua participação nessa aventura arriscada.

— Vou com ele — disse o skirita Perdigueiro, ele próprio montanhista. — Qualquer coisa para sair da construção desse muro maldito.

Leônidas aceitou sua oferta com alegria. Instruiu o funcionário responsável pelo pagamento para compensar generosamente o criminoso; o suficiente para convencê-lo a ir, mas pouco o bastante para assegurar que retornasse.

Por volta da meia-noite, os habitantes de Phokis e Lokris de Opus começaram a chegar das montanhas. O Rei recebeu os novos aliados calorosamente, sem fazer menção à sua quase deserção. Guiou-os à seção do campo destinada a seu uso, onde caldo quente e pão recém-assado os aguardavam.

Desabou, mais para o norte, uma tempestade terrível, ao longo do litoral. Raios ressoaram estrondosamente ao longe; apesar de o céu acima dos Portões permanecer claro e límpido, os homens ficaram assustados. Estavam cansados. O trabalho nesses seis dias havia lhes tirado o aprumo; medos não expressos e demônios invisíveis começaram a oprimir seus corações. Tampouco os recém-chegados poderiam deixar de perceber o pequeno, para não dizer suicida, contingente da força que se propunha conter o avanço do enorme número de inimigos.

Os vendedores e, até mesmo, as prostitutas tinham desaparecido, como ratos que fogem para suas tocas ao pressentirem um terremoto.

Havia um homem entre os vagabundos locais, autoproclamado companheiro de um mercador, que havia navegado durante anos por Sidon e Tiro. Por acaso, eu estava presente, perto de uma fogueira arcadiana, quando ele atiçou a chama do terror. O homem havia visto a frota persa em primeira mão e contou o seguinte:

— Eu estava em uma galé carregada de cereais de Mytilene, no ano passado. Fomos abordados por fenícios, parte da frota do Grande Rei. Eles confiscaram nossa carga. Tivemos de segui-los e descarregar em um de seus depósitos de suprimento. Isso foi em Strymon, no litoral trácio. O que vi ali entorpeceu, de admiração, meus sentidos.

Mais homens se aglomeraram em torno do círculo, escutando com atenção.

— O depósito era do tamanho de uma cidade. Ao entrar, a impressão era de que havia uma cadeia de colinas atrás. Mas, ao nos aproximarmos, as colinas revelaram-se carne salgada, assomando em tonéis de salmoura que se empilhavam até o céu. Vi armas, irmãos. Plataformas de armas, por volta de milhares. Grão e azeite, tendas onde assar do tamanho de estádios. Todo tipo de material bélico que uma mente é capaz de conceber. Projéteis para fundas. Projéteis de chumbo formando pilhas de 30 centímetros, cobrindo um acre. As gamelas de aveia para os cavalos do Rei estendiam-se por um quilômetro e meio. E, no meio de tudo, erguia-se uma pirâmide coberta por uma lona, grande como uma montanha. O que haveria debaixo? Perguntei ao oficial que nos vigiava. "Venha", disse ele, "vou mostrar-lhe". Podem adivinhar, amigos, o que se erguia ali, na altura do céu?

— Papel — declarou o companheiro de bordo.

Nenhum dos arcadianos entendeu o significado.

— Papel! — repetiu o trácio, como se para martelar o significado nos cérebros estúpidos de seus ouvintes. — Papel para os escribas fazerem o inventário. Inventário de homens. Cavalos. Armas. Grãos. Ordens para os soldados e mais ordens, papéis para relatórios e requisições, lista dos soldados e despachos, cortes marciais e condecorações por bravura. Papel para manter o registro de cada provisão trazida pelo Rei e cada item do espólio que ele planeja recuperar. Papel para anotar as regiões incendiadas e cidades saqueadas, os prisioneiros, escravos em correntes...

Nesse ponto, o meu senhor chegou casualmente. Discerniu de imediato o terror gravado na face dos que escutavam o relato; sem dizer uma palavra, abriu caminho na direção do fogo. Ao ver o oficial espartano entre os seus ouvintes, o marinheiro redobrou seu ardor. Estava gostando da corrente de pavor que seu relato havia disseminado.

— Porém, o mais assustador ainda não foi dito, irmãos — prosseguiu o trácio. — Nesse mesmo dia, quando os nossos carcereiros nos conduziram ao jantar, passamos pelos arqueiros persas se exercitando. Nem os próprios deuses olímpicos reuniriam tantos! Juro, companheiros, eram tão numerosos que, ao lançar os projéteis, a massa de flechas bloqueava o sol!

Os olhos do boateiro estavam inflamados de prazer. Virou-se para o meu senhor, como se para saborear a chama de pavor que sua narrativa inflamara até mesmo em um espartano. Para sua decepção, Dienekes olhava-o com um desprendimento indiferente, quase entediado.

— Ótimo — disse ele. — Combateremos à sombra.

No meio do segundo turno da sentinela, aconteceu o primeiro pânico. Eu ainda estava acordado, protegendo o escudo do meu senhor da chuva que ameaçava, quando ouvi o farfalhar de corpos se deslocando, a alteração na voz dos homens. Um campo varrido pelo terror soa completamente diferente de um confiante. Dienekes despertou de um sono profundo, como um cão pastor sentindo murmúrios de inquietação em seu rebanho.

— Mãe de todas as putas — resmungou —, já está começando.

Os primeiros grupos de saque tinham retornado. Haviam visto tochas, ferretes dos patrulheiros montados persas, e haviam, prudentemente, batido em retirada antes de serem interceptados. Agora era possível ver nitidamente o inimigo, relataram, da encosta da montanha, três quilômetros e meio, ou menos, trilha abaixo. Algumas das sentinelas da vanguarda também fizeram uma sondagem por conta própria, e retornavam confirmando o relato.

Além da encosta de Kallidromos, sobre a vasta planície da Trácia, as unidades de choque persas estavam chegando.

22

Alguns minutos depois da visão dos exploradores inimigos, Leônidas tinha todo o contingente espartano em pé e armado, com ordens aos aliados para que dispusessem em sucessão e estivessem prontos para avançar. O resto dessa noite e todo o dia seguinte foram passados devastando-se diligentemente a planície da Trácia e as encostas acima, penetrando-se ao longo do litoral ao norte, até o Spercheios, e para o interior até a cidadela e os rochedos trácios. Por toda a planície, colocou-se sinalização, não com pequenas assadeiras de coelhos, como era o comum, mas com fogueiras ruidosas, para criar a ilusão de muitos homens. As unidades aliadas gritavam insultos e imprecações umas para as outras na escuridão, tentando soar tão animadas e confiantes quanto possível. Pela manhã, a planície estava coberta, de um extremo ao outro, da fumaça das fogueiras e da neblina marinha, exatamente como Leônidas queria. Eu estava entre os quatro últimos grupos que atiçavam o fogo quando a alvorada sombria recaiu sobre o golfo. Podíamos ver os persas, unidades de cavalaria e arqueiros de armaduras leves, na margem oeste do Spercheios. Gritamos insultos, e eles nos gritaram de volta.

Passou-se o dia, e mais outro. As unidades da força principal do inimigo começaram, então, a se mover. A planície começou a ser ocupada por

elas. Todos os destacamentos gregos se retiraram antes da maré meda. Os observadores viram os oficiais do Rei reivindicando o local principal para os pavilhões de Sua Majestade e a pastagem mais opulenta para os seus cavalos.

Sabiam que os gregos estavam ali, e os gregos sabiam deles.

Nessa noite, Leônidas convocou o meu senhor e os outros *enomotarchai*, os líderes de pelotão, ao outeiro atrás do Muro de Phokis, onde estabelecera o seu posto de comando. Ali, o Rei se dirigiu aos oficiais espartanos. Enquanto isso, os comandantes das outras cidades aliadas, também convocados a um conselho, começaram a chegar. O momento fora planejado pelo Rei. Ele queria que os oficiais aliados escutassem o que diria, aparentemente, só para os espartanos.

— Irmãos e camaradas — falou Leônidas aos lacedemônios agrupados ao seu redor —, parece que os persas, apesar da nossa esplêndida representação, continuam sem se convencer da prudência de arrumar suas coisas e embarcar de volta para casa. Pelo visto teremos, afinal, de combatê-los. Ouçam, então, o que espero de vocês todos.

— Vocês são a nata da Hélade, os melhores homens e os mais corajosos da cidade mais nobre e seleta. Não se esqueçam de que os aliados seguirão seu exemplo. Se demonstrarem medo, eles sentirão medo. Se projetarem coragem, corresponderão na mesma moeda. Nosso comportamento aqui não deve diferir da nossa conduta em nenhuma outra campanha. Por um lado, nenhuma precaução extraordinária; por outro, nenhuma imprudência inusitada. Acima de tudo, as pequenas coisas. Mantenham a programação de treinamento de seus homens sem nenhuma alteração. Não omitam nenhum sacrifício aos deuses. Continuem a ginástica e os exercícios com as armas. Gastem tempo arrumando o cabelo, como sempre. Se não, mais tempo ainda.

Nesse ponto, os oficiais aliados haviam chegado para o conselho e tomavam seus lugares em volta do fogo, entre os espartanos já reunidos. Leônidas prosseguiu como se falasse para seus conterrâneos, mas com um ouvido atento aos recém-chegados.

— Lembrem-se de que nossos aliados não treinaram para a guerra durante a vida toda, como nós treinamos. São fazendeiros, mercadores, cidadãos-soldados das milícias de suas cidades. Não obstante, não são indiferentes à bravura, ou não estariam aqui. Este é o país dos phokianos e lokrianos de Opus. Combatem para defender sua terra e suas famílias. Quanto aos homens das outras cidades, Tebas, Corinto, Tegea, Orchomenos e Arcádia, Phlius, Thespa, Mantinea e os homens de Micenas, a meu ver demonstram uma *andreia* ainda mais nobre, pois vieram sem serem obrigados, não para defender seus lares, mas toda a Grécia.

Dirigiu-se aos recém-chegados.

— Sejam bem-vindos, irmãos. Como estou entre aliados, faço um discurso longo e prolixo.

Os oficiais se instalaram com um risinho ansioso.

— Estou dizendo aos espartanos — retomou Leônidas — o que agora direi a vocês. São os comandantes, seus homens olharão para vocês e agirão como vocês agem. Que nenhum oficial se isole, nem só esteja com seus colegas oficiais, mas que circule o dia todo no meio de seus homens. Que eles o vejam e o vejam sem temê-lo. Onde houver trabalho a fazer, que seja o primeiro a iniciá-lo; os homens o seguirão. Vejo que alguns de vocês armaram tendas. Desarmem-nas agora mesmo. Dormiremos todos como durmo, ao ar livre. Mantenham seus homens ocupados. Se não houver trabalho a fazer, inventem, pois quando soldados têm tempo de conversar, a conversa se transforma em medo. Ação, por outro lado, produz apetite por mais ação.

— Pratiquem a disciplina de campanha o tempo todo. Que nenhum homem responda ao chamado da natureza sem a lança e o escudo ao seu lado. Lembrem-se de que as armas mais terríveis dos persas, sua cavalaria e a multidão de arqueiros e dos que se ocupam das fundas, aqui se tornam inúteis, por causa do terreno. Por isso escolhemos este sítio. O inimigo não pode passar mais de uma dúzia de seus homens de cada vez no estreito nem agrupar mais de mil diante do Muro. Somos quatro mil. Nós os suplantamos na proporção de quatro para um.

Isso provocou a primeira risada genuína. Leônidas tentou instilar coragem não por suas palavras apenas, mas pela maneira calma

266

e profissional com que falava com eles. Guerra é trabalho, não é mistério. O Rei limitou suas instruções à prática, prescrevendo atitudes que poderiam ser tomadas fisicamente, em vez de provocar um estado mental que, ele sabia, se evaporaria assim que os comandantes dispersassem para além da luz revigorante do fogo do Rei.

— Cuidem da aparência, cavalheiros. Mantenham o cabelo, mãos e pés limpos. Comam, se tiverem de engolir algo. Durmam, ou finjam dormir. Não deixem seus homens os verem inquietos. Se chegarem más notícias, transmita-as primeiro àqueles de patente superior à sua, nunca diretamente a seus homens. Instruam seus escudeiros a polir o *aspis* de cada homem até brilhar o máximo possível. Quero ver os escudos cintilando como espelhos, pois essa visão infunde terror no inimigo. Deixem tempo para seus homens afiarem suas lanças, pois aquele que afia seu aço, afia sua coragem. Quanto à ansiedade compreensível de seus homens em relação às horas próximas, diga-lhes o seguinte: não prevejo ação nem para hoje à noite nem amanhã, nem mesmo depois de amanhã. Os persas precisam de tempo para distribuir seus homens, e quanto mais carregados, mais tempo levarão. Têm de esperar a chegada de sua frota. As praias são escassas e reduzidas nesse litoral inóspito. Os persas levarão dias para construir estradas e ancorar seus milhares de navios de guerra e veículos. A nossa própria frota, como sabem, guarda o canal em Artemisium. Para atravessá-la, o inimigo precisará de uma batalha marítima em que utilizará todos os seus recursos. Preparar-se para ela consumirá ainda mais de seu tempo. Quanto ao ataque aqui, no desfiladeiro, o inimigo terá de fazer o reconhecimento de nossa posição, depois deliberar qual a melhor maneira de nos atacar. Sem dúvida, antes enviarão mensageiros, tentando conseguir com diplomacia o que hesitam arriscar ao custo do sangue de seus homens. Não precisam se preocupar com isso, pois toda e qualquer negociação com o inimigo será feita por mim.

Aqui, Leônidas curvou-se até o solo e ergueu uma pedra com três vezes o tamanho de um punho humano.

— Acreditem, camaradas, quando Xerxes se dirigir a mim, será como estar falando com isso.

Cuspiu na pedra e lançou-a longe, no escuro.

— Mais uma coisa. Todos já ouviram o augúrio declarando que Esparta ou perderá um rei em batalha ou a cidade será extinta. Consultei o oráculo, e o deus respondeu que sou esse rei e que este sítio será o meu túmulo. No entanto, estejam certos de que essa previsão não me tornará, de maneira alguma, imprudente com a vida de outros homens. Juro a vocês, neste momento, por todos os deuses e as almas dos meus filhos, que farei tudo em meu poder para poupar tantos quanto eu possa de seus homens e vocês, e, ainda assim, defender o desfiladeiro eficazmente. Por fim, irmãos e aliados, onde quer que a luta for mais sangrenta, verão os lacedemônios na vanguarda. Mas comuniquem a seus homens, acima de tudo, o seguinte: que não cedam a preeminência em bravura aos espartanos, mas que se esforcem em superá-los. Lembrem-se, na guerra, a prática das armas conta pouco. A coragem é que manda, e nós espartanos não possuímos seu monopólio. Liderem seus homens com isso em mente, e tudo correrá bem.

23

Era ordem do meu senhor que, quando em campanha, fosse despertado duas horas antes da alvorada, uma hora antes dos homens de seu pelotão. Insistia na importância de nunca o verem de bruços sobre a terra, mas que sempre acordassem e se deparassem com o seu *enomotarch* em pé e armado.

Nessa noite, Dienekes dormiu ainda menos. Senti-o mexer-se e levantei.

— Fique deitado — ordenou. Sua mão pressionou-me a voltar a me deitar. — Ainda nem passou o segundo turno. — Ele havia cochilado sem tirar o corselete e, agora, rangia ao ficar de pé. Todas as suas juntas, cobertas de cicatrizes, gemiam. Ouvi que estalava os ossos do pescoço e expectorava o catarro seco de seus pulmões que haviam ressecado em Oinoe, inalando fogo, cujos ferimentos, assim como outros, nunca tinham sarado totalmente.

— Deixe-me ajudá-lo, senhor.

— Durma. Não me faça repetir uma ordem.

Apanhou uma de suas lanças e pendurou a tiracolo o seu *aspis*. Pegou o elmo, assentando-o pelo nasal no equipamento bélico que carregava a tiracolo. Saiu em direção ao grupo de Leônidas entre os Cavaleiros, onde o Rei estaria acordado e, talvez, querendo companhia.

Do outro lado dos limites restritos, o campo dormia. Uma lua crescente pendia sobre o canal, e o

ar estava inadequadamente frio para o verão, úmido por causa da proximidade do mar e intratável devido às tempestades recentes. Dava para escutar claramente as ondas da rebentação que quebravam nas bases dos rochedos. Relanceei os olhos para Alexandros, que usava seu escudo como travesseiro, deitado ao lado da forma ressonante de Suicídio. As fogueiras de sinalização haviam se apagado; do outro lado do campo, as formas dos guerreiros adormecidos haviam serenado em pilhas desajeitadas de mantos e capas de dormir. Mais pareciam sacos de roupas para lavar do que homens.

Na direção do Portão do Meio, eu podia ver as cabines de banho do balneário. Eram estruturas vivazes de madeira, as soleiras de pedra que se tornaram lisas pela ação dos pés dos banhistas e visitantes do verão, datando de séculos. As trilhas untadas serpenteando lindamente sob os carvalhos, iluminadas pelas lamparinas de oliveiras do balneário. Uma placa de madeira lustrosa pendurava-se debaixo de cada candeia, com um fragmento de poema esculpido. Lembro-me de um:

> *Assim como a alma ao nascer*
> *Entra no corpo líquido*
> *Entra você agora, amigo, nestes banhos,*
> *Libertando a carne na alma,*
> *Reintegrada, divina.*

Lembro-me de algo que o meu senhor me disse certa vez sobre os campos de batalha. Foi em Tritaea, quando o exército foi ao encontro dos achaianos em um campo de cevada. O clímax da matança ocorreu do lado oposto de um templo a que, em tempos de paz, os insanos e possessos eram levados por suas famílias para rezar e oferecer sacrifício a Hera, a Misericordiosa, e a Perséfone.

— Nenhum topógrafo assinala uma extensão de terreno e declara: "Aqui, teremos uma batalha." O solo é, com frequência, consagrado a um propósito pacífico, em geral de socorro e compaixão. Às vezes, a ironia pode extrapolar.

No entanto, no interior das fronteiras montanhosas e topograficamente hostis da Hélade, existiam sítios hospitaleiros com a guerra — Oenophyta, Tanagra, Koroneia, Maratona, Chaeronea, Leuktra —, planícies e desfiladeiros onde exércitos haviam se batido durante gerações.

O desfiladeiro dos Portões Quentes era um sítio assim. Naqueles estreitos escarpados, forças em litígio haviam combatido desde Jasão e Héracles. Tribos das colinas lutaram ali, clãs selvagens e atacantes de surpresa vindos do mar, hordas de migrantes, bárbaros e invasores do norte e do oeste. As marés de guerra e paz tinham se alternado nesse sítio durante séculos. Guerreiros e banhistas, estes vinham pelas águas; os outros, pelo sangue.

O muro da fortaleza foi concluído. Um de seus extremos tocava a face escarpada do rochedo, com uma torre resistente calcada na pedra. O outro era emparelhado através do ângulo do declive entre os penhascos e o mar. Era um muro bonito, com a espessura de três comprimentos de lança na base e duas vezes a altura de um homem. A frente para o inimigo não foi erigida a prumo, na maneira de uma ameia de cidade, mas deixada, de modo deliberado, inclinada, diretamente para o grande portão no alto, onde os últimos quatro pés se erguiam na vertical como uma fortaleza. Dessa maneira, os aliados poderiam fugir rapidamente pela retaguarda, ficando em segurança, se preciso fosse, e não acabariam presos e esmagados contra o seu próprio muro.

A face posterior erguia-se inclinada em degraus para os defensores subirem às ameias, encimadas por uma resistente paliçada de madeira, forrada de peles, que as sentinelas podiam soltar, de modo que as flechas do inimigo não a desmontassem. A alvenaria era imperfeita, mas firme. Torres a intervalos reforçavam redutos à direita, esquerda e centro, e muros secundários atrás. Esses compactos pontos de resistência foram construídos na altura do muro primário, depois empilhados com pesadas pedras até a altura de um homem. Essas pedras soltas podiam ser roladas, se assim fosse necessário, pelas brechas dos portões inferiores. Eu via as sentinelas lá em cima do Muro e os três pelotões em alerta, dois da Arcádia e um espartano, em cada reduto, com a *panoplia* completa.

Leônidas estava, de fato, acordado. Seu cabelo comprido e prateado podia ser claramente distinguido ao lado do fogo dos comandantes. Dienekes apresentou-se a ele, entre um grupo de oficiais. Divisei Dithyrambos, o capitão thespio, Leontiades, o comandante tebano, Polynikes, os gêmeos Alpheus e Maron, e vários outros Cavaleiros espartanos.

O céu começou a clarear; fiquei ciente das formas se agitando ao meu lado. Alexandros e Ariston também haviam despertado. Levantaram-se e se puseram ao meu lado. Esses jovens guerreiros, como eu mesmo, se pegaram olhando irresistivelmente para os oficiais e campeões em volta do Rei. Os veteranos, todos sabiam, dariam o melhor de si com honra.

— Como nós faremos? — Alexandros pôs em palavras a ansiedade tácita que ocupava o coração de seus jovens companheiros. — Encontraremos a resposta à pergunta de Dienekes? Descobriremos, em nós mesmos, "o contrário do medo"?

Três dias antes da partida de Esparta, o meu senhor havia reunido os guerreiros e escudeiros de seu pelotão e organizado uma caçada à própria custa. Era uma forma de despedida, não um do outro, mas das colinas de sua terra nativa. Ninguém disse uma palavra sobre os Portões ou as provações que viriam. Foi uma excursão grandiosa, abençoada pelos deuses, com várias e excelentes presas, inclusive um belo javali morto, com a azagaia, por Suicídio e Ariston.

Ao anoitecer, os caçadores, mais de 12 com o dobro desse número de escudeiros e escravos servindo como batedores, se instalaram animados em volta das várias fogueiras nas colinas acima de Therai. *Phobos* também se sentou. Enquanto os caçadores divertiamse ao redor das fogueiras, entretendo-se com mentiras de caça e pilhérias, Dienekes abriu espaço do seu lado para Alexandros e Ariston e mandou que se sentassem. Percebi, então, a intenção sutil do meu senhor. Ele ia falar sobre o medo, pois sabia que esses jovens inexperientes, apesar de seu silêncio, ou talvez por causa disso, começavam, em seus corações, a encasquetar com a provação que estava por vir.

— Minha vida toda — começou Dienekes —, uma pergunta me obcecou. Qual é o contrário de medo?

Lá embaixo, o javali ficava pronto; porções seriam distribuídas a mãos ávidas. Suicídio apareceu, com tigelas para Dienekes,

Alexandros e Ariston, para ele mesmo, para o escudeiro de Ariston, Demades, e para mim. Sentou-se no chão em frente a Dienekes, flanqueado por dois dos cães de caça, que farejavam restos e conheciam Suicídio como um coração mole.

— Chamar de *aphobia*, destemor, não tem sentido. É simplesmente um nome, tese expressa como antítese. Chamar o contrário do medo de destemor não diz nada. Quero conhecer o seu anverso verdadeiro, como o dia é da noite, e o céu é da terra.

— Expresso como um positivo — arriscou Ariston.

— Exatamente! — Dienekes olhou para o rapaz aprovando. Fez uma pausa, examinando a expressão dos dois rapazes. Estariam escutando com atenção? Dariam importância? Seriam eles, assim como ele próprio, estudantes verdadeiros desse assunto?

— Como se vence o medo da morte, o mais primordial dos terrores, que reside em nosso sangue, em tudo que é vida, tanto nos animais quanto nos homens? — Apontou para os cães que flanqueavam Suicídio. — Cães em uma matilha encontram coragem para atacar um leão. Cada cão sabe o seu lugar. Ele teme o cachorro acima e se alimenta do medo do cachorro abaixo. O medo vence o medo. É assim que os espartanos fazem, contrabalançando ao medo da morte um medo maior: o da desonra. Da exclusão da matilha.

Suicídio aproveitou esse momento para jogar os restos aos cachorros. Com fúria, suas mandíbulas abocanharam as sobras, o mais forte dos dois pegando a parte do leão.

Dienekes sorriu secretamente.

— Mas isso é coragem? Agir por medo da desonra não continua a ser, na essência, agir por medo?

Alexandros perguntou o que ele estava procurando.

— Algo mais nobre. Uma forma superior do mistério. Pura. Infalível.

Declarou que em todas as outras questões podia-se procurar a sabedoria dos deuses.

— Mas não quando se trata de coragem. O que os imortais têm a nos ensinar? Eles não morrem. Seus espíritos não estão abrigados aqui. — Então, indicou o corpo, a carne. — A fábrica do medo.

Dienekes relanceou novamente os olhos para Suicídio, depois para Alexandros, Ariston e para mim.

— Vocês jovens acham que nós veteranos, com a nossa longa experiência de guerra, dominamos o medo. Nós o sentimos de modo tão incisivo quanto vocês. De maneira mais incisiva ainda, pois temos uma experiência mais íntima com ele. O medo vive em nós 24 horas por dia, em nossas fibras e ossos. Estou falando a verdade, amigo?

Suicídio respondeu com um sorriso largo e sombrio.

O meu senhor sorriu de volta.

— Juntamos nossa coragem rapidamente, de imediato, com trapos e sobras. A maior parte convocamos do que é abjeto. Medo de desonrar a cidade, o Rei, os heróis de nossas linhas. Medo de nos revelarmos indignos de nossas mulheres e filhos, de nossos irmãos e camaradas de armas. Quanto a mim mesmo, conheço todos os truques da respiração e da canção, os pilares da *tetrathesis*, os ensinamentos da *phobologia*. Sei como me aproximar do meu homem, como me convencer que o seu pavor é maior que o meu. E talvez seja. Interesso-me pelo soldado que serve abaixo de mim e tento esquecer o meu medo em nome de sua sobrevivência. Mas ele está sempre presente. O mais perto que cheguei da coragem foi agir apesar do terror. Mas isso não é ela tampouco. Não o tipo de coragem de que estou falando. Tampouco é a fúria animal ou o pânico gerado na autopreservação. Esses são *katalepsis*, "possessão". O rato a possui tanto quanto o homem.

Ele observou que, frequentemente, os que procuram superar o medo da morte rezam para que a alma não expire com o corpo.

— A meu ver, isso é tolice. Ilusão. Outros, principalmente os bárbaros, dizem que, ao morrer, vamos para o paraíso. Pergunto a eles todos: Se realmente acreditam nisso, por que não partem agora mesmo e aceleram a viagem? Aquiles, Homero nos conta, possuía a verdadeira *andreia*. Possuía mesmo? Filho de uma mãe imortal, imerso, quando bebê, nas águas do Styx, sabendo ser, exceto pelo seu calcanhar, invulnerável? Covardes seriam mais raros que penas em peixes se todos fôssemos assim.

Alexandros perguntou se alguém da cidade, na opinião de Dienekes, possuía a verdadeira *andreia*.

— De todos na Lacedemônia, o nosso amigo Polynikes é o que mais se aproxima. Porém, até mesmo sua bravura me parece insatisfatória. Ele não luta por medo da desonra, mas pela cobiça da glória. Pode ser nobre, ou pelo menos não abjeto, mas será a verdadeira *andreia*?

Ariston perguntou se essa coragem superior realmente existia.

— Não é nenhum fantasma — declarou Dienekes com convicção. — Eu a vi. O meu irmão Iatrokles a possuía em certos momentos. Quando contemplei essa graça nele, senti reverência. Irradiava-se, sublime. Nessas horas, ele lutava não como um homem, mas como um deus. Leônidas a possui de vez em quando. Olympieus não. Eu não. Nenhum de nós aqui a possui. — Ele sorriu. — Sabem quem a possui, essa forma pura de coragem, mais do que qualquer pessoa que conheci?

Ninguém ao redor do fogo respondeu.

— A minha mulher — disse Dienekes. Virou-se para Alexandros. — E a sua mãe, Paraleia. — Sorriu de novo. — Aqui, há uma dica. A sede dessa bravura superior, eu suspeito, está no que é feminino. As próprias palavras para coragem, *andreia* e *aphobia*, são do gênero feminino, enquanto *phobos* e *tromos*, terror, são do gênero masculino. Talvez o deus que buscamos não seja um deus, e sim uma deusa. Não sei.

Deu para perceber que falar sobre isso fez bem a Dienekes. Agradeceu aos seus ouvintes por terem escutado em silêncio.

— Os espartanos não têm paciência para esse tipo de indagação. Lembro-me de, em campanha, ter perguntado uma vez a meu irmão, num dia em que ele lutara como um imortal. Eu estava louco para saber o que ele tinha sentido naqueles momentos, qual era a essência experimentada lá dentro. Ele olhou para mim como se eu tivesse enlouquecido. Menos filosofia, Dienekes, e mais virtude, falou.

Ele riu.

— Basta.

Meu mestre, então, se virou como que para pôr fim a esta questão. No entanto, um impulso o fez voltar a Ariston, cujo rosto continha aquela expressão que só os jovens carregam quando juntam coragem para se dirigir a alguém mais velho.

— Desembuche, meu amigo — Dienekes o encorajou.

— Eu estava pensando na coragem das mulheres. Acredito que ela é diferente da dos homens.

O jovem hesitou. O seu receio, delatado por sua expressão, se devia ao ar de pouca modéstia ou presunção para especular a respeito de questões sobre as quais ele não tinha nenhuma experiência.

Mesmo assim, Dienekes o pressionou:

— Diferente como?

Ariston olhou para Alexandros, que, com um sorriso, reforçou a decisão de seu amigo. O jovem respirou fundo e começou:

— A coragem de um homem, a de dar sua vida por seu país, é grande, porém não é extraordinária. Não é intrínseca à natureza masculina, tanto à das bestas quanto à dos homens, a necessidade de brigar, lutar? É para isso que nascemos, está em nosso sangue. Observe qualquer menino. Antes mesmo de conseguir falar, ele estende a mão, impelido pelo instinto, para o cajado e a espada – enquanto suas irmãs, sem nenhum tipo de estímulo, desdenham tais instrumentos de luta e, em vez disso, aconchegam em seu colo o gatinho e a boneca.

— O que é mais natural para um homem do que lutar, ou para uma mulher do que amar? Não é este o imperativo do sangue materno, o de dar e nutrir, antes de tudo, o produto de seu próprio ventre, as crianças que ela gerou com dor? Nós sabemos que a leoa ou a loba dão a vida sem hesitação para preservarem os seus filhotes. O mesmo serve para as mulheres. Agora, considerem, amigos, aquilo que chamamos de coragem das mulheres: O que seria mais contrário à natureza feminina, à maternidade, do que se manter impassível ao ver seus filhos marcharem para a morte? Será que cada poro do corpo de uma mãe não clama em agonia e ódio diante de tal afronta? Será que seu coração não procura bradar em sua paixão: Não! Não o meu filho! Salve-o! Que a mulher arranca, de alguma fonte que nos é desconhecida, a determinação para conquistar sua própria e mais profunda natureza é, a meu ver, o motivo pelo qual nós reverenciamos a tal ponto nossas mães, irmãs e esposas. Acredito que esta, Dienekes, é a essência da coragem das mulheres, e porque, como você mesmo sugeriu, ela é superior à dos homens.

Meu mestre tomou conhecimento dessas observações com aprovação. Entretanto, a seu lado, Alexandros se moveu. Podia-se ver que o jovem não estava satisfeito.

— O que você diz é verdade, Ariston. Eu nunca antes havia pensado no assunto desta maneira. Mas algo precisa ser acrescentado. Se a vitória das mulheres fosse simplesmente a de observar de olhos secos a marcha de seus filhos à morte, isto não seria apenas desnatural, mas desumano, grotesco e, até mesmo, monstruoso. O que eleva tal ato à qualidade de nobreza é, acredito eu, que as mulheres o fazem a serviço de uma causa maior e altruísta. Estas mulheres que nós tanto reverenciamos doam a vida de seus filhos para seu país, para o povo como um todo, para que a nação possa sobreviver mesmo enquanto seus amados meninos perecem. Como a mãe cuja história nós ouvimos desde criança e que, ao saber que seus cinco filhos tinham sido mortos numa mesma batalha, perguntou apenas: A nossa nação foi vitoriosa? Sendo informada que sim, ela se foi para casa sem derramar sequer uma lágrima, dizendo apenas: "Então, estou feliz." Não é este o princípio — a nobreza de pôr o todo acima da parte — que tanto nos move no sacrifício das mulheres?

— Tanta sabedoria vinda da boca de bebês! — Dienekes riu e bateu carinhosamente nos ombros de seus jovens companheiros. — Mas vocês ainda não responderam à minha questão. O que é o oposto do medo? Vou contar-lhes uma história, meus jovens amigos, mas não aqui e agora. Nos Portões, vocês a ouvirão. A história de nosso Rei, Leônidas, e um segredo que ele confiou à mãe de Alexandros, Paraleia. Esta narrativa fará avançar nossa enquete a respeito da coragem — e nos dirá, também, como Leônidas chegou aos Trezentos. Mas, por enquanto, devemos pôr um ponto-final ao nosso salão, ou os espartanos, nos escutando, nos declararão afeminados. E terão razão!

Agora, no campo, nos Portões, nós três vimos o nosso comandante, reagindo ao primeiro clarão da alvorada, abandonar o concílio do Rei e retornar ao seu pelotão, tirando o manto para chamar os homens para a ginástica.

— De pé — Ariston levantou-se de súbito, tirando Alexandros e eu de nossas ruminações. — O contrário de medo deve ser trabalho.

O exercício com as armas mal se iniciara quando um assobio agudo vindo do Muro deixou todos em alerta.

Um mensageiro do inimigo avançava, na garganta do estreito.

Esse mensageiro deteve-se a distância, gritando um nome em grego, o do pai de Alexandros, o *polemarch* Olympieus. Quando avançou, escoltando um único oficial da embaixada inimiga e um garoto, chamou pelo nome mais três oficiais espartanos: Aristodemos, Polynikes e Dienekes.

Os quatro foram imediatamente convocados pela sentinela, ela e todos os outros ouvindo pasmos e de maneira nenhuma indiferentes à especificidade inesperada do pedido do inimigo.

O sol estava em seu apogeu; inúmeros soldados aliados observavam sobre o Muro. A embaixada persa avançou. Dienekes reconheceu seu representante de imediato. Era o capitão Ptammitechus, "Teco", o marinheiro egípcio com que tínhamos nos encontrado e trocado presentes, quatro anos antes, em Rodes. O garoto, como ficamos sabendo, era seu filho. O rapaz falava um grego ático excelente e serviu como intérprete.

Seguiu-se uma afetuosa cena de reencontro, com muitos tapinhas nas costas e apertos de mão. Os espartanos expressaram sua surpresa pelo egípcio não estar com a frota, afinal ele era marinheiro, um combatente do mar. Teco respondeu que somente ele e seu pelotão imediato haviam sido destacados para servir aos exércitos em terra, para atender ao Comando Imperial que os solicitara para um propósito específico: atuar como embaixadores informais junto aos espartanos, de cujo conhecimento ele se recordava com afeto e cujo bem-estar desejava acima de tudo.

A essa altura, o grupo que circundava o marinheiro cresceu para mais de cem. O egípcio destacava-se meia cabeça acima do heleno mais alto, sua tiara de fio de linho prensado aumentava ainda mais sua estatura. O seu sorriso cintilava, mais brilhante que nunca. Levava uma mensagem, declarou, do próprio Rei Xerxes, e fora incumbido de transmiti-la somente aos espartanos.

Olympieus, que havia sido emissário sênior na embaixada de Rodes, assumiu essa posição na conferência. Informou ao egípcio que nenhum tratado seria assinado com os persas com base em nação por nação. Era uma única para todos os gregos, e ponto-final.

A postura animada do marinheiro não vacilou. Nesse momento, o corpo principal dos espartanos, conduzido por Alpheus e Maron, fazia exercícios com o escudo bem em frente do Muro, trabalhando e dando instruções a dois pelotões de théspios. Teco observou os gêmeos por um bom tempo, impressionado.

— Então, vou alterar o meu pedido — disse ele, sorrindo, para Olympieus. — Se o senhor me escoltar até o seu Rei, Leônidas, transmitirei esta mensagem a ele, comandante dos aliados helenos como um todo.

O meu senhor gostava imensamente desse homem e de seu caráter, e estava contente em revê-lo.

— Ainda usando cuecas de aço? — perguntou através do garoto intérprete.

Teco riu e mostrou, para o divertimento da assembleia, a roupa de baixo, de linho branco do Nilo. Então, com um gesto afável e informal, pareceu pôr de lado o seu papel de emissário e falou de homem para homem.

— Eu gostaria que esta couraça de malha nunca precisasse ser usada entre nós, irmãos. — Indicou o campo, o estreito, o mar, parecendo incluir a defesa como um todo no movimento de seu braço. — Quem pode saber no que vai dar? Talvez isso tudo se disperse, como a força dos Dez Mil em Tempe. Mas se me permitem falar como amigo, só para vocês quatro, os advertirei do seguinte: não permitam que a ânsia de glória, nem o seu orgulho nas armas, os cegue à realidade que suas forças confrontarão. Somente a morte os aguarda aqui. Os defensores não podem acreditar que resistirão, nem mesmo por um dia, diante do número de soldados que Sua Majestade lançará contra vocês. Nem todos os exércitos da Hélade reunidos conseguirão triunfar nas batalhas que se travarão. Certamente sabem disso, assim como o seu Rei. — Fez uma pausa para que o seu filho traduzisse e para examinar a reação na expressão dos espartanos. — Imploro que deem atenção a esse conselho, amigos, dado de coração, por alguém que tem o mais profundo respeito por vocês como indivíduos, por sua cidade e sua reputação tão difundida e merecida. Aceitem o inevitável e sejam governados com honra e respeito...

— Pode parar aí, amigo — interrompeu-o Aristodemos.

Polynikes manifestou-se com veemência:

— Se isso é tudo que veio nos dizer, irmão, já pode se calar.

O egípcio manteve sua conduta amigável.

— Têm a minha palavra, e Sua Majestade está ciente: se os espartanos se renderem agora e depuserem as armas, ninguém os irá superar em honra sob a bandeira do Rei. Nenhum pé persa pisará o solo da Lacedemônia agora nem nunca, Sua Majestade jura. O seu território manterá a soberania sobre toda a Grécia. Suas forças ocuparão o lugar de unidade líder no exército de Sua Majestade, com toda a fortuna e glória que tal proeminência pede. Sua nação não precisará mais do que manifestar os seus desejos. Sua Majestade os satisfará todos, e se bem conheço o Seu coração, cumulará Seus novos amigos de presentes, em escala e suntuosidade além da imaginação.

Nesse ponto, a respiração de cada aliado que ouvia apertou sua garganta. Todos os olhares se fixaram, temerosos, nos espartanos. Se a oferta do egípcio fosse genuína, e não havia razão nenhuma para acreditar no contrário, significaria libertação para a Lacedemônia. Tudo que precisavam fazer era abandonar a causa helênica. Qual seria a resposta desses oficiais? Conduziriam o emissário imediatamente ao seu Rei? A palavra de Leônidas seria equivalente à lei, de tão preeminente era sua estatura entre os Pares e éforos.

Inesperadamente, o destino da Hélade oscilava no precipício. Os aliados que escutavam permaneceram imóveis onde estavam, aguardando, com a respiração suspensa, a resposta dos quatro guerreiros da Lacedemônia.

— Parece que — disse Olympieus ao egípcio com um momento de hesitação —, se Sua Majestade realmente desejasse os espartanos como seus amigos, os acharia muito mais úteis com suas armas do que o contrário.

— Além do mais, a experiência nos ensinou — acrescentou Aristodemos — que a honra e a glória são dádivas que não são garantidas com a pena de escrever, mas devem ser conquistadas com a lança.

Nesse momento, o meu olhar examinou a face dos aliados. Lágrimas corriam em muitas; outros pareciam tão desarmados pelo alívio que seus joelhos ameaçavam ceder. O egípcio discerniu isso claramente. Sorriu, gentil e paciente, nem um pouco desconcertado.

— Cavalheiros, cavalheiros. Perturbo-os com questões que devem ser discutidas não aqui, no mercado, por assim dizer, mas em particular, diante de seu Rei. Por favor, conduzam-me a ele.

— Ele repetirá o que dissemos, irmão — declarou Dienekes.

— E em uma linguagem bem mais rude — colocou um espartano que ouvia.

Teco esperou que a risada cedesse.

— Poderia ouvir essa resposta da boca do Rei?

— Ele mandaria nos açoitar, Teco — replicou Dienekes com um sorriso.

— Ele nos tiraria o couro — falou o mesmo homem que se manifestara um momento antes — só por propor tal curso de ação de desonra.

Os olhos do egípcio voltaram-se para quem falava e perceberam ser um espartano mais velho, com uma túnica e um manto de tecido cru, que agora movia-se para a segunda linha, no ombro de Aristodemos. Por um instante, o marinheiro ficou confuso ao descobrir que aquele homem de barba grisalha, que claramente carregava o peso de mais de 60 verões, ainda usava a roupa do soldado de infantaria, entre os outros guerreiros, muito mais jovens.

— Por favor, meus amigos — prosseguiu o egípcio —, não respondam com o orgulho ou a paixão do momento, mas permitam-me colocar para o seu Rei as consequências dessa decisão. Que eu esclareça as ambições da Majestade persa. A Grécia é simplesmente um ponto de partida. O Grande Rei já governa toda a Ásia. A Europa é, agora, sua meta. A partir da Hélade, o exército de Sua Majestade conquistará Sikelia e Italia, e a Helvécia, Germânia, Gália, Ibéria. Com vocês do nosso lado, que força resistiria a nós? Avançaremos em triunfo aos Pilares de Héracles e, além, aos muros de Oceanus! Por favor, irmãos, considerem as alternativas. Insistam no orgulho das armas e sejam esmagados; seu país, devastado; esposas e filhos, escravizados; a glória da Lacedemônia, para não dizer a sua existência, apagada para sempre da face da terra. Ou escolham, como insisto, o rumo da prudência. Assumam com honra sua posição legítima na vanguarda da maré invencível da história. A terra que vocês governam será como nada comparada aos domínios que o Grande Rei lhes concederá. Conquistem conosco o mundo inteiro! Xerxes, filho de Dario, jura o seguinte: nenhuma nação nem exército, entre todas as forças de Sua Majestade, irá superá-los em honra!

Nem Olympieus, nem Aristodemos, nem Dienekes ou Polynikes manifestaram a voz em resposta. Em vez disso, o egípcio os viu acatarem a opinião do homem com o velho manto de linho cru.

— Entre os espartanos, todos podem falar, não somente os embaixadores, já que somos considerados Pares e iguais diante da lei. — O ancião, então, moveu-se à frente. — Posso tomar a liberdade de propor, senhor, uma ação alternativa, que estou certo que será bem aceita, não só pelos lacedemônios, como por todos os aliados gregos?

— Por favor, fale — respondeu o egípcio.

Todos os olhares se fixaram no veterano.

— Que Xerxes se renda — propôs. — Não deixaremos de nos igualar em generosidade. Poremos as suas forças e ele em primeiro lugar entre os nossos aliados e lhe garantiremos as honras que, tão magnanimamente, propõe derramar sobre nós.

O egípcio soltou uma risada.

— Por favor, cavalheiros, estamos desperdiçando um tempo precioso. — Desviou o olhar do homem mais velho, não sem demonstrar impaciência, e insistiu em seu pedido a Olympieus. — Conduza-me imediatamente à presença do seu Rei.

— Não adianta, amigo — respondeu Polynikes.

— O Rei é um velho patife mal-humorado — acrescentou Dienekes.

— É verdade — interferiu o homem mais velho. — Tem um temperamento abominável e irascível, não é muito letrado e enche a cara quase que diariamente antes do meio-dia, dizem.

282

Um sorriso espalhou-se no semblante do egípcio. Relanceou os olhos para o meu senhor e Olympieus.

— Entendo — disse Teco.

Seu olhar retornou ao homem mais velho, que, como o egípcio agora percebera, não era outro senão Leônidas em pessoa.

— Bem, venerável senhor — Teco dirigiu-se diretamente ao Rei espartano, baixando a cabeça em sinal de respeito —, já que parece que serei frustrado em meu desejo de falar pessoalmente com Leônidas, talvez, em deferência ao grisalho que contemplo em sua barba e os vários ferimentos que meus olhos divisam em seu corpo, aceitará, senhor, este presente de Xerxes, filho de Dario, no lugar do seu Rei.

O egípcio tirou de uma pequena bolsa uma taça de ouro com duas asas, um artesanato magnífico, incrustada de pedras preciosas. Declarou que as gravações representavam o herói Amphiktyon, a quem as Termópilas eram consagradas, com Héracles e Hyllus, seu filho, de quem a raça dos espartanos e o próprio Leônidas descendiam. A taça era tão pesada que o egípcio teve de estendê-la com as duas mãos.

— Se eu aceitar este presente generoso — Leônidas falou —, ele irá para o tesouro dos aliados.

— Como desejar — o egípcio fez uma reverência.

— Transmita a gratidão dos helenos ao seu Rei. E diga-lhe que minha oferta permanece em aberto, que os deuses lhe concedam a sabedoria para aceitá-la.

Teco passou a taça a Aristodemos, que a aceitou pelo Rei. Passou-se um instante, durante o que os olhos do egípcio encontraram os de Olympieus, depois se fixaram com gravidade nos do meu senhor. Uma expressão de solenidade, sóbria ao ponto da tristeza, cobriu o olhar do marinheiro. Claramente, ele discerniu o inevitável do que tinha tentado evitar com compaixão e consideração.

— Se forem capturados — falou aos espartanos —, me chamem. Usarei de toda a minha influência para que sejam poupados.

— Faça isso, irmão — replicou Polynikes, frio como aço.

O egípcio titubiou, aborrecido. Dienekes interveio rapidamente, apertando a mão do marinheiro com afeto.

— Até mais — disse Dienekes.

— Até mais — respondeu Teco.

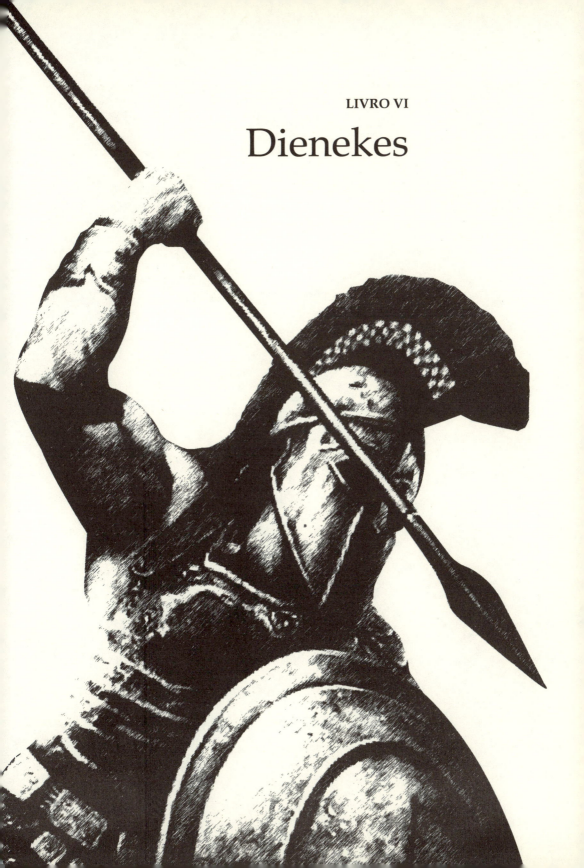

LIVRO VI
Dienekes

24

Vestiam calças compridas.
Pantalonas púrpuras até abaixo dos joelhos, colocadas dentro das botas feitas de couro de corça ou algum outro igualmente precioso produto do curtume. Suas túnicas, sob armaduras que pareciam escamas, eram decoradas e possuíam mangas; seus capacetes, belamente enfeitados com plumas, de um metal polido em formato de domo, deixavam seus rostos livres.

Suas maçãs do rosto eram coloridas com ruge, orelhas e pescoços com adornos. Pareciam mulheres e, ainda assim, o efeito de sua vestimenta, surreal aos olhos helenos, não era do tipo que despertava desprezo, mas terror. Era como se estivéssemos encarando homens do submundo, de algum país impossível para além de Oceanus, onde em cima era embaixo, e a noite era dia. Conheceriam algo que os gregos ignoravam? Seriam seus escudos leves e menores, que pareciam quase ridiculamente frágeis em contraste com os *aspides* de carvalho e bronze dos helenos, que pesavam 10 quilos e iam dos ombros aos joelhos, de alguma maneira, de uma maneira desconhecida, superiores? Suas lanças não eram os dois metros de freixo e cornácea resistentes dos gregos, porém armas mais leves, finas, mais assemelhadas a azagaias. Como atacariam com isso? Eles a arremessariam ou lançariam dissimuladamente? Seriam, de alguma forma, mais letais do que as usadas pelos gregos?

Eram medos, a divisão da vanguarda das tropas que primeiro atacariam os aliados, embora nenhum dos defensores soubesse disso na época. Os gregos não distinguiam entre persas, medos, assírios, babilônios, árabes, frígios, carianos, armênios, cissianos, capadócios, paphlagonianos, báctrios, tampouco nenhuma das outras 80 nações asiáticas, exceto os helenos, jônios e lídios, os indianos, etíopes e egípcios, os quais se sobressaíam por suas armas e armaduras. O bom senso e a habilidade para comandar ditavam que os comandantes do Império concedessem a uma nação entre as suas forças a honra de derramar o primeiro sangue. Isso fazia mais sentido que os gregos supunham. Ao seguir o rastro do inimigo pela primeira vez, um general prudente não comprometeria a nata de seus soldados – no caso de Sua Majestade, seus Dez Mil, a guarda pessoal persa conhecida como os Imortais –, mas manteria essa elite em alerta contra o inesperado.

De fato, essa foi a mesma estratégia adotada por Leônidas e os comandantes aliados. Assim, os espartanos foram deixados de reserva e, depois de muito debate e discussão, optou-se por essa honra ser dada aos guerreiros de Thespiae. A eles foi concedida a primeira posição e agora, na manhã do quinto dia, estavam em formação, 64 escudos, sob a "pista de dança" formada pelo estreito no cume, a parede da montanha de um lado, os rochedos descendo até o golfo do outro, e o reconstruído Muro de Phokis atrás.

Isso, o campo da matança, compreendia um triângulo obtuso cuja maior profundidade estava ao longo do flanco sul, escorado pela parede da montanha. Nesse extremo, os théspios foram dispostos com 18 de profundidade. No extremo oposto, ao longo do declive até o mar, seus escudos dispostos em ziguezague, com 10 de profundidade. Essa força de Thespiae totalizava 700 homens, aproximadamente.

Imediatamente à sua retaguarda, no cume do Muro, estavam os espartanos, phlios e micenos, num total de 600. Atrás, todos os contingentes aliados estavam dispostos de maneira semelhante, todos com a *panoplia* completa.

Duas horas haviam transcorrido desde que o inimigo fora visto pela primeira vez, 800 metros abaixo, na trilha para a Trácia. Nenhum movimento acontecera. A manhã estava quente. Senda abaixo, a estrada abria-se em uma área do tamanho aproximado da ágora de uma cidade pequena. Ali, logo depois da alvorada, os vigias divisaram os medos se reunindo. Eram cerca de 4 mil. No entanto, esses eram apenas os inimigos que podiam ser vistos; a encosta da montanha ocultava o rastro e as posições além. Era possível ouvir as trombetas adversárias e as ordens gritadas por seus oficiais, que colocavam em disposição cada vez mais homens além da encosta. Quantos milhares mais se reuniam fora do alcance da vista?

Os quartos de hora se arrastavam. Os medos continuavam se organizando, mas não avançavam. As sentinelas helenas começaram a gritar insultos para eles. No estreito, o calor e outras exigências tinham começado a afetar os gregos, tornando-os impacientes e irritados. Não fazia o menor sentido suar por mais tempo debaixo da armadura pesada.

— Tirem-nas, mas estejam prontos para recolocá-las! — gritou Dithyrambos, o capitão théspio, a seus conterrâneos, na tosca gíria de sua cidade. Escudeiros e hilotas atravessaram rapidamente as fileiras, cada um ajudando o seu homem a se desembaraçar do peitoral e do elmo. As couraças foram soltas. Os escudos já se apoiavam em seus joelhos. As proteções de feltro usadas sob o elmo foram tiradas e torcidas como panos de banho, encharcadas de suor. As lanças foram postas na posição de descanso, sobre o chão duro, dando o aspecto de uma floresta com ponteiras de ferro. Os soldados tiveram permissão para ficar de joelhos. Escudeiros com odres de água circulavam, servindo os guerreiros desidratados. Podia-se apostar que muitos odres continham um refresco mais potente do que o colhido de uma fonte.

À medida que o atraso se prolongava, o senso de irrealidade se tornava mais forte. Seria mais um alarme falso, como nos quatro dias anteriores? Os persas atacariam, afinal?

— Parem de sonhar acordados! — gritou um oficial.

Os soldados, tostados do sol e com os olhos turvos, continuavam observando Leônidas no Muro com os comandantes. Do que estavam falando? A ordem seria para renunciar?

Até mesmo Dienekes foi ficando impaciente.

— Por que, na guerra, não se pode dormir quando se quer e não se consegue ficar acordado quando é preciso? — Estava para se mover à frente para proferir uma palavra tranquilizadora ao seu pelotão quando, da frente, nas fileiras da vanguarda, elevou-se um grito de tal intensidade que interrompeu suas palavras a meio caminho. Todos os olhares voltaram-se na direção do céu.

Os gregos agora viam o que tinha causado o atraso.

Cerca de 150 metros acima, um destacamento de servos persas, escoltados por uma companhia dos Imortais, estava erigindo uma plataforma e um trono.

— Filho da mãe — Dienekes sorriu largo. — É o jovem Bolas Púrpuras em pessoa.

No alto, acima dos exércitos, um homem entre 30 e 40 anos podia ser avistado nitidamente, em vestes púrpuras fimbriadas de ouro, subindo a plataforma e assumindo sua posição no trono. A distância era, talvez, de 250 metros, e, ainda assim, era impossível confundir a beleza e a nobreza sem par do monarca persa. Tampouco o seu porte confiante poderia deixar de ser distinguido a essa distância. Ele parecia um homem que fora assistir a um espetáculo agradável e divertido, cujo resultado estava predestinado, mas que, ainda assim, prometia um certo nível de recreação. Sentou-se. Um guarda-sol foi ajustado por seus servos. Podíamos ver uma mesa de refrescos colocada ao seu lado e, à sua esquerda, várias escrivaninhas, cada uma equipada com um secretário.

Gestos obscenos e insultos gritados ergueram-se de 4 mil gargantas gregas.

Xerxes levantou-se com aprumo em resposta ao escárnio heleno. Fez um gesto amplo e dava a impressão de estar recebendo a adulação de seus súditos. Fez uma reverência afetada. A distância era grande para se afirmar com certeza, mas parecia estar sorrindo. Saudou seus próprios capitães e instalou-se em sua cadeira.

O meu lugar era sobre o Muro, 30 posições a partir do flanco esquerdo firmado pela montanha. Pude ver, assim como todos os théspios diante do Muro e todos os lacedemônios, micenos e phlios em cima, os capitães do inimigo, que agora avançavam ao som das trombetas, na vanguarda das fileiras de sua infantaria. Pelos deuses, eram belos. Comandantes de seis divisões, cada um parecia mais alto e mais nobre que o outro. Mais tarde, soubemos que não eram a nata da aristocracia meda. Suas posições foram dadas por serem filhos e irmãos daqueles que haviam sido mortos, dez anos antes, pelos gregos em Maratona. Porém, o que gelava o sangue era sua postura. Seu porte reluzia, audaz ao ponto do desacato. Humilhariam seus inimigos, é o que achavam. A carne do almoço já estava assando, lá embaixo no campo. Acabariam logo conosco e, então, retornariam para comer a seu bel-prazer.

Relanceei os olhos para Alexandros; sua testa brilhava, pálida como uma mortalha; sua respiração resumia-se a arfadas reprimidas e chiadas. O meu senhor estava ao seu lado, um passo à frente. A atenção de Dienekes estava concentrada nos medos, cujas fileiras agora ocupavam o estreito e pareciam se estender infinitamente até perder de vista. Porém, nenhuma emoção afetou sua razão. Avaliava-os estrategicamente, estimando seu armamento e o porte de seus oficiais, a indumentária e o intervalo de suas fileiras. Eram mortais como nós. O que viam os deixava, como a nós, tomados de admiração pela força adversária? Leônidas repetira inúmeras vezes aos oficiais dos théspios que os escudos, grevas e elmos deveriam ser cunhados no mais intenso lustro possível. Brilhavam como espelhos. Acima do rebordo dos escudos, os elmos luziam magnificamente. Sobre eles, a altiva crista de crina de cavalo, que, ao tremular na brisa, não só criava a impressão de uma altura e estatura intimidadoras como também conferia um aspecto de terror que não pode ser comunicado por palavras. Precisa ser visto para ser compreendido.

Reforçando o teatro de horror apresentado pela falange helena, para mim, o mais intimidador de tudo eram os inexpressivos revestimentos dos elmos gregos. Possuíam o nasal de bronze da espessura de um polegar humano, fulgurantes peças nas maças do rosto e as incríveis fendas para os olhos, as quais cobriam o rosto todo e projetavam no inimigo a sensação de que estava encarando uma criatura não de carne e osso, como ele próprio, mas alguma horripilante e invulnerável máquina, impiedosa e insaciável. Eu tinha rido com Alexandros menos de duas horas antes enquanto ele colocava o elmo sobre a proteção de feltro. Como parecera encantador e menino em um determinado instante, com o elmo levantado inofensivamente em sua testa, deixando expostas suas feições jovens, quase femininas. Com um movimento natural, logo sua mão direita abaixou com força a máscara desagradável; num instante a humanidade de sua face desapareceu. Seus olhos expressivos e gentis tornaram-se invisíveis poças de negritude fendidas no interior das aterradoras órbitas de bronze; toda a compaixão fugiu no mesmo instante de seu semblante, substituída pela máscara oca do assassino.

— Levante isso! — gritei. — Está me deixando apavorado. — Eu falava sério.

Dienekes avaliava agora o efeito da armadura helena no inimigo. Os olhos do meu senhor sondavam as fileiras do inimigo; era possível ver manchas de urina na parte da frente das calças de mais de um homem. Pontas de lanças estremeciam aqui e ali. Os medos, então, entraram em forma. Cada fileira procurou seu marco, cada comandante assumiu sua posição.

Mais momentos intermináveis se passaram. O tédio foi substituído pelo terror. Os nervos começaram a protestar; o sangue pulsava nos recessos dos ouvidos. As mãos ficaram entorpecidas; toda a sensação escapou dos membros. O corpo parecia triplicar o peso, frio como uma pedra. Ouvia-se a própria voz invocando os deuses; não era possível afirmar se o som estava apenas na cabeça ou vergonhosamente ao alcance de todos.

A posição privilegiada de Sua Majestade devia ser elevada demais sobre a montanha para que pudesse ver o que aconteceu depois, o golpe dos céus que precipitou o conflito. Foi o seguinte: de súbito, uma lebre disparou pelo rochedo diretamente para o espaço entre os dois exércitos. Isso ocorreu não mais de 10 metros de distância do comandante théspio Xenocratides, na posição mais avançada de suas tropas. Ele estava flanqueado por seus capitães Dithyrambos e Protokreon, todos engrinaldados, com o elmo na cabeça erguido para trás. Ao ver essa presa correndo selvagemente, a cadela Styx, que já latia com fúria, soltou-se do flanco direito da formação grega e disparou sem mais demora na frente de todos. O efeito teria sido cômico se os olhos de todos os helenos não tivessem, de imediato, se detido no evento como um sinal dos céus e acompanhado, com a respiração suspensa, o seu resultado.

O hino a Ártemis, que os soldados estavam cantando, enfraqueceu. A lebre fugiu para o lado da tropa de choque meda, com Styx na sua cola, excitada com a perseguição. Os dois animais pareciam borrões engraçados. As lufadas de pó, levantadas por suas patas, pendiam imóveis no ar, enquanto o corpo, estendido em seu máximo na corrida, passava como um raio através delas. A lebre entrou em pânico ao se aproximar da massa de medos; perdeu o controle e saltou com um giro de uma ponta a outra de seu corpo, como se tentasse virar em ângulo reto a uma velocidade máxima. Num átimo, Styx estava em cima dela; parecia que as mandíbulas da cadela rachariam a presa em duas, mas, para o espanto de todos, a lebre se libertou, ilesa, e, num piscar de olhos, retomou a fuga com ligeireza.

Seguiu-se uma perseguição em ziguezague que durou menos de uma dúzia de pulsações. A lebre e a cachorra atravessaram três vezes a *oudenos chorion*, a terra de ninguém entre os exércitos. Uma lebre sempre foge colina acima; suas patas dianteiras são mais curtas do que as traseiras. A corredora saltou para a parede montanhosa, tentando se salvar. Mas ela era muito íngreme; as patas da fugitiva derraparam. Ela despencou e caiu de costas. Num instante, sua forma pendeu frouxa e partida nas mandíbulas de Styx.

Um júbilo subiu da garganta dos quatro mil gregos, certos de que isso era um augúrio de vitória, a resposta ao hino que fora interrompido acidentalmente. Mas das fileiras medas adiantaram-se dois arqueiros. Quando Styx se virou, procurando o seu dono para exibir a captura, um par de flechas de bambu, arremessadas a não mais de 20 metros, atingiram simultaneamente o flanco e a garganta do animal, derrubando-o na terra.

Um grito de angústia ecoou do skirita que todos chamavam de Perdigueiro. Durante alguns momentos de agonia, sua cadela agitou-se e contorceu-se, atingida mortalmente pelas flechas do inimigo. Ouvimos o comandante medo gritar uma ordem em sua língua.

Mil arqueiros medos imediatamente ergueram seus arcos. É agora!, alguém gritou do Muro. Cada escudo heleno foi segurado em posição. Um som que não é um som, mas um silêncio, como um tecido sendo rasgado pelo vento, ressoou parecido com um lamento dos punhos dos arqueiros inimigos quando suas mãos soltaram a corda, e suas setas de três pontas irromperam no ar como se fossem uma só. As hastes cantavam, impulsionando-as.

Enquanto esses projéteis formavam um arco no espaço celeste, o comandante théspio Xenocratides aproveitou o momento:

— Zeus, do Trovão e da Vitória! — gritou. Rasgou a guirlanda em sua testa e baixou o elmo que cobria seu rosto todo, exceto as fendas para os olhos, para a posição de combate. Num instante, todos os helenos seguiram o seu exemplo. Mil flechas choveram sobre eles em um dilúvio homicida. O *sarpinx* gritou: — Thespiae!

De onde eu estava, no alto do Muro, pareceu que os théspios se aproximaram do inimigo no espaço de duas pulsações. As fileiras da vanguarda atingiram os medos sem aquele som de trovão, do choque do bronze com bronze, que os helenos conheciam das colisões com o seu próprio povo. Quando a cobertura metálica dos escudos gregos colidiu com a parede de vime erigida pelos medos, o rangido foi menos dramático, quase enjoativo, como dez mil punhados de gravetos estalando nos punhos do vinhateiro. O inimigo rodopiou e cambaleou. As lanças théspias ascenderam e mergulharam. Num instante, a zona mortal foi obscurecida num rodamoinho de poeira revolvida.

Os espartanos, no alto do muro, permaneceram imóveis enquanto esta compressão peculiar das fileiras, parecida com foles, se desdobrou diante de seus olhos; as primeiras três fileiras dos théspios comprimiram-se contra o inimigo e revolveram-se como uma parede móvel sobre ele. Agora, as fileiras sucessivas, a quarta, a quinta, a sexta, a sétima, a oitava e as demais, entre as quais um intervalo se abrira na precipitação, se emparelharam. Uma leva sucedia a outra e comprimia a anterior. Quando cada homem elevava seu escudo e o plantava tão diretamente quanto seus membros enervados pelo terror permitissem nas costas do camarada à sua frente, firmando o ombro esquerdo sob a borda superior e enfiando a sola e os dedos do pé na terra como apoio, atirava-se com toda a sua força no entrevero. Meu coração parou admirado quando cada guerreiro dos théspios invocou seus deuses, a alma de seus filhos, sua mãe, todas as entidades, nobres ou absurdas, que ele podia imaginar que o ajudariam e, esquecendo-se de sua própria vida, investiu com uma coragem impossível na turba do assassínio.

O que um momento antes fora uma formação de tropas, discernível como fileiras e colunas, até mesmo como indivíduos, transformou-se no espaço de uma pulsação em uma turva massa homicida. As tropas de reserva théspias não conseguiram se conter; também se precipitaram à frente, pressionando o peso de suas fileiras nas costas de seus irmãos, empurrando a massa compacta do inimigo.

Atrás deles, os escudeiros théspios, fora de forma e sem armaduras, dançavam como formigas em uma frigideira. Uns ficavam lerdos de pânico, outros se arrojavam, clamando aos outros para lembrar de sua coragem e não falhar com o homem a quem serviam. Na direção dos servos do séquito, chispou um segundo e um terceiro arco-íris de flechas, lançadas pelos arqueiros inimigos posicionados na retaguarda de seus lanceiros e disparadas em profusão, formando uma curva no céu, diretamente acima das cabeças emplumadas de seus camaradas. As cabeças de bronze alcançaram a terra em uma vanguarda rota, mas perceptível, como uma tempestade rápida no mar. Essa cortina de morte retirou-se para a retaguarda quando os arqueiros medos ficaram para trás dos lanceiros. Conservavam um intervalo, de modo que pudessem se concentrar no disparo sobre a massa de gregos que os atacava e não desperdiçar as flechas, evitando, assim, hastes atiradas sobre suas cabeças. Um escudeiro théspio precipitou-se temerariamente à frente; a ponta de uma lança atravessou seu pé. Ele volteou, berrando de dor e praguejando, se chamando de idiota.

— Avançar para a Pedra do Leão!

Com um grito, Leônidas deixou seu posto no alto do Muro e desceu a ladeira, que fora construída deliberadamente para o campo aberto diante dos espartanos, micenos e phlios. Enquanto a "zona atingida" pelas lanças do inimigo se retirava sob a pressão furiosa dos théspios, eles mantiveram o alinhamento, como haviam ensaiado meia centena de vezes nos dias anteriores, em posição de alerta no solo nivelado diante do Muro.

Ao longo da face da montanha, à esquerda, três pedras, cada uma duas vezes a altura de um homem, de maneira que pudessem ser vistas acima da poeira levantada na batalha, foram escolhidas como referência de nível.

A Pedra do Lagarto, assim chamada por causa de um indivíduo particularmente intrépido dessa espécie que ali tomava sol, ficava no extremo mais distante do Muro de Phokis, mais próxima ao estreito, talvez a 45 metros da boca do desfiladeiro. Era a linha até onde o inimigo poderia avançar. Mil, Leônidas ordenou, seriam convidados para a dança. Lá, na Pedra do Lagarto, travariam combate, e o avanço inimigo seria refreado.

A Pedra da Coroa, segunda das três e mais de 30 metros atrás da do Lagarto, definia a linha na qual cada destacamento de reforço se reorganizaria imediatamente antes de ser lançado na briga.

A Pedra do Leão, das três a que estava mais na retaguarda e diretamente à frente do Muro, marcava a linha da emboscada – a rampa dos corredores na qual cada unidade de reforço se reorganizaria. Deixaria, assim, espaço suficiente entre si mesma e aqueles que combatiam, para que as fileiras na retaguarda manobrassem, cedessem terreno se necessário, se reagrupassem para um flanco dar apoio ao outro e para que os feridos serem retirados.

Ao longo dessa demarcação, os espartanos, micenos e phlios tomaram suas posições.

— Formem a linha! — gritou o *polemarch* Olympieus. — Cerrem o intervalo! — Ficou de lá para cá no *front*, sem dar importância à chuva de flechas, gritando ordens aos comandantes do pelotão, que as passavam aos seus homens.

Leônidas, ainda mais distante de Olympieus, examinava a luta acirrada, sufocada de poeira, à frente, no estreito. O som aumentara. O choque de espadas e lanças nos escudos, o dobre do bronze bojudo, como um sino tocando, os gritos dos homens, as explosões bruscas e cortantes quando as lanças lascam sob o impacto e se partem em duas; tudo ecoava e reverberava entre a face da montanha e o estreito, às vezes como *theatron* da morte cercado dentro de seu próprio anfiteatro de pedra. Leônidas, ainda engrinaldado, com o elmo erguido, virou-se e fez um sinal para o *polermarch*.

— Descansar escudos! — ressoou a voz de Olympieus. Ao longo da linha espartana, *aspides* foram baixados e apoiados no chão, o rebordo apoiado na coxa e a alça à mão. Todos os elmos foram erguidos, e os rostos dos homens, expostos. Do lado de Dienekes, seu capitão Bias pulava feito uma pulga.

— Isso, isso, isso.

— Calma, cavalheiros — Dienekes deu um passo à frente para que seus homens o vissem. — Descansem essas "chapas". — Na terceira fileira, Ariston, fora de si de tanta ansiedade, ainda segurava o escudo na posição. Dienekes esbofeteou-o com a parte chata de seu "perfurador de lagarto". — Está se exibindo? — O rapaz acordou, piscando como um menino despertado de um pesadelo. Durante um instante, deu para perceber que não fazia a menor ideia de quem era Dienekes nem do que ele queria. Então, com um sobressalto e uma expressão acanhada, recompôs-se e baixou o escudo à posição de descanso contra o joelho.

Dienekes andava de lá para cá na frente dos homens.

— Todos os olhos em mim! Aqui, irmãos! — A sua voz penetrou enérgica e grave, com a rouquidão que todos os combatentes conhecem, quando a língua se transforma em couro. — Olhem para mim, não olhem para o combate!

Os homens desviaram o olhar do fluxo e refluxo de assassínios que acontecia a uma curta distância, diante deles. Dienekes estava a sua frente, de costas para o inimigo.

— O que está acontecendo é o seguinte, até um cego pode dizer pelo som. — A voz de Dienekes ressoou apesar da barulhada no estreito. — Os escudos do inimigo são pequenos e leves demais. Não conseguem proteger. Os théspios os estão fazendo em pedacinhos. — Os homens continuaram relanceando os olhos na direção do combate. — Olhem para mim! Fixem os olhos aqui, droga! O inimigo ainda não desertou. Sentem os olhos de seu Rei fixos neles.

Estão caindo como trigo, mas sua coragem não esmorece. Eu disse para olharem para mim! Na zona mortal, veem agora os elmos dos nossos aliados se destacarem na matança; é como se os théspios estivessem subindo um muro. E estão. Um muro de cadáveres persas.

Era verdade. Via-se nitidamente uma ascensão de homens, uma onda distinta no entrevero enfurecido.

— Os théspios só resistirão por mais alguns minutos. Estão exaustos de matar. É uma caça ao tetraz. Peixe na rede. Ouçam com atenção! Quando chegar nossa vez, o inimigo estará pronto para se render. Já posso ouvi-lo ceder. Lembrem-se: estamos indo participar de um assalto. É entrar e sair. Ninguém morre. Nenhum herói. Entrar, matar todos que puderem e sair quando as trombetas soarem.

Atrás dos espartanos, sobre o Muro, que foi ocupado pela terceira onda de Tegea e 1.200 soldados de Lokris, Opus, o lamento do *sarpinx* rompeu a barulheira. Leônidas, então, ergueu a lança e baixou o elmo. Deu para ver Polynikes e os Cavaleiros avançarem para envolvê-lo. O assalto dos théspios estava terminado.

— Baixar o chapéu! — gritou Dienekes. — Levantar as chapas!

Os espartanos penetraram frontalmente, oito de profundidade, em intervalo duplo, permitindo que a retaguarda théspia se retirasse entre suas colunas, homem por homem, uma fileira de cada vez. Eles não receberam ordens, os théspios simplesmente caíram de exaustão, os lacedemônios avançaram passando sobre eles. Quando os *promachoi* espartanos, a tropa de choque, chegaram a três escudos do *front*, suas lanças começaram a mergulhar no inimigo por sobre os ombros dos aliados. Muitos théspios simplesmente se deixaram cair e ser pisoteados. Seus companheiros os puxavam depois que a linha tinha passado sobre eles.

Tudo que Dienekes dissera revelou-se verdadeiro. Os escudos medos não só eram leves e pequenos demais como a falta de massa impedia-os de se firmar contra os *aspides* largos e pesados dos helenos. Os escudos de proteção dos inimigos escorregavam pela frente convexa dos escudos gregos, desviando-se para cima e para baixo, para a esquerda e direita, expondo o pescoço, as coxas, a garganta e a virilha daquele que o segurava. Os espartanos golpeavam de cima para baixo com suas lanças, repetidas vezes na face e na garganta do inimigo. O armamento dos medos era o de guerreiros das planícies, equipados com armas leves e que lutavam à distância, sem fazer parte da batalha; o seu papel era atacar rapidamente, de além da fileira dos lanceiros, lidando com a morte à distância. O conflito armado com a falange densa e comprimida foi um inferno para eles.

E ainda assim resistiram. Sua bravura foi emocionante, de uma temeridade a ponto da loucura. Tornou-se sacrifício, puro e simples; os medos abriram mão de seus corpos como se a própria carne fosse uma arma. Em minutos, os espartanos, e sem dúvida os micenos e phlios também, embora eu não pudesse vê-los, estavam exauridos. De matar, simplesmente. Simplesmente do impulso do braço ao estocar a lança, do esforço do ombro para firmar o escudo, do estrondo do sangue pelas veias e do bater do coração em seu peito. A terra cresceu, não coberta pelos corpos inimigos, mas empilhada deles. Amontoada deles. Acumulada deles.

À cola dos espartanos, seus escudeiros abandonaram qualquer intenção de infligir baixas com suas próprias armas, ocupados em arrastar cadáveres inimigos pisoteados, para ajudar seus homens a manter o passo. Vi Demades, o escudeiro de Ariston, cortar a garganta de três medos feridos em 15 segundos e jogar suas carcaças de volta a um monte de homens que se contorciam gemendo.

A disciplina foi quebrada entre os soldados da tropa de choque meda; as ordens gritadas pelos oficiais não podiam ser ouvidas na confusão e, mesmo que pudessem, os homens estavam tão esmagados no meio daquele bando de soldados apinhados que não conseguiriam responder. Ainda assim, os soldados rasos não entraram em pânico. Desesperados, largaram arcos, lanças e escudos e, simplesmente, se arremessaram de mãos vazias sobre as armas dos espartanos. Agarraram-se às lanças, pendurando-se com as duas mãos e lutando para arrancá-las das mãos de seus donos. Outros se atiraram em massa contra os escudos dos lacedemônios, agarrando o rebordo de cima e puxando a parte côncava para baixo, arranhando e dilacerando os espartanos com os dedos e unhas.

Então, a matança na vanguarda tornou-se de homem a homem, revelando somente o lado mais selvagem do que seriam fileiras e colunas. Os espartanos matavam com movimentos fatais de seus *xiphos*, enfiando e retirando rapidamente essas curtas espadas da barriga do inimigo. Vi Alexandros, seu escudo arrancado de suas mãos, enfiando seu *xiphos* na face de um medo cujas mãos arranhavam e golpeavam sua virilha.

As fileiras do meio dos lacedemônios avançaram impetuosamente, lanças e escudos ainda intactos. Mas a capacidade de reforço dos medos parecia ilimitada; acima da peleja, entrevia-se o reforço de mais mil a estrondear no estreito como um dilúvio, com muitos mais atrás, e mais ainda depois desses. Apesar da magnitude catastrófica de suas baixas, a maré começou a fluir a favor do inimigo. O peso de sua massa começou a pressionar a linha espartana. A única coisa que impediu o inimigo de atolar completamente os helenos foi a impossibilidade de passar muitos homens rapidamente o bastante pelo estreito; isso e o muro de corpos medos que obstruíam os confins como um deslizamento de terra.

Os espartanos combateram por trás desse muro de carne humana, como se fosse uma construção de pedra. O inimigo escalou-o em massa. Agora, nós, na retaguarda, podíamos vê-los; tornaram-se alvos. Por duas vezes, Suicídio atacou com azagaias por sobre os ombros de Alexandros, quando os medos investiam contra o jovem, de cima do monte de cadáveres. Os corpos espalhavam-se por toda parte. Subi no que achei ser uma pedra, só para senti-la retorcer-se debaixo de mim. Era um medo, vivo. Enfiou a ponta de uma cimitarra estilhaçada sete centímetros dentro de minha panturrilha. Berrei apavorado e caí em outros membros ensanguentados. O inimigo investiu contra mim com os dentes. Prendeu o meu braço como se fosse arrancá-lo; golpeei seu rosto com o meu arco. De repente, um pé plantou-se com toda força em minhas costas. Uma machadinha baixou com um zunido medonho; o crânio do inimigo partiu-se como um melão.

— O que está procurando aí embaixo? — perguntou uma voz. Era Akantus, o escudeiro de Polynikes, borrifado de sangue e sorrindo largo feito um louco.

O inimigo jorrou por cima do muro de cadáveres. Quando consegui ficar em pé, tinha perdido Dienekes de vista; eu não conseguia distinguir os pelotões nem dizer onde eu devia estar posicionado. Não fazia a menor ideia de por quanto tempo havíamos lutado. Dois ou vinte minutos? Eu tinha duas lanças, sobressalentes, amarradas às minhas costas em sua bainha de couro, de modo que, se eu tropeçasse acidentalmente, suas pontas não ferissem nossos camaradas. Todos os outros escudeiros carregavam o mesmo; estavam todos tão misturados quanto eu.

À frente, ouviam-se as hastes dos lanceiros medos chocando-se e quebrando contra o bronze dos espartanos. As compridas lanças dos lacedemônios faziam um som diferente das mais curtas e leves do inimigo. A corrente estava atuando contra nós, não por falta de coragem, mas em consequência das massas esmagadoras de homens que o inimigo lançava contra a linha. Fiquei desesperado tentando achar Dienekes para lhe dar as lanças. A cena era caótica. Ouvia homens caírem à esquerda e à direita, e via as tropas da retaguarda espartana se comprimindo enquanto as colunas à sua frente abriam caminho sob o peso da investida meda. Tive de me esquecer do meu senhor e servir onde pudesse.

Corri para um ponto em que a linha estava menos densa, só três de profundidade, e prestes a se enfunar, criando aquele volume desesperado no sentido contrário que precede um rompimento total. Um espartano caiu de costas em plena boca da carnificina; vi um medo decepar a cabeça do guerreiro com um golpe ruidoso de cimitarra. O crânio caiu, com elmo e tudo, separado do torso e rolou na terra, com a medula golfando e o osso da espinha exibindo o branco-acinzentado horripilante. Elmo e cabeça desapareceram no meio de uma tempestade de grevas revolvidas e pés calçados e descalços. O assassino emitiu um grito de triunfo, erguendo sua arma aos céus; uma fração de segundo após, um guerreiro vestido de vermelho enterrou uma lança tão fundo nas entranhas do inimigo que o aço fatal escancarou-se limpo nas costas do homem. Vi outro medo desmaiar de pavor. O espartano não conseguia puxar a arma de volta, de modo que a quebrou ali mesmo, apoiando o pé na barriga do inimigo ainda vivo e partindo a haste em duas. Não tinha ideia de quem era esse herói, e nunca descobri.

A lança!, ouvi-o berrar, as órbitas diabólicas de seu elmo girando para a retaguarda em busca de reforço, de uma arma extra, de qualquer coisa com que lutar. Tirei as duas lanças das minhas costas e as joguei nas mãos do guerreiro desconhecido. Recuei. Ele agarrou uma e rodopiou, plantando-a com as duas mãos na garganta de um medo. A alça de seu escudo havia se soltado ou fora arrancada; o *aspis* tinha caído no chão. Não havia espaço para recuperá-lo. Dois medos investiram na direção do espartano com as lanças apontadas, mas foram interceptados pelo escudo de seu companheiro de fileira, que se pôs rapidamente em posição para defendê-lo. As duas lanças inimigas quebraram quando suas cabeças se chocaram contra o revestimento de bronze e carvalho do escudo. Na precipitação, o impulso transportou-os, estatelando-se no chão em cima do primeiro espartano. Ele enfiou seu *xiphos* na barriga do medo, ergueu-se com um grito de homicida e cortou os olhos do segundo com o cabo da arma. O inimigo pôs as mãos no rosto aterrorizado, o sangue jorrava entre os dedos crispados. O espartano pegou com as duas mãos seu escudo que caíra e baixou seu rebordo como se cortasse uma cebola. A força sobre a garganta do inimigo foi tal que quase o decapitou.

Em formação! Em formação!, ouvi um oficial gritar. Alguém vindo por trás me empurrou para o lado. Num instante, outros espartanos, de outro pelotão, avançaram, reforçando a vanguarda rarefeita que oscilava, prestes a ceder. Era uma luta caótica. O seu heroísmo era de parar o coração. Em momentos, o que fora uma situação à beira da catástrofe se transformava, pela disciplina e ordem das fileiras de reforço, em um ponto forte, uma posição favorável. Todo homem que se via à frente, independente da sua posição na formação original, assumia o papel de oficial. As fileiras se cerravam, escudos com escudos. Um muro de bronze ergueu-se diante da massa desordenada e propiciou instantes preciosos para que os que estavam na retaguarda se reorganizassem e voltassem a entrar em forma, avançando e se reagrupando, em posição na segunda, na terceira, na quarta fileira, assumindo o papel dessa posição.

Nada inflama mais coragem no coração de um guerreiro do que ver a si mesmo e seus camaradas prestes a serem aniquilados, a serem conquistados e devastados. A coragem surge não apenas por sua própria fibra, mas pela sua disciplina e seu treinamento, pela sua presença de espírito para não entrar em pânico e não ser tomado pelo desespero. A coragem inflamada, por fim, de efetuar os atos simples da ordem que Dienekes sempre declarara ser a proeza suprema do guerreiro: realizar o corriqueiro em condições longe de serem corriqueiras. Não somente por si mesmos, como Aquiles ou os campeões individuais de tempos passados, mas por ser parte de uma unidade, por sentir-se irmão de armas do outro. Em uma situação como essa de caos e desordem, ao sentirmos camaradas que nem mesmo conhecemos, com quem nunca treinamos, ocupar os espaços do nosso lado, ao lado da lança e ao lado do escudo, na frente e atrás, olhá-los se reagrupar, não de uma maneira frenética e enlouquecida, mas com ordem e comedimento, cada um sabendo o seu papel e mostrando-se à altura dele, um tirando suas forças do outro; em situações assim, o guerreiro se vê como que erguido pelas mãos de um deus. Não se pode afirmar onde seu ser termina e o do companheiro ao lado começa. Nesse momento, a falange forma uma unidade tão densa e intuitiva que não atua mais só no nível de uma máquina ou motor de guerra. Vai além, vai ao estado de um único organismo, um animal de sangue e coração.

Choveram flechas inimigas sobre a linha espartana. De onde eu estava, logo atrás das fileiras da retaguarda, podia ver os pés dos guerreiros. De início, agitavam-se desbaratados, tentando se firmar na terra limosa de sangue; depois, se consolidavam em uma cadência regular, austera, uníssona. O lamento dos trombeteiros cortava o alarido de bronze e fúria, ressoando o compasso em parte música, em parte batida do coração. Com um esforço, o pé dos guerreiros, ao lado do escudo, deu o passo à frente para confrontar o inimigo; o outro, ao lado da lança, plantado a um ângulo de noventa graus, afundou na lama. Os arcos do pés submergiram quando o peso dos homens foi apoiado nas entressolas; com os ombros esquerdos plantados na parte interna do bojo dos escudos, cujas faces externas eram pressionadas contra as costas do camarada da frente, eles reuniram toda a força do tecido e do tendão para avançar e erguerem-se acima da batida. Como remadores enfileirados, retesados sobre um único remo, o esforço unificado da ação dos homens impulsionou a nau da falange à frente, na maré do inimigo.

Na frente, as lanças de dois metros dos espartanos foram impelidas contra o inimigo, impulsionadas pelo braço em um golpe de cima para baixo, através do rebordo superior do escudo, na face, na garganta e nos ombros do inimigo. O som de escudo contra escudo deixou de ser o tinido metálico do impacto inicial e se tornou mais grave e mais aterrador, um mecanismo metálico rangendo como o de uma terrível usina de assassinato. Os gritos, dos espartanos e também dos medos, não mais se erguiam em um coro enlouquecido de fúria e terror. Os pulmões dos guerreiros bombeavam apenas para respirar; o peito arfava como um fole. O suor corria no chão em pequenos arroios, enquanto o som emitido pelas massas combatentes não passava de uma multidão de cavouqueiros, cada qual atrelado à corda dupla da carreta, gemendo e se retesando para arrastar uma pesada pedra pela terra resistente.

Guerra é trabalho, Dienekes sempre ensinou, procurando despojá-la de seu mistério. Os medos, apesar de sua bravura, seu grande número e sua perícia incontestável na guerra em planície aberta, com a qual conquistaram toda a Ásia, não se saíram tão bem nesse combate de infantaria pesada, ao estilo dos helenos. Suas colunas não haviam treinado controlar o ataque e se unir para investir em uníssono; as fileiras não se exercitaram interminavelmente, como os espartanos, para manter o alinhamento e o intervalo, a cobertura e a proteção. No meio da matança, os medos tornaram-se uma turba. Empurravam os lacedemônios como carneiros fugindo do fogo em um curral de tosquia, sem cadência nem coesão, munidos somente de coragem, que, por mais gloriosa, não poderia triunfar sobre o ataque coeso e disciplinado que agora os pressionava.

Os desafortunados inimigos à frente não tinham onde se esconder. Viram-se imprensados entre a turba de seus próprios companheiros pisoteando-os por trás e as lanças espartanas perfurando-os pela frente. Homens morriam simplesmente pela falta de ar. O coração parava quando atingia seu limite extremo. Vi de relance Alpheus e Maron;

como uma parelha de bois, os irmãos, lutando ombro a ombro, formavam a ponta de aço de uma lança de 12 escudos de profundidade, que partiu as fileiras medas a 100 metros da parede da montanha.

Os Cavaleiros, à direita dos gêmeos, penetraram nessa brecha com Leônidas lutando na vanguarda; transformaram a linha inimiga em um flanco e pressionaram furiosamente a desprotegida direita do inimigo. Que Deus ajude os filhos do Império que tentam resistir a guerreiros como Polynikes e Doreion, Terkleius e Patrokles, Nikolaus e os dois Agises, todos atletas sem par, no auge da juventude, combatendo ao lado do seu Rei e loucos para conquistar a glória que agora tremulava ao seu alcance.

Quanto a mim, confesso que o horror quase me venceu. Embora eu estivesse armado duplamente com duas aljavas de flechas e 24 cabeças de ferro, as ordens de disparar chegavam tão ferozes e furiosas que eu acabava ficando sem nada antes de poder disparar. Eu atirava entre os elmos dos guerreiros, apontando diretamente para a cara e a garganta do inimigo. Aquilo não implicava habilidade com o arco, era carnificina pura. Eu puxava as lanças das entranhas de homens ainda vivos para me reabastecer. A haste da flecha que retesava o arco deslizava viscosa de tecido e sangue coagulado; pingava sangue dos projéteis antes mesmo de serem disparados. Tomados pelo horror, involuntariamente os meus olhos se fechavam com força; eu tinha de puxar a pele do meu rosto com as duas mãos para abri-los. Eu havia enlouquecido?

Estava desesperado para encontrar Dienekes, para alcançar minha posição e protegê-lo, porém a parte de minha mente que ainda conservava seu juízo ordenou que me reorganizasse e desse minha contribuição ali mesmo.

Na compressão da falange, cada homem podia sentir a mudança radical quando a precipitação da emergência passava como uma onda, substituída pela sensação estável, equilibrada, do medo sendo tolerado, da compostura retornando e o treinamento se ajustando ao trabalho assassino da guerra. Quem pode saber por qual timbre tácito o fluxo da maré do combate é comunicado no interior das fileiras? De alguma maneira, os guerreiros sentiram que a esquerda espartana, ao longo da face da montanha, havia derrotado os medos. Um hurra irrompeu lateralmente, aumentando e se multiplicando das gargantas dos lacedemônios. O inimigo também percebeu. Sentiram sua linha ruir.

Finalmente, encontrei o meu senhor. Com um grito de alegria, localizei seu elmo de oficial, na vanguarda, compelindo, de modo assassino, um bando de lanceiros medos que já não atacavam mais, simplesmente recuavam aos tropeções, aterrorizados, abandonando seus escudos ao serem comprimidos pelos homens em desespero atrás deles. Corri para onde ele estava, atravessando o espaço aberto diretamente na retaguarda da moedora e rangente linha de avanço espartana. A faixa de terra interior compreendia o único corredor de refúgio em todo o campo, na lacuna entre a matança da linha e a "zona atingida" das flechas dos arqueiros medos, arremessadas da retaguarda de suas linhas sobre os exércitos em confronto na direção das formações de reserva helenas que aguardavam.

Os medos feridos tinham se arrastado para essa área protegida, mais aqueles tomados pelo terror, os que estavam exaustos e os que fingiam estar. Corpos inimigos espalhavam-se por toda parte, os mortos e os que agonizavam, os pisoteados, os mutilados e os massacrados. Vi um medo com uma barba magnífica sentado acanhadamente no chão, embalando os intestinos nas mãos. Quando passei correndo, flechas de um dos seus próprios parentes caíram sobre ele, prendendo sua coxa na relva. Seus olhos encontraram os meus com a expressão mais chorosa; não sei por que, mas arrastei-o meia dúzia de passos largos até a bolsa de segurança ilusória. Olhei para trás. Os soldados de Tegea e de Lokris, Opus, nossos aliados, ajoelhados nas fileiras, comprimidos ao longo da linha abaixo da Pedra do Leão, com os escudos interfoliados erguidos para desviar o dilúvio das flechas inimigas. A extensão da terra diante deles eriçava-se como uma alfineteira, tão densa com as flechas inimigas quanto as cerdas do dorso de um porco-espinho. A paliçada do Muro estava em chamas, incendiando-se com as centenas de setas curtas do inimigo.

Os lanceiros medos perderam, então, o controle. Como num jogo infantil de bocha, as colunas empilhadas caíram para trás; os corpos desabaram uns sobre os outros, enquanto os que estavam à frente tentavam escapar e os que estavam atrás se emaranhavam na confusão da fuga. O terreno diante do avanço espartano tornou-se um mar de membros e torsos, coxas e ventres, as costas dos homens se arrastando por seus camaradas caídos, enquanto outros, presos às suas costas, contorciam-se e gritavam em sua língua, as mãos erguidas, pedindo clemência.

A matança ultrapassou a capacidade da mente para assimilá-la. Vi Olympieus atacando furiosamente em direção à retaguarda, pisando não sobre o solo, mas sobre a carne do inimigo caído, em um tapete de corpos, de feridos e de mortos, enquanto o escudeiro Abattus o flanqueava, enfiando a lança, trespassando com a haste os ventres do inimigo ainda vivo. Olympieus avançou sendo visto com nitidez pelos reservas aliados em posição ao longo do Muro. Tirou o elmo para que os comandantes pudessem ver o seu rosto, em seguida bateu três vezes com a lança segurada de lado. Avançar! Avançar!, gritou.

Com um brado de gelar o sangue, avançaram.

Vi Olympieus parar, a cabeça descoberta, e olhar fixamente a terra salpicada de inimigos à sua volta, ele próprio tomado pela proporção da carnificina. Então, recolocou o elmo; sua face desapareceu debaixo do bronze coberto de sangue e, chamando seu escudeiro, caminhou de volta à matança.

À retaguarda dos lanceiros em debandada, estavam seus irmãos, os arqueiros medos. Estavam organizados em fileiras ainda ordenadas, 20 de profundidade, cada arqueiro em posição atrás de um escudo de vime da altura de um corpo, a base ancorada na terra como espigões de ferro. Uma terra de ninguém de 30 metros separava os espartanos dessa parede de arqueiros. O inimigo, então, começou a disparar diretamente em seus próprios lanceiros, as últimas bolsas dos corajosos que ainda se engalfinhavam com o avanço lacedemônio.

Os medos atiravam em seus próprios homens na retaguarda.

Não se importavam em matar dez de seus irmãos se uma flecha afortunada acertasse um espartano.

De todos os momentos de suma bravura durante esse longo e terrível dia, esse, que os aliados sobre o Muro agora contemplavam, superou todos. Ninguém que o presenciou tornaria a ver outro igual. Quando a linha de frente espartana despachou os lanceiros remanescentes, a tropa de choque emergiu completamente exposta, tornando-se praticamente o alvo à queima-roupa dos arqueiros medos. O próprio Leônidas, na sua idade, tendo sobrevivido a tantos assassínios, cujo desgaste físico por si só teria ultrapassado os limites de resistência até mesmo do jovem mais vigoroso na flor da idade, ainda assim recorreu à espada para avançar, gritando a ordem para entrar em formação e avançar. A essa ordem os lacedemônios obedeceram, se não com a precisão da praça de armas, com uma disciplina e ordem além da imaginação em tais circunstâncias. Antes de os medos terem tempo de desencadear um ataque geral, viram-se cara a cara com uma frente de 60 ou mais escudos. Os *lambdas* da Lacedemônia obscureceram debaixo das horríveis camadas de lama formadas por sangue fresco e coagulado que corria em rios bronze abaixo e pingava dos aventais de couro por baixo dos *aspides*, as saias de couro de boi que protegiam as pernas dos guerreiros da saraivada de ferro em que agora penetravam. Pesadas grevas de bronze protegiam as panturrilhas; acima de cada escudo estendiam-se somente as coroas dos elmos, com uma única fenda para os olhos, e, por cima de tudo, agitavam-se as plumas dos guerreiros e a crista transversa dos oficiais.

O muro de bronze e carmesim avançou ao ataque dos medos. Flechas de bambu atacaram as linhas espartanas com uma velocidade mortífera. Tomado de terror, um arqueiro sempre irá atirar alto. Podiam-se ouvir as hastes das flechas saraivando e chocando-se raivosamente ao passar na altura da coroa pela vanguarda espartana. Elas atingiam com violência a floresta de lanças seguras na vertical; os projéteis, então, caíam, se desperdiçavam, no meio das fileiras blindadas. Flechas com a cabeça de ferro ricochetearam nas faces de bronze dos escudos. Ressoavam como um martelo numa bigorna. A batida furiosa era pontuada pela comoção violenta de um tiro certeiro penetrando metal e carvalho de modo que a cabeça lancetava através do escudo como um prego perfurando uma tábua.

Quanto a mim, havia plantado o ombro e a coluna nas costas de Medon, o sênior da cantina do Deukalion, cuja posição de honra era no extremo da retaguarda da primeira coluna do pelotão de Dienekes. Os trombeteiros estavam acocorados na parte protegida da formação, sem arma nem armadura. Ficavam agachados o mais perto possível dos calcanhares dos soldados, sem deixar que eles tropeçassem em si e perdessem o equilíbrio. O tempo todo juntavam ar para soprar a batida estridente do *aulos*. As fileiras densamente agrupadas avançaram, não em um ataque desordenado, gritando como selvagens, mas em um silêncio total, sóbrio, quase imponente, com uma lentidão apavorante, na velocidade do lamento fúnebre dos trombeteiros. Entre as frentes de combate, a lacuna de 30 metros diminuiu para nove. O ataque medo redobrou. Ouviam-se as ordens berradas por seus oficiais e sentia-se o ar vibrar enquanto as fileiras do inimigo disparavam em uma sucessão cada vez mais furiosa.

Uma única flecha flamejante passando por uma orelha é capaz de fazer os joelhos tremerem. O projétil afiado parece gritar com malevolência. O peso da haste da flecha que ultrapassa obstáculos e transporta sua carga mortal, as plumas que transmitem, por seu silêncio estridente, a intenção homicida do inimigo. Cem flechas fazem um som diferente. O ar parece se espessar, se tornar denso, incandescente; vibra como algo sólido. O guerreiro sente-se encapsulado como em um corredor de aço. A realidade se contrai até a zona do assassínio, na qual ele se encontra prisioneiro. O céu não pode ser vislumbrado, nem mesmo recordado.

Agora, são mil flechas. O som é como um muro. Não há espaço, nenhum intervalo para abrigo. Sólido como uma montanha, impenetrável. Canta com a morte. Quando essas flechas são disparadas na direção do céu, suas trajetórias curvas de longo alcance atingem o alvo já despedaçadas pelo peso de suas próprias quedas. Porém, quando apontadas diretamente, há uma precisão, desde que se soltam do punho do arqueiro, de modo que seu voo é nivelado, a tal velocidade e tão à queima-roupa, que o arqueiro não se dá nem mesmo ao trabalho de calcular a equação da mira. É a chuva de ferro, o fogo do inferno em seu sentido mais puro.

Era para esse inferno que os espartanos avançaram. Mais tarde, souberam, pelos aliados que observavam do alto do Muro, que, naquele instante, quando as lanças dos espartanos das fileiras dianteiras baixaram em uníssono do nível vertical do avanço para a posição nivelada do ataque, e a falange cerrada estendera o passo para atacar o inimigo a toda velocidade, nesse momento, Xerxes, observando, havia ficado em pé de um pulo, temendo por seu exército.

Os espartanos sabiam atacar o vime. Haviam praticado sob os carvalhos no campo de Otona inúmeras vezes. Nós, escudeiros e escravos, nos posicionávamos com os escudos de treinamento e, com os calcanhares fixos, nos firmávamos com toda a nossa força, aguardando o choque maciço do ataque. Os espartanos sabiam que a lança de nada servia contra fibras entrelaçadas; sua haste ficava presa no vime, impossível de ser retirada. O mesmo acontecia com o impulso ou golpes do *xiphos*, que ricocheteava como se chocando contra ferro. A linha inimiga tinha de ser atacada no estilo tropa de choque, esmagada, derrubada; tinha de ser atingida com tal violência e força concentrada que suas fileiras dianteiras ruíssem, desmoronassem, uma sobre a outra, como pratos em um suporte quando a terra treme.

Foi exatamente o que aconteceu. Os arqueiros medos entraram em formação. Não estavam em um quadrado maciço, de frente para trás, com cada guerreiro reforçando seus camaradas contra o impacto do ataque. Sua disposição era esburacada em frentes alternadas, cada fileira no ombro daquela à sua frente, de modo que os arqueiros na segunda pudessem disparar nas lacunas deixadas pela primeira, e assim sucessivamente até a retaguarda, por toda a formação.

As fileiras do inimigo não estavam dispostas de maneira coesa como a falange espartana. Havia um vazio, um intervalo entre as fileiras imposto pelas exigências físicas do arco. O resultado disso foi exatamente o que os lacedemônios esperavam: a fila dianteira do inimigo ruiu imediatamente ao primeiro impacto, os escudos da extensão do corpo pareciam implodir para trás, os espigões que os ancoravam foram arrancados da terra como os ganchos das tendas em um vendaval. Os arqueiros da fileira da vanguarda foram literalmente arrancados do chão, seus escudos, iguais a paredes, ruíram sobre eles como redutos de fortalezas sob o impacto dos golpes. O avanço espartano atropelou-os, além da segunda e da terceira fileiras. A turba dos soldados das hostes de resistência do inimigo, instigada por seus oficiais, tentava desesperadamente entrincheirar-se e manter-se firme. Peito a peito com a tropa de choque espartana, os arcos do inimigo eram inúteis. Jogaram-nos para o lado e lutaram com as cimitarras que levavam nos cinturões. Vi uma frente inteira deles, sem escudos, agitando as armas impetuosamente, uma em cada mão. A bravura dos medos era incontestável, mas suas armas leves eram inofensivas como brinquedos; contra a parede sólida da armadura espartana, era o mesmo que estarem se defendendo com caniços ou galhos de funcho.

Ao anoitecer, ficamos sabendo, pelos desertores helenos que haviam fugido na confusão, que a retaguarda inimiga, 30 a 40 fileiras a partir da vanguarda, fora pressionada para trás tão irresistivelmente pela queda dos homens à frente que começara a se desviar desordenadamente do trajeto trácio, se dirigindo para o mar. Aparentemente reinou um pandemônio na seção de centenas de metros de comprimento, além do estreito, onde a trilha seguia em linha direta para a parede da montanha com o golfo escancarando 24 metros abaixo. Dessa borda, relataram os desertores, lanceiros e arqueiros desafortunados despencaram, e, ao tentar se segurar nos homens à sua frente, levaram-nos juntos em sua queda para a morte. Sua Majestade, soubemos, foi obrigada a testemunhar isso, já que seu ponto de observação estava diretamente acima do local. Foi a segunda vez, os observadores relataram, que Sua Majestade ficara em pé de um pulo, apavorada com o destino de seus guerreiros.

O terreno imediatamente à retaguarda do avanço espartano, como esperado, estava coberto com as formas pisoteadas de inimigos mortos e feridos. Mas um novo estratagema foi traçado. Os medos foram ultrapassados com tal velocidade e força que vários deles, uma quantidade nada desprezível, sobreviveram intactos. Então esses se ergueram e tentaram se reorganizar, mas foram atacados imediatamente pelas fileiras dos reservas aliados, que já avançavam para reforçar e revezar-se com os espartanos. Seguiu-se uma segunda matança quando os soldados de Tegea e Lokris de Opus atacaram essa safra ainda não colhida. Tegea é a mais feroz e mais habilitada. Tegea está imediatamente adjacente ao território da Lacedemônia. Durante séculos, seu povo e os espartanos lutaram nas planícies até, três gerações antes, tornarem-se aliados e camaradas leais. De todo o Peloponeso, tirando os espartanos, os guerreiros da Tegea são os mais ferozes e mais capazes. Quanto aos de Lokris de Opus, lutavam por seu próprio país. Suas casas e templos, campos e santuários ficavam a uma hora de marcha dos Portões Quentes. O indulto, sabiam, não fazia parte do vocabulário do invasor persa; tampouco do deles.

Eu estava arrastando um Cavaleiro ferido, o amigo de Polynikes, Doreion, para a segurança do declive do campo quando o meu pé escorregou em um riacho com a profundidade da espessura de um tornozelo. Tentei recobrar o equilíbrio duas vezes e caí as duas vezes. Praguejei, amaldiçoando a terra. Que fonte perversa jorrara de repente da encosta da montanha quando nada existia ali antes? Olhei para baixo. Um rio de sangue cobriu meus dois pés, escorrendo por uma canaleta no solo, como a valeta de um abatedouro.

Os medos foram derrotados. Os soldados de Tegea e Lokris de Opus lançaram-se como reforço pelas fileiras dos espartanos agora exauridos, pressionando o ataque contra o inimigo vacilante. Agora era a vez dos aliados. Enfiem o ferro neles, rapazes!, gritou um espartano. Quando a onda de fileiras aliadas avançou da retaguarda e dos dois flancos, com dez de profundidade, e se cerrou em uma falange coesa diante dos guerreiros de Esparta. Todos finalmente se organizaram. Os membros tremiam de fadiga. Caíram uns contra os outros no solo.

Por fim, encontrei o meu senhor. Ele estava com um joelho apoiado no chão, arrasado de exaustão, segurando-se com os dois punhos na lança, com a ponta para cima, da qual ele pendia como uma marionete sobre uma vara. O peso de seu elmo empurrava sua cabeça na direção do solo; estava sem forças para se levantar. Alexandros caiu ao seu lado, de quatro, com o alto da cabeça, primeiro a crista do elmo, amassada na terra, por causa da exaustão. Sua caixa torácica arfava como a de um cão de caça, enquanto saliva, catarro e sangue pingavam do bronze da máscara formando uma espuma.

Então, chegaram os de Tegea e de Lokris e passaram por nós como uma onda.

Lá foram eles, exaurindo o inimigo à sua frente.

Pela primeira vez, no que pareceram horas, o pavor da extinção iminente foi suspenso. Os lacedemônios caíram no chão, e ali ficaram, em grupos de três e quatro, oito e dez, tomando fôlego, ofegando, agradecendo aos deuses. Ninguém tinha forças para falar. Armas pendiam de seu próprio peso, os punhos tão apertados que a vontade não conseguia forçar os músculos a relaxá-los. Os escudos caíram na terra, revirados e defamados. Os homens exaustos desabavam sobre eles, o rosto primeiro, exauridos demais para tirar seus elmos.

Alexandros cuspiu um punhado de dentes. Quando recuperou força suficiente para tirar o elmo, seu cabelo comprido surgiu em chumaços, uma massa emaranhada de suor salgado e sangue espesso. Seus olhos fixos, vazios como pedras. Caiu como uma criança, mergulhando a face no colo do meu senhor, chorando o pranto seco daqueles cuja substância destroçada não mais tem líquido para gastar.

Suicídio aproximou-se, sem consciência de estar ferido nos dois ombros, em júbilo. Ficou em cima das fileiras de homens caídos, destemido, olhando com atenção para onde os aliados agora tinham entrado em contato com os medos que restavam e os estavam fazendo em pedacinhos com uma barulhada tão espantosa que parecia que a matança ocorria a dez e não a cem passos dali.

Vi os olhos do meu senhor. Eram poças negras atrás das fendas de seu elmo. Sua mão fez um gesto enfraquecido na direção da bolsa vazia nas minhas costas.

— O que aconteceu com as minhas lanças? — sua garganta grasnou rouca.

— Dei todas.

Passou um momento para que ele recuperasse o fôlego.

— A nossos homens, espero.

Ajudei-o a tirar o seu elmo. Pareceu levar minutos, de tão inchadas de suor e sangue estavam a proteção de feltro e a massa emaranhada do cabelo. Os carregadores de água tinham chegado. Nenhum dos guerreiros teve força nem mesmo para fazer a concha com as mãos, de modo que o líquido foi simplesmente espargido nos trapos e blusas que os homens pressionavam nos lábios e sugavam. Dienekes afastou o cabelo embaraçado do rosto. Seu olho esquerdo havia desaparecido. Foi fendido, deixando uma órbita horripilante de tecido e sangue.

— Eu sei — foi tudo o que ele disse.

Aristomenes e Bias e outros do pelotão, Leon Negro e Leon Jumento, agora à vista, arfando sobre a terra, os braços e pernas laceradas com inúmeros cortes, cintilando de lama e sangue. Eles e outros homens de outras unidades empilhavam-se uns sobre os outros como um friso na parede de um templo.

Ajoelhei-me ao lado do meu senhor, pressionando o trapo molhado como uma compressa no buraco em que houvera um olho. O pano encharcou-se como uma esponja.

No *front*, onde o inimigo recuava desordenadamente, vi Polynikes, em pé, sozinho, com os braços erguidos na direção do inimigo que fugia. Arrancou o elmo da cabeça, fazendo pingar sangue e suor, e lançou-o em triunfo sobre a terra.

— Hoje não, filhos da puta! — berrou ao inimigo em fuga. — Hoje não!

25

Não posso afirmar com certeza quantas vezes, nesse primeiro dia, cada contingente aliado atacou de surpresa o triângulo demarcado pelo estreito e a face da montanha, os rochedos sobre o mar e o Muro de Phokis. Só posso afirmar com convicção que o meu senhor passou por quatro escudos: dois cujos chassis de baixo, de carvalho, foram despedaçados por golpes sucessivos, um em que o plexo de bronze sofreu um rombo e um quarto, cuja alça e a bainha para o braço foram rasgadas. Não foi difícil encontrar substitutos. Bastava curvar-se, tantos eram os espalhados pelo campo, com seus donos mortos ou agonizando ao seu lado.

Dos 16 na *enomotia* do meu senhor, foram mortos, nesse primeiro dia, Lampitos, Soobiades, Telemon, Sthlenelaides, Ariston, e foram gravemente feridos Nikandros, Myron, Charillon e Bias.

Ariston foi morto no quarto e último cerco, aquele contra os Imortais de Sua Majestade. Ele era aquele rapaz de 20 anos, um dos "narizes quebrados" de Polynikes, cuja irmã Ágata fora designada para noiva de Alexandros, o que os tornava cunhados.

O grupo de resgate encontrou o corpo de Ariston por volta da meia-noite, junto à parede da montanha. A forma do seu escudeiro Demades jazia estatelada em cima dele, com o seu escudo

315

ainda em posição. Tentava proteger seu senhor. Suas duas canelas tendo sido estilhaçadas pelos golpes de uma acha. A haste de uma lança inimiga havia se quebrado logo abaixo do mamilo esquerdo de Demades. Apesar de Ariston ter sofrido mais de 20 ferimentos em seu corpo, foi um único golpe na cabeça, aparentemente desferido com uma espécie de maça ou malho, que o matou ao esmagar o elmo e o crânio até imediatamente acima da linha do olho.

As etiquetas dos mortos eram guardadas e distribuídas pelo principal sacerdote em campanha, nesse caso, o pai de Alexandros, o *polemarch* Olympieus. Entretanto, ele próprio foi morto por uma flecha persa uma hora antes de a noite cair, logo antes do embate final com os Imortais persas. Olympieus havia se abrigado com seus homens no baluarte do Muro, na parte protegida da paliçada, para armar-se para o cerco final do dia. O mais surpreendente era que estava escrevendo em seu diário. Pensou que as vigas não queimadas da paliçada o protegiam. Havia tirado o elmo e a couraça. Mas a flecha, guiada por alguma sina perversa, perfurou a única abertura acessível, um espaço não mais largo que a mão de um homem. Atingiu Olympieus na espinha cervical, rompendo sua medula. Morreu minutos mais tarde, sem recobrar a fala nem a consciência, nos braços de seu filho.

Assim, Alexandros perdeu pai e cunhado em uma única tarde.

Entre os espartanos, as baixas mais graves do primeiro dia foram sofridas pelos Cavaleiros. Dos 30, 17 foram mortos ou incapacitados para lutar. Leônidas foi ferido seis vezes, mas saiu do campo com suas próprias forças. De maneira espantosa, Polynikes, que lutara o dia inteiro à frente da ação mais violenta, não sofreu mais do que cortes e lacerações incidentais, vários infligidos, sem a menor dúvida, por sua própria arma desnorteada e a de seus companheiros. Havia, porém, estirado gravemente os tendões dos dois jarretes e o ombro esquerdo, apenas pelo esforço excessivo exigido do corpo em momentos de suprema necessidade. O seu escudeiro Akanthus havia sido morto defendendo-o, infelizmente como Olympieus, minutos antes da cessação da matança do dia.

O segundo ataque começara ao meio-dia. Dessa vez, foram os guerreiros montanheses da Cissia. Nenhum dos aliados sabia onde diabos ficava esse lugar, mas, onde quer que fosse, gerava homens de um valor atroz. Cissia, os aliados mais tarde ficaram sabendo, é uma região montanhosa, inóspita e hostil, não muito distante da Babilônia, repleta de ravinas e desfiladeiros. Esse contingente do inimigo, longe de se deixar intimidar pela parede do rochedo de Kallidromos, enfrentou esse obstáculo com passadas largas, escalando sua face e soltando pedras que rolavam para baixo sobre seus próprios soldados e sobre os aliados. Não pude ver esse combate diretamente, já que, durante esse intervalo, estava posicionado atrás do Muro. Todos os meus esforços estavam concentrados em cuidar dos ferimentos do meu senhor e de outros do nosso pelotão e em providenciar as coisas indispensáveis para eles e para mim mesmo. Mas escutei a batalha. Ressoava como se a montanha inteira estivesse vindo abaixo. A certa altura, de onde Dienekes e Alexandros estavam, no campo espartano, a 30 metros atrás do Muro, podíamos ver os pelotões preparados. Tropas da Mantinea e da Arcádia se alternavam. Subiam à altura das ameias do Muro e dali arremessavam azagaias, lanças e, até mesmo, penedos demolidos nos que os atacavam, os quais, na ufania do triunfo, achavam estar próximos da vitória e emitiam um lamento de gelar a alma, que só consigo repetir como "Elelelelele".

Naquela noite, ficamos sabendo que foram os tebanos que rechaçaram o ataque das tropas da Cissia. Os guerreiros de Tebas guardavam o flanco direito, como os aliados haviam planejado, ao longo dos rochedos litorâneos. O seu comandante Leontíades e os campeões selecionados que lutavam com ele conseguiram abrir uma brecha na turba do inimigo, aproximadamente a 12 metros dos rochedos. Os tebanos por ali penetraram em massa e começaram a empurrar as fileiras interrompidas do inimigo, cerca de 20 colunas na largura, em direção aos penhascos. Mais uma vez, o peso da armadura aliada revelou-se irresistível. A direita inimiga foi impelida para trás pela pressão de seus próprios camaradas debilitados. Eles caíam no mar, como antes, na debandada dos medos que se agarravam nas calças, cinturões e, finalmente, nos tornozelos de seus companheiros, puxando-os com eles. A escala e a velocidade da carnificina foram claramente maciças, ainda mais pela maneira horripilante como as vítimas eram mortas. Eles despencavam de uma altura entre 25 a 30 metros; seus corpos se quebravam sobre as pedras abaixo ou, ao escapar disso, afogavam-se no mar com o peso da armadura. Mesmo da nossa posição, a 200 metros e acima da algazarra da batalha, ouvíamos nitidamente os gritos dos homens caindo.

A Sacae foi a próxima nação escolhida por Xerxes para atacar os aliados. Reuniram-se, por volta da metade da tarde, abaixo do estreito. Eram habitantes das planícies e montanheses, guerreiros do império oriental; as tropas mais valentes que os aliados enfrentaram. Lutaram com achas e causaram, durante algum tempo, as baixas mais medonhas entre os gregos. Ainda assim, no final, sua coragem foi sua ruína. Não desertaram nem entraram em pânico; simplesmente avançaram ininterruptamente, apoiando-se nos corpos dos seus irmãos para se impulsionar para a frente, como que buscando a própria morte nos escudos e nas pontas das lanças dos gregos. Contra eles, foram dispostos, em ordem de batalha, primeiro os micenos, coríntios e phlios, com os espartanos, os tegeanos e os théspios prontos na reserva. Estes últimos foram lançados no combate quase que de uma só vez, enquanto os micenos e os coríntios se exauriam na usina de mortos e ficaram cansados demais para prosseguir. Do mesmo modo, as tropas da reserva se arrasaram de fadiga e tiveram de ser socorridas pela terceira leva de orchomenos e arcárdios. Esses guerreiros mal haviam saído do embate anterior e quase não tiveram tempo para engolir um biscoito duro e tomar uma boa dose de vinho.

Quando as tropas de Sacae cederam, o sol estava sobre a montanha. A "pista de dança", agora totalmente na sombra, parecia um campo arado pelos bois do inferno. Não restava sequer um centímetro não revolvido e fendido. A terra dura como pedra estava agora ensopada de sangue e urina. O líquido profano que se derramara das entranhas dos mortos agora formava poças que chegavam à batata da perna de um homem. Há uma fonte consagrada a Perséfone, atrás do grande portão adjacente ao campo lacedemônio, onde, de manhã, imediatamente após o ataque medo ser repelido, os espartanos e théspios caíram exaustos e triunfantes. Nesse instante inicial de salvação, por mais temporário que soubessem ser, um ardor de alegria suprema inundou todo o campo aliado. Homens com a armadura completa encaravam um ao outro e batiam os escudos, por pura e simples alegria, como meninos exultando no clamor do bronze sobre o bronze. Vi dois guerreiros arcádios cara a cara, batendo um no couro do ombro do outro, lágrimas de alegria correndo por suas faces. Outros davam hurras e dançavam. Um guerreiro phlio agarrou-se num canto do reduto com as duas mãos e bateu a testa coberta pelo elmo na pedra, batendo, batendo como um lunático. Outros se contorciam no chão, como cavalos se banhando na areia, de tanto contentamento que não conseguiam extravasá-lo de outra maneira.

Simultaneamente, uma segunda onda de emoção percorreu o campo. Era devoção. Homens se abraçaram, chorando em reverência aos deuses. Preces de agradecimento foram entoadas pelos corações fervorosos. Ninguém se envergonhou de expressá-las. No outro lado do campo, via-se um bando de guerreiros orando ajoelhados, círculos de uns 12 segurando-se as mãos, grupos de 3 e 4 com os braços em volta do ombro um do outro, pares ajoelhados e indivíduos de toda parte do mundo rezando.

Sete horas depois de tanta matança, toda essa observância de devoção esquivara-se. Os homens encaravam a planície dilacerada com o olhar vazio. O outro lado desse campo de morte mostrava-se semeado de cadáveres e escudos, armaduras mutiladas e armas destruídas, a ponto de a mente humana ser incapaz de assimilar sua escala e os sentidos não entenderem sua extensão. Os feridos, em uma quantidade incalculável, gemiam e gritavam, se retorcendo no meio da pilha de membros e partes separadas dos corpos, tão entrelaçados que era impossível distinguir os homens individualmente. O quadro inteiro parecia um animal semelhante a uma górgona de mil membros, um horripilante monstro gerado pela terra rachada que agora se exauria, gota a gota, de volta à fera ctoniana que o gerara. Ao longo da face da montanha, a pedra cintilava escarlate com sangue à altura de um joelho humano.

Nesse ponto, os rostos dos guerreiros aliados se imobilizaram em máscaras da morte, sem feições. Seus olhos vazios fitavam de órbitas encovadas, como se a força divina interior, o *daimon*, tivesse se extinguido feito luz, substituída por uma exaustão impossível de ser descrita, um olhar sem sentimento, o olhar vazio do próprio inferno. Virei-me para Alexandros; ele parecia ter 50 anos. No espelho dos seus olhos, vi minha própria face e não a reconheci.

Aflorou, em relação ao inimigo, sentimento que antes não estava presente. Não era ódio, mas uma recusa de misericórdia. Teve início o reinado da selvageria. Atos de barbaridade, que até então seriam inimagináveis, apresentavam-se à mente e eram assumidos sem rodeios. O teatro da guerra, o mau cheiro e o espetáculo da carnificina nessa escala haviam esmagado de tal modo os sentidos com uma sensação de horror que a mente fora se entorpecendo e se tornando insensata. Com uma sagacidade perversa, esses sentimentos procuravam os helenos e os impulsionavam.

Todos sabiam que o próximo ataque seria o último do dia; a cortina do anoitecer adiaria a matança para o dia seguinte. Também estava claro que qualquer força que o inimigo lançasse à linha em seguida seria a melhor, pois seria a elite poupada para esse momento. Com os helenos exauridos, mais provável era a chance de eles serem aniquilados por soldados descansados. Leônidas, que não dormia há mais de 40 horas, rondava as linhas de defensores para reagrupar cada unidade aliada e dirigir-se a elas pessoalmente.

— Lembrem-se, irmãos: a luta derradeira é tudo. Tudo que conquistamos até aqui se perderá se não triunfarmos agora, no fim. Lutem como nunca lutaram antes.

Nos intervalos entre os primeiros três assaltos, cada guerreiro, ao preparar-se para o próximo combate, havia se empenhado em limpar a frente de seu escudo e elmo, para apresentar de novo ao inimigo a superfície de bronze refulgente, inspirando terror. Entretanto, à medida que a fábrica de mortos prosseguia ao longo do dia, esse honrado serviço se tornou cada vez mais descuidado, ao passo que cada nódulo e incrustação no escudo adquiria um revestimento de sangue e poeira, lama e excremento, fragmentos de tecido, pele, cabelo e ferida de toda espécie. Os homens estavam cansados demais. Não se importavam com nada. Então, Dithyrambos, o capitão théspio, tentou fazer da necessidade uma virtude. Mandou seus homens pararem de polir seus escudos e armaduras e, em vez disso, pintá-los e marcá-los com mais sangue ainda.

Dithyrambos, um arquiteto de profissão, e, de nenhuma forma, um soldado profissional, já se destacara com tal coragem durante o dia que o prêmio de bravura, em uma conclusão antecipada, seria seu por aclamação. Seu heroísmo o havia elevado à posição imediatamente abaixo de Leônidas no prestígio entre os homens. Dithyrambos, posicionando-se em campo aberto, à vista de todos os homens, pôs-se a manchar seu próprio escudo, que já estava quase preto de sangue seco, com mais sangue fresco e tripas. Os aliados em linha, théspios, de Tegea e Mantinea, demoniacamente seguiram o exemplo. Só os espartanos se abstiveram, não por sensibilidade ou decoro, mas simplesmente por obediência às suas próprias leis de campanha, as quais lhes ordenavam fidelidade, sem qualquer alteração, às suas disciplinas e práticas de armas costumeiras.

Dithyrambos, então, ordenou que os escudeiros e hilotas se mantivessem em seus lugares e se abstivessem de varrer do campo os corpos inimigos. Em vez disso, enviou seus próprios homens à arena com ordens de empilhar os cadáveres, expondo-os da maneira mais horripilante que conseguissem, de modo a apresentar à próxima leva do inimigo, cujas trombetas já podiam ser ouvidas no estreito, o espetáculo mais medonho e aterrador possível.

— Irmãos e aliados, meus belos cachorros do inferno! — dirigiu-se aos guerreiros, sem elmo e dando passadas largas diante das linhas, sua voz se transmitindo potente mesmo àqueles que, sobre o Muro, se organizavam no campo atrás. — A próxima leva será no fim do dia. Reúnam toda a coragem, homens, para um supremo esforço final. O inimigo nos crê exaustos e não vê a hora de nos despachar para o mundo dos espíritos, na investida violenta de seus soldados lépidos e descansados. O que ele não sabe é que nós já estamos lá. Atravessamos a linha horas atrás. — Apontou para o estreito e seu tapete de horror. — Já estamos no inferno. É nossa casa!

Aclamações se ergueram na linha, sobrepujadas pelos gritos profanos e gargalhadas diabólicas.

— Lembrem-se — a voz de Dithyrambos elevou-se ainda mais potente — de que a próxima leva de filhos da mãe asiáticos ainda não nos viu. Considerem o que já assistiram. Eles sabem apenas que três das nações mais potentes avançaram contra nós com seus testículos e retornaram sem eles. Eu juro a vocês: eles *não* estão descansados. Passaram o dia inteiro observando seus aliados retornarem se arrastando, feitos em pedaços por nós. Acreditem-me, sua imaginação não ficou ociosa. Cada homem invocou sua própria cabeça separada do pescoço, suas próprias entranhas jorrando no solo e seu pênis e colhões brandindo à sua frente na ponta de uma lança grega! Não somos os únicos exaustos, eles também estão!

Gritaria e tumulto partiu dos aliados, exceto dos espartanos, enquanto os théspios no campo prosseguiam sua matança. Relanceei os olhos para Dienekes, que observava tudo com uma expressão carrancuda.

— Pelos deuses — declarou —, a coisa está ficando feia.

Pudemos ver os Cavaleiros espartanos, liderados por Polynikes e Doreion, tomando posição em volta de Leônidas na vanguarda da linha. Então, uma sentinela apareceu correndo de volta do posto mais avançado. Era o Perdigueiro, o skirita espartano; ele correu diretamente para Leônidas e fez o seu relatório. As notícias se espalharam rapidamente; a próxima onda seria a da Guarda Pessoal do Rei, os Imortais. Os gregos sabiam que esses eram os homens seletos de Sua Majestade, a nata da Pérsia, príncipes educados desde o berço "para usar um arco e para falar a verdade".

E o mais relevante é que eles eram 10 mil, enquanto os gregos tinham menos de 3 mil ainda em condições de combater. Os Imortais, todos sabiam, assim se chamavam por causa do costume persa de substituir imediatamente cada membro da guarda real que morresse ou se aposentasse, mantendo desse modo o número dos melhores de Xerxes sempre em 10 mil.

Esse corpo de campeões ficou à vista na garganta do estreito. Não usavam elmos, mas tiaras, macios barretes de feltro, culminados com metal que cintilava como ouro. Esses semielmos não possuíam proteção para as orelhas, pescoço ou queixo, deixando a face e o pescoço totalmente expostos. Os guerreiros usavam brincos; alguns rostos estavam com ruge e olhos pintados, como mulheres. Não obstante, eram espécimes magníficos, selecionados, ao que parecia, não somente, como era do conhecimento de todos os helenos, pela bravura e nobreza da família, mas também pela altura e beleza. Cada homem parecia mais vistoso que o seu vizinho. Vestiam túnicas de seda sem mangas, de cor púrpura orlada de escarlate, protegidas por uma cota de malha, sem mangas, na forma de escamas de peixe, e calças acima das botas de couro de corça, na altura da panturrilha. Suas armas eram o arco, a cimitarra no cinturão e uma curta lança persa; seus escudos, como os dos medos e os cissianos, iam do ombro à virilha e eram feitos de vime. O mais espantoso de tudo, no entanto, era a quantidade de ornamentos de ouro que cada Imortal usava, na forma de broches, pulseiras, amuletos e adornos. Seu comandante, Hydarnes, avançou à vanguarda. Era o único adversário montado que os aliados haviam visto até então. A sua tiara era pontuda como a coroa de um monarca; seus olhos brilhavam sob os cílios pintados. O seu cavalo estava assustado, recusando-se a avançar pelo campo de cadáveres. O inimigo alinhou-se em fileiras na planície além do estreito. A sua disciplina era impecável. Não tinham uma mancha.

Leônidas deu um passo à frente dos aliados. Confirmou o que todos os guerreiros helenos sabiam: a divisão do inimigo que avançava no estreito era realmente composta dos Imortais de Xerxes, e que o seu número, até onde podia ser estimado a olho nu, era de 10 mil.

— Seria de esperar, cavalheiros — a voz de Leônidas cresceu com poder —, que a expectativa de encarar os melhores combatentes do Império Persa nos intimidasse. Mas juro a vocês que essa batalha se revelará de todas a que menos levantará poeira.

Usou a palavra grega *akoniti*, que normalmente é aplicada para a luta corpo a corpo, boxe ou *pankration*. Quando o vencedor derrota completamente seu adversário tão rapidamente que o assalto nem mesmo levanta poeira da arena, dizem que triunfou *akoniti*, "sem espanador".

— Prestem atenção — prosseguiu Leônidas — e vou lhes dizer o porquê. As tropas à nossa frente são, pela primeira vez, de genuíno sangue persa. Seus comandantes são parentes do próprio Rei. Ele tem irmãos, primos, tios, amantes e oficiais de sua própria estirpe ali, cujas vidas lhe são caras, inestimáveis. Estão vendo-o lá em cima, em seu trono? As nações que enviou contra nós até agora foram meros Estados vassalos, forragem de lança para Xerxes, que desperdiça suas vidas sem se preocupar com o custo. Esses — Leônidas apontou para o outro lado do estreito, para o espaço em que Hydarnes e os Imortais agora se organizavam —, esses lhe são preciosos. Esses, ele ama. Seu assassinato será sentido como uma lança em suas entranhas.

— Lembrem-se de que a batalha nos Portões Quentes não é a batalha que Xerxes veio travar. Ele espera combates muito mais significativos no futuro, no coração da Hélade, contra a força principal dos nossos exércitos. Para esses embates, ele quer preservar a elite do seu exército, os homens que veem diante de vocês. Ele hoje será frugal com os seus vivos, eu juro. Quanto ao seu número: são 10 mil, nós somos 3 mil. Mas cada homem que matarmos afligirá Xerxes como se fossem cem. Esses guerreiros são, para ele, como o ouro do avarento, que ele acumula e cobiça mais do que tudo em seu tesouro. Matem mil, e o resto irá desmoronar. Mil, e Xerxes fará o restante recuar. Podem fazer isso por mim? Podem três de vocês matar um deles? Podem me dar mil?

26

Sua Majestade, por si mesma, pode julgar melhor a precisão do prognóstico de Leônidas. Basta anotar, para esse registro, que a noite encontrou os Imortais arrasados, em retirada. Obedeciam às ordens de Sua Majestade, como Leônidas havia previsto, deixando os caídos e moribundos na *orchestra*, a pista de dança, do estreito.

Atrás do Muro aliado, o espetáculo foi de um horror comparável. Uma enxurrada havia inundado o acampamento pouco depois do anoitecer, apagando os poucos fogos que haviam restado sem ninguém que os cuidasse, já que todos os esforços de escudeiros e hilotas foram requisitados para socorrer os feridos e desmembrados. Um deslizamento caía do muro de Kalidromos, lavando o acampamento superior com rios de lama e pedra. Mortos e membros atrás de membros estavam estatelados por toda a extensão do território, muitos ainda de armadura, o sono dos exaustos tão profundo que os vivos e os mortos se confundiam. Tudo estava ensopado e enlameado. O estoque de ataduras para os feridos há muito se esgotara; as tendas dos frequentadores do balneário, requisitadas pelos patrulheiros skiritai como abrigo, agora cediam seu pano para cumprir um segundo dever: servirem de compressas. O mau cheiro do sangue e da morte erguia-se com um horror de tal modo palpável que os asnos do trem de provisões urraram a noite toda; nada os silenciava.

Havia um terceiro membro não recrutado no contingente aliado, mais um voluntário além do criminoso Jogador de Bola e da cadela cor de ruão Styx. Era um *emporos*, um mercador de Halicarnasso, Elephantinos de nome, cuja carroça estropiada fora encontrada por acaso pela coluna aliada durante a marcha por Doris, um dia antes da chegada aos Portões. Esse homem, apesar da má sorte da estrada, mantinha o ânimo elevadíssimo, partilhando um almoço de maçãs verdes com seu asno manco. Na parte superior da carroça, erguia-se um estandarte pintado à mão, uma propaganda, um reflexo de sua identidade e sua vivacidade habitual. O cartaz pretendia declarar "O melhor serviço só para você, meu amigo". O *emporos* havia, no entanto, escrito errado várias palavras, principalmente "amigo", *philos*, que sua mão havia inscrito *phimos,* o termo dórico para uma contração da pele que cobre o membro masculino. A bandeira da carroça declarava aproximadamente o seguinte:

O melhor serviço só para você, meu prepúcio.

O brilho dessa poesia deu ao homem uma celebridade imediata. Vários escudeiros foram dispensados para ajudá-lo, ao que o comerciante ficou efusiva e alegremente grato.

— E, se me permitem perguntar, aonde se dirige esse magnífico exército? — perguntou ele.

— À morte, pela Grécia — respondeu alguém.

— Que encantador!

Por volta da meia-noite, o mercador apareceu no campo, após ter seguido o rastro da coluna até os Portões. Foi muito bem acolhido. A sua especialidade era a de amolador e nisso, declarou, não havia outro igual. Há décadas afiava foices de fazendeiros e cutelos domésticos. Sabia como fazer o mais banal dos metais não temperados adquirir o corte mais afiado e, além disso, falou, oferecia seus serviços ao exército em pagamento da sua gentileza anterior, na estrada.

O homem empregou uma expressão com que interrompia a conversa sempre que queria enfatizar um ponto. Preste atenção!, diria ele, se bem que com o seu forte sotaque jônico ressoasse como: Peste tenção!

A frase foi adotada imediatamente, e com muito júbilo, por todo o exército.

— Queijo e cebolas de novo, peste tenção!

— Treinamento intensivo o dia inteiro, peste tenção!

Um dos dois Leon do pelotão de Dienekes, o homem chamado Jumento, acordou o mercador na madrugada seguinte brandindo diante dele uma ereção prodigiosa.

— Chamam isso de *phimos,* peste tenção!

O mercador tornou-se uma espécie de mascote ou talismã para as tropas. A sua presença foi bem recebida em todos os grupos, a sua companhia, aceita tanto pelos jovens quanto pelos veteranos; ele era considerado um bom contador de anedotas, um bom companheiro, um bufão e um amigo.

Como resultado da matança do primeiro dia, o mercador se fez também capelão oficioso e confessor dos jovens guerreiros de quem passara, nos últimos tempos, a gostar mais do que de filhos. Ficava a noite inteira entre os feridos, levando vinho, água e uma confortadora mão. Dava um jeito de redobrar sua animação costumeira; distraía os aleijados e mutilados com histórias profanas de suas viagens e desventuras, sedução de donas de casa, roubos e surras sofridas na estrada. Ele também se munira com as armas abandonadas; preencheria uma lacuna no dia seguinte. Muitos dos escudeiros, sem a imposição de seus senhores, haviam assumido o mesmo papel.

As forjas rugiram a noite inteira. Os malhos dos ferreiros e fundidores ressoaram sem cessar, fazendo reparos nas lâminas das lanças e espadas, batendo o bronze para tornar novos os escudos, enquanto artesãos e carpinteiros manejavam ferramentas desenhando novos cabos de lanças e carros com escudos para o dia seguinte. Os aliados cozinhavam suas refeições no fogo feito das flechas e lanças quebradas do inimigo. Os nativos da aldeia de Alpenoi, que um dia antes haviam mascateado seus produtos por lucro, agora, vendo o sacrifício de seus defensores, doaram seus bens e víveres, e partiam às pressas para conseguir mais.

Onde estavam os reforços? Viria algum, afinal? Leônidas, ao perceber a preocupação do exército, evitou assembleias e conselhos de guerra, circulando no meio dos homens e cuidando das questões dos comandantes enquanto fazia isso. Despachava mais corredores às cidades, com mais pedidos de ajuda. Não escapava aos guerreiros o fato de ele sempre escolher o mais jovem. Seria pela velocidade dos pés, ou o Rei queria poupar os que ainda tinham mais anos para viver?

O pensamento de todos os soldados voltou-se então para a família e para aqueles a quem amavam. Homens exaustos apressadamente escreviam cartas a esposas e filhos, mães e pais. Muitas dessas missivas não passavam de rabiscos sobre pano, couro, fragmentos de cerâmica ou madeira. As cartas eram Testamentos, palavras finais de despedida. Vi a mala postal de um corredor se preparando para partir; era uma miscelânea de rolos de papel, tábuas cobertas de cera e, até mesmo, retalhos de feltro rasgados dos barretes sob os elmos. Muitos dos guerreiros enviavam simplesmente amuletos que aqueles a quem amavam reconheceriam, um talismã que havia pendido da estrutura do escudo, uma moeda de boa sorte enfiada em uma fita para o pescoço. Em alguns, liam-se saudações: "Amaris Amada", "Para Delia de Theagones, com amor". Outros não tinham nenhum nome. Talvez os corredores de cada cidade soubessem os endereços pessoalmente e pudessem assim garantir a entrega. Se não, o conteúdo da mala era exposto em praça pública ou ágora, talvez na frente do templo da Padroeira da cidade. Lá, as famílias ansiosas se congregariam esperançosas e apreensivas, aguardando a vez de examinar a carga preciosa, desesperadas por alguma mensagem, mesmo que sem palavras ou de qualquer outro jeito, daqueles a quem amavam e temiam só rever na morte.

Dois mensageiros da frota aliada se apresentaram. Vinham da galé ateniense designada para estafeta entre a marinha e o exército. Nesse dia, os aliados haviam travado combate com a frota persa. Não houve fechamento, mas não cederam. Nossos navios deveriam guardar os canais, ou Xerxes poderia desembarcar seu exército na retaguarda dos defensores e interceptá-los. Nós, por outro lado, tínhamos que proteger o desfiladeiro, ou os persas avançariam por terra ao estreito do Euripus e capturariam a frota. Até aquele momento, nenhuma das duas hipóteses se concretizara.

Polynikes apareceu e sentou-se por alguns minutos ao lado do fogo ao redor do qual o que restava do nosso pelotão tinha se reunido. Havia localizado um *gymnastes* renomado, um treinador chamado Milon, que ele conhecia dos Jogos em Olímpia. Esse homem havia posto atadura nos tendões dos jarretes de Polynikes e lhe dado um *pharmakon* para anestesiar a dor.

— Está farto de glória, Kallistos?

Polynikes respondeu somente com uma expressão excessivamente grave. Pela primeira vez, pareceu subjugado.

— Sente-se — o meu senhor indicou o espaço ao seu lado.

Polynikes instalou-se agradecido. Ao redor do círculo, o pelotão dormitava. Pareciam mortos, com as cabeças apoiadas umas sobre as outras e sobre seus escudos ainda incrustados de sangue seco. Diretamente à frente de Polynikes, Alexandros encarava o fogo com o olhar horrivelmente vazio. Seu queixo fora quebrado. O lado direito de seu rosto refulgia púrpura; o próprio osso estava atado com uma tira de couro.

— Vamos dar uma olhada nisso — Polynikes esticou o pescoço à frente. Localizou, no equipamento do treinador, um chumaço encerado de euforbiácea e âmbar, chamado de "almoço de boxeador", que os pugilistas usam entre as lutas para imobilizar ossos e dentes quebrados. Amassou-o até que se tornou flexível.

— É melhor você fazer isso, Milon — disse ao treinador. Polynikes pegou a mão direita de Alexandros, por causa da dor. — Segure. Aperte até quebrar os meus dedos.

O treinador cuspiu na boca de Alexandros um purgativo de vinho para limpar o sangue coagulado, depois extraiu com os dedos um escarro grotesco de saliva, muco e catarro. Segurei a cabeça de Alexandros; o punho do rapaz apertava o de Polynikes. Dienekes observou quando o treinador inseriu o pegajoso chumaço de âmbar na boca de Alexandros e, em seguida, apertou bastante, mas delicadamente, o osso estilhaçado sobre ele.

— Conte devagar — ele instruiu o paciente. — Quando chegar a 50, não será capaz de mover esse queixo nem com um pé de cabra.

Alexandros soltou a mão do cavaleiro. Polynikes olhou-o com pena.

329

— Perdoe-me, Alexandros.

— Do quê?

— De ter quebrado o seu nariz.

Alexandros riu, o queixo quebrado tornou sua expressão uma careta.

— Agora, é a melhor parte do seu rosto.

Alexandros tornou a estremecer.

— Lamento por seu pai — disse Polynikes. — E Ariston.

Levantou-se para se dirigir ao fogo próximo, relanceando os olhos para o meu senhor mais uma vez, e depois para Alexandros.

— Tem uma coisa que gostaria de contar-lhe. Quando Leônidas o selecionou para os Trezentos, eu o procurei em particular e argumentei veementemente contra a sua inclusão. Achei que você não lutaria.

— Eu sei — a voz de Alexandros ressoou com dificuldade por causa do queixo quebrado.

Polynikes observou-o por um longo instante.

— Eu estava enganado — disse ele.

Afastou-se.

Outra série de ordens foram dadas, designando grupos para recuperar os cadáveres na terra de ninguém. O nome de Suicídio estava entre os destacados. Seus dois ombros atingidos tinham perdido o movimento. Alexandros insistiu em substituí-lo.

— O Rei já deve ter sido comunicado da morte do meu pai e de Ariston. — Dirigiu-se a Dienekes, que, como líder de seu pelotão, poderia proibi-lo de participar do destacamento. — Leônidas tentará me poupar em nome da minha família; me enviará para casa com alguma missão ou despacho. Não quero desrespeitá-lo com uma recusa.

Eu nunca tinha visto uma expressão de malignidade como a que estampava a face do meu senhor. Ele apontou para um baixio na terra, a seu lado, sob a luz da fogueira.

— Tenho observado estas criaturinhas.

Na terra, ocorria uma guerra violenta de formigas.

— Veja esses heróis — Dienekes indicou os batalhões compactos de insetos se engalfinhando com uma bravura incrível em cima de uma pilha de formas de seus próprios companheiros caídos, combatendo sobre o cadáver ressecado de um besouro.

— Esta aqui seria Aquiles. Aquela deve ser Heitor. A nossa coragem não é nada se comparada à delas. Está vendo? Nem mesmo retiram do campo os corpos de suas companheiras, como fazemos.

Sua voz estava carregada de repulsa, exalava ironia.

— Acha que os deuses nos desprezam como desprezamos esses insetos? Será que os imortais lamentam nossas mortes tão intensamente quanto sentimos a perda desses insetos?

— Vá dormir um pouco, Dienekes — disse Alexandros com delicadeza.

— Sim, é disso que preciso. Descansar minha beleza.

Ergueu o olho que lhe restava na direção de Alexandros. Além dos redutos do Muro, o segundo grupo de sentinelas recebia ordens e preparava-se para substituir o primeiro.

— O seu pai foi meu mentor, Alexandros. Eu segurei o cálice na noite em que você nasceu. Lembro-me de Olympieus apresentando o seu filho aos anciãos, para o teste, para ver se você seria sadio o bastante para ser autorizado a viver. O magistrado banhou-o no vinho e você começou a gritar, com a sua voz forte e os pequenos punhos apertados e agitando-se. "Entregue o menino a Dienekes", disse seu pai a Paraleia. "O meu filho será o seu protegido", disse-me ele. "Você o ensinará como eu o ensinei."

A mão direita de Dienekes enfiou a lâmina de seu *xiphos* na terra, aniquilando a Ilíada das formigas.

— Agora durmam, todos vocês! — berrou aos homens sobreviventes de seu pelotão e levantou-se, apesar dos protestos e da insistência para que também ele se entregasse ao privilégio do sono. Dirigiu-se a passos largos para o posto de comando de Leônidas, onde o Rei e outros comandantes permaneciam acordados, planejando a ação da manhã seguinte.

Vi seu quadril ceder quando ele se moveu; não do lado da perna doente, mas da perna sadia. Estava escondendo de seus homens outro ferimento, evitando que vissem o seu modo de andar defeituoso e estropiado. Levantei-me imediatamente e apressei-me a ajudá-lo.

27

A fonte chamada de Skyllian, consagrada a Demétrio e a Perséfone, jorrava da base do muro de Kallidromos, logo atrás do posto de comando de Leônidas. Em seu acesso fundado em pedra, o meu senhor parou, e eu, que corria atrás dele, o alcancei. Nenhuma ordem nem imprecação conseguiu me demover. Deixei seu braço pender em volta do meu pescoço e lancei todo o seu peso sobre o meu ombro.

— Vou buscar água — eu disse.

Um agitado bando de guerreiros se aglomerara ao redor da fonte. Megistias, o vidente, estava lá. Era claro que havia alguma coisa errada. Eu me aproximei. Essa fonte, reputada por seu fluxo alternado de água fria e quente, havia vertido, desde a chegada dos aliados, um líquido doce e gelado, uma dádiva das deusas à sede dos guerreiros. Agora, de repente, sua água se tornara quente e malcheirosa. Uma infusão sulfurosa e vaporosa era expelida do subterrâneo como um rio do inferno. Os homens tremiam diante desse prodígio. Entoavam preces a Demétrio e à *Kore*. Pedi meio elmo de água do odre do cavaleiro Doreion e retornei ao meu senhor, revestindo-me de coragem para não mencionar nada.

— A fonte está sulfurosa, não está?

— Pressagia a morte do inimigo, senhor, não a nossa.

— Está cheio de porcaria na cabeça, como os sacerdotes.

332

Percebi que ele estava bem.

— Os aliados precisam da sua prima aqui — comentou, sentando-se na terra, com dor —, para interceder com a deusa em seu favor.

Referia-se a Diomache.

— Venha — disse ele. — Sente-se ao meu lado.

Foi a primeira vez que ouvi meu senhor se referir em voz alta a Diomache ou, até mesmo, admitir saber de sua existência. Apesar de eu nunca, nesses anos com ele, ter-me atrevido a sobrecarregá-lo com detalhes da minha história pessoal antes de estar a seu serviço, eu sabia que ele a conhecia toda, através de Alexandros e da senhora Arete.

— Essa é uma deusa por quem sempre senti pena, Perséfone — declarou o meu senhor. — Durante seis meses do ano, ela governa como noiva de Hades, amante do submundo. Porém, o seu reinado é destituído de alegria. Senta-se no trono como uma prisioneira, levada, por sua beleza, pelo senhor do inferno. Ele libera sua rainha, sob a coerção de Zeus, durante apenas metade do ano, quando ela retorna a nós, trazendo a fonte e o renascimento da terra. Já olhou bem de perto as estátuas dela, Xeo? Ela parece séria, mesmo em plena alegria da colheita. Será que ela, assim como nós, se recorda dos termos da sua pena: ter de retirar-se de novo, intempestivamente, para debaixo da terra? Esse é o pesar de Perséfone. Sozinha entre os imortais, *Kore* está fadada, por necessidade, a ir e vir da morte à vida, íntima das duas faces da moeda. Não é de admirar que essa fonte, cujos mananciais gêmeos são o céu e o inferno, lhe seja consagrada.

Eu estava, então, sentado no chão, ao seu lado. Olhou para mim com a expressão grave.

— Não acha que é tarde demais para guardarmos segredos um do outro?

Concordei que a hora já passara há muito.

— Ainda assim, há um que você preserva — disse ele.

Percebi que ele me perguntaria sobre Atenas e a noite, quase um mês atrás, quando, finalmente, por sua intercessão, tornei a ver minha prima.

— Por que não fugiu? — perguntou-me. — Você sabe que eu queria que fugisse.

— Tentei. Mas ela não deixou.

Eu sabia que o meu senhor não me forçaria a falar. Ele nunca ousaria entrar onde não era desejado. O instinto, entretanto, me alertou que chegara a hora de romper o silêncio. Na pior das hipóteses, o meu relato distrairia seu pensamento desse dia de horror e, na melhor, talvez o voltasse para ideias mais benévolas.

— Devo contar-lhe aquela noite em Atenas, senhor?

— Só se você quiser.

Eu estava em uma embaixada, lembrei-o. Ele, Polynikes e Aristodemos haviam viajado a pé desde Esparta, sem escolta, acompanhados somente de seus escudeiros. O destacamento havia coberto a distância de 225 quilômetros em quatro dias e ali permaneceu, na cidade de Atenas, por mais quatro, alojado na casa do *proxenos* Kleinias, filho de Alcebíades. O objetivo da legação era finalizar os detalhes de última hora da coordenação das forças terrestres e marítimas nas Termópilas e em Artemisium: hora de chegada do exército e da frota, modos de despacho entre eles, mensagens codificadas, senhas e coisas assim. Não expresso, porém não menos importante, era o desejo de os espartanos e atenienses olharem uns para os outros, nos olhos, uma última vez, para se certificarem de que as forças estariam ali, em seus devidos lugares, na hora combinada.

Ao entardecer do terceiro dia, houve uma reunião social na casa de Xanthippos, um ateniense proeminente. Eu gostava muito de escutar esses eventos, nos quais os debates e discursos eram sempre animados e frequentemente brilhantes. Para minha grande decepção, o meu senhor chamou-me sozinho diante da mesa e me informou de uma incumbência urgente, que eu deveria cumprir imediatamente.

— Desculpe — disse ele —, você vai perder a festa.

Pôs uma carta selada em minhas mãos, com instruções de entregá-la pessoalmente em uma determinada residência na cidade portuária de Phaleron. Um garoto, criado da casa, aguardava do lado de fora da cidade para me guiar pelas ruas escuras. Nenhum detalhe foi dado sobre o nome da pessoa. Presumi que a comunicação fosse um despacho naval de certa urgência e, assim, viajei preparado.

Precisei do tempo de um turno de vigília para atravessar o labirinto de bairros e distritos que compreende a cidade dos atenienses.

Por toda parte, soldados e marinheiros estavam mobilizados; carroças com artigos de mercearia retumbavam sob escoltas armadas, transportando as rações e os suprimentos da frota. Os esquadrões sob as ordens de Temístocles estavam se preparando para embarcar para Skiathos e Artemisium. Simultaneamente, centenas de famílias encaixotavam seus bens e fugiam da cidade. Por mais numerosas que fossem as naus de guerra ancoradas em fila no cais, suas alas eram eclipsadas pela frota da plebe de mercadores, balsas, barcos de pesca, barcos de recreio e embarcações de excursão que evacuavam a população para Troezen e Salamina. Algumas das famílias estavam escapando para pontos tão distantes quanto a Itália. Quando o garoto e eu nos aproximamos do porto de Phaleron, eram tantas as tochas acesas pelas ruas que a iluminação estava tão brilhante quanto ao meio-dia.

As alamedas se tornaram mais sinuosas ao nos aproximarmos da água. O fedor da maré baixa entupia nossas narinas; valas corriam com imundície, numa mistura fétida de vísceras de peixe, lascas de alho-poró e alho. Nunca vi tantos gatos na minha vida. Lojas de bebidas alcoólicas e casas de má fama flanqueavam ruas tão estreitas que, tenho certeza, os raios purificadores da luz do dia nunca penetraram o chão de seus desfiladeiros para secar o lodo e a sujeira do comércio noturno da depravação. As putas chamaram acintosamente o garoto e eu quando passamos, anunciando sua mercadoria em um linguajar vulgar, mas bem-humorado. O homem a quem entregaríamos a carta se chamava Terrentaius. Perguntei ao garoto se ele fazia alguma ideia de quem era o sujeito ou que posição ele ocupava. Respondeu que só recebera o nome da casa e nada mais.

Finalmente, o garoto e eu a localizamos. Era uma estrutura de apartamentos de três andares chamada A Sertã, por causa da loja e estalagem que ocupavam seus dois primeiros andares. Perguntei por Terrentaius. Estava ausente, declarou o estalajadeiro, com a frota. Perguntei qual era o navio do homem. De que nau era oficial? A pergunta foi recebida com hilaridade.

— Ele é tenente do freixo — declarou um dos marinheiros que bebia, querendo dizer que a única coisa que ele comandava era o remo que ele puxava. Outras perguntas falharam em conseguir mais informações.

— Então, senhor, nesse caso — falou o garoto-guia —, fomos instruídos a entregar a carta à sua esposa.

Rejeitei a ideia como absurda.

— Não, senhor — replicou o garoto com convicção —, recebi esta ordem diretamente do seu senhor. Devemos pôr a carta nas mãos da mulher dele, que se chama Diomache.

Ao refletir por um instante, percebi nesse evento a mão, para não dizer o braço comprido, da senhora Arete. Como ela perseguira e localizara, da distante Lacedemônia, essa casa e essa mulher? Devia haver centenas de Diomaches em uma cidade do tamanho de Atenas. Que agente a mulher empregara? Sem dúvida, tinha mantido segredo de suas intenções, prevendo que eu, se as conhecesse de antemão, arranjaria uma desculpa para escapar da obrigação. E nisso, sem a menor sombra de dúvida, ela estava certa.

De qualquer maneira, minha prima, ficou-se sabendo, não estava nos apartamentos, e nenhum dos marinheiros sabia nos informar seu paradeiro. O meu guia, um garoto engenhoso, simplesmente penetrou no beco e berrou seu nome. Em instantes, as cabeças encanecidas de meia dúzia de mulheres apareceram acima, no meio da roupa pendurada nas janelas de frente para a viela. O nome e o local de um templo da cidade foi gritado para nós.

— Ela está lá, garoto. É só seguir o litoral.

O meu guia tornou a partir na frente. Atravessamos mais ruas fétidas, mais vielas entupidas do tráfego dos nativos fugindo. O garoto informou-me que vários dos templos nesse bairro funcionavam menos como santuários dos deuses do que como abrigos para os desterrados e miseráveis, particularmente, disse ele, esposas "postas de lado" por seus maridos. Referia-se àquelas julgadas inaptas, sem vontade ou, até mesmo, insanas. O garoto prosseguia com o ânimo alegre. Era tudo uma grande aventura para ele.

Por fim, estávamos diante do templo. Não passava de uma casa comum, que talvez fora a residência de um comerciante ou negociante próspero. Estava localizada em uma ladeira surpreendentemente vivaz, duas ruas acima da água. Um bosque de oliveiras estava abrigado em um terreno murado, cujo interior não se podia ver da rua. Bati com rapidez no portão. Depois de um tempo, uma sacerdotisa, se é que tal título sublime pode ser aplicado a uma dona de casa de 50 anos de toga e máscara, atendeu. Informou-nos que o santuário era o de Demétrio e de *Kore*, sua filha, Perséfone do Véu. Somente mulheres podiam entrar. Por trás da mortalha que ocultava sua face, a sacerdotisa estava claramente assustada. Ninguém poderia culpá-la, com as ruas cheias de cafetões e punguistas. Ela não nos deixaria entrar. Nenhum apelo foi eficaz – a mulher não concordou nem em confirmar a presença da minha prima nem em transmitir-lhe uma mensagem. Mais uma vez, o meu guia pegou o touro à unha. Soltou seus pulmões e berrou o nome de Diomache.

Finalmente, fomos admitidos em um pátio nos fundos, o garoto e eu. A entrada principal da casa revelou-a muito mais espaçosa e bem mais confortável do que parecia da rua. Não tivemos permissão para penetrar em seu interior, mas fomos escoltados a uma senda externa. A mulher, nossa acompanhante, confirmou que havia, de fato, uma matrona de nome Diomache entre as noviças que residiam no santuário. Naquele momento, ela estava cumprindo suas obrigações na cozinha; entretanto, um encontro de alguns minutos poderia ser autorizado pela madre do asilo. Ao meu guia foi oferecida uma refeição ligeira; a mulher levou-o para comer.

Eu estava sozinho no pátio quando minha prima entrou. Suas duas filhas, uma de, talvez, cinco anos e a outra um ou dois anos mais velha, agarravam-se assustadas em sua saia. Elas não avançaram quando ajoelhei e estendi minha mão.

— Perdoe-lhes — disse minha prima. — Ficam retraídas na presença de homens. — A mulher levou as meninas para dentro, deixando-me, finalmente, a sós com Diomache.

Quantas vezes na imaginação ensaiei esse momento. Sempre em cenários encantados, com minha prima jovem e bela; eu corria para os seus braços, e ela, para os meus. Nada do gênero ocorreu. Diomache ficou à vista sob a luz do lampião, vestida de preto, com a extensão do pátio nos separando. O impacto de sua aparição me deixou perturbado. Ela estava sem véu e sem capuz. O seu cabelo estava cortado bem curto. Não podia ter mais de 24 anos, embora parecesse ter 40, 40 e tantos.

— É você realmente, primo? — ela perguntou com a mesma voz provocadora com que falava comigo em criança. — É um homem, como sempre quis tão impacientemente se tornar.

Seu tom suave só fez exacerbar o desespero que dominava o meu coração. A imagem que há tanto eu mantinha em minha mente era a dela na flor da idade, feminina e forte, exatamente como era na manhã em que nos separamos na Via dos Três Ângulos. Que terríveis privações lhe haviam sido impostas durante esses anos? A visão das ruas infestadas de prostitutas estava viva em mim, dos marinheiros grosseiros e da vida indigna dessas vielas entupidas de lixo. Deixei-me cair, com pesar e arrependimento, sobre um banco ao longo do muro.

— Eu nunca deveria tê-la deixado — disse eu, com toda a sinceridade. — Tudo o que aconteceu foi culpa minha, por não ter ficado ao seu lado para defendê-la.

Não consigo me lembrar de nada do que foi dito nos minutos seguintes. Lembro-me de minha prima dirigindo-se ao banco. Não me abraçou, mas tocou-me no ombro com uma clemência terna.

— Lembra-se daquela manhã, Xeo, quando saímos para o mercado com Pengó e sua pequena ninhada de ovos de ptármiga? — Seus lábios decaíram em um sorriso triste. — Naquele dia, os deuses estabeleceram o rumo de nossas vidas. Rumo do qual não nos foi dada a opção de nos extraviar.

Perguntou se eu queria um pouco de vinho. Foi trazida uma tigela. Lembrei-me da carta e a entreguei à minha prima. Era dirigida a ela; abriu-a e leu. Sua mensagem estava escrita com a letra da senhora Arete. Quando Diomache terminou, não a mostrou a mim, mas guardou-a, sem dar uma palavra, sob a toga.

Os meus olhos, agora acomodados à iluminação do lampião do pátio, examinaram a face de minha prima. A sua beleza ainda estava lá, eu vi, mas alterada de uma maneira grave e austera. A idade em seus olhos, que a princípio me chocara e causara aversão, era agora percebida como compaixão e, até mesmo, sabedoria. O seu silêncio era profundo como o da senhora Arete, sua postura, mais do que espartana. Senti-me intimidado e com uma profunda veneração. Assim como a deusa a que ela servia, pareceu-me uma donzela arrastada intempestivamente pelas forças obscuras do mundo subterrâneo. Agora, recuperada por algum pacto com aqueles deuses impiedosos, carregava em seu olhar aquela sabedoria feminina primeva, que é humana e inumana, pessoal e impessoal ao mesmo tempo. O meu amor por ela inundou o meu coração. No entanto, ela parecia, mesmo tão perto, tão augusta e inacessível quanto uma imortal.

— Sente a cidade à nossa volta? — perguntou ela. Do lado de lá dos muros, o estrondo dos retirantes e sua bagagem era ouvido com clareza. — Parece aquela manhã em Astakos, não parece? Talvez em semanas esta cidade poderosa seja incendiada e demolida, como a nossa foi naquele dia.

Pedi a ela que me dissesse como estava. De verdade.

Ela riu.

— Mudei, não foi? Não sou mais o chamariz de marido que você sempre me considerou. Eu também era tola. Pensava tão alto em meus projetos. Mas este não é o mundo da mulher, primo. Nunca foi nem nunca será.

Dos meus lábios escapou uma blasfêmia, fruto de um impulso apaixonado. Ela precisava vir comigo. Já. Para as montanhas, de onde tínhamos fugido um dia, onde tínhamos sido felizes um dia. Eu seria seu marido. Ela seria minha mulher. Nada a magoaria novamente.

— Meu querido primo — respondeu ela, com uma resignação terna —, eu tenho um marido. — Apontou a carta. — Assim como você tem uma esposa.

Sua aparente aceitação passiva do destino me enfureceu. Que espécie de marido é esse que abandona sua esposa? Que esposa é essa que se entregou sem amor? Os deuses nos exigem ação e o uso do nosso livre-arbítrio! Isso é devoção, não se curvar sob o jugo da necessidade como animais irracionais!

— Isso é o Senhor Apolo falando — minha prima sorriu e tocou-me de novo com uma delicadeza paciente.

Perguntou se podia me contar uma história. Eu escutaria? Era uma história que nunca confiara a ninguém, a não ser a suas irmãs do santuário e ao nosso querido amigo Bruxieus. Só nos restavam alguns minutos. Eu tinha de ser paciente e escutar com atenção.

— Lembra-se do dia em que os soldados argivos me desonraram? Você soube que usei as mãos do crime na consequência daquela violação. Abortei. Mas o que não sabe é que tive uma hemorragia durante uma noite e quase morri. Bruxieus salvou-me enquanto você dormia. Fiz com que jurasse nunca lhe contar.

Ela lançou-me o mesmo olhar sereno que eu percebera no semblante da senhora Arete. Era uma expressão carregada de sabedoria feminina, a qual capta a verdade de modo direto, através do sangue, sem o obscurecimento da faculdade grosseira da razão.

— Como você, primo, na época eu odiei a vida. Eu queria morrer, e quase consegui. Naquela noite, no sono febril, sentindo o sangue se esvair de mim como azeite de um lampião derrubado, tive um sonho. Enxerguei uma deusa acima de mim, com véu e capuz. Eu só podia ver os seus olhos, e ainda assim sua presença era tão vívida que tive certeza de que era real. Mais real do que a realidade, como se a própria vida fosse o sonho, e este, o sonho, fosse a vida em sua essência mais pura. A deusa não disse uma palavra, apenas me observou com olhos de uma sabedoria e compaixão supremas. A minha alma padeceu do desejo de contemplar o seu rosto. Essa necessidade me consumia e implorei-lhe, em palavras que não eram palavras, mas somente um desejo febril do meu coração, que soltasse o véu e me deixasse vê-la inteira. Eu sabia sem precisar pensar que o que seria revelado teria consequências extremas. Estava aterrorizada e, ao mesmo tempo, excitada pela expectativa.

— A deusa ergueu a mão e desatou o véu. Será que vai entender, Xeo, se eu disser que o que foi revelado, a face atrás do véu, não era nada mais do que a realidade que existe debaixo do mundo da carne? A criação suprema, mais nobre, que os deuses conhecem e que a nós, mortais, só é permitido pressentir em visões e êxtases. Sua face possuía uma beleza que ia além da beleza. A personificação da verdade como beleza. E era humana. Tão humana que fazia o coração romper de amor, reverência e admiração. Percebi sem necessidade de palavras que isso era a realidade, e não o mundo que vemos debaixo do sol. E ainda mais: que essa beleza existia aqui, à nossa volta, o tempo todo. Os nossos olhos eram simplesmente cegos demais para enxergá-la. Compreendi que o nosso papel era incorporar aqui, no meio dos horrores e crueldades da nossa existência humana, as qualidades que existem além do véu e são as mesmas nos dois lados. Está entendendo, Xeo? Coragem, altruísmo, compaixão e amor.

Levantou-se e sorriu.

— Acha que estou maluca, não acha? Acha que perdi o juízo com a religião. Como uma mulher.

Eu não achava. Contei-lhe brevemente o meu vislumbre pessoal além do véu, na noite no bosque nevado. Diomache assentiu solenemente, com um movimento da cabeça.

— Esqueceu-se da sua visão, Xeo? Eu me esqueci da minha. Levei uma vida infernal aqui, nesta cidade. Até que, um dia, a mão da deusa guiou-me para dentro desses muros.

Apontou para uma estátua modesta, porém esplêndida, em um nicho no pátio. Eu olhei. Era um bronze de Perséfone com Véu.

— Esta — disse minha prima — é a deusa a cujo mistério eu sirvo. Ela, que passa da vida para a morte e retorna de novo. A *Kore* me preservou, como o Senhor do Arco o protegeu.

Pôs as mãos sobre as minhas e fez meus olhos a encararem.

— Assim, Xeo, nada aconteceu fora de propósito. Acha que fracassou em me proteger. Mas tudo que fez me defendeu. Como me defende agora.

Pôs a mão dentro de suas vestes e tirou a carta escrita pela senhora Arete.

— Sabe o que é isso? Uma promessa de que sua morte será reverenciada, assim como reverenciamos Bruxieus, e nós três pensamos em honrar nossos pais.

A criada tornou a aparecer da cozinha. As filhas de Diomache aguardaram lá dentro; o meu guia terminara sua refeição e estava impaciente para partir. Diomache levantou-se e estendeu as duas mãos para mim. A luz do lampião caiu gentilmente sobre ela; na incandescência suave, sua face parecia tão bela quanto foram aos meus olhos apaixonados naqueles poucos anos que nos pareceram tão longos. Levantei-me também e a abracei. Ela puxou o véu por sobre seu cabelo raspado e o deixou deslizar cobrindo seu rosto.

— Que nada faça sentirmos pena um do outro — disse minha prima. — Estamos onde devemos estar e faremos o que temos de fazer.

28

Fui acordado com Suicídio me sacudindo duas horas antes do raiar do dia.
— Veja o que acaba de sair do meio do lixo.

Estava apontando para o outeiro atrás do campo arcadiano. Desertores das linhas persas estavam sendo interrogados, iluminados por tochas. Olhei de esguelha, mas meus olhos recusaram-se a focar.

— Olhe de novo — disse ele. — É o seu companheiro revoltado, o Galo. Está perguntando por você.

Alexandros e eu olhamos juntos. Era o Galo sim. Havia atravessado as linhas persas com um grupo de outros desertores; o skiritai o amarrou nu em um poste. Iam executá-lo; ele tinha pedido um momento a sós comigo antes de cortarem o seu pescoço.

Por toda parte, o campo despertava; metade do exército já estava em posição, e a outra metade se armando. Senda abaixo, na direção da Trácia, ouviam-se as trombetas inimigas em formação para o Dia Dois. Encontramos Galo ao lado de dois informantes medos, que contaram segredos suficientes para receberem um bom café da manhã. O Galo não. O skiritai o tratou com tal brutalidade que foi preciso levantá-lo e escorá-lo contra o poste no qual sua garganta seria cortada.

— É você, Xeo? — olhou de esguelha, os olhos roxos como os de um boxeador machucado.

— Trouxe Alexandros.

Conseguimos derramar um pouco de vinho em sua boca.

— Sinto muito por seu pai — foram as primeiras palavras a Alexandros. Ele, Galo, servira seis anos como escudeiro de Olympieus e salvara sua vida em Oenophyta, quando a cavalaria tebana se lançara contra ele. — Ele foi o homem mais honrado da cidade, depois de Leônidas.

— Como podemos ajudá-lo? — perguntou Alexandros.

Galo quis primeiro saber quem mais estava vivo. Respondi que Dienekes, Polynikes e alguns outros e falei o nome dos mortos que ele tinha conhecido.

— E você também está vivo, Xeo? — Suas feições se contorceram em um sorriso largo. — Seu amigo inseparável, Apolo, deve tê-lo poupado para algo extraordinário.

Galo tinha um único pedido a fazer: que eu providenciasse que fosse entregue, à sua mulher, uma antiga moeda de sua nação, Messênia. Esse óbolo, nos contou, ele levara consigo em segredo durante a vida inteira. Entregou-o a mim; jurei enviá-lo no próximo correio. Bateu em meu ombro com um sorriso. Em seguida, tornou-se extremamente grave e puxou-nos para perto.

— Prestem atenção. Foi isso que vim dizer a vocês.

Galo soltou tudo rapidamente. Os helenos que defendiam o desfiladeiro tinham somente um dia, não mais. Xerxes, naquele exato momento, oferecia a riqueza de uma província a qualquer guia que lhe informasse uma senda pelas montanhas por onde os Portões Quentes pudessem ser circundados.

— Os deuses não fizeram nenhuma rocha tão íngreme que nenhum homem possa escalá-la, sobretudo motivado por ouro e glória. Os persas encontrarão uma maneira de contornar a retaguarda helena e, mesmo que não o façam, sua frota romperá a linha ateniense em mais um dia. Nenhum reforço está vindo de Esparta; os éforos sabem que seriam cercados. E Leônidas nunca fará uma retirada, em hipótese nenhuma.

— Levou essa surra só para nos trazer essa notícia?

— Ouçam. Quando passei para os persas, lhes disse que era um hilota recém-chegado de Esparta. Os próprios oficiais do Rei me interrogaram. Fiquei ali, a dois passos da tenda de Xerxes. Sei onde o Grande Rei dorme e como chegar à sua porta.

Alexandros riu alto.

— Diz atacá-lo em sua tenda?

— Quando a cabeça morre, a cobra morre. Preste atenção. O pavilhão do Rei fica logo debaixo do rochedo, no topo da planície, à margem do rio, de modo que seus cavalos possam beber água antes que o resto do exército a suje. A garganta produz uma torrente que jorra das montanhas. Os persas consideram-na intransponível, têm menos de uma companhia guardando-a. Um grupo de meia dúzia poderia penetrar no escuro, e talvez sair.

— Sim. Bateremos as nossas asas e sobrevoaremos o desfiladeiro.

O campo agora estava completamente desperto. No Muro, os espartanos se agregavam em massa, se é que se pode usar um termo tão grandioso para uma força tão escassa. Galo nos disse que tinha se oferecido para guiar um destacamento em ataque surpresa no campo persa em troca da liberdade de sua mulher e seus filhos na Lacedemônia. Por isso o skiritai o havia surrado. Acharam que era um ardil para entregar homens corajosos às mãos inimigas, para serem torturados ou coisa pior.

— Eles não vão sequer transmitir minhas palavras aos seus oficiais. Eu suplico a vocês que informem alguém de posição. Mesmo sem mim, pode dar certo. Juro por todos os deuses!

Eu ri desse Galo reaparecido.

— Então, você adquiriu, além da devoção, o amor à Hélade.

O skiritai chamou-nos bruscamente. Queriam acabar logo com Galo e se vestir com suas armaduras. Dois soldados o forçaram a ficar em pé para amarrá-lo ao poste, quando um clamor, vindo da retaguarda do campo, interrompeu-os. Todos nos viramos e olhamos sobressaltados para o declive.

Quarenta homens dos tebanos haviam desertado durante a noite. Uma meia dúzia foi morta pelas sentinelas, mas os outros tinham conseguido escapar. Todos, menos três, que acabavam de ser descobertos, tentando se esconder na pilha de mortos.

Esse trio desafortunado estava agora sendo arrastado por um pelotão de sentinelas théspias e jogados em campo aberto, atrás do Muro, no meio do exército que se organizava. O sangue estava no ar. O théspio Dithyrambos encaminhou-se à brecha e assumiu a situação.

— Qual a punição para eles? — gritou ao grupo em volta.

Nesse instante, Dienekes apareceu ao ombro de Alexandros, atraído pelo tumulto. Aproveitei o momento para pedir pela vida de Galo, mas o meu senhor não respondeu. Sua atenção estava fixa na cena que se desenrolava lá embaixo.

Pena de morte, gritaram os guerreiros aglomerados. Golpes com intenção homicida foram desferidos nos cativos aterrorizados. Foi preciso que Dithyrambos, pessoalmente, brandindo sua espada na confusão, obrigasse os homens a recuar.

— Os aliados estão possessos — comentou Alexandros consternado. — De novo.

Dienekes observou friamente.

— Não presenciarei isso uma segunda vez.

Adiantou-se, abrindo caminho pela turba e se lançou à frente, ao lado do théspio Dithyrambos.

— Esses cães não merecem clemência! — Dienekes olhou para os cativos amarrados e de olhos vendados. — Devem sofrer a mais odienta penalidade imaginável, para que ninguém mais se sinta tentado a imitar sua covardia.

Gritos de assentimento levantaram-se do exército. A mão erguida de Dienekes pôs fim ao tumulto.

— Vocês me conhecem. Aceitarão a punição que eu propuser?

Mil vozes gritaram sim.

— Sem protestos? Sem hesitação?

Todos juraram obedecer à sentença de Dienekes.

Do outeiro atrás do Muro, Leônidas e os Cavaleiros, inclusive Polynikes, Alpheus e Maron, observavam. Todo som se aquietou, menos o vento. Dienekes foi até os cativos de joelhos e arrancou suas vendas.

Sua espada soltou os prisioneiros.

Gritos de ultraje estrondearam por toda parte. A deserção era punida com a morte. Quantos mais fugiriam se esses traidores continuassem vivos? O exército inteiro se desintegraria!

Dos aliados, só Dithyrambos parecia adivinhar a intenção de Dienekes. Ele avançou, colocando-se ao lado do espartano. Ergueu a espada e silenciou os homens para que Dienekes pudesse falar.

— Desprezo a paixão pela autoconservação que, na noite passada, afeminou esses covardes — falou Dienekes à multidão de aliados —, mas odeio muito mais a paixão, irmãos, que os enlouquece agora.

Apontou para os prisioneiros ajoelhados na sua frente.

— Estes homens, que hoje chamam de medrosos, lutaram ombro a ombro, ao lado de vocês, ontem. Talvez com mais bravura que vocês.

— Duvido! — alguém gritou protestando, seguido por ondas de escárnio e brados de sangue contra os fugitivos.

Dienekes deixou que o tumulto diminuísse.

— Na Lacedemônia, temos uma palavra para esse estado mental que os domina agora, meus amigos. Nós o chamamos de "possessão". Significa ceder ao medo ou à raiva, os quais privam um exército de ordem e o reduzem a uma turba.

Deu um passo atrás; sua espada foi apontada para os cativos no chão.

— Sim, esses homens fugiram ontem à noite. Mas o que vocês fizeram? Eu respondo. Todos ficaram acordados. E quais eram os pensamentos secretos de seus corações? Os mesmos deles. — A lâmina de seu *xiphos* indicou os pobres miseráveis diante dele. — Como eles, ansiaram por suas mulheres e seus filhos. Como eles, o que mais desejaram foi preservar a própria pele. Como eles, fizeram planos para fugir e viver!

Gritos de negação lutaram para serem expressos, mas falharam diante do olhar furioso de Dienekes e a verdade que continha.

— Também tive esses pensamentos. Sonhei a noite toda em fugir. E assim foi com todos os oficiais e lacedemônios que estão aqui, inclusive Leônidas.

Um silêncio se impôs sobre a multidão.

— Sim! — gritou uma voz. — Mas não fizemos isso!

Mais murmúrios de assentimento, de apoio.

— Tem razão — falou Dienekes calmamente. Seu olhar não estava mais erguido em direção ao exército, mas voltado, duro como uma pedra, para o trio de cativos. — Não fizemos.

Olhou os fugitivos por um momento, sem piedade. Depois, recuou para que o exército visse os três, amarrados e conduzidos pela ponta da espada, em seu centro.

— Que estes homens vivam até o fim de seus dias, amaldiçoados por esse conhecimento. Que despertem a cada alvorecer para essa infâmia e deitem-se toda noite com essa vergonha. Esta será sua sentença de morte, a aniquilação em vida, muito mais dolorosa do que a ninharia que o resto de nós suportará antes de o sol se pôr amanhã.

Afastou-se dos delinquentes, para a ponta de onde a turba se aglomerava e que levava à segurança.

— Abram caminho!

Os fugitivos, então, se puseram a implorar. O primeiro, um rapaz sem barba, que mal passara dos 20 anos, declarou que sua pobre fazenda ficava a menos de uma semana dali. Ele temera por sua mulher e sua filha ainda bebê, por seus pais doentes. As trevas o haviam acovardado, confessava, mas estava arrependido. Juntando as mãos atadas em súplica, ergueu os olhos a Dienekes e ao théspio.

— Por favor, senhores, o meu crime foi de momento. Passou. Lutarei hoje, e ninguém deixará de reconhecer a minha coragem.

Os outros dois fizeram coro, dois homens de mais de 40 anos, jurando solenemente que também serviriam com honra.

Dienekes assomou-se sobre eles.

— Abram caminho!

O ajuntamento de homens se dividiu para abrir uma senda por onde o trio passasse em segurança para fora do campo.

— Mais alguém? — a voz de Dithyrambos elevou-se em desafio. — Quem mais está a fim de um passeio? Que saia já pela porta dos fundos ou que cale a matraca até ir para o inferno.

Certamente, nenhuma outra visão sob o céu poderia ter sido mais funesta ou infame, tão deplorável era a postura e o andar curvado dos desgraçados ao atravessarem a avenida de vergonha entre as fileiras de seus camaradas em silêncio.

Olhei para os rostos dos soldados. A fúria que clamara por sangue, com falsa justiça, desaparecera. Agora, em cada fisionomia abrandada estava estampada uma vergonha expurgada e impiedosa. A raiva vulgar e hipócrita que tentara se extravasar nos fugitivos havia se voltado para dentro com a intervenção de Dienekes. E essa ira, agora dirigida ao coração secreto de cada homem, solidificou-se na deliberação de uma infâmia de tal modo torpe que, comparada a ela, a morte em si parecia uma bagatela.

Dienekes virou-se e voltou a subir o outeiro. Ao se aproximar de mim e de Alexandros, foi interceptado por um oficial skiritai, que apertou sua mão.

— Foi brilhante, Dienekes. Deixou o exército todo envergonhado. Agora, ninguém mais se atreverá a arredar o pé daqui.

O rosto do meu senhor, longe de demonstrar satisfação, permaneceu sombrio, com uma máscara de dor. Relanceou os olhos para trás, na direção dos três infames que se afastavam curvados.

— Esses pobres infelizes serviram na linha ontem o dia inteiro. Sinto pena deles, de todo coração.

Os criminosos, então, alcançaram o extremo da experiência do ultraje. O segundo homem, o que mais tinha se humilhado vergonhosamente, virou-se e gritou para o exército:

— Tolos! Vocês todos vão morrer! Danem-se todos, que vão para o inferno!

Com uma gargalhada, desapareceu no cume do declive, acompanhado de seus companheiros de fuga, que relancearam os olhos para trás, por cima dos ombros, como vira-latas raivosos.

Leônidas, imediatamente, passou uma ordem ao *polemarch* Derkylides, que a retransmitiu ao oficial da vigilância: dali em diante, nenhuma sentinela seria posicionada na retaguarda, nenhuma precaução seria tomada para evitar mais deserções.

Com um grito, os homens dispersaram e tomaram suas posições.

Dienekes chegou aonde Alexandros e eu esperávamos com Galo. O oficial skiritai era um homem chamado Lachides, irmão do patrulheiro chamado de Perdigueiro.

— Deixe o criminoso comigo, por favor, amigo. — Com um gesto cansado, Dienekes apontou para Galo. — Ele é meu sobrinho bastardo. Eu mesmo cortarei sua garganta.

29

Sua Majestade conhece muito melhor que eu os detalhes da intriga pela qual a traição final dos aliados foi realizada. Sabe quem foi o traidor dos nativos trácios que se apresentou para informar aos Seus comandantes a existência da trilha pela montanha, pela qual os Portões Quentes poderiam ser cercados. Sabe também que recompensa foi paga, do tesouro persa, a esse criminoso.

Os gregos pressentiram essa informação desastrosa inicialmente nos agouros interpretados na manhã do segundo dia de luta. Durante o dia todo, rumores e relatos de desertores mais tarde corroboraram os agouros. Foram confirmados definitivamente por testemunhas oculares naquele anoitecer, no fim do sexto dia dos aliados em posse do Desfiladeiro das Termópilas.

Um nobre do inimigo apresentou-se às linhas gregas na hora da mudança de sentinelas, aproximadamente duas horas após o fim das hostilidades do dia. Identificou-se como Tyrrhastiadas de Cymae, capitão de mil nas forças recrutadas por essa nação. Esse nobre foi a personagem mais alta, bela e bem-vestida do inimigo que até então desertara. Dirigiu-se à assembleia em um grego perfeito. Sua esposa era grega de Halicarnasso, declarou ele; isso e a compulsão de honra o haviam impelido a atravessar para o lado aliado. Informou ao Rei espartano que estivera na frente do pavilhão de Xerxes

350

naquele mesmo entardecer, quando o traidor, um homem de quem eu soube o nome, mas que me recuso a repetir, havia se apresentado para reivindicar a recompensa oferecida por Sua Majestade e oferecer seus serviços para guiar as forças da Pérsia pela trilha secreta.

O nobre Tyrrhastiadas prosseguiu dizendo que observara pessoalmente o cumprimento das ordens de Xerxes e a formação das tropas persas. Os Imortais, com suas perdas já substituídas, somando de novo dez mil, haviam partido com o cair da noite sob o comando de seu general Hydarnes. Estavam em marcha naquele exato momento, guiados pelo traidor. Chegariam à retaguarda aliada, em posição de ataque, ao amanhecer.

Sua Majestade, sabendo a consequência catastrófica dessa traição para os gregos, talvez se encha de espanto com a resposta em assembleia ao aviso oportuno e fortuito transmitido pelo nobre Tyrrhastiadas.

Não acreditaram nele.

Acharam que era um ardil.

Essa paixão irracional e enganadora só pode ser compreendida ao se levar em conta a exaustão e o desespero que, a essa altura, tinham dominado o coração dos aliados.

O primeiro dia de combate revelou atos de bravura extraordinária e de um heroísmo sem par.

O segundo começou a gerar prodígios.

O mais constrangedor e despropositado de tudo era o simples fato de sobreviver. Quantas vezes, em plena matança das últimas 48 horas, os guerreiros ficaram frente a frente com o instante de sua própria extinção? Ainda assim, sobreviveram. Quantas vezes a massa do inimigo, muito superior em número, atacou os aliados com um vigor e uma bravura irrefreável? Ainda assim, os aliados sobreviveram.

Três vezes, nesse segundo dia, as linhas dos defensores estiveram a ponto de ceder. Sua Majestade observou o momento, pouco antes do cair da noite, quando tinha se aberto uma brecha no próprio Muro e os numerosos guerreiros do Império escalaram e atravessaram as pedras, alardeando seu grito de vitória. Mas, não se sabe como, o Muro resistiu; o desfiladeiro não caiu.

Durante o dia inteiro, o segundo de batalha, as frotas se enfrentaram fora de Skiathos, em um reflexo perfeito dos exércitos nos Portões. Sob os penhascos de Artemisium, as marinhas se batiam, esporões de bronze chocando-se com forro de madeira, enquanto seus irmãos batiam aço contra aço em terra. Os defensores do desfiladeiro viam os cascos em fogo, borrões contra o horizonte e, mais próximo, destroços de mastreação e vigas com rombos, lascas de remos e corpos de marinheiros de bruços levados à costa pela corrente. A impressão era a de que gregos e persas, excessivamente cansados, já não combatiam como adversários, e sim que os dois lados haviam assumido um pacto perverso cujo objetivo não era nem a vitória nem a salvação, mas meramente encarnar a terra e o oceano com seu sangue confundido. O próprio céu, nesse dia, não parecia um reino povoado, atribuindo, por seu testemunho, significado aos eventos embaixo, mas uma face de ardósia, impassível e ímpia, sem compaixão e indiferente. A parede da montanha de Kallidromos, estendendo-se para além da carnificina, parecia personificar essa destituição de piedade na face sem feições de sua pedra silenciosa. Todas as criaturas do ar haviam fugido. Nenhum sinal de verde subsistiu sobre a terra, nem nas fissuras da rocha.

Somente a poeira teve clemência. Somente a sopa fétida sob os passos dos guerreiros oferecia trégua e socorro. Os pés dos homens revolviam o caldo que chegava ao tornozelo; as pernas pesadas sulcavam-no até a altura da panturrilha, e, então, caíam de joelhos e combatiam dali. Dedos das mãos agarravam-se à terra enegrecida de sangue, os dedos dos pés retesavam-se para nela se firmarem, os dentes de moribundos a mordiam como se escavassem seus próprios túmulos com a força de suas mandíbulas. Agricultores cujas mãos haviam levantado com prazer torrões escuros de seus campos nativos, esfarelando por entre os dedos a terra fértil que produz a colheita, agora arrastavam suas barrigas nesse solo escabroso, agarrando-se a ele com os nós de seus dedos arruinados, e contorciam-se sem vergonha, tentando se enclausurar no manto da terra e preservar suas costas do aço impiedoso.

No *palaistrai* da Hélade, os gregos adoram lutar corpo a corpo. Assim que o menino pode se manter em pé, se atraca com seus companheiros, sujos de areia ou lambuzados de lama. Agora, os helenos lutavam em locais menos sagrados, onde a comporta não represava água e sim sangue, onde o prêmio era a morte e os oficiais negavam a necessidade de pausa ou misericórdia. No combate do segundo dia, viu-se repetidas vezes um guerreiro heleno lutar por duas horas seguidas, retirar-se por dez minutos, sem comer e bebendo água na quantidade de uma mão em concha, e depois retornar ao conflito por mais duas horas seguidas. Várias vezes era visto um homem receber um golpe que espatifava seus dentes ou quebrava o osso de seu ombro, mas que nem assim o derrubava.

No segundo dia, vi Alpheus e Maron matarem seis homens do inimigo tão rápido que os dois últimos estavam mortos antes que o primeiro par chegasse ao chão. Quantos os gêmeos mataram naquele dia? Cinquenta? Cem? Seria preciso mais do que um Aquiles no meio do inimigo para derrubá-los, não somente por sua força e perícia, mas por serem dois que lutavam com um só coração.

Durante o dia inteiro, os campeões de Sua Majestade chegaram, avançando em uma leva atrás da outra, sem intervalo para distinguir nações e contingentes. A rotação de forças que os aliados tinham empregado no primeiro dia tornou-se impossível. Companhias recusaram-se, por conta própria, a abandonar a linha. Escudeiros e hilotas pegavam as armas dos caídos e assumiam seus lugares na brecha.

Os homens não mais desperdiçavam o fôlego dando vivas ou louvando a bravura um do outro. Os guerreiros não mais exultavam ou se vangloriavam, o coração em triunfo. Agora, nas pausas, simplesmente caíam, mudos e entorpecidos, no monte de debilitados e aniquilados. No lugar protegido do Muro, sobre cada buraco de terra fendida, viam-se grupos de guerreiros arrasados de cansaço e desespero, 8 ou 10, 12 ou 20, abandonando-se onde tinham caído, imóveis de horror e dor. Ninguém falava nem se movia. Os olhos de cada um fixavam sem ver inexprimíveis esferas de horror privado.

A existência tornou-se um túnel cujas paredes eram a morte e dentro do qual não havia nenhuma esperança de resgate ou libertação. O céu, o sol e as estrelas haviam cessado. Só o que restara era a terra, o solo revolvido e fendido que parecia esperar os pés de cada homem para receber suas tripas derramadas, seus ossos estilhaçados, seu sangue, sua vida. A terra cobria cada parte dele. Estava em seus ouvidos e narinas, em seus olhos e garganta, sob suas unhas e na dobra de seu traseiro. Cobria o suor e o sal de seu cabelo; seus pulmões a cuspiam e a expeliam viscosa com o catarro de seu nariz.

Há um segredo partilhado por todos os guerreiros, tão privado que ninguém se atreve a manifestá-lo, a não ser àqueles companheiros que se tornam mais queridos que irmãos pela provação das armas que compartilham. É o conhecimento dos cem atos de sua própria covardia. As pequenas coisas que ninguém vê. O camarada que cai e grita por ajuda. Passei direto por ele? Escolhi a minha pele à dele? Esse foi o meu crime, do qual eu me acuso no tribunal do meu coração e ali me condeno como culpado.

Tudo o que um homem quer é viver. Isso antes de tudo: não parar de respirar. Sobreviver.

No entanto, até mesmo esse instinto mais primitivo, o da auto-preservação, até mesmo essa necessidade do sangue compartilhada por todos sob o céu, animais e homem, até mesmo isso pode ser exaurido pela fadiga e excesso de horror. Uma forma de coragem penetra o coração, coragem que não é coragem, e sim desespero, e não desespero, mas engrandecimento. No segundo dia, os homens superaram a si mesmos. Proezas de uma bravura extraordinária caíam do céu como chuva, e aqueles que as realizavam não conseguiam nem mesmo recordá-las, nem afirmar com certeza que os atores tinham sido eles próprios.

Vi um escudeiro dos phlios, que não passava de um menino, assumir a armadura do seu senhor e investir na matança. Antes de poder desferir um só golpe, uma azagaia persa estilhaçou sua canela, atravessando o osso. Um dos seus companheiros correu a atar a artéria e arrastá-lo para um local seguro. O garoto rechaçou seu salvador com a espada. Apoiou-se na lança, usada como muleta, ficou de joelhos, entrando no conflito, sem parar de golpear o inimigo, ali da terra, onde morreu.

Outros escudeiros e hilotas, descalços e sem armadura, pegaram pequenas estacas de ferro e escalaram a face da montanha acima do estreito, embutindo os pinos nas fendas da rocha para se firmarem. Desses poleiros expostos, atiraram pedras e matacões no inimigo. Os arqueiros persas transformaram esses meninos em alfineteiras. Seus corpos pendiam, crucificados, dessas cavilhas, ou soltavam-se da pressão de seus dedos e espatifavam-se sobre o massacre lá embaixo.

O mercador Elephantinos precipitou-se em campo aberto para salvar um desses garotos que ainda vivia, pendurado em uma saliência acima da retaguarda da batalha. Uma flecha persa rasgou a garganta do velho; ele caiu tão rapidamente que pareceu desaparecer terra adentro. Irrompeu uma luta feroz por seu corpo. Por quê? Ele não era nem rei nem oficial, somente um estranho que cuidava dos ferimentos dos jovens e os fazia rir com os seus Peste tenção!. Três homens morreram para retirar seu corpo do meio da matança.

A noite quase caíra. Os helenos estavam arrasados com as baixas e a exaustão, enquanto os persas prosseguiam lançando campeões descansados no conflito. Soldados na retaguarda do inimigo estavam sendo obrigados a seguir avante pelos chicotes dos oficiais do próprio Rei; pressionavam diligentemente seus companheiros, forçando-os a avançar contra os gregos.

Sua Majestade se lembra? Uma tempestade violenta desabou sobre o mar; a chuva caía em torrentes. A essa altura, a maioria das armas dos aliados se gastou ou quebrou. Foram 12 lanças para cada guerreiro; nenhum carregava seu próprio escudo, que há muito tempo fora destroçado; defendiam-se com o oitavo ou décimo que haviam apanhado no chão. Mesmo as curtas espadas *xiphos* espartanas foram partidas com o excesso de golpes. As lâminas de aço perduravam, mas as hastes e os cabos se perdiam. Os homens estavam lutando com tocos de ferro, golpeando com a metade de lanças partidas, que só possuíam o gume.

A hoste do inimigo tinha avançado, estando a 12 passos do Muro. Somente os espartanos e os théspios permaneciam diante dessa construção, todos os outros aliados foram forçados a recuar ou ir para cima dele. O grande número de inimigos estendia-se por todo o estreito, ocupando, à vontade, o triângulo de 90 metros diante do Muro.

Os espartanos recuaram. Eu me vi ao lado de Alexandros, em cima do Muro, puxando um homem atrás do outro, enquanto os aliados disparavam azagaias e lanças partidas, pedras e matacões e, até mesmo, elmos e escudos sobre o inimigo sobranceiro.

Os aliados não resistiram e oscilaram. Despencaram numa massa desordenada para 15, 30 metros além do Muro. Até mesmo os espartanos se retiraram em desordem, inclusive o meu senhor, Polynikes, Alpheus e Maron, arrasados pelos ferimentos e pela exaustão.

O inimigo arrancou, literalmente, as pedras do Muro. A maré de sua multidão passou por cima dos restos deitados abaixo, deslizando pelos degraus do estádio da parte de trás do Muro até a área aberta diante dos campos desprotegidos dos aliados. A derrota estava para acontecer quando, por um motivo inexplicável, o inimigo, com a vitória em suas mãos, se deteve amedrontado e não conseguiu reunir coragem para prosseguir o ataque até o fim.

O inimigo se deteve, presa de um terror sem quê nem para quê.

Que força os havia enfraquecido e roubado sua bravura, nenhuma faculdade racional é capaz de adivinhar. Talvez os guerreiros do Império não pudessem acreditar na iminência de seu próprio triunfo. Talvez tivessem lutado por tanto tempo na parte da frente do Muro que os seus sentidos não conseguiram aceitar a realidade de, finalmente, terem alcançado a brecha.

O que quer que fosse, o ímpeto do inimigo cedeu. O campo foi tomado por um instante de fantástica quietude.

De repente, dos céus, um bramido de uma potência sobrenatural, como da garganta de 50 mil homens, soou pelo éter. O meu cabelo ficou em pé; virei-me para Alexandros. Ele também estava paralisado de terror e reverência, como todos os outros no campo.

Um raio de magnitude onipotente chocou-se com força no muro do Kallidromos. O trovão retumbou, pedras grandes foram carregadas como cascalhos da face do penhasco; fumaça e enxofre rasgaram o ar. O grito sobrenatural continuou a vibrar, imobilizando todos de terror, menos Leônidas, que se encaminhou, a passos largos, para a vanguarda, com a lança erguida.

— Zeus, Salvador! — a voz do Rei ressoou no trovão. — Hélade e liberdade!

Gritou o *paean* e investiu contra o inimigo. Uma coragem nova inundou o coração dos aliados; urraram no contra-ataque. No Muro, o inimigo tombou em pânico diante desse prodígio dos céus. Vi-me de novo em cima de suas pedras escorregadias e fendidas, disparando seta sobre seta na massa de persas, báctrios, medos, ilírios, lídios e egípcios em debandada.

O horror da carnificina que se seguiu foi testemunhado por Sua Majestade. Enquanto a tropa de choque persa fugiu aterrorizada, os chicotes dos homens na retaguarda faziam as tropas de reforço avançar. Como quando duas ondas, uma quebrando na direção da costa antes da tempestade e a outra retornando ao mar da beirada íngreme da praia, colidem e se aniquilam em espuma e borrifos, assim aconteceu com o movimento dos exércitos do Império, força após força. Quem foi pego no redemoinho de seu epicentro foi pisoteado por milhares.

Antes, Leônidas havia convocado os aliados para construírem um segundo muro, um muro de corpos persas. Era exatamente o que acontecia agora. O inimigo caía em tal número que nenhum guerreiro dos aliados firmava o pé sobre a terra. Pisava-se sobre cadáveres. Corpos em cima de corpos.

À frente, os guerreiros helenos podiam ver o inimigo debandando no meio dos açoites de seus próprios companheiros na retaguarda, atacando-os, matando com lança e espada seus próprios comparsas, no desvario da fuga. Vários despencavam no mar. Vi as fileiras da vanguarda espartana escalando, literalmente, o muro de corpos persas, precisando da ajuda das fileiras seguintes para dar impulso.

De súbito, a massa de mortos empilhados cedeu. Houve uma avalanche de corpos. No estreito, os aliados escalaram para trás, para se proteger acima do desmoronamento de cadáveres, que alimentava a si mesmo, ganhando impulso com o seu próprio peso, ao rolar com toda força sobre os persas, esquivando-se na direção da Trácia. Essa visão era de tal modo grotesca que os guerreiros helenos, sem receber ordens, mas por seu próprio instinto, se detinham onde estavam e interrompiam a pressão de seu avanço, observando admirados enquanto o inimigo perecia em uma quantidade incalculável, tragado e anulado debaixo dessa espantosa avalanche de carne.

Na assembleia noturna dos aliados, esse prodígio foi lembrado e citado como prova da intervenção dos deuses. O nobre Tyrrhastiadas ficou ao lado de Leônidas, diante dos gregos reunidos, insistindo, com o que era claramente a caridade apaixonada do seu coração, em que recuassem, se retirassem, partissem. O nobre repetiu seu relato dos Dez Mil Imortais, naquele momento avançando pela trilha na montanha para cercar os aliados. Menos de mil helenos capacitados para resistir ainda restavam. O que esperavam fazer contra dez vezes o seu número atacando na indefesa retaguarda, enquanto mil vezes o seu total avançava da vanguarda?

Mas a exaltação gerada pelo prodígio final era tamanha que os aliados não prestaram atenção nem deram importância. Homens apresentaram-se na assembleia, céticos e agnósticos, aqueles que admitiam sua dúvida, e até mesmo desdém, em relação aos deuses. Esses mesmos homens agora faziam votos e declaravam que o raio dos céus e o urro sobrenatural que o acompanhara não fora outra coisa senão o brado de guerra do próprio Zeus.

Mais notícias animadoras chegaram da frota. Uma tempestade, que desabara inoportunamente na noite anterior, havia destroçado 200 dos navios de guerra inimigos, no extremo do litoral de Euboea. Um quinto da marinha de Xerxes, o capitão ateniense Pythiades relatou exultante, foi perdido, com toda a tripulação. Ele havia observado o naufrágio com os próprios olhos. Não tinha de ser, isso também, obra de um deus?

Leontíades, o comandante tebano, adiantou-se, apoiando e atiçando essa insanidade. Que força humana, perguntou, pode resistir à fúria dos céus?

— Tenham em mente, irmãos e aliados, que nove décimos do exército persa são de nações recrutadas, alistadas contra a vontade, na ponta de uma espada. Como Xerxes continuará a mantê-los na linha? Feito gado, como foi hoje, obrigados a avançar pelo chicote? Acreditem-me, homens, os aliados persas estão rachando. A insatisfação e a deslealdade estão se disseminando feito pestilência pelo campo. A deserção e o motim só esperam mais uma derrota. Se conseguirmos resistir amanhã, irmãos, a situação embaraçosa de Xerxes o levará a decidir pelo ataque pelo mar. Poseidon, que estremece a terra, já causou estragos no orgulho persa uma vez. Talvez o deus o ponha em seu devido lugar de novo.

Os gregos, inflamados pela paixão do comandante tebano, proferiram palavras ríspidas a Tyrrhastiadas, de Cymae. Os aliados juraram que, agora, não eram mais eles que corriam perigo, e sim Xerxes e sua presunção que haviam provocado a ira dos deuses.

Não precisei olhar para o meu senhor para ler o seu coração. Essa perturbação dos aliados era *katalepsis*, "possessão". Era loucura, como certamente os oradores sabiam, mesmo que derramassem sua raiva, gerada pela dor e horror, no alvo conveniente que era o nobre de Cymae. O próprio príncipe suportou os insultos em silêncio. A tristeza tornava mais sombrio seu semblante já tão grave.

Leônidas dispersou a assembleia, instruindo cada contingente a voltar a atenção para o reparo das armas. Despachou o capitão Pythíades de volta à frota, com ordens de informar aos comandantes navais Eurybíades e Themístokles tudo que havia escutado e visto ali naquela noite.

Os aliados se dispersaram, deixando somente os espartanos e o nobre Tyrrhastiadas ao lado do fogo do comandante.

— Uma demonstração impressionante de fé, senhor — falou o persa após alguns instantes. — Tenho certeza de que esses discursos encorajadores sustentarão a coragem de seus homens. Por uma hora. Até o escuro e a fadiga apagarem o efeito do momento, e o temor por si mesmos e suas famílias voltar à tona, como inevitavelmente acontecerá, em seus corações.

O persa repetiu com ênfase seu relato da trilha na montanha e os Dez Mil. Declarou que se as mãos dos deuses tivessem agido nos eventos desse dia, não tinha sido com sua benevolência tentando preservar os defensores helenos e sim com sua vontade perversa e impenetrável agindo para separá-los da razão. Com certeza, um comandante com a sagacidade de Leônidas percebeu isso, tão claramente quanto ele. Ergueu o olhar ao rochedo de Kallidromos, vendo lá em cima, sobre a rocha, as inúmeras marcas de relâmpagos, onde ao longo de décadas e séculos vários outros raios fortuitos haviam, no curso natural das tempestades litorâneas, atingido esse cume, o promontório mais elevado e mais próximo.

Tyrrhastiadas insistiu de novo para que Leônidas e os espartanos acreditassem em suas palavras. Os soldados em assembleia podiam escolher descrer dele, podiam denunciá-lo e, até mesmo, executá-lo como um espião. Sua premissa podia iludir a si mesma e adotar uma perspectiva propícia para a manhã seguinte. Seu Rei e comandante, no entanto, não podia se permitir esse luxo.

— Digam — prosseguiu o persa — que sou um agente de intriga. Acreditem que fui enviado por Xerxes. Digam que minha intenção é, no interesse dele, influenciá-los, com astúcia e malícia, a abandonar o desfiladeiro. Digam e acreditem nisso tudo. Ainda assim o meu relato é verdadeiro. Os Imortais persas estão vindo. Surgirão pela manhã, 10 mil, na retaguarda aliada.

O nobre deu um passo à frente, pondo-se diante do Rei espartano, falando-lhe com paixão, de homem para homem.

— O combate nos Portões Quentes não será o decisivo. Essa batalha acontecerá depois, no interior da Grécia, talvez diante dos muros de Atenas, talvez no Istmo, talvez no Peloponeso, sob os picos da própria Esparta. Sabe disso. Qualquer comandante capaz de compreender terreno e topografia sabe disso. A sua nação precisa do senhor. É a alma de seu exército. Talvez diga que um Rei da Lacedemônia nunca recua. Mas a bravura tem de ser moderada com a sabedoria ou se torna meramente imprudência. Pense no que já realizou com seus homens nos Portões Quentes. A fama que conquistou nestes seis dias viverá para sempre. Não busque a morte pela morte, nem para realizar uma profecia vã. Viva, senhor, e lute mais um dia. Mais um dia com todo o seu exército o apoiando. Mais um dia, quando a vitória, a vitória decisiva, poderá ser sua.

O persa indicou com um gesto os oficiais espartanos reunidos na luz do fogo do conselho. O *polemarch* Derkylides, os cavaleiros Polynikes e Doreion, os comandantes de pelotões e os guerreiros, Alpheus e Maron, e o meu senhor.

— Imploro, senhor, poupe-os, a nata da Lacedemônia, que deem sua vida outro dia. Poupe a si mesmo para esse dia. Demonstrou sua bravura, meu senhor. Agora, rogo-lhe que demonstre sua sabedoria. Retire-se agora. Tire seus homens enquanto ainda pode.

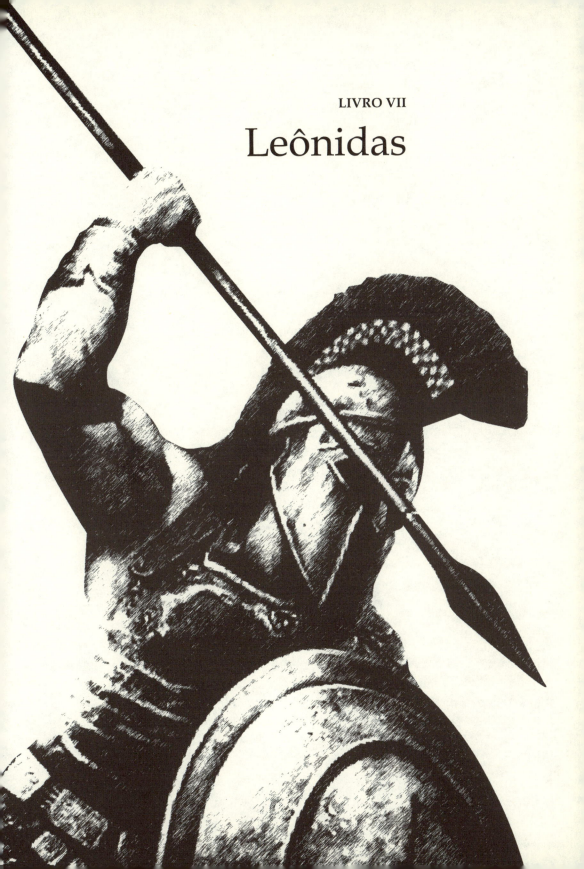

LIVRO VII
Leônidas

30

Onze guerreiros foram destacados para atacar a tenda de Sua Majestade.

Leônidas recusou-se a arriscar um número maior; concedeu de má vontade esses guerreiros entre os 108 que restavam dos Trezentos ainda em condições de lutar. Aprovou a inclusão de somente cinco Pares, e isso simplesmente para dar ao grupo credibilidade entre os aliados.

Dienekes lideraria, pois era o mais capacitado comandante de pequenas unidades. Os cavaleiros Polynikes e Doreion foram incluídos por sua velocidade e bravura. Alexandros, apesar da objeção de Leônidas na tentativa de poupá-lo, figurou para lutar ao lado do meu senhor como um *dyas*. Os skiritai Perdigueiro e Lachides eram montanheses; sabiam como escalar as faces escarpadas. O criminoso Jogador de Bola serviria de guia na subida do penhasco Kallidromos, e Galo os conduziria no campo inimigo. Suicídio e eu fomos incluídos para dar suporte a Dienekes e Alexandros e aumentar a força de ataque com arco e azagaias. O último oficial espartano foi Telamonias, um boxeador do regimento Oliveira Selvagem. Depois de Polynikes e Doreion, ele era o mais rápido dos Trezentos e o único dos atacantes com movimentos não prejudicados por ferimentos.

O théspio Dithyrambos foi a força por trás da adoção do plano. Concebeu-o sozinho, sem su-

gestões do Galo, o qual, afinal, o meu senhor não tinha executado; houve uma ordem para que ele fosse retido no campo ao longo do segundo dia, com instruções de cuidar dos feridos e do reparo e substituição das armas. Dithyrambos insistiu com Leônidas a favor do ataque surpresa e agora, decepcionado por não ter sido incluído, desejava boa sorte ao grupo.

O frio da noite descera sobre o campo. Como o nobre Tyrrhastiadas havia previsto, o medo instalou-se severo nos aliados; bastaria um rumor para que se aterrorizassem e o vislumbre de um único assombro para que entrassem em pânico. Dithyrambos entendia o coração dos milicianos. Naquela noite, precisavam de um projeto em que fixar suas esperanças, uma expectativa que os mantivesse firmes até de manhã. Não importava se o ataque surpresa teria sucesso ou não. Tratava-se de fazer com que saíssem. E se realmente os deuses tivessem tomado o nosso partido nessa causa, bem... Dithyrambos abriu um largo sorriso e apertou a mão do meu senhor, despedindo-se.

Dienekes dividiu o grupo em duas unidades, uma de cinco homens, sob o comando de Polynikes, e outra de seis, sob o seu próprio comando. Cada pelotão avançaria e atacaria independentemente, sem conhecer nem a rota nem o plano de ataque do outro. Isso para o caso de serem capturados e torturados.

Quando estavam armados e prontos para partir, os dois grupos se apresentaram a Leônidas para receber as ordens finais. O Rei falou a sós com eles, sem a presença dos aliados nem dos oficiais espartanos. Uma lufada gelada soprava. O céu retumbou acima de Euboea. A montanha avultou-se acima; a lua, só parcialmente oculta, podia ser divisada acima dos trechos de bruma cortada pelo vento.

Leônidas ofereceu vinho de seu estoque pessoal e verteu as libações de sua própria taça. Dirigiu-se a cada homem, inclusive aos escudeiros, não pelo nome, mas por seu apelido e, até mesmo, seu diminutivo. Chamou Doreion de "Pequena Lebre", como era chamado em criança. Dekton não foi tratado de Galo, mas de "Gal", e tocou-o carinhosamente no ombro.

— Os documentos de alforria estão prontos — informou o Rei ao hilota. — Serão despachados para a Lacedemônia hoje à noite. Eles o emancipam, e também a sua família, libertam seu filho.

Era o bebê que a senhora Arete tinha salvado à noite da *krypteia*; a criança cuja existência havia tornado Dienekes pai de um varão vivo e, por consequência, segundo as leis lacedemônias, apto a ser incluído nos Trezentos.

Essa criança significaria a morte de Dienekes, de Alexandros e Suicídio, por sua associação com ele. E a minha também.

— Se quiser — os olhos de Leônidas encontraram os de Galo na luz do fogo movida pela rajada de vento —, poderá mudar o nome Idotychides, pelo qual o bebê é chamado. É um nome espartano, e todos sabemos que não nutre muita afeição por nossa raça.

Idotychides, como já sabemos, era o nome do pai de Galo, irmão de Arete, que morrera em batalha anos antes. Arete insistira em dar esse nome ao bebê naquela noite do tribunal improvisado atrás do refeitório.

— Está livre para dar ao seu filho um nome messeniano — prosseguiu Leônidas —, mas tem de me dizer agora, antes que eu lacre os papéis e os despache.

Eu tinha visto Galo açoitado e surrado muitas vezes por causa de nossas tarefas e afazeres, na Lacedemônia. Mas nunca, até aquele momento, olhara bem os seus olhos.

— Estou envergonhado, senhor — dirigiu-se a Leônidas —, por ter obtido essa gentileza com extorsão. — Galo aprumou o corpo diante do Rei. Declarou que o nome Idotychides era nobre e que o seu filho teria orgulho de ostentá-lo.

O Rei assentiu com um movimento da cabeça e pôs a mão, afetuoso como um pai, sobre o ombro de Dekton.

— Volte vivo hoje à noite, Gal. Eu o farei partir em segurança de manhã.

Antes de o grupo de Dienekes ter escalado cerca de 800 metros acima do Alpenoi, teve início uma pancada de chuva pesada. A ladeira suave transformou-se em uma parede de rochedo, cuja formação era um conglomerado marítimo gredoso e decomposto. Quando o aguaceiro caiu, a superfície virou sabão.

365

Jogador tomou a liderança após a primeira subida, mas logo ficou evidente que ele se perdera no escuro; havíamos nos desviado da trilha principal e caído numa rede confusa de rastros de cabras que cruzavam a face escarpada. O grupo recuperou o rumo ao prosseguir enquanto tateava no escuro. Um homem por vez assumia a liderança, sem carga, ao passo que os outros o seguiam e levavam os escudos e as armas. Ninguém usava elmo, somente os protetores de feltro. Estes ficaram encharcados, jorrando cascatas de sua frente sem abas sobre os olhos dos homens. A escalada tornou-se um perfeito alpinismo, com os homens firmando-se com os dedos dos pés e as mãos, bochechas achatadas contra a face decomposta, enquanto torrentes geladas fluíam sobre eles, acompanhadas de deslizamento de lama, matacões e pedregulhos que se soltavam. Tudo isso no breu total.

Quanto a mim, a panturrilha machucada sofria de cãibra e agora ardia como se uma vara de metal liquefeita pelo calor tivesse sido enfiada em minha pele. Cada movimento para cima exigia um esforço enorme desse músculo; a dor quase me fez desmaiar. Dienekes sofria muito mais dificuldades. O antigo ferimento de Achilleion impedia-o de erguer o braço esquerdo acima do ombro; seu tornozelo direito era incapaz de se flexionar. Para culminar, a órbita do olho arrancado tinha recomeçado a sangrar; a água da chuva misturava-se com o sangue escuro e corria por sua barba até o couro de seu corselete. Olhou de esguelha para Suicídio, cujos ombros degenerados o faziam deslizar como uma cobra, os braços baixos enquanto se contorcia escalando a ladeira escorregadia, que se esfarelava, desintegrava.

— Pelos deuses — murmurou Dienekes —, esse equipamento é uma porcaria.

O grupo alcançou o primeiro cume depois de uma hora. Agora, estávamos acima da neblina; a chuva parou e a noite tornou-se clara, apesar de ventosa e fria. O mar estrondeava lá embaixo, coberto, a 200 metros de profundidade, por uma névoa marinha cujos picos brancos brilhavam como algodão sob uma lua a uma noite de se mostrar cheia. De repente, Jogador fez um gesto pedindo silêncio; o grupo procurou abrigo. O criminoso apontou para uma ravina do outro lado.

Na aresta oposta, a cerca de 500 metros, era possível divisar o trono na tenda de Xerxes, o mesmo de onde o monarca observara os dois primeiros dias de batalha. Servos estavam desmontando a plataforma e o pavilhão.

— Estão desmontando tudo. Aonde vão?

— Talvez já tenham tido o bastante e estejam voltando para casa.

O grupo esgueirou-se, de modo a não expor sua silhueta, para uma saliência protegida, onde não seriam vistos. Tudo que carregavam estava ensopado. Torci uma compressa e a dobrei para colocar no olho do meu senhor.

— O meu juízo deve estar vazando com o meu sangue — disse ele. — Não consigo pensar em outra explicação para estar aqui, nessa missão idiota.

Fez os homens beberem mais vinho, para se aquecerem e amortecer a dor dos vários ferimentos. Suicídio continuou a olhar de esguelha a aresta distante, do outro lado. Os servos persas removiam os assentos do teatro do seu senhor.

— Xerxes acha que amanhã será o fim. Podem apostar: nós o veremos montado ao raiar do dia, no estreito, para saborear seu triunfo de bem perto.

A cumeeira era ampla e regular. Conduzido por Jogador, o grupo avançou com facilidade durante a hora seguinte. Acompanhávamos, no meio da vegetação de sumagre e de ervas que brotam do terreno queimado, o rastro sinuoso de animais de caça. A trilha corria para o interior, e o mar já não estava à vista. Atravessamos mais duas arestas, depois demos com um curso d'água turbulento, uma das torrentes que alimenta o Asopus. Pelo menos era o que o nosso guia fora da lei esperava. Dienekes tocou o meu ombro, indicando um pico ao norte.

— É Oita. Onde Héracles morreu.

— Acha que ele nos ajudará hoje?

O grupo alcançou uma ladeira elevada e arborizada que teve de ser escalada um a um. De súbito, um estrondo irrompeu no matagal acima. Formas retumbavam, invisíveis. Cada mão fez um movimento em direção a uma arma.

— Homens?

O som retrocedeu rapidamente.

— Cervos.

Logo os animais se afastaram. Silêncio. Somente o vento, rasgando a copa das árvores acima de nós.

Por alguma razão, essa descoberta fortuita estimulou tremendamente o grupo. Alexandros avançou pela mata. A terra em que os cervos estiveram dormindo estava seca, esmagada e emaranhada de um lado ao outro onde o bando tinha se deitado.

— Sintam a relva. Ainda está quente.

Jogador se posicionou para urinar.

— Não — Alexandros cutucou-o. — Ou os cervos nunca mais usarão este ninho.

— E daí?

— Mije na ladeira — ordenou Dienekes.

Por mais estranho que pareça, a sensação nesse bosque aconchegante era a de um lar, um refúgio. Sentia-se o cheiro dos cervos, a fragrância de sua carne. Ninguém falou nada, mas eu apostaria que cada um estava pensando na mesma coisa: como seria bom deitar naquele exato momento como os cervos e fechar os olhos. Deixar o medo apartar-se de seu corpo. Ser, só por um instante, inocente do terror.

— É uma boa região para caça — comentei. — Atravessamos o caminho de javalis. Aposto que há ursos aqui e, até mesmo, leões.

O olhar de Dienekes encontrou o de Alexandros.

— No próximo outono, viremos caçar aqui. O que acha?

O rosto machucado do rapaz se contorceu em um sorriso largo.

— Você virá conosco, Galo — prosseguiu Dienekes. — Tiraremos uma semana e faremos disso um evento. Nada de cavalos nem batedores, somente dois cachorros para cada homem. Viveremos da caça e voltaremos para casa usando peles de leão, como Héracles. Convidaremos até mesmo o nosso caro amigo Polynikes.

Galo olhava Dienekes como se ele tivesse ficado louco. Então, um sorriso largo dominou seu semblante.

— Então, está combinado — disse Dienekes. — No outono que vem.

368

A partir do pico seguinte, o grupo acompanhou um riacho. A torrente era ruidosa, e a disciplina foi relaxada. Chegaram vozes não se sabia de onde.

Todos ficaram paralisados.

Galo estava na liderança. O grupo seguia em fila indiana; era a pior formação possível para se lutar.

— Estão falando persa? — sussurrou Alexandros, com seus ouvidos atentos ao som.

De repente, as vozes também se calaram.

Tinham nos escutado.

Vi Suicídio, dois passos abaixo de mim, estirar-se silenciosamente para olhar por seu ombro e tirar um par de "agulhas de cerzir" de sua aljava. Dienekes, Alexandros e Galo agarraram suas lanças. Jogador preparou-se para lançar uma acha.

— Ei, filhos da mãe, são vocês?

Do escuro surgiu o Perdigueiro, o skirita, com uma espada numa das mãos e uma adaga na outra.

— Pelos deuses, vocês nos deram o maior susto!

Era o grupo de Polynikes, fazendo uma pausa para comer um pedaço de pão seco.

— O que é isso? Um piquenique? — Dienekes se esgueirou para o meio deles. Saudamos nossos companheiros com alívio. Polynikes contou que o caminho tomado por seu grupo, a trilha inferior, tinha sido rápida e fácil. Estavam naquela clareira há 15 minutos.

— Venha cá — o cavaleiro acenou para o meu senhor. — Dê uma olhada nisso.

O nosso grupo seguiu-o. Na outra margem do curso d'água, três metros acima na ladeira, estendia-se uma senda larga o bastante para dois homens atravessarem ombro a ombro. Até mesmo na parte mais escura da garganta via-se a terra revolvida.

— É a trilha da montanha, a que os Imortais estão seguindo. O que mais pode ser?

Dienekes ajoelhou-se para sentir a terra. Fora pisada recentemente, não mais de duas horas antes. Podiam-se vislumbrar, no lado ascendente, as arestas em que os pés dos Dez Mil haviam afundado e, ladeira abaixo, os deslizamentos provocados pelo peso de sua passagem.

Dienekes escolheu um dos homens de Polynikes, Telamonias, o pugilista, para retornar pelo caminho que o seu grupo percorrera e informar Leônidas. O homem resmungou desapontado.

— Nada disso — Dienekes falou asperamente. — Você é o mais veloz daqueles que conhecem a trilha. Tem de ser você.

O pugilista partiu em disparada.

Outro membro do grupo de Polynikes estava ausente.

— Onde está Doreion?

— Na trilha. Dando uma sondada.

Um pouco depois, o cavaleiro, cuja irmã, Altheia, era esposa de Polynikes, apareceu, correndo relaxado. Ele estava *gymnos*, nu para melhor correr.

— O que aconteceu com o seu cão? — saudou-o Polynikes, com alegria. — O coitadinho murchou.

O cavaleiro riu e pegou seu manto que estava pendurado em uma árvore. Relatou que a trilha terminava a cerca de 400 metros abaixo. Lá, uma floresta inteira fora derrubada, provavelmente naquela mesma noite, logo depois que os persas ficaram sabendo da senda. Não havia dúvida de que os Imortais se organizaram ali, no terreno recentemente desobstruído, antes de partir.

— O que há lá agora?

— Cavalaria. Três, talvez quatro, pelotões.

Eram da Tessália, relatou. Gregos cujo país passara para o lado do inimigo.

— Estão roncando como fazendeiros. A névoa está densa. Os narizes estão enfiados nos mantos, até mesmo os das sentinelas.

— Podemos passar?

Doreion assentiu com um movimento da cabeça.

— É tudo pinheiro. Um tapete de folhas macias. É possível atravessá-lo em disparada sem fazer nenhum ruído.

Dienekes indicou a clareira onde estávamos.

— Aqui será nosso ponto de encontro. Nos reuniremos aqui depois. Você nos guiará de volta a partir daqui, Doreion, ou alguém do seu grupo, pelo caminho que vieram, o mais rápido.

Dienekes mandou Galo informar de novo os dois grupos sobre a planta do campo inimigo, no caso de alguma coisa lhe acontecer na descida. O resto do vinho foi dividido. O odre, ao ser passado de um para o outro, calhou de passar da mão de Polynikes para a de Galo.

— Diga-me a verdade — o hilota aproveitou esse momento de intimidade antes da ação. — Teria matado o meu filho naquela noite com a *krypteia*?

— Ainda o matarei — respondeu o corredor —, se você nos meter em enrascada hoje.

— Nesse caso — disse o hilota —, anseio com mais prazer ainda sua morte.

Estava na hora de o Jogador partir. Havia concordado em guiar o grupo só até ali. Para surpresa de todos, o criminoso parecia dividido.

— Ouçam — propôs hesitante —, quero continuar com vocês, são homens bons. Eu os admiro, mas não posso prosseguir, em sã consciência, sem ser compensado.

O grupo todo achou hilariante.

— Seus escrúpulos são inflexíveis, criminoso — observou Dienekes.

— Quer compensação? — Polynikes segurou suas próprias partes pudendas. — Vou guardar isso para você.

Só o Jogador não riu.

— Danem-se — murmurou, mais para si mesmo do que para os outros. Resmungando outras imprecações, tomou seu lugar na coluna desfalcada. Ia ficar.

Decidiu-se que os grupos permaneceriam unidos; dali avançaríamos em equipes de cinco, com Jogador anexado aos quatro de Polynikes para compensar a partida de Telamonias. Uma atrás da outra, cada unidade dando suporte à seguinte.

As brigadas passaram sem incidentes pelos sonolentos tessálios. A presença dessa cavalaria grega era uma grande sorte. O caminho de volta, se é que havia algum, estaria inevitavelmente em desordem; era uma boa vantagem ter um marco de limite tão visível no escuro como a faixa de terra de alguns quilômetros quadrados de largura de floresta derrubada. Os cavalos tessálios poderiam ser postos em debandada para criar confusão, e, se o nosso grupo tivesse de escapar pelo campo deles, nossos gritos em grego não nos trairiam no meio dos tessálios, que eram nativos da nossa língua.

Mais meia hora e os pelotões chegaram à margem de um bosque diretamente acima da cidadela de Trácia. O canal do Asopus corria bem debaixo dos muros da cidade. Era uma torrente turbulenta, com um vento frio cortante rugindo na entrada do desfiladeiro.

Agora, podíamos ver o campo inimigo.

Certamente nenhuma visão sobre a terra, nem Troia sitiada, nem a própria guerra dos deuses e os titãs, se comparava ao que acontecia diante de nossos olhos.

Podíamos ver quase cinco quilômetros de planícies que alongavam-se até o mar; oito quilômetros de lado a lado. Planícies e mais planícies se estendiam além da vista ao redor dos declives dos rochedos trácios. Dezenas de quilômetros quadrados. Tudo isso incandescente com o fogo inimigo ampliado pelo nevoeiro.

— Tanta coisa para empacotarem.

Dienekes fez um gesto para Galo se aproximar. O hilota expôs o seguinte, enquanto se lembrava:

Os cavalos de Xerxes bebem rio acima, antes do resto do campo. Os rios são sagrados para os persas e devem ser mantidos sem serem profanados. Todo o vale superior é delimitado para pastagem. O pavilhão do Grande Rei, Galo jurou, ficava à frente do campo, ao alcance das flechas disparadas do rio.

O grupo deixou-se cair diretamente abaixo dos muros da cidadela e penetrou na correnteza. O Eurotas, na Lacedemônia, é alimentado pela montanha. Até mesmo no verão, a neve derretida gela os ossos. O Asopus era pior. Nossos membros congelaram em instantes. Era tão gelado que tememos por nossa segurança; se tivéssemos de sair e correr, não sentiríamos pernas e pés.

Felizmente, a torrente diminuiu a algumas centenas de metros. O grupo enrolou os mantos e os fez flutuar sobre os escudos virados com o bojo para cima. O inimigo tinha erigido barragens para amortecer a torrente e facilitar para os cavalos e os homens beberem água. Foram colocadas estacas em cima, mas a névoa e o vento tornavam as condições tão inóspitas, era tão tarde, e as sentinelas, tão complacentes, considerando a infiltração inconcebível, que o grupo pôde passar furtivamente pelos desaguadouros e depois costear rapidamente, na escuridão, a ribanceira.

A lua estava oculta. Galo não pôde reconhecer o pavilhão do Grande Rei.

— Era aqui! Eu juro! — Apontou para uma elevação de terra, sobre a qual não havia nada, a não ser uma rua de tendas de cavalariços que adejavam ao vento e uma fila de piquetes atados com cordas lado a lado com os cavalos miseravelmente expostos ao vendaval.

— Devem tê-la deslocado.

Dienekes puxou a espada. Ia cortar a garganta de Galo ali mesmo, como traidor. Galo jurou por todos os deuses que lhe ocorreram que não estava mentindo.

— As coisas parecem diferentes no escuro — disse sem muita convicção.

Polynikes salvou-o.

— Acredito nele, Dienekes. É tão idiota que não poria tudo a perder dessa maneira.

O grupo continuou se movendo com dificuldade, o pescoço afundado em quedas d'água que entorpeciam os ossos. A certa altura, a perna de Dienekes atrapalhou-se em um emaranhado de bambus; ele teve de submergir com o seu *xiphos* para se libertar. Voltou à tona rindo com desdém.

Perguntei do que estava rindo.

— Estava pensando se seria possível ficar ainda mais arruinado. — Riu para si mesmo. — Pensava se uma cobra d'água subisse em meu traseiro e parisse quíntuplos...

De repente, a mão de Galo tocou o ombro do meu senhor. Cem passos à frente havia outra barragem e um desaguadouro. Três pavilhões de linho confinavam em uma praia agradável. Uma alameda sinuosa, iluminada por lamparinas, subia a ladeira, passando por um curral, no qual estavam confinadas montarias de guerra cobertas com mantas de tal suntuosidade que o valor de cada uma deveria equivaler à produção de uma cidade pequena.

Diretamente acima erguia-se um bosque de carvalhos, iluminado por archotes de ferro uivando na ventania. Além, passando uma única linha de piquete de marinheiros egípcios, divisava-se os pendurais com bandeirolas de um pavilhão tão amplo que parecia abrigar um batalhão.

— É esta — apontou Galo. — É a tenda de Xerxes.

31

Meu senhor observara várias vezes, estudante do medo que era, que os pensamentos dos guerreiros à beira da ação obedeciam a um padrão invariável e inevitável. Apareciam sempre num intervalo, frequentemente breve como uma pulsação, por isso o olho interior convoca a seguinte visão tripartida, com frequência na mesmíssima ordem:

Primeiro, na parte mais profunda do coração, surgem os rostos daqueles a quem ama e que não compartilham de seu risco imediato: sua mulher, mãe, crianças, principalmente se são filhas, particularmente se são jovens. Àqueles que permanecerão sob o sol e preservarão em seus corações a lembrança de sua passagem, o guerreiro saúda com ternura e compaixão. A eles, lega seu amor e deles se despede.

Em seguida, erguem-se aos olhos internos as sombras daqueles que já atravessaram o rio, que esperam na costa distante da morte. Para o meu senhor, eram seu irmão Iatrokles, seu pai e sua mãe e o irmão de Arete, Idotychides. Eles também são saudados pelo coração do guerreiro na visão silenciosa, e ele faz apelo à sua ajuda e, então, relaxa.

Finalmente, aparecem diante dele os deuses; aquele que sente que mais o favoreceu, aquele que sente ter favorecido mais. Aos cuidados desse deus, entrega, se for possível, o seu espírito.

Somente quando essa tripla obrigação for cumprida, o guerreiro retorna ao presente e vira-se, como que despertando de um sonho, para aqueles ao seu lado, aqueles que, dali a um instante, sofrerão, junto a ele, a provação da morte. Nesse ponto, Dienekes observou que, com frequência, os espartanos levam vantagem sobre todos os que os enfrentam em combate. Sob que bandeira seria possível relancear os olhos em volta e descobrir ao seu lado homens como Leônidas, Alpheus, Maron, ou ali, naquela lama, Doreion, Polynikes e o meu senhor Dienekes? O coração do guerreiro abraça aqueles que partilharão a travessia com ele, com um amor que ultrapassa todos os outros concedidos pelos deuses à humanidade, exceto somente o da mãe pelo filho. Faz qualquer coisa por eles, assim como fariam por ele.

Os meus olhos relancearam para Dienekes, agachado na ribanceira, sem elmo, com o seu manto escarlate que parecia totalmente preto nas trevas. Sua mão direita massageava as juntas de seu tornozelo paralisado, tentando recuperar sua flexibilidade, enquanto, em frases compactas, dava as instruções que compeliriam à ação os homens sob o seu comando. Do seu lado, Alexandros tinha recolhido um punhado de areia da ribanceira e o esfregava no cabo de sua lança, desgastando a superfície para uma empunhadura. Polynikes, com uma imprecação, colocava o braço na manga encharcada, de bronze e couro, do seu escudo, procurando o ponto de equilíbrio e como firmá-lo adequadamente. Perdigueiro, Lachides, Jogador, Galo e Doreion também concluíam seus preparativos. Relanceei os olhos para Suicídio. Estava escolhendo agilmente suas "agulhas de cerzir", como um cirurgião selecionando seus instrumentos, pegando três, uma para a mão que arremessaria, duas para a outra, com o peso e o equilíbrio que prometiam o voo mais perfeito. Agachei-me do seu lado; atacaríamos juntos.

— Vejo você na travessia — disse e puxou-me na direção do flanco de onde atacaríamos.

Como os pensamentos passam rápidos pela nossa mente numa hora dessa. Suicídio, meu mentor e instrutor desde que eu tinha 14 anos. Ele havia me ensinado a ser discreto, a me comportar, a me defender; como atar uma perfuração, firmar uma clavícula quebrada; como arriar de um cavalo em campo aberto, arrastar um guerreiro ferido para fora da batalha usando o seu manto. Esse homem, com sua perícia e intrepidez, poderia ter-se empregado em qualquer exército do mundo. No de Xerxes, se quisesse. Teria sido designado capitão de cem, conquistado fama e glória, mulheres e riqueza. Mas escolheu permanecer na rigorosa academia da Lacedemônia, servindo sem ganhar.

Pensei no mercador Elephantinos. De todos no campo, Suicídio tinha sido o que mais se afeiçoara a esse tipo alegre e sempre entusiasmado. Os dois tornaram-se amigos leais. No entardecer anterior ao primeiro dia de batalha, quando o pelotão do meu senhor preparava a refeição da noite, Elephantinos apareceu durante a ronda. Tinha negociado todos os seus artigos, permutado sua carroça e seu asno, vendido até mesmo seu manto e seus sapatos. Agora circulava com uma cesta de peras e guloseimas que distribuía aos guerreiros enquanto eles se sentavam para o jantar. Ele parou ao nosso lado, próximo ao fogo. O meu senhor frequentemente oferecia sacrifícios ao cair da noite; nada demais, somente uma côdea de bolo de cevada e uma libação, sem orar em voz alta, proferindo dentro do seu coração algumas palavras aos deuses. Nunca revelava o conteúdo dessas preces, mas eu podia ler seus lábios e escutar o murmúrio estranho. Orava para Arete e suas filhas.

— São os rapazes que deviam praticar tal devoção — comentou o mercador — e não vocês veteranos "guisalhos"!

Dienekes saudou o *emporos* afetuosamente.

— Quer dizer grisalhos, meu amigo.

— Quero dizer guisalhos, peste tenção!

Foi convidado a sentar-se. Bias ainda estava vivo; brincou com a necessidade de previsão do mercador. Como o veterano ia escapar agora, sem o seu asno e a sua carroça?

Elephantinos não respondeu.

— O nosso amigo não vai embora — falou Dienekes calmamente, o olhar fixo no solo.

Alexandros e Ariston chegaram com uma lebre que haviam negociado com alguns garotos da aldeia de Alpenoi. O velho sorriu com a caçoada amistosa de que foram alvo por causa dessa presa. Era uma "lebre de inverno", tão esquelética que não daria um ensopado nem para dois homens, muito menos 16. O mercador olhou para o meu senhor.

— Ver, aqui nos Portões, veteranos de barbas com fios brancos é justo. Mas esses meninos — seu gesto indicou Alexandros e Ariston, incluindo eu e vários outros escudeiros que mal saíam da adolescência. — Como posso partir, enquanto estes bebês ficam?

— Invejo-os, camaradas — prosseguiu ele, quando a emoção deixou que falasse. — Passei a vida toda procurando o que vocês possuem desde que nasceram, uma cidade nobre a qual pertencer. — Sua mão de ferreiro indicou as fogueiras crepitando pelo campo e os guerreiros, velhos e jovens, ao seu lado. — Esta será minha cidade. Serei seu magistrado e médico, o pai de seus órfãos e o seu bufão.

Ofereceu suas peras e se afastou. Ouviu-se a risada que provocou no grupo seguinte e no próximo.

Os aliados estavam posicionados nos Portões há quatro noites. Haviam observado a escala da hoste persa, em terra e mar, e conheciam bem as vantagens insuperáveis que teriam de enfrentar. Porém, só neste momento, percebi, pelo menos para o pelotão do meu senhor, a realidade do perigo que a Hélade corria, e a iminência da extinção dos defensores realmente os atingia. Uma profunda sobriedade instalou-se com o sol que se punha.

Durante um bom tempo, ninguém falou. Alexandros tirava a pele da lebre, eu moía a cevada com um moedor de mão, Medon preparava o forno na terra, Leon Negro cortava cebolas. Bias recostou-se contra um cepo de carvalho cortado para lenha, com Leon Jumento à sua esquerda. Para assombro de todos, Suicídio começou a falar.

— Há uma deusa em meu país chamada Na'an — o scythiano rompeu o silêncio. — Minha mãe era uma sacerdotisa desse culto, se é que tal título possa ser aplicado a uma camponesa analfabeta que passou toda a sua vida na parte de trás de uma carroça. A minha mente recordou-se disso ao conhecer o nosso amigo mercador e a carroça que ele chamava de sua casa.

378

Eu e qualquer outro nunca havíamos ouvido Suicídio falar tanto. Todos esperavam que ele parasse ali. Para espanto geral, ele prosseguiu.

Sua mãe sacerdotisa ensinara-o, disse ele, que nada sob o sol é real. A terra e tudo sobre ela não passavam de uma encarnação material de uma realidade mais profunda e mais pura que existia imediatamente atrás, invisível aos sentidos mortais. Tudo que chamamos de real é sustentado por esse fundamento mais sutil, que lhe é subjacente, indestrutível, que não pode ser vislumbrado além da cortina.

— A religião da minha mãe prega que só essas coisas são reais, as que não podem ser percebidas pelos sentidos. A alma. O amor de mãe. Coragem. Estão mais próximos dos deuses, ela ensinou, porque são os mesmos dos dois lados da morte, na frente e atrás da cortina.

— Quando cheguei a Lacedemônia e vi a falange — prosseguiu Suicídio —, achei-a a forma mais ridícula de guerra que eu já vira. No meu país, combatemos montados em cavalos. Para mim, essa era a única maneira, digna e gloriosa, um espetáculo que instiga a alma. A falange me pareceu uma piada. Mas admirei os homens, sua virtude que era tão claramente superior à de qualquer outra nação que eu havia observado e analisado. Era um enigma para mim.

Relanceei os olhos para Dienekes do outro lado do fogo, para tentar perceber se ele havia escutado esses pensamentos de Suicídio antes, talvez nos anos anteriores à minha entrada para seu serviço, quando só o scythiano era seu escudeiro. Sobre a face do meu senhor estampava-se uma atenção enlevada. Claramente, essa liberalidade dos lábios de Suicídio também era uma novidade para ele.

— Lembra-se, Dienekes, de quando combatemos os tebanos em Oinoe? Quando foram derrotados e fugiram? Foi a primeira debandada que presenciei. Fiquei estarrecido. Existirá uma visão mais vil, mais degradante sob o sol do que uma falange debandando de medo? Sente-se vergonha de ser mortal ao se ver tal indignidade, mesmo no inimigo. Viola as leis supremas dos deuses. — A face de Suicídio, que até então era um esgar de desdém, agora refulgia de um modo mais jovial. — Ah, mas e o contrário: uma linha que resiste! O que pode ser mais grandioso, mais nobre? Certa noite, sonhei que marchava com a falange. Estávamos avançando por uma planície, de encontro ao inimigo. O terror gelava meu coração. Meus camaradas guerreiros caminhavam com passadas largas à minha volta, na frente, atrás, por todos os lados. Eram todos eu. O meu eu velho, o meu eu jovem. Fiquei ainda mais aterrorizado, como se fosse me fragmentar em pedacinhos. Então, todos começaram a cantar. Todos os meus "eus". Enquanto suas vozes se elevavam em uníssono, todo o medo abandonou meu coração. Despertei com o coração tranquilo e tive certeza de que era um sonho vindo direto dos deuses. Entendi, então, que era isso que tornava a falange grandiosa. A cola invisível que a mantinha unida. Percebi que todos os exercícios e a disciplina que vocês, espartanos, gostam de martelar na cabeça dos outros não significam, na realidade, inculcar perícia ou arte, mas somente produzir essa cola.

Medon riu.

— E que cola dissolveu-se, Suicídio, que finalmente permitiu que sua boca se manifestasse com tal imoderação não scythiana?

Suicídio abriu um largo sorriso. Fora Medon, diziam, que havia lhe dado o apelido, quando ele, culpado de um assassinato em seu país, tinha fugido para Esparta, onde pedira várias vezes para morrer.

— Quando cheguei na Lacedemônia e me deram o nome de "Suicídio", eu o odiei. Mas com o tempo passei a perceber sua sabedoria, por menos intencional que fosse. Pois o que pode ser mais nobre do que se matar? Não literalmente. Não com uma espada nas tripas. Mas extinguir o ego egoísta interior, essa parte que só se preocupa com a própria preservação, em salvar a própria pele. Essa, percebi, era a vitória que vocês espartanos haviam obtido sobre si mesmos. Essa era a cola. Era o que tinham aprendido, e isso me fez ficar, para aprender também. Quando um guerreiro luta não por si mesmo, mas por seus irmãos, quando a meta buscada com mais paixão não é nem a glória nem a preservação da sua própria vida, mas gastar sua substância por eles, seus camaradas, não abandoná-los, mostrar-se digno deles, então, o seu coração realmente desacata a morte e, assim, transcende a si mesmo, e suas ações alcançam o sublime. Por isso, o verdadeiro guerreiro não pode falar de batalha a não ser para os seus irmãos que combateram com ele. Essa verdade é venerável demais, sagrada demais para ser expressa por palavras. Eu mesmo não ousaria expressá-la, a não ser aqui e agora, com vocês.

Leon Negro escutara com atenção.

— O que diz é verdade, Suicídio, se me perdoa chamá-lo assim. Mas nem tudo que não é visto é nobre. Emoções mesquinhas também são invisíveis. Medo, cobiça, luxúria. O que diz delas?

— Sim — admitiu Suicídio —, mas não provocam uma sensação torpe? Fedem demais, fazem com que se fique nauseado no coração. As coisas invisíveis nobres são diferentes. São como música, na qual as notas mais agudas são as mais agradáveis. Essa foi outra coisa que me intrigou quando cheguei na Lacedemônia. A sua música. Quanta música, não somente odes marciais e canções de guerra entoadas ao avançar contra o inimigo, mas nas danças, corais, festivais e sacrifícios. Por que guerreiros consumados reverenciavam tanto a música, quando proibiam o teatro e a arte? Acho que sentem que as virtudes são como a música. Vibram em um tom mais agudo, mais nobre.

Virou-se para Alexandros.

— Por isso Leônidas o selecionou para os Trezentos, jovem mestre, apesar de ele saber que você nunca estivera antes entre as trombetas. Ele acredita que cantará aqui, nos Portões, nesse registro sublime, não com isto — indicou a garganta —, mas com isto. — E sua mão tocou seu coração.

Suicídio interrompeu-se de repente, sem jeito e desconcertado. Ao redor do fogo, as faces o olhavam pensativas e respeitosas. Dieneces rompeu o silêncio com uma risada.

— Você é um filósofo, Suicídio.

Suicídio sorriu largo em resposta.

— Sim — assentiu balançando a cabeça —, peste tenção!

Chegou um mensageiro convocando Dieneces para um concílio de Leônidas. O meu senhor fez um sinal para que o acompanhasse. Algo mudara dentro dele, senti ao atravessarmos a rede de trilhas que cruzavam os campos dos aliados.

381

— Lembra-se da noite, Xeo, em que nos sentamos com Ariston e Alexandros e falamos do medo e do seu contrário?

Respondi que sim.

— Tenho a resposta à minha pergunta. Nossos amigos, o mercador e Suicídio, me responderam.

Seu olhar passou pelas fogueiras no acampamento, as nações dos aliados agrupadas em suas unidades, e seus oficiais que, como nós, se aproximavam, vindos de todos os lados para o fogo do Rei, prontos para satisfazer suas necessidades e receber suas instruções.

— O contrário do medo — disse Dienekes — é o amor.

32

Duas sentinelas guardavam o oeste, a retaguarda do pavilhão de Sua Majestade. Dienekes escolheu esse lado para atacar porque era o mais sombrio, menos proeminente, o flanco mais exposto ao vendaval. De todos os fragmentos de imagens que subsistem desse confronto, que se encerrou não mais do que 50 pulsações depois de ter-se iniciado, o mais vívido é a imagem da primeira sentinela, um marinheiro egípcio de 1,80 m, com um elmo dourado, decorado com asas de grifo, curtas e prateadas. Esses marinheiros usavam, como emblema de orgulho, regimentais faixas de lã de cores vivas. É seu costume, quando no posto, drapeá-las transversalmente no peito e cingi-las na cintura. Nessa noite, a sentinela a havia posto em volta do nariz e da boca para se proteger da ventania e da poeira levantada, envolvendo orelhas e testa também, deixando somente uma estreita fresta para os olhos. Mantinha o escudo de vime, da altura de seu corpo, em posição, lutando para firmar sua massa pesada contra as rajadas. Não era preciso muita coisa para ver sua desgraça, sozinha, no frio e ao lado de uma tocha que tremeluzia com o vento.

Suicídio avançou, sem ser percebido, até cerca de nove metros do homem, rastejando de bruços, passando pelas tendas fechadas dos cavalariços

de Sua Majestade e os quebra-ventos de pano, que adejavam ruidosamente e protegiam os cavalos. Eu estava meio corpo atrás dele; vi-o murmurar a prece a seus deuses selvagens de duas palavras: "Entregue-o", referindo-se ao inimigo.

A vista turva, a sentinela piscou. Nas trevas, vindo diretamente na sua direção, viu a forma agitada do scythiano segurando com o punho esquerdo um par de azagaias da extensão de um dardo, com a mortal ponta de bronze de uma terceira na posição de arremesso, na altura de sua orelha direita. Essa visão deve ter sido de tal modo bizarra e inesperada que o marinheiro nem reagiu com alarme. Com o cabo da lança, puxou, com indiferença, quase irritação, a faixa que protegia seus olhos, como se resmungasse para si mesmo: "Que porcaria é essa?".

A primeira azagaia de Suicídio atravessou com tal força a garganta do homem que sua ponta irrompeu no pescoço e saiu pela espinha, seu freixo se estendendo carmesim, metade do comprimento de um braço. O homem caiu como uma rocha. Num instante, Suicídio estava sobre ele, arrancando a "agulha de cerzir" com um puxão tão violento que trouxe junto metade da traqueia.

A segunda sentinela, três metros à esquerda da primeira, estava se virando confusa, claramente sem acreditar na evidência de seus olhos, quando Polynikes apareceu ao seu lado e desferiu, na região que não estava protegida, um golpe com tal violência com o seu próprio escudo, impulsionado por seu ombro, que o homem foi jogado longe. O ar foi expelido dos pulmões do marinheiro, sua coluna bateu no chão; a adaga de Polynikes perfurou seu peito com tanta força que deu para ouvir o osso lascar e fraturar, mesmo com a ventania.

Os atacantes se precipitaram para a tenda. Alexandros fez um corte diagonal no pano resistente. Dienekes, Doreion, Polynikes, Lachides e, depois, Alexandros, Perdigueiro, Galo e o Jogador arrojaram-se com violência. Fomos vistos. As sentinelas nos dois lados deram o alarme. No entanto, tudo aconteceu tão rapidamente que os piquetes vigilantes não acreditaram de imediato no que seus olhos viam. Claramente, tinham ordens de permanecer em seus postos, o que mais ou menos cumpriram, pelo menos os dois mais próximos, avançando para Suicídio e para mim (os únicos ainda do lado de fora do pavilhão) com uma hesitação desconcertada e aturdida. Eu estava com uma flecha encaixada no arco, com outras três seguras na mão esquerda, e a erguia para dispará-la.

— Espere! — gritou Suicídio em meu ouvido. — Sorria para eles.

Achei que estava maluco. Mas foi o que fez. Gesticulou como um amigo e chamou as sentinelas em sua língua. O scythiano atuou como se fosse apenas um tipo de exercício que talvez essas sentinelas tivessem perdido quando as instruções foram dadas. Isso as segurou durante cerca de duas pulsações. Então, mais uma dúzia de marinheiros gargalhou de dentro do pavilhão. Nós nos viramos e penetramos na tenda.

O interior estava escuro como breu e cheio de mulheres dando risadinhas. Não se via o resto do nosso grupo. Vimos o clarão de uma lamparina no outro lado da câmara. Era Perdigueiro. Uma mulher nua agarrava sua perna, cravando os dentes em sua panturrilha. A lamparina da câmara seguinte iluminou a espada do skirita quando ele a impulsionou como um cutelo, cortando a cartilagem da coluna cervical da mulher. Perdigueiro fez um gesto indicando a câmara.

— Queimem-na!

Estávamos em uma espécie de harém de concubinas. O pavilhão, no total, devia ter 20 câmaras. Quem sabia qual diabos era a do Rei? Precipitei-me para a única tocha acesa e passei sua chama por onde estavam guardadas peças íntimas femininas; num instante, o bordel todo berrava.

Marinheiros começaram a surgir atrás de nós, entre as prostitutas que gritavam. Corremos atrás do Perdigueiro, na direção que ele tomara no corredor. Não havia dúvidas de que estávamos na parte de trás do pavilhão. A câmara seguinte deveria ser a dos eunucos; vi Dienekes e Alexandros, lado a lado, irromperem por dois titãs de cabeça raspada, sem nem mesmo fazer uma pausa para golpeá-los, simplesmente derrubando-os. Galo estripou um com um movimento do seu *xiphos*; o Jogador derrubou outro com sua acha. Polynikes,

385

Doreion e Lachides apareceram na frente, saídos de alguma câmara, as pontas das lanças pingavam sangue.

— Malditos sacerdotes! — gritou Doreion, frustrado. Um mago avançou cambaleante, com as tripas para fora, e caiu.

Doreion e Polynikes estavam na frente quando o grupo alcançou a câmara de Sua Majestade. O espaço era amplo, grande como um celeiro e guarnecido com tantos paus de cumeeira de ébano e cedro que mais parecia uma floresta. Tochas e archotes iluminavam a abóbada como se fosse meio-dia. Os ministros dos persas foram acordados e reunidos em conselho. Talvez tenham se levantado cedo, talvez não tivessem se deitado. Entrei nessa câmara exatamente quando Dienekes, Alexandros, Perdigueiro e Lachides alcançavam Polynikes e Doreion e formavam uma fila, lado a lado, para atacar. Víamos os generais e ministros de Sua Majestade, a nove metros, do outro lado do piso, que não era de terra, mas de madeira. Era sólido e regular como o de um templo, coberto por tapetes tão espessos que abafavam completamente o som de pés avançando.

Era impossível saber qual dos persas era Xerxes, todos paramentados tão suntuosamente, altos e belos. Eram 12, excluindo os escribas, guardas e servos, e todos estavam armados. Claramente tinham ficado sabendo do ataque somente instantes antes; seguravam cimitarras, arcos e achas, e suas expressões denotavam ainda não acreditar na evidência de seus olhos. Sem uma palavra, os espartanos atacaram.

De súbito, apareceram pássaros. Espécies exóticas, em bandos, aparentemente trazidos da Pérsia para entretenimento de Sua Majestade. Chocavam-se, agora, ruidosamente no voo, aos pés dos atacantes espartanos. Algumas gaiolas ou haviam caído ou foram derrubadas, vai saber por quem, talvez por um dos espartanos na confusão, talvez por um servo de Sua Majestade. Ao mesmo tempo, no meio do ataque, 100 ou mais harpias grasnando surgiram no interior do pavilhão, criaturas voadoras de todas as cores; gritavam em desvario e agitavam o espaço em fúria com o bater selvagem de suas asas.

Esses pássaros salvaram Sua Majestade. Eles e os caibros que escoravam o teto do pavilhão como as 100 colunas de um templo. A combinação disso com o caráter inesperado da ação frustrou a precipitação dos atacantes o suficiente para que os marinheiros de Sua Majestade e os remanescentes guardas pessoais dos Imortais protegessem, com seus corpos compactados, o espaço na frente de Sua Majestade.

Os persas, no interior da tenda, lutaram como seus companheiros no desfiladeiro e no estreito. Suas armas eram do tipo projétil, azagaias, lanças e flechas; eles, portanto, buscaram espaço, uma distância de onde pudessem arremessá-las. Os espartanos, por outro lado, foram treinados para lutar cara a cara com o inimigo. Antes que se tivesse tempo de respirar, os escudos travados dos lacedemônios se tornavam alfineteiras, com pontas de flechas e lanças. Mais uma fração de segundo e a frente de bronze se chocava com a massa de corpos do inimigo. Por um instante, a impressão foi de que pisoteariam os persas. Vi Polynikes enfiar sua lança de cima para baixo no rosto de um nobre, puxá-la e, com sua ponta pingando sangue, mergulhá-la no peito de outro. Dienekes, com Alexandros à sua esquerda, cortou três tão rapidamente que o olho mal pôde assimilar o que viu. À direita, o Jogador desferia golpes como um louco, com sua acha, em um bando de sacerdotes e secretários encolhidos no chão.

Os servos de Sua Majestade se sacrificaram com uma bravura assombrosa. Dois diretamente à minha frente, garotos que ainda nem tinham começado a ter barba, rasgaram juntos um tapete, espesso como o casaco de inverno de um pastor e, usando-o como escudo, se lançaram contra Galo e Doreion. Se tivéssemos tempo de rir, a cena da fúria de Galo enquanto enfiava seu *xiphos* em vão no tapete teria provocado muitas gargalhadas. Ele cortou a garganta do primeiro servo com suas próprias mãos e derrubou o crânio do segundo com uma lamparina ainda acesa.

Quanto a mim, havia atirado com tal velocidade as quatro flechas que tinha na mão esquerda que fiquei sem nada e tateando às cegas na aljava antes de ter tempo para pensar. Não tive tempo nem para acompanhar o trajeto das flechas e ver se haviam atingido o alvo. A minha mão direita estava justamente pegando mais setas no carcás atrás do meu ombro quando ergui os olhos e vi a ponta de aço polido de uma acha lançada como um pião diretamente para a minha cabeça. O instinto deu um tranco nas minhas pernas; pareceu uma eternidade até o meu peso começar a me derrubar. O bico da acha estava tão próxima que eu podia ouvir o rodopio vacilante e ver a pena púrpura de avestruz em seu flanco e o grifo de duas cabeças gravado em seu aço. O gume mortal estava a metade de um braço do espaço entre os meus olhos quando uma viga de cedro, cuja presença eu não tinha percebido, interceptou seu voo homicida. A acha enterrou-se um palmo na madeira. Tive menos de um instante para vislumbrar a cara do homem que a lançara, e, então, a parede da câmara se partiu.

Marinheiros egípcios adentraram o recinto, 20 deles seguidos por outros 20. O lado da tenda estava agora completamente exposto à ventania. Vi o capitão Teco bater escudo com escudo com Polynikes. Aqueles pássaros lunáticos alvoroçavam-se por toda parte. Perdigueiro caiu. Uma acha segura por duas mãos expôs suas vísceras. Uma flecha atravessou a garganta de Doreion; ele girou para trás com o sangue jorrando de seus dentes. Dienekes foi atingido, caiu para trás, sobre Suicídio. Na frente restavam apenas Alexandros, Polynikes, Lachides, Jogador e Galo. Vi o Jogador cambalear. Polynikes e Galo foram submersos pelo influxo de marinheiros.

Alexandros ficou sozinho e selecionou a pessoa de Sua Majestade ou um nobre que presumiu que fosse ele e, com a lança empunhada de cima para baixo, acima de sua orelha direita, preparou-se para dispará-la contra a parede de defensores inimigos. Vi seu pé direito concentrar toda a força da perna e do braço. Assim que seu ombro foi à frente, com o braço estendido para o arremesso, um nobre dos persas, o general Mardonius, como fiquei sabendo depois, desferiu um golpe com sua cimitarra com tal força e precisão que decepou a mão direita de Alexandros na altura do punho.

Como nos momentos de extrema urgência o tempo parece tornar-se mais lento, permitindo à visão perceber cada instante que se desenrola, vi a mão de Alexandros, os dedos ainda agarrados à lança, pender no ar, depois cair verticalmente sem soltar a haste. Seu braço e ombro direito continuaram estendidos à frente com toda a sua força, o coto do braço derramando um sangue de cor viva. Por um instante, Alexandros não se deu conta do que aconteceu. O transtorno e a descrença inundaram seus olhos; não conseguia entender por que sua lança não voava adiante. Um golpe de acha estrondeou em seu escudo, fazendo-o cair de joelhos. Eu estava próximo demais para defendê-lo com o meu arco. Atirei-me sobre a lança caída, torcendo para dispar, -la de volta ao nobre persa antes que a sua cimitarra decapitasse o meu amigo.

Antes que eu tivesse tempo de me mover, Dienekes estava lá, o enorme escudo de bronze cobrindo Alexandros.

— Saiam! — gritou para todos, acima da balbúrdia. Arrastou Alexandros como um camponês puxa um cordeiro para fora de uma torrente.

Estávamos fora, no vendaval.

Vi Dienekes gritar uma ordem a não mais de dois braços. Não consegui escutar sequer uma palavra do que disse. Segurava Alexandros em pé e apontava encosta acima, passando a cidadela. Não havia tempo para fugir pelo rio.

— Cubra-os! — gritou Suicídio no meu ouvido. Senti formas de mantos escarlates passarem por mim e não saberia dizer quem era quem. Dois estavam sendo carregados. Doreion saiu cambaleando do pavilhão, ferido mortalmente, no meio de um bando de marinheiros egípcios. Suicídio disparou agulhas de cerzir nos três primeiros com tal velocidade que cada um deles pareceu fazer brotar uma lança na barriga como que por mágica. Eu também disparava. Vi um marinheiro decapitar Doreion. Atrás dele, Jogador se atirou da tenda enterrando sua acha nas costas do homem; então, os dois caíram debaixo de uma saraivada de golpes de lanças e espadas. Fiquei desarmado. Suicídio também. Ele fez menção de se precipitar de mãos vazias sobre o inimigo. Agarrei seu cinto e, enquanto ele gritava, o arrastei de volta. Doreion, Perdigueiro e Jogador estavam mortos; os vivos precisariam mais de nós.

33

O espaço imediatamente a leste do pavilhão estava ocupado exclusivamente pelas montarias pessoais de Sua Majestade e as tendas dos cavalariços. O grupo de atacantes fugiu por esse padoque a céu aberto. Para-ventos de linho foram erguidos, dividindo o cercado em quadrados. Foi como correr pelos varais de roupa lavada dependurada de um bairro pobre. Quando eu e Suicídio alcançamos nossos camaradas em meio às montarias entorpecidas pelo vento, ainda corríamos em disparada e com o sangue do terror pulsando em nossas têmporas. Nos deparamos, então, com Galo na retaguarda do grupo, com um gesto nos mandando diminuir a marcha, parar. Andar.

O grupo emergiu a céu aberto. Centenas de homens em armaduras avançaram em nossa direção. Mas, por sorte, ou vontade de algum deus, não foram convocados para reagir ao ataque ao seu Rei, pois permaneciam na mais completa ignorância a esse respeito. Estavam simplesmente respondendo ao toque de alvorada, ainda grogues e resmungando no escuro golpeado pela ventania, para se armar para o recomeço matutino da batalha. Os gritos de alarme dos marinheiros egípcios, no pavilhão, foram rasgados pelos dentes do vendaval; a perseguição se dispersou na indeterminação do escuro.

A fuga do acampamento persa foi seguida, como tantos momentos em uma guerra, por um senso de realidade deslocado a ponto de atingir o bizarro – e, até mesmo, superá-lo. O grupo conseguiu escapar sem precisar correr a toda nem voar baixo, mas capengando. Os atacantes caminharam com dificuldade a céu aberto, sem tentar se esconder do inimigo, mas, ao contrário, abordando-o e, até mesmo, puxando conversa. No cúmulo da ironia, o grupo contribuiu para propagar o alarme de ataque. Sem elmo e cobertos de sangue, segurávamos escudos dos quais o *lambda* da Lacedemônia havia sido apagado e levávamos sobre os ombros alguém terrivelmente ferido, Alexandros, e outro já morto, Lachides. Para qualquer um, parecíamos um pelotão de piquetes vigilantes que havia sido atacado. Dienekes, falando em grego beócio, ou com o máximo desse sotaque, e Suicídio em seu dialeto scythiano, dirigiam-se a esses oficiais, aqueles homens armados por quem passávamos, espalhando a palavra "motim" e apontando para trás, não impetuosamente, mas exaustos, em direção ao pavilhão do Grande Rei.

Ninguém pareceu dar a mínima. A informação da insurreição falhou em provocar qualquer reação feroz para preservar a pessoa de Sua Majestade. O corpo do exército, estava evidente, ressentia-se dos recrutados cujas nações se aliaram contra a vontade. Naquela madrugada úmida e varrida pelo vento, só se preocupavam em se aquecer, encher a barriga e encerrar o dia de batalha com a cabeça ainda sobre o pescoço.

O grupo de atacantes chegou até mesmo a receber uma ajuda, inadvertida, para Alexandros, de um pelotão da cavalaria trácia, que pelejava para acender o fogo e preparar o desjejum. Tomaram-nos por tebanos, a facção dessa nação que passou para o lado persa e que, naquela noite, cumpria sua vez de prover a segurança do perímetro interno. Os cavalarianos nos forneceram luz, água e ataduras, enquanto Suicídio, com as mãos da experiência mais seguras do que as de qualquer cirurgião de campanha, estancou a artéria que sangrava com uma "dentada" de cobre. Alexandros estava em estado de choque.

— Estou morrendo? — perguntou a Dienekes no triste tom de voz desligado, semelhante ao de uma criança, a voz de alguém que parece já se sentir à sua própria cabeceira.

— Vai morrer quando eu disser que pode — respondeu Dienekes, gentilmente.

Apesar do torniquete na artéria, o sangue jorrava em borbotões do pulso decepado de Alexandros, das veias cortadas e das centenas de vasos e capilares no tecido polpudo. Com a lâmina do *xiphos* em brasa, Suicídio cauterizou e atou o coto, amarrando um torniquete abaixo do bíceps. O que ninguém notara no escuro e na confusão, nem mesmo o próprio Alexandros, foi a perfuração com a ponta de uma lança abaixo da segunda costela e a hemorragia interna na base dos pulmões.

Dienekes foi ferido na perna, na perna já prejudicada com o tornozelo arruinado, e perdeu o seu quinhão de sangue. Não tinha mais forças para carregar Alexandros. Polynikes assumiu, jogando o guerreiro ainda consciente sobre o ombro direito. Soltou a alça do escudo do garoto para pendurá-lo nas costas como proteção.

Suicídio caiu na metade do caminho encosta acima, antes da cidadela. Foi atingido na virilha, quando estávamos no pavilhão, e nem se dera conta. Eu o peguei; Galo levava o corpo de Lachides. A perna de Dienekes estava fraquejando, ele precisava sustentar a si próprio. À luz das estrelas, percebi a expressão de desespero em seus olhos.

Todos sentimos a desonra em abandonar o corpo de Doreion, do Perdigueiro e, até mesmo, do criminoso no meio do inimigo. A vergonha atingiu o grupo como um açoite, impelindo cada membro arrasado pela exaustão a prosseguir a escalada da encosta íngreme e brutal.

Tínhamos passado a cidadela e contornávamos a floresta derrubada onde a cavalaria tessália fazia piquete. Agora, estavam todos despertos e armados, preparando-se para o dia de combate. Alguns minutos depois, alcançamos o bosque onde, mais cedo, havíamos assustado os cervos que dormitavam.

Uma voz nos saudou em dórico. Era Telamonias, o pugilista, o homem do nosso destacamento que fora despachado, por Dienekes,

392

de volta a Leônidas, com a mensagem sobre a trilha na montanha e os Dez Mil. Havia retornado com ajuda. Três escudeiros espartanos e meia dúzia de théspios. O nosso grupo caiu de exaustão.

— Passamos uma corda para a descida — Telamonias informou. — A subida não é tão difícil.

— E os Imortais persas? Os Dez Mil?

— Nenhum sinal deles até partirmos. Mas Leônidas está retirando os aliados. Estão todos se afastando, menos os espartanos.

Polynikes colocou, com cuidado, Alexandros sobre a relva espessa. Sentia-se ainda o cheiro dos cervos. Vi Dienekes verificar a respiração de Alexandros, depois apoiar o ouvido sobre o peito do garoto.

— Calem-se! — gritou para o grupo. — Calem a boca, porra!

Dienekes pressionou mais o ouvido sobre o esterno de Alexandros. Podia ele distinguir o som do seu próprio coração, batendo agora em seu peito, da batida que buscava com tanto desespero no peito do seu protegido? Passaram-se longos instantes. Por fim, Dienekes aprumou o corpo, suas costas parecendo carregar o peso de todos os ferimentos e todas as mortes ao longo de sua vida.

Levantou a cabeça do rapaz, com carinho, uma das mãos em sua nuca. Um grito tão pungente de dor como eu nunca ouvi rasgou o peito do meu senhor. Suas costas arfaram; seus ombros estremeceram. Ergueu o corpo lívido de Alexandros e o abraçou. Os braços do jovem pendiam frouxos como os de uma boneca. Polynikes ajoelhou-se ao lado do meu senhor, pôs um manto em volta dos seus ombros e o abraçou enquanto soluçava.

Nunca, em combate ou outra circunstância qualquer, eu e nenhum dos outros homens tínhamos visto Dienekes perder o controle que, com tanta inflexibilidade, dominava o seu coração. Agora, dava para percebê-lo apelando a toda reserva de vontade para trazê-lo de volta ao rigor de um espartano e de um oficial. Com uma exalação, que não foi um suspiro, porém algo mais profundo, como o assobio da morte que o *daimon* faz ao escapar no interior da garganta, soltou a forma sem vida de Alexandros, pondo-o com

393

cuidado sobre o manto escarlate estendido na terra. Com a mão direita, pegou a do rapaz que fora o seu protegido desde a manhã de seu nascimento.

— Esqueceu-se da nossa caçada, Alexandros.

Eos, a alvorada pálida, lançava sua luz nas árvores estéreis e sem vegetação. Percebiam-se rastros de animais de caça, trilhas abertas por cervos. O olho começou a divisar as encostas selvagens, cortadas por torrentes, como as de Therai em Taygetos, os bosques de carvalhos e pistas sombreadas que, não havia dúvida, pululavam de cervos, javalis e talvez leões.

— Que bela caçada não teríamos aqui no próximo outono.

34

As páginas precedentes foram as últimas entregues a Sua Majestade antes do incêndio de Atenas.

Cerca de seis semanas depois da vitória nas Termópilas, o exército do Império então estava, duas horas após o pôr do sol, em formação dentro dos muros da cidade de Atenas. Uma brigada incendiária de 120 mil homens, alinhados a um intervalo de dois braços, atravessou a capital, pondo fogo em todos os templos e santuários, casas, fábricas, escolas, cais e armazéns.

A essa altura, o homem Xeones, que, até então, revelava um ritmo estável de recuperação dos ferimentos sofridos na batalha nos Portões Quentes, sofreu um revés. Estava evidente que a visão da imolação de Atenas o havia abalado dolorosamente. Febril, perguntou repetidamente sobre a sorte do porto de Phalerum, onde, contou-nos, está o templo de Perséfone do Véu, o santuário no qual sua prima Diomache havia se refugiado. Ninguém foi capaz de fornecer informação sobre o destino desse lugar. O cativo foi enfraquecendo ainda mais; o Cirurgião Real foi chamado. Concluiu-se que várias perfurações dos órgãos torácicos tinha sido reabertas; uma hemorragia interna se agravara.

Nesse ponto, Sua Majestade estava inacessível, posicionada com a frota que se preparava para o iminente combate com a marinha dos helenos, o qual se iniciaria ao raiar do dia. A luta do dia seguinte, assim esperavam ansiosamente os almirantes de Sua Majestade, elimi-

naria toda a resistência do inimigo no mar e deixaria o resto ainda não conquistado da Grécia, Esparta e Peloponeso impotente diante do ataque final das forças marítimas e terrestres de Sua Majestade.

Eu, historiador de Sua Majestade, recebi ordens de assumir o posto de secretário para observar a batalha marítima ao lado de Xerxes e anotar, enquanto ocorrem, todas as ações dos oficiais do Império, merecedores de condecoração por bravura. Pude, no entanto, antes de assumir esse posto, permanecer ao lado do grego durante quase a noite toda. A cada minuto, a noite tornava-se mais apocalíptica. A fumaça da cidade incendiada eleva-se espessa e sulfurosa na planície; as chamas da Acrópole e dos bairros comerciais e residenciais iluminavam o céu como o sol do meio-dia. Além disso, um violento tremor abalara a costa, derrubando várias estruturas e, até mesmo, partes dos muros da cidade. A atmosfera, de um modo geral, se aproximava do primordial, como se o céu e a terra, assim como os homens, tivessem se amarrado às máquinas de guerra.

Xeones permaneceu lúcido e calmo durante esse intervalo. A informação pedida pelo capitão Orontes chegara aos pavilhões de atendimento médico. Ficou-se sabendo que as sacerdotisas de Perséfone, supostamente incluindo a prima do cativo Xeones, escaparam para Troezen, do outro lado da baía. Isso pareceu acalmar profundamente o homem. Ele pareceu convencido de que não sobreviveria à noite e estava aflito somente porque, assim, sua narrativa seria interrompida. Desejava, disse ele, deixar registrado, nas horas que lhe restavam, o máximo que conseguisse ditar sobre a conclusão da batalha. Começou imediatamente, de volta aos Portões Quentes.

A borda superior do sol acabara de perfurar o horizonte quando o grupo iniciou a descida do último penhasco acima do acampamento dos helenos. Os corpos de Alexandros e Lachides foram baixados por corda, assim como Suicídio, cujo ferimento na virilha lhe tirara o movimento dos membros inferiores. Dienekes também precisou de uma corda. Descemos um pouco de lado, de costas. Por sobre meu ombro, pude ver homens arrumando as coisas, arcadianos, orchomenos e micenos. Por um instante, pensei ter visto os espartanos saindo também. Será que Leônidas havia admitido a futilidade da defesa e ordenado a retirada de todos? Então, o meu olhar, voltando-se instintivamente para o homem ao meu lado, encontrou os olhos escuros e incrustados de sangue de Polynikes. Ele podia ler o desejo de salvação tão transparente em meu semblante. Ele simplesmente riu.

Na base do Muro phokiano, o que restava dos espartanos, pouco mais de 100 Pares ainda em condições de lutar, já havia concluído a ginástica e estava armado. Estavam se penteando, se preparando para morrer.

Enterramos Alexandros e Lachides na área espartana ao lado do Portão ocidental. Os peitorais e os elmos dos dois foram preservados para serem usados; eu e Galo já havíamos colocado os escudos entre as armas no campo. Nenhuma moeda para o balseiro foi encontrada nas coisas de Alexandros, tampouco o meu senhor ou eu possuíamos alguma. Não sei bem como havia perdido tudo, inclusive a bolsa que a senhora Arete havia colocado em minhas coisas na última noite de condado na Lacedemônia.

— Tome — disse Polynikes.

Estendeu, ainda envolvida no pano untado, a moeda que sua mulher havia polido para ele, um tetradracma de ouro cunhado pelos cidadãos de Elis em sua homenagem, para comemorar sua segunda vitória em Olímpia. Numa face estava gravada a imagem de Zeus, Senhor do Trovão, com o Nike alado sobre o seu ombro direito. O anverso era uma meia-lua de oliveira na qual estavam centrados o bastão e a pele de leão de Héracles, em homenagem a Esparta e Lacedemônia.

Polynikes pôs ele próprio a moeda. Teve de forçar para abrir a boca de Alexandros, no lado contrário ao "almoço de boxeador" de âmbar e euforbiácea que, com uma lealdade inabalável, mantinha imobilizado o osso fraturado. Dienekes salmodiou a Oração para os Mortos em Combate; ele e Polynikes deslizaram o corpo, envolvido no manto escarlate, para dentro da vala pouco profunda. Não foi preciso muito tempo para cobri-lo com a terra. Os dois espartanos se levantaram.

397

— Ele foi o melhor de todos nós — disse Polynikes.

Sentinelas apareceram correndo, vindos do pico ocidental. Os Dez Mil de Xerxes foram localizados; haviam completado a marcha noturna e estavam agora a quase 10 quilômetros da retaguarda dos helenos. Já haviam derrotado os defensores phokianos no cume. Os gregos nos Portões talvez ainda tivessem três horas até que os Imortais do Rei concluíssem a descida e estivessem em posição de ataque.

Outros mensageiros chegaram do lado da Trácia. O trono de observação de Xerxes, como vimos na noite anterior, foi desmontado. Sua Majestade, em sua biga real, avançava em pessoa, com os Imortais, para retomar o ataque aos helenos a partir da vanguarda.

O cemitério ficava a uma boa distância, mais de oitocentos metros, do ponto de reunião espartano próximo ao Muro. Quando retornamos, o contingente dos aliados se movia com passos pesados, retirando-se para um local seguro. Fiel à sua palavra, Leônidas os liberara. Todos, menos os espartanos.

Observamos os aliados enquanto passavam. Primeiro os da Mantinea, em nada que se assemelhasse a ordem. Sua postura parecia pender, como se toda a força tivesse abandonado seus joelhos e coxas. Ninguém falava. Os homens estavam tão imundos que pareciam feitos de terra. A areia grossa empastava cada poro e cavidade da pele, inclusive as rugas ao redor dos olhos e a gosma de escarro que se juntava no canto da boca. Os dentes estavam pretos; cuspiam, ao que parece, a todo instante, e os escarros pousavam pretos sobre a terra preta. Alguns haviam enfiado os elmos na cabeça, com o bico para trás, como se seus crânios fossem simples protuberâncias convenientes para pendurá-los. A maior parte o prendia, o nasal primeiro, aos mantos enrolados, que carregavam como pacotes sobre os ombros, de encontro às alças resistentes do escudo a tiracolo. Apesar do frio do amanhecer, os homens caminhavam suando. Nunca vi soldados tão exaustos.

Em seguida, vieram os coríntios, depois os soldados de Tegea e de Lokris, de Opus, os phlios e os orchomenos, misturados aos outros arcadianos e ao que restara dos micenos. Dos 80 hoplitas originais, 11 ainda estavam em condições de andar, duas dúzias sobre padiolas ou atados a macas de varas e arrastados pelos animais de carga. Homens apoiavam-se em homens, animais em animais. Não era possível discernir entre os contundidos e os de crânio fraturado, diferenciar os que não mais possuíam o senso de quem eram ou de onde estavam de seus companheiros em torpor provocado pelos horrores e tensão dos últimos seis dias. Quase todos sofreram vários ferimentos, a maior parte nas pernas e na cabeça; vários foram cegados. Estes últimos arrastavam os pés ao lado de seus irmãos, a mão na dobra interna do cotovelo do outro, que acompanhava os animais de carga, segurando a ponta da corda que amarrava a bagagem.

Pelas avenidas dos mortos arrastavam-se os sobreviventes, nenhum com vergonha ou culpa, mas com a reverência e a gratidão, sobre as quais Leônidas havia falado na assembleia que se seguira à batalha de Antirhion. O fato de ainda respirarem não era uma proeza sua, e sabiam disso; não eram nem mais nem menos corajosos ou virtuosos do que os seus companheiros mortos, simplesmente mais afortunados. Esse conhecimento se expressava com uma eloquência de poeta na exaustão sagrada e na impassibilidade gravada em seus semblantes.

— Espero que nossa aparência não seja tão ruim quanto a de vocês — resmungou Dienekes ao passar por um capitão dos phlios.

— É pior, irmãos.

Alguém pusera fogo nas casas de banho e no complexo do balneário. O ar estava parado e a madeira úmida queimava com uma melancolia pungente. A fumaça e o fedor dessas chamas acrescentavam seu componente sombrio à cena já em si funesta. A coluna de guerreiros emergia e tornava a mergulhar na fumaça. Homens se desfaziam do resto de seu equipamento em frangalhos, de seus mantos e túnicas sujos de sangue, da trouxa de roupas gastas; tudo que devia queimar foi lançado a contragosto ao fogo. Era como se os aliados que se retiravam não quisessem deixar nada que pudesse ser usado pelo inimigo. Aliviaram sua carga e partiram.

Estendiam as mãos aos espartanos ao passarem, tocando palmas com palmas, dedos com dedos. Um guerreiro dos coríntios deu sua lança a Polynikes. Outro, sua espada a Dienekes.

— Mandem eles para o inferno.

Ao passarmos pela fonte, nos deparamos com Galo. Estava se retirando também. Dienekes aproximou-se e apertou a mão dele. Não havia vergonha na expressão de Galo. Claramente, ele achava ter cumprido o seu dever e mais ainda. A liberdade com que Leônidas o agraciara era, a seu ver, um direito inato, que lhe fora negado durante toda a sua vida e agora, com tanto atraso, foi, justa e honrosamente, conquistada por seus próprios méritos. Pegou na mão de Dienekes e prometeu falar com Ágata e Paraleia quando chegasse à Lacedemônia. Ele contaria com que bravura Alexandros combatera e com que honra morrera. Galo também levaria notícias à senhora Arete.

— Se pudesse — disse ele —, gostaria de reverenciar Alexandros antes de partir.

Dienekes agradeceu e disse onde era o seu túmulo. Para minha surpresa, Polynikes também apertou a mão de Galo.

— Os deuses gostam de um bastardo — disse ele.

Galo contou que Leônidas havia libertado com honra todos os hilotas da tropa de carga. Vimos um grupo de 12 entre os guerreiros de Tegea.

— Leônidas também libertou os escudeiros — declarou Galo — e todos os estrangeiros que serviram no exército. — Dirigiu-se ao meu senhor. — Isso inclui Suicídio, e Xeo também.

Atrás de Galo, o trem do contingente aliado prosseguia sua marcha.

— Vai segurá-lo aqui, Dienekes? — perguntou Galo.

Referia-se a mim.

O meu senhor não olhou na minha direção, mas respondeu a Galo.

— Nunca o obriguei a me servir. E não o farei agora.

Interrompeu-se e voltou-se para mim. O sol tinha nascido; a leste, próximo do Muro, as trombetas ressoavam.

— Um de nós tem de sair vivo deste buraco. — Ordenou que eu partisse com Galo.

Recusei.

— Você tem mulher e filhos! — Galo sacudiu meus ombros, gesticulando com veemência para Dienekes e Polynikes. — Não é sua cidade. Não deve nada a ela.

Disse-lhe que a decisão fora tomada há muitos anos.

— Viu? — Dienekes dirigiu-se a Galo, apontando para mim. — Ele nunca teve bom senso.

Lá atrás, no Muro, vimos Dithyrambos. Os théspios haviam se recusado a obedecer às ordens de Leônidas. Negaram-se à retirada e insistiram em permanecer e morrer com os espartanos. Eram cerca de 200. Nenhum homem entre seus escudeiros tampouco partiria. Oitenta dos escudeiros e escravos espartanos libertados permaneceram. O vidente Megistias também se negara a partir. Dos 300 Pares originais, todos estavam presentes ou mortos, exceto dois: Aristodemos, que servira como emissário a Atenas e Rodes, e Eurytos, um campeão de luta corpo a corpo. Ambos sofriam de uma inflamação nos olhos que os privara da visão e foram evacuados para Alpenoi. A força que restara no Muro somava entre 400 e 500.

Antes de partir para enterrar Alexandros, meu senhor havia ordenado Suicídio a permanecer ali, no Muro, sobre uma padiola. Aparentemente, Dienekes antecipara a libertação dos escudeiros; deixara ordens para que Suicídio fosse transportado com eles, para um local seguro. Agora, ali estava o scythiano, em pé, sorrindo demoniacamente quando seu senhor retornou, ele próprio vestido com o corselete e o peitoral, com a virilha protegida por um pano e atada com tiras de couro tiradas de uma besta de carga.

— Não posso cagar — disse ele —, mas, pelo fogo do inferno, ainda posso lutar.

A hora que se seguiu foi consumida com os comandantes a reconfigurar o contingente em uma frente de largura e profundidade suficientes e a redistribuir os elementos díspares em unidades e oficiais comissionados. Entre os espartanos, os escudeiros e os hilotas que permaneceram foram simplesmente absorvidos pelos pelotões dos Pares a que serviam. Não mais combateriam como auxiliares, mas ocupariam um lugar na falange. Não havia escassez de armaduras, somente de armas, tantas foram quebradas ou amassadas nas últimas 48 horas. Dois arsenais de lanças foram estabelecidos, um no Muro, e outro a 200 metros atrás, a meio caminho de um outeiro parcialmente fortificado, o local mais natural para uma força sitiada realizar sua resistência final. Esses arsenais não eram nada grandiosos — apenas espadas com a ponta enfiada na terra, lanças de dois metros comprimidas ao seu lado e "perfuradores de lagartos" baixados.

Leônidas convocou uma assembleia. Isso foi feito apenas com um grito, tão poucos haviam restado no local. O acampamento de repente pareceu mais amplo, espaçoso. Assim como a pista de dança diante do Muro, sua relva fendida continuava coberta de cadáveres persas aos milhares, baixas do inimigo no segundo dia deixadas para apodrecer sobre o campo. Os que sobreviveram à noite agora gemiam com sua última força, implorando por ajuda e água, e muitos, pelo golpe de misericórdia. Para os aliados, a expectativa de lutar de novo, ali, naquele campo cultivado do inferno, parecia inconcebível.

Essa também foi uma decisão de Leônidas. Os comandantes haviam chegado ao acordo, o Rei informou, de não mais combater com ataques rápidos, logo retornando para trás do Muro, como nos dois dias anteriores. As pedras ficariam para trás, e eles avançariam em uma formação para a parte mais ampla do desfiladeiro; ali, combateriam o inimigo, as centenas de aliados contra os milhares do império. A intenção do Rei era que cada homem vendesse sua vida o mais caro possível.

No momento em que a ordem de batalha estava sendo firmada, a trombeta de um arauto do inimigo ressoou além do estreito. Um grupo de parlamentares, quatro cavaleiros persas em suas armaduras mais brilhantes, avançou com cuidado pelo tapete de cadáveres e se deteve embaixo do Muro. Leônidas estava ferido nas duas pernas e mal conseguia mancar. Com um esforço doloroso, subiu às ameias; os soldados o acompanharam. A força inteira, o que restara dela, olhou para os cavaleiros lá embaixo.

O emissário foi Ptammitechus, o marinheiro egípcio Teco. Dessa vez, seu filho não o acompanhou como intérprete; essa função foi desempenhada por um oficial persa. Os quatro cavalos haviam empacado por causa dos cadáveres sob suas patas. Antes de Teco ter tempo de falar, Leônidas interrompeu-o.

— A resposta é não — gritou do alto do Muro.

— Não ouviu a proposta.

— Foda-se a proposta — gritou Leônidas com um sorriso largo.
— E o senhor também!

O egípcio riu, o sorriso cintilando mais que nunca. Puxou as rédeas de seu cavalo assustado.

— Xerxes não quer suas vidas, senhor — gritou Teçô. — Só suas armas.

Leônidas riu.

— Diga-lhe para vir pegá-las.

Virando de costas, o Rei deu o encontro por encerrado. Apesar de suas pernas feridas, recusou ajuda para descer o Muro. Convocou uma assembleia. No alto das pedras, espartanos e théspios observaram os emissários persas darem a volta com seus cavalos e se retirarem.

Atrás do Muro, Leônidas assumiu, mais uma vez, sua posição diante da assembleia. O tríceps de seu braço esquerdo estava rompido; lutaria naquele dia com o escudo amarrado com couro em volta do ombro. No entanto, o porte do Rei espartano só poderia ser descrito como disposto. Seus olhos brilhavam, e sua voz se transmitia facilmente, com força e autoridade.

— Por que permanecemos aqui? Só um maluco não faria essa pergunta. Por glória? Se fosse só por isso, acreditem, irmãos, eu seria o primeiro a dar as costas ao inimigo e a galopar em disparada por essa colina.

Suas palavras provocaram uma gargalhada. Esperou que o som diminuísse, pedindo silêncio com o braço em condições.

— Se tivéssemos nos retirado dos Portões hoje, irmãos, independente dos prodígios de bravura que realizamos até agora, esta batalha seria sentida como derrota. Uma derrota que confirmaria, por toda a Grécia, o que mais deseja o inimigo: a futilidade da resistência contra os persas e seus milhões de soldados. Se tivéssemos salvado nossas peles hoje, as cidades, uma por uma, teriam cedido, até toda a Hélade ter caído.

Os homens escutaram com atenção, pois sabiam que a afirmação do Rei refletia com exatidão a realidade.

— Mas com a nossa morte honrosa, aqui, diante dessas desvantagens insuperáveis, transformamos a derrota em vitória. Com as nossas vidas semearemos coragem no coração de nossos aliados e irmãos dos exércitos que ficaram para trás. São eles os únicos que definitivamente produzirão a vitória, não nós. Ela nunca nos foi predestinada. O nosso papel hoje é o que todos nós sabíamos que seria ao abraçarmos nossas mulheres e filhos e nos pormos em marcha: resistir e morrer. Foi isso que juramos. É isso que faremos.

A barriga do Rei roncou alto, de fome; a risada das fileiras da frente rompeu o aspecto grave da assembleia e se espalhou para trás. Leônidas dirigiu-se com um sorriso aos escudeiros que preparavam o pão e disse-lhes para andarem depressa.

— Nossos irmãos aliados estão a caminho de casa. — O Rei apontou a estrada que se dirigia ao sul da Grécia e à segurança. — Temos de cobrir sua retirada, do contrário a cavalaria inimiga atravessará, desimpedida, os Portões e alcançará nossos camaradas antes de eles ter avançado uma dezena de quilômetros. Se conseguirmos resistir por algumas horas, nossos irmãos serão salvos.

Perguntou se alguém mais queria falar.

Alpheus deu um passo à frente.

— Também estou com fome, por isso serei breve. — Empertigou-se, timidamente, desconfortável no papel de porta-voz. Dei-me conta de que o seu gêmeo, Maron, não estava em nenhuma das fileiras. Maron tinha morrido durante a noite, ouvi um homem sussurrar, em decorrência dos ferimentos sofridos no dia anterior.

Alpheus falou rapidamente, desprovido do talento de orador, mas agraciado com a sinceridade do seu coração.

— Os deuses só permitiram uma única maneira de os mortais os superarem. O homem deve dar o que os deuses não podem, tudo o que ele possui: sua vida. A minha, eu ofereço com alegria a vocês, que se tornaram o irmão que eu não tenho mais.

Virou-se abruptamente e se fundiu nas fileiras.

Os homens começaram a chamar Dithyrambos. O théspio apresentou-se com o seu habitual brilho profano. Apontou para o desfiladeiro além do estreito, onde as tropas de choque persas chegaram e começaram a firmar a defesa da área para o exército.

— Vão lá — gritou —, e divirtam-se!

Uma risada sombria atravessou a assembleia. Vários outros théspios falaram. Foram mais lacônicos que os espartanos. Quando terminaram, Polynikes ocupou o intervalo.

— Não é difícil para um homem criado sob as leis de Licurgo oferecer sua vida por seu país. Para mim e para os espartanos, todos que têm filhos homens vivos e que, desde a infância, sabiam que esse era o fim a que seriam chamados, é um ato de complementação diante dos deuses.

Virou-se solenemente para os théspios e os escravos e escudeiros libertos.

— Mas para vocês, irmãos e amigos... para vocês que hoje verão tudo se extinguir para sempre...

A voz do corredor falhou. Engasgou e escarrou na mão, em vez de verter as lágrimas, as quais não se permitiria. Por um bom tempo, não conseguiu retomar o discurso. Fez um gesto em direção ao seu escudo. Passaram-no para ele. Exibiu-o no alto.

— Este *aspis* foi do meu pai e, antes, do pai dele. Jurei aos deuses que morreria antes que outro homem o tirasse de minhas mãos.

Encaminhou-se às fileiras théspias, a um guerreiro obscuro. Pôs o escudo em suas mãos.

O homem aceitou-o, profundamente comovido, e ofereceu o seu a Polynikes. Outro imitou-os, e mais outro, até 20, 30 escudos terem trocado de mãos. Outros trocaram armaduras e elmos com os escudeiros e hilotas agora libertos. O manto preto dos théspios e o escarlate dos lacedemônios entremesclaram-se até qualquer distinção entre nações ser completamente apagada.

Os homens chamaram Dienekes. Queriam um chiste, uma piada, algo breve e fundamental, de que só ele era capaz. Ele resistiu. Via-se que não queria falar.

— Irmãos, não sou um rei nem um general. Nunca ocupei posto mais elevado do que o de comandante de pelotão. Portanto, vou dizer-lhes somente o que diria aos meus próprios homens. Conheço bem o medo tácito em cada coração – não o temor da morte, mas, pior ainda, o de vacilar ou de falhar, de se revelar, de alguma forma, indigno na hora final.

Essas palavras acertaram o alvo; isso estava evidente nos rostos dos homens atentos, extasiados, em silêncio.

— Farão o seguinte, meus amigos. Esqueçam o país. Esqueçam o Rei. Esqueçam mulheres, filhos e a liberdade. Esqueçam-se de todos os conceitos, por mais nobres que forem, que justifiquem estarem lutando aqui, hoje. Ajam somente por uma coisa: pelo homem que está do seu lado. Ele é tudo, e tudo está contido nele. É tudo que sei. É tudo que tenho a dizer-lhes.

Terminou e deu um passo atrás. Ouviu-se uma comoção no fundo da assembleia. As fileiras agitaram-se. Surgiu o espartano Eurytus. Era o homem que, atacado de cegueira, fora evacuado para a aldeia de Alpenoi. Retornava, cego, ainda com a armadura e armado, conduzido por seu escudeiro. Sem dizer uma palavra, introduziu-se nas fileiras.

Os homens, cuja coragem já estava elevada, sentiram-na redobrar e inflamar-se.

Leônidas deu um passo à frente e reassumiu o *skeptron* do comando. Propôs aos capitães théspios que aproveitassem esses momentos finais para uma conversa privada com seus conterrâneos, enquanto ele falava somente para os espartanos.

Os homens das duas cidades se dividiram. Permaneceram menos de 200 Pares e homens libertos da Lacedemônia. Reuniram-se, sem considerar patente nem posição, compactamente, em volta do seu Rei. Sabiam que Leônidas não faria apelos a nada tão grandioso quanto liberdade, lei ou preservação da Hélade do jugo do tirano.

Em vez disso, falou, de modo claro e conciso, do vale de Eurotas, de Parnon e Taygetos e do agrupamento de cinco aldeias não muradas, que compreendiam a *polis* e nação que o mundo conhecia como Esparta. Daqui a milhares de anos, Leônidas afirmou, 2, quem sabe até 3 mil anos, homens de centenas de gerações ainda não nascidas farão, por razões pessoais, jornadas a nossa terra.

— Eles virão – estudiosos, talvez, ou viajantes de terras alémmar – incitados pela curiosidade sobre o passado ou pelo desejo de estudar os antigos. Esquadrinharão nossa planície e remexerão nas pedras e pedregulhos de nossa nação. O que aprenderão sobre nós? Suas pás não desenterrarão nenhum palácio ou templo suntuoso, suas picaretas não revelarão nenhuma arquitetura ou arte eterna. O que permanecerá dos espartanos? Nenhum monumento de mármore ou bronze; apenas isto: o que fazemos aqui, hoje.

As trombetas do inimigo ressoaram de além do estreito. Via-se agora, nitidamente, a vanguarda dos persas, as bigas e o séquito do seu Rei.

— Tenham um bom café da manhã, homens, pois vamos todos jantar no inferno.

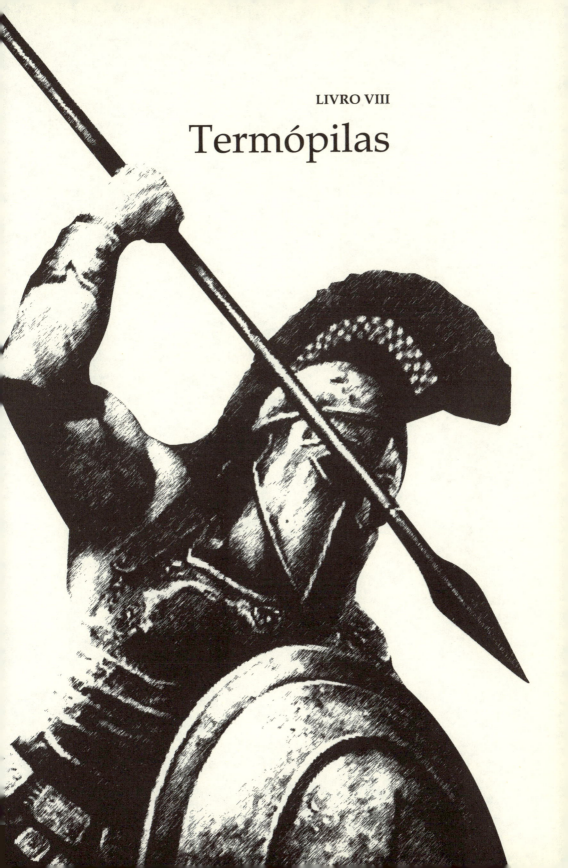

LIVRO VIII

Termópilas

35

Sua Majestade testemunhou de perto, com Seus próprios olhos, a extraordinária bravura demonstrada pelos espartanos, théspios e seus escudeiros e hilotas emancipados na última manhã de defesa do desfiladeiro. Não é preciso que eu narre os eventos da batalha. Relatarei somente as ocasiões e os momentos que podem ter passado despercebidos do ponto de observação de Sua Majestade – mais uma vez, como pediu, para esclarecer o caráter dos helenos, que, então, eram considerados seus inimigos.

O mais notável dentre todos, e, indiscutivelmente, o mais preeminente, era o Rei espartano Leônidas. Como Sua Majestade sabe, a principal força do exército persa, que avançava, como fizera nos dois dias anteriores, pela trilha da Trácia, não começou o ataque a não ser muito depois de o sol ter raiado totalmente. A hora do ataque, de fato, aproximou-se mais do meio-dia do que da manhã, e aconteceu quando os Dez Mil Imortais ainda não haviam aparecido na retaguarda aliada. O desdém de Leônidas em relação à morte era tal que ele realmente dormira durante a maior parte desse intervalo. Cochilo seria uma descrição mais apropriada, tão descontraída era sua postura sobre a terra. Seu manto servia como lençol, seus tornozelos cruzados, braços cruzados sobre o peito, os olhos protegidos por um chapéu de palha e

a cabeça apoiada despreocupadamente sobre o bojo do seu escudo. Passaria muito bem por um garoto que, no verão, pastorea cabras em um vale indolente.

Em que consiste a essência da realeza? Quais são as suas qualidades, e que qualidades inspira naqueles que a servem? Se quiséssemos adivinhar os pensamentos na mente de Sua Majestade, essas seriam as questões que mais absorveriam Sua razão e reflexão.

Sua Majestade se recorda do momento, na encosta além do estreito, depois que Leônidas caíra sob a pressão do número das tropas do inimigo? Ele fora atingido por meia dúzia de lanças, estava cego sob o seu elmo amassado pelo golpe de uma acha, seu braço esquerdo inutilizado com o escudo lascado, amarrado a seu ombro. Sua Majestade lembra-se do movimento, em plena confusão da matança, quando um corpo de espartanos arrojou-se às garras do inimigo tão seguro e o fez recuar, para recuperar o corpo do seu Rei? Não me refiro nem à primeira nem à segunda nem à terceira vez, mas à quarta, quando restavam menos de 20 Pares, Cavaleiros e homens livres, duelando com centenas do inimigo.

Vou dizer à Sua Majestade o que é um rei. Um rei não enfrenta o perigo de dentro de sua tenda, enquanto seus homens sangram e morrem no campo de batalha. Um rei não janta enquanto seus homens passam fome, nem dorme quando eles estão vigiando sobre o muro. Um rei não exige a lealdade de seus homens através do medo nem a compra com ouro; ele ganha o seu amor com o próprio suor e os sofrimentos de que padece em nome deles. O que significa o fardo mais penoso: o rei é o primeiro a se levantar e o último a cair. Um rei não exige o serviço daqueles que ele lidera, mas o fornece a eles. Ele os serve, não o contrário.

Nos momentos finais, antes do efetivo início da batalha, quando as linhas dos persas, medos, sacaes, báctrios, ilíricos, egípcios e macedônios estavam tão próximas dos defensores que os rostos individuais podiam ser avistados, Leônidas percorreu as fileiras da vanguarda, formada por espartanos e théspios, para falar com cada comandante de pelotão individualmente. Quando parou ao lado de Dienekes, eu estava perto o suficiente para escutar suas palavras.

412

— Você os odeia, Dienekes? — perguntou o Rei num tom de camarada, sem pressa, descontraído, indicando com um gesto os capitães e oficiais dos persas visíveis na *oudenos chorion*, a terra de ninguém.

Dienekes respondeu de imediato que não.

— Vejo faces gentis e nobres. Não são poucos, acho eu, que seriam bem acolhidos com tapinhas nas costas e uma risada em qualquer mesa de amigos.

Leônidas aprovou claramente a resposta do meu senhor. Entretanto, seus olhos se obscureceram de tristeza.

— Lamento por eles — disse, indicando os valorosos inimigos tão próximos. — O que não dariam, os mais nobres entre eles, para resistir aqui conosco, agora?

Isso é um rei, Sua Majestade. Um rei não gasta sua substância para escravizar homens, mas, por sua conduta e exemplo, os liberta. Sua Majestade talvez pergunte, como perguntaram Galo e a senhora Arete, por que alguém como eu, cujas circunstâncias externas poderiam ser chamadas mais nobremente de serviço e menos generosamente de escravidão, por que alguém nessa condição morreria por aqueles que não são seus parentes e por um país que não é o seu? A resposta é: eram meus parentes e o meu país. Ofereci minha vida com alegria, e o faria de novo centenas de vezes, por Leônidas, por Dienekes, Alexandros e Polynikes, por Galo e Suicídio, por Arete e Diomache, Bruxieus, minha mãe e meu pai, minha mulher e meus filhos. Eu e cada homem ali nunca fomos mais livres do que quando, sem coerção, prestamos obediência às leis severas que tomam a vida e a devolvem.

Os eventos da batalha real não foram nada, pois a luta estava terminada, em seu sentido mais profundo, antes de ter início. Eu tinha adormecido, as costas retas contra o Muro, seguindo o exemplo de Leônidas, enquanto aguardávamos a hora de o exército de Sua Majestade dar o primeiro passo.

No meu cochilo, me vi entre as colinas acima da cidade de minha infância. Eu não era mais um menino, era eu mesmo já crescido. A minha prima estava lá, ainda garota, e os nossos cachorros, Sortudo e Feliz, exatamente como eram no tempo que se seguira ao saque de Astakos. Diomache perseguia uma lebre e subia, com as pernas descobertas e com uma agilidade extraordinária, a encosta que parecia ascender aos céus. Bruxieus esperava lá em cima, como faziam meu pai e minha mãe: eu sabia, embora não pudesse vê-los. Também saí na caça, tentando alcançar Diomache com minha força adulta. Não consegui. Por mais rápido que corresse, ela era ainda mais veloz, sempre muito à frente, me chamando com alegria, me provocando, dizendo que eu nunca seria veloz o bastante para pegá-la.

Acordei sobressaltado. Os persas aguardavam a uma distância inferior à trajetória de uma flecha.

Leônidas estava em pé, na frente. Dienekes, como sempre, tomou sua posição à frente de seu pelotão, o qual estava disposto com a largura de sete por três, menos profundo do que nos dias anteriores. O meu lugar era o terceiro na segunda coluna; pela primeira vez em minha vida sem o meu arco, mas com a pesada lança de dois metros, que havia pertencido a Doreion, firme na mão direita. Em volta do meu braço esquerdo, bem apertada ao cotovelo, a manga de bronze forrada de linho presa na face de carvalho e bronze do *aspis* que fora de Alexandros. O elmo que usei pertencera a Lachides, e o gorro por baixo, a Demades, escudeiro de Ariston.

— Olhos em mim! — gritou Dienekes. Os homens, como sempre, desviaram os olhos do inimigo, que agora se organizava tão próximo que era possível ver as íris sob suas pestanas e os espaços entre os dentes. Havia um número incalculável deles. Os meus pulmões uivaram por ar; senti o sangue batendo nas minhas têmporas e sua pulsação nos vasos dos olhos. Os meus membros eram como pedras; não sentia nem as mãos nem os pés. Rezei com todo o ardor, simplesmente para a coragem não se esvair. Suicídio estava do meu lado esquerdo. Dienekes, à frente.

Por fim, o combate teve início. Foi feito uma maré na qual nos sentimos como uma onda debaixo dos caprichos furiosos dos deuses, apenas agurdando a hora, a seu bel-prazer, em que prescreverão nossa extinção. O tempo passou. As unidades confundiram-se e se fundiram. Lembro-me de uma vaga que impeliu os espartanos

414

à frente, empurrando um grande número de inimigos para o mar, e de outra que fez a falange recuar como barcos diante da tempestade irresistível. Lembro-me de meus pés plantados sólidos, com toda força, na terra escorregadia de sangue e urina, enquanto eram empurrados para trás, como as solas envolvidas em pele de carneiro de um garoto brincando no gelo da montanha.

Vi Alpheus dominar uma biga com uma única mão, matando o general, seu ajudante e os dois guardas. Quando caiu, atingido na garganta por uma flecha persa, Dienekes o arrastou para fora do campo. Ele levantou-se e continuou a lutar. Vi Polynikes e Derkylides arrastando o corpo de Leônidas, com a mão desarmada sobre os ombros do corselete estilhaçado, atacando o inimigo com seus escudos, enquanto recuavam. Os espartanos se organizavam e atacavam, recuavam e se dispersavam, e voltavam a se organizar. Matei um homem dos egípcios com a ponta do cabo de minha lança partida quando ele enfiou a dele em minha barriga, e um instante depois caí ao ser atingido por uma acha. Arrastei-me sobre um cadáver espartano, e reconheci, sob o elmo escancarado, o rosto estraçalhado de Alpheus.

Suicídio arrastou-me para fora do conflito. Por fim, os Dez Mil Imortais puderam ser vistos, avançando em linha de batalha para completar seu envolvimento. O que restava de espartanos e théspios retirou-se da planície para o estreito, atravessando o portão do Muro em direção ao outeiro.

Os aliados agora eram tão poucos, e suas armas, tão danificadas, que os persas se atreveram a atacar com a cavalaria, como fariam em uma debandada. Suicídio caiu. Seu pé direito foi decepado.

— Ponha-me nas suas costas! — gritou. Entendi o que ele pretendia. Eu ouvia flechas e azagaias zumbindo antes de perfurar seu corpo ainda vivo, servindo-me de escudo.

Vi Dienekes ainda vivo, arremessando um *xiphos* partido e procurando outro pelo chão. Polynikes passou por mim apoiando Telamonias, que coxeava. A metade do rosto do corredor fora arrancada; o sangue jorrava do osso exposto.

— O arsenal! — gritava, referindo-se às armas que Leônidas ordenara ficarem reservadas atrás do Muro.

Senti a pele de minha barriga rasgar e os intestinos virem para fora. Suicídio pendia morto em minhas costas. Virei-me na direção do estreito. Arqueiros persas e medos aos milhares lançavam flechas nos espartanos e théspios que recuavam. Os que alcançaram o depósito foram despedaçados como flâmulas em um vendaval.

Os defensores cambalearam em direção ao outeiro onde o resto das armas estava escondido. Não restavam mais de 60; Derkylides, espantosamente sem ferimentos, reagrupou os sobreviventes em uma frente circular. Encontrei um pedaço de pano e atei minha barriga. Fiquei impressionado, por um instante, com a beleza do dia. Nenhuma névoa obscurecia o canal; era possível avistar as pedras sobre as colinas do outro lado do estreito e seguir a vegetação nas ravinas encosta acima.

Vi Dienekes girar sob o golpe de uma acha, mas não tive forças para socorrê-lo. Persas, medos, báctrios e sacaes não somente avançavam em massa sobre o Muro como o demoliam, enfurecidos. Vi cavalos. Os oficiais inimigos não precisavam mais de chicotes para forçar seus homens a avançar. Soldados da cavalaria de Sua Majestade ultrapassavam o Muro, seguidos das bigas de seus generais.

Os Imortais estavam por toda parte, no outeiro, arremessando uma chuva de flechas nos espartanos e théspios agachados sob a proteção de seus escudos amassados e fendidos. Derkylides liderou o ataque. Eu o vi cair, e Dienekes lutar ao seu lado. Nenhum deles tinha escudo, nem, até onde eu podia ver, armas de nenhuma espécie. Caíram, não como heróis de Homero, ruidosamente nas carapaças de suas armaduras, mas como homens terminando seu último e mais sujo trabalho.

O inimigo resistiu, arrogante com o poder da força de seus projéteis, mas, de alguma forma, os espartanos o alcançaram. Lutaram sem escudos, somente com espadas e, depois, com mãos e dentes. Polynikes perseguiu um oficial. O corredor ainda tinha pernas. Atravessou tão rapidamente o espaço na base do outeiro que as suas mãos envolveram a garganta do inimigo mesmo quando um assalto de lanças persas rasgou suas costas.

As poucas dúzias restantes no alto do outeiro, reagrupadas por Dithyrambos, cujos braços foram estraçalhados e pendiam inúteis, perfurados com flechas, tentaram formar uma frente para um ataque final. Bigas e cavaleiros persas atropelaram a esmo os espartanos. Uma carroça em chamas rolou sobre meus pés. Diante dos defensores, cercando totalmente o outeiro, os Imortais formaram fileiras de arqueiros. Suas flechas retumbaram sobre os últimos guerreiros, desarmados e incapacitados. Da retaguarda, mais arqueiros lançaram uma saraivada sobre as cabeças de seus camaradas para atingir os últimos sobreviventes helenos. Costas e barrigas eriçaram-se com os espinhos das pontas das flechas; os homens feitos em pedaços espalhavam-se em pilhas de esfarrapados de bronze e escarlate.

Ouvia-se Sua Majestade gritar ordens, tão próximo estava em sua biga. Estaria gritando em sua língua para os seus homens cessarem fogo, para capturarem vivos os últimos defensores? Gritava para os marinheiros egípcios, sob as ordens do capitão Ptammitechus, que rejeitaram as ordens de seu monarca e apressaram-se a desferir o golpe de misericórdia nos espartanos e théspios que porventura alcançassem? Era impossível ver ou ouvir no tumulto. Os marinheiros recuaram. A fúria dos arqueiros persas redobrou ao tentarem extinguir os últimos que ainda respiravam desse inimigo que os fizera pagar caro por aqueles miseráveis poucos metros de terra.

Da mesma forma que uma tempestade de granizo desaba montanha abaixo e lança do céu suas pedras de gelo sobre a safra do agricultor, as flechas dos persas choveram sobre os espartanos e théspios. Agora, o fazendeiro assumia sua posição na porta, ouvindo o dilúvio sobre as telhas, observando as bolas de gelo baterem e ricochetearem nas pedras da alameda. Quantos brotos sobreviverão? Sobrevive um aqui, outro ali, como que por milagre, e ele mantém a cabeça erguida. Mas o agricultor sabe que o estado de clemência não pode durar. Desvia o rosto, em obediência às leis dos deuses, enquanto, na tempestade, a última haste quebra e cai, sobrepujada pela irresistível investida dos céus.

36

*E*sse foi o fim de Leônidas e dos defensores do Desfiladeiro das Termópilas, como relatado pelo grego Xeones e transcrito pelo historiador de Sua Majestade, Gobartes, filho de Artabazos, e concluído no quarto dia de Arahsamnu, Ano Cinco da Ascensão de Sua Majestade.

Essa data, por uma amarga ironia do deus Ahura Mazda, foi a mesma em que as forças navais do Império Persa sofreram a derrota calamitosa nas mãos da frota helena, no estreito de Salamina, próximo a Atenas. A catástrofe enviou à morte muitos filhos valorosos do Leste e, por suas consequências para o suprimento e suporte ao exército, condenou a campanha ao desastre.

O oráculo de Apolo, transmitido antes aos atenienses, que declarava:

> "O muro de madeira sozinho lhes bastará",

revelou-se profeticamente verdadeiro. O baluarte de vigas de madeira demonstrou ser não como a antiga paliçada da Acrópole ateniense, tão rapidamente invadida pelas forças de Sua Majestade, mas um muro de cascos de navios e marinheiros da Hélade, tripulado com tanta bravura que destruiu as ambições de conquista de Sua Majestade.

A magnitude da calamidade desviou toda e qualquer atenção ao cativo Xeones e a sua narrativa. Os próprios cuidados que ele inspirava foram abandonados no caos provocado pela derrota, quando todos os médicos e o

pessoal da equipe do Cirurgião Real foram convocados ao litoral oposto, em Salamina, para assistir os milhares de feridos, marinheiros do Império que haviam alcançado a costa depois que seus navios foram atacados e afundados.

Quando a treva da noite finalmente trouxe a suspensão da matança, um terror maior penetrou no acampamento do Império: a ira de Sua Majestade. Foram tantos os oficiais passados à espada, ou assim minhas anotações recordam, que faltou papel à equipe do historiador para registrar todos os nomes.

O terror ocupou os pavilhões de Sua Majestade, intensificado não somente pelo tremor que abalou a cidade precisamente na hora do crepúsculo, como também pelo aspecto apocalíptico do local do bivaque do exército, ali na cidade, arrasada e ainda em chamas, dos atenienses. Na metade do segundo turno de vigilância, o general Mardonius fechou a câmara de Sua Majestade e negou a entrada de qualquer outro oficial. O historiador de Sua Majestade só conseguiu obter a mais sucinta das instruções referentes à disposição dos registros do dia. Diante da recusa, perguntei sobre as ordens concernentes ao grego Xeones e seu relato.

— Mate-o — replicou sem hesitação o general Mardonius —, e queime cada página dessa compilação de mentiras, cujo registro foi uma tolice desde o começo. A menor menção dela, neste momento, provocará mais paroxismos de fúria em Sua Majestade.

Fui imediatamente em busca de Orontes, capitão dos Imortais, cuja responsabilidade era executar as ordens de Mardonius. Localizei-o na costa. Estava claramente em estado de exaustão, arrasado com o sofrimento da derrota do dia e a frustração pessoal como soldado. Sentia-se impotente para ajudar os valentes marinheiros da frota persa, a não ser para puxá-los da água, moribundos. No entanto, recompôs-se imediatamente e voltou a atenção para o assunto a ser resolvido.

— Se você quiser ainda ter a cabeça sobre o pescoço amanhã — declarou o capitão quando foi informado da ordem do general —, vai fingir que não falou nem viu Mardonius.

Protestei dizendo que a ordem fora dada em nome de Sua Majestade. Não podia ser ignorada.

— Não pode? Não pode? E qual será a história do general amanhã ou daqui a um mês, depois de sua ordem ter sido executada, quando Sua Majestade mandar buscá-lo e pedir para ver o grego e suas anotações?

— Direi o que vai acontecer — prosseguiu o capitão. — Neste exato momento, nas câmaras de Sua Majestade, Seus conselheiros e generais estão insistindo para ele se retirar, embarcar para Susa, como Mardonius já fez antes. Desta vez, acho que Sua Majestade lhes dará ouvidos.

Orontes declarou sua convicção de que Sua Majestade ordenaria que o corpo do exército permanecesse na Hélade, sob o comando de Mardonius, e se encarregasse da total conquista da Grécia em Seu nome. Depois que essa tarefa for concluída, Sua Majestade terá a vitória. A calamidade de hoje será esquecida no ardor do triunfo.

— Então, no deleite da conquista — prosseguiu Orontes —, Sua Majestade pedirá as anotações do relato do grego Xeones, como uma torta para encerrar o banquete da vitória. Se você ou eu nos apresentarmos com as mãos vazias, qual de nós apontará o dedo para Mardonius, e quem acreditará na nossa declaração de inocência?

Perguntei o que deveríamos fazer.

O coração de Orontes estava claramente dividido. Não se poderia esquecer de que ele, como comandante dos Imortais, abaixo de Hydarnes, seu general, estivera na vanguarda durante a noite do envolvimento dos espartanos e théspios nas Termópilas. Ele lutara, com extraordinária bravura, na manhã do ataque final. Enfrentou-se cara a cara os espartanos e contribuiu para a conquista definitiva do inimigo. Suas flechas estavam entre aquelas que foram fatais, atiradas à queima-roupa nos últimos defensores, talvez nos homens cuja história foi contada por Xeones.

Esse conhecimento, era impossível não percebê-lo na fisionomia do capitão, aumentou ainda mais sua relutância em causar mal a esse homem, com quem claramente se identificava como soldado e, até mesmo, temos de admitir, como amigo.

Apesar disso tudo, Orontes sentia-se forçado a cumprir seu dever. Despachou dois oficiais dos Imortais com ordens de remover o grego da tenda do Cirurgião e levá-lo imediatamente ao pavilhão dos Imortais. Após várias horas tratando de outros assuntos mais urgentes, ele e eu nos dirigimos para o local. Entramos juntos. Xeones estava desperto, sentado na maca, mas tão enfraquecido que mal conseguia respirar.

Claramente adivinhou nosso propósito. Seu aspecto era animado.

— Entrem, senhores — falou, antes que tivéssemos tempo de comunicar nossa missão. — Como posso ajudá-los em sua tarefa? — Não precisaríamos da espada, declarou ele. — Pois o toque de uma pluma, creio eu, seria o bastante para concluir a missão.

Orontes perguntou se ele tinha consciência da magnitude da vitória que a marinha de seus conterrâneos havia conquistado nesse dia. O homem respondeu que sim. Entretanto, expressou a opinião de que a guerra estava longe de seu fim. A questão continuava sem decisão.

Orontes expressou sua extrema relutância em realizar a sentença de execução. Considerando-se o verdadeiro caos no acampamento do Império, declarou não ser difícil fazê-lo partir sem ser visto. Orontes perguntou se Xeones possuía amigos ou compatriotas ainda na Ática, a quem pudessem levá-lo. O homem sorriu.

— O seu exército fez um trabalho admirável afugentando todos — disse ele. — Além do mais, Sua Majestade precisará de todos os seus homens para transportar bagagem mais importante.

Orontes, porém, buscou um pretexto para adiar o momento da execução.

— Já que não nos pede nenhum favor — falou o capitão ao prisioneiro —, posso eu lhe pedir um?

O homem respondeu que concederia com prazer tudo que estivesse ao seu alcance.

— Você nos enganou, amigo — declarou Oroentes com uma expressão de desagrado. — Privar-nos de uma história que o seu senhor, o espartano Dienekes, como você disse, prometeu relatar. Isso aconteceu ao redor do fogo durante a última caçada que você mencionou, quando, ele, Alexandros e Ariston abordaram a questão do medo. Lembra-se? O seu senhor interrompeu o discurso dos rapazes com a promessa de que, quando chegassem aos Portões Quentes, contaria a eles uma história de Leônidas e da senhora Paraleia, sobre a coragem, e que critérios o Rei espartano usara para selecionar os Trezentos. Ou Dienekes, na verdade, não falou disso?

Não, confirmou o cativo Xeones, o seu senhor realmente tivera oportunidade e partilhara a sua história. Mas, perguntou o prisioneiro, sem a imposição de Sua Majestade para que prosseguisse documentando os eventos dessa narrativa, o capitão realmente desejava que continuasse?

— Quem você chama de inimigo é de carne e osso — replicou Orontes —, com coração tão capaz de afeto quanto o seu. Parece-lhe implausível que nós, nesta tenda, o historiador de Sua Majestade e eu, tenhamos nos afeiçoado a você, não somente como um cativo fazendo um relato da batalha, mas também como homem e, até mesmo, amigo?

Orontes pediu, como um favor a quem acompanhara com tanto interesse e empatia os capítulos antecedentes do relato do grego, que ele narrasse, até onde suas forças permitissem, a última parte.

O que o Rei espartano tinha a dizer sobre a coragem das mulheres e como o seu senhor, Dienekes, relatara isso a seus jovens amigos e protegidos?

Xeones ergueu o corpo com esforço, com minha ajuda e a dos oficiais. Reunindo toda a sua força, respirou fundo e recomeçou:

Transmitirei a vocês, meus amigos, a narrativa tal como o meu senhor fez a mim, Alexandros e Ariston nos Portões Quentes –, não em sua própria voz, mas na da senhora Paraleia, mãe de Alexandros, que a contou em suas próprias palavras a Dienekes e à senhora Arete, algumas horas depois de ter acontecido.

O relato da senhora Paraleia foi feito ao anoitecer, três ou quatro dias antes da partida da Lacedemônia para os Portões Quentes. A senhora Paraleia dirigiu-se à casa de Dienekes e Arete, levando várias outras mulheres, todas mães e esposas dos guerreiros selecionados para os Trezentos. Nenhuma das mulheres sabia o que ela iria dizer. O meu senhor fez menção de se desculpar e sair para que as senhoras tivessem privacidade. No entanto, Paraleia pediu que ficasse. Ele também devia escutar o que tinha a dizer. As mulheres sentaram-se ao redor dela. Paraleia falou:

— O que vou contar, Dienekes, não deve repetir ao meu filho. Não até chegarem aos Portões Quentes, e somente aí, mas no momento certo. O momento será, se assim os deuses ordenarem, o da morte, sua ou dele. Você saberá, quando chegar a hora. Agora, preste atenção, Dienekes, e vocês também.

— Nesta manhã, recebi um chamado do Rei. Fui imediatamente apresentar-me no átrio de sua casa. Cheguei cedo; Leônidas ainda não chegara da reunião em que organizava a partida. A sua rainha,

422

Gorgo, entretanto, esperava em um banco à sombra de um plátano – ao que parecia, deliberadamente. Recebeu-me e pediu que me sentasse. Estávamos sozinhas, todos os criados ausentes. "Deve estar se perguntando, Paraleia", começou ela , "por que o meu marido mandou chamá-la. Vou lhe responder. Ele quer falar ao seu coração, e ao que imagina que devem ser seus sentimentos de injustiça por ter sido escolhida para, digamos, suportar um duplo sofrimento. Ele está totalmente ciente que, ao selecionar Olympieus e Alexandros para os Trezentos, roubou-a duas vezes, um filho e um marido, deixando apenas o bebê Olympieus para prosseguir a estirpe. Ele falará disso quando chegar. Mas, primeiro, tenho de lhe confiar o meu próprio coração, de mulher para mulher."

— A nossa rainha é muito jovem, e parece alta e adorável, se bem que, àquela luz opaca, excessivamente solene.

"Fui filha", disse Gorgo, "de um rei e agora sou esposa de outro. As mulheres invejam a minha posição, mas poucas percebem as suas obrigações severas. Uma rainha não pode ser uma mulher como as outras. Não pode possuir marido ou filhos como as outras esposas e mães: deve mantê-los somente para servirem à sua nação. Ela serve a eles, os corações de seus compatriotas, não ao seu próprio nem ao de sua família. Agora, você também, Paraleia, foi convocada a fazer parte dessa irmandade austera. Deve ocupar o seu lugar ao meu lado, na dor. Essa é a provação e o triunfo das mulheres, estabelecidos pelos deuses: conformar-se sofrendo, suportar a dor, resistir ao jugo do pesar e, assim, dotar os outros de coragem."

— Confesso, Dienekes, que as minhas mãos tremiam enquanto escutava as palavras da rainha, a ponto de eu temer não conseguir controlá-las, não somente por causa da previsão do sofrimento, mas também da raiva, da fúria cega contra Leônidas e a insensibilidade com que verteu a dose dupla de tristeza em minha taça. Por que eu?, meu coração gritou irado. Eu estava para expressar esse ultraje quando o ruído do portão sendo aberto nos alcançou do pátio externo, e Leônidas entrou. Acabava de chegar do campo de treinamento e trazia os calçados empoeirados na mão. Ao perceber sua mulher e eu em conversa íntima, adivinhou imediatamente o assunto.

423

— Desculpando-se por seu atraso, sentou-se, agradecendo eu ter-me apresentado prontamente e perguntando sobre o meu pai adoentado e outros membros da nossa família. Apesar de estar evidente que carregava a pesada carga da responsabilidade do exército e do Estado, sem falar no pressentimento de sua própria morte iminente e a aflição de sua amada esposa e de seus filhos, ainda assim, ao sentar-se, afastou tudo de sua mente e dirigiu-se somente a mim, com toda a sua atenção.

"A senhora me odeia?", foram as suas palavras iniciais. "Se eu fosse a senhora, odiaria. As minhas mãos estariam tremendo de uma fúria difícil de controlar." Afastou-se um pouco. "Venha, filha, sente-se do meu lado."

— Obedeci. A senhora Gorgo aproximou-se sutilmente. Pude sentir o cheiro do suor do Rei e o calor de sua pele, como quando menina meu pai me chamava para me aconselhar. De novo, o excesso de dor e raiva no coração ameaçou me fazer perder o controle. Tentei reprimi-lo com todas as minhas forças.

"A cidade especula e imagina", falou Leônidas, "por que escolhi esses homens para os Trezentos. Teria sido por suas proezas como soldados? Como poderia ser assim se, além de campeões, como Polynikes, Dienekes, Alpheus e Maron, também nomeei jovens inexperientes como Ariston e o seu próprio Alexandros? Talvez, a cidade supõe, eu tenha adivinhado alguma alquimia sutil nesse grupo único. Talvez eu tenha sido subornado ou esteja pagando favores. Nunca direi à cidade por que designei esses Trezentos. Nunca contarei aos Trezentos. Mas contarei a você, agora. Escolhi-os não por seu valor pessoal, mas pelo valor de suas mulheres."

— Um grito de angústia escapou do meu peito ao escutar essas palavras, ao compreender, antes de ele terminar, o que diria. Senti sua mão sobre o meu ombro, confortando-me.

"A Grécia está atravessando o seu momento mais perigoso. Caso se salve, não será nos Portões – lá, nos aguarda somente a morte, a nossa e a dos nossos aliados – mas depois, nas batalhas que se seguirão, por terra e por mar. Então, a Grécia, se assim for a vontade dos deuses, se preservará. Entende? Então, preste atenção. Quando a batalha terminar, quando os Trezentos estiverem mortos, toda a Grécia se voltará para os espartanos, verá como resistiram. Mas para quem, senhora, os espartanos se voltarão? Para vocês. Para vocês, esposas e mães, irmãs e filhas dos mortos. Se eles contemplarem seus corações dilacerados, partidos de dor, os deles também se partirão. E a Grécia com eles. Mas se vocês resistirem, não somente os olhos secos, à aflição da perda, mas desacatando a agonia e a abraçando como uma honra, o que ela é na verdade, então Esparta resistirá. E toda a Hélade a seguirá. Por que a escolhi para sofrer a mais terrível das provações, e escolhi suas irmãs dos Trezentos? Porque vocês podem."

— Os meus lábios expressaram as seguintes palavras, reprovando o Rei: E é essa a recompensa da virtude das mulheres, Leônidas? Serem atormentadas duplamente, suportarem um duplo sofrimento?

— Nesse momento, a rainha Gorgo estendeu-me a mão, oferecendo ajuda. Leônidas a deteve. E, sem retirar a mão do meu ombro, compreendeu a minha explosão de angústia.

"A minha mulher estendeu-lhe a mão, Paraleia, para transmitir com o seu toque o conhecimento do fardo que ela carregou sem queixa durante toda a sua vida. Pode ser negado a ela simplesmente ser a mulher de Leônidas, mas sempre será a esposa da Lacedemônia. Agora, este papel também lhe cabe, senhora. Deixará de ser a esposa de Olympieus ou mãe de Alexandros, mas deverá servir como esposa e mãe da nossa nação. A senhora e suas irmãs dos Trezentos são, agora, as mães de toda a Grécia, e da própria liberdade. É um dever árduo, Paraleia, para o qual convoquei a minha amada esposa, a mãe dos meus filhos, e agora também a convoco. Diga-me, eu estava errado?"

— Diante dessas palavras do Rei, todo o meu controle escapou do coração. Caí em pranto. Leônidas puxou-me para si delicadamente; enterrei meu rosto em seu colo, como uma menina com seu pai, e solucei, incapaz de me conter. O Rei abraçou-me com firmeza, o seu abraço não foi áspero nem indelicado, mas gentil e confortador.

— Assim como o fogo de uma queimada consome a si mesmo e, por fim, deixa de chamejar, o meu acesso de dor se extinguiu. Uma paz indulgente me penetrou, como uma dádiva proporcionada não somente por esse braço forte que ainda me envolvia, mas oriunda de uma fonte mais profunda, inefável e divina. A força retornou aos meus joelhos e a coragem ao meu coração. Levantei-me e enxuguei os olhos. Essas palavras que lhe dirigi não saíram por vontade própria, ao que pareceu, mas induzidas por alguma deusa invisível cuja origem eu não sabia. Essas foram as últimas lágrimas, meu senhor, que o sol viu correr por meu rosto.

37

Essas foram as últimas palavras do cativo Xeones. A voz do homem arrastou-se; seus reflexos vitais decaíram rapidamente. Em minutos, jazia imóvel e frio. Seu deus o havia usado e devolvido, por fim, ao lugar em que ele mais desejava estar, reunido com o corpo de seus camaradas debaixo da terra.

Imediatamente, do lado de fora da tenda do capitão, formações em armaduras, das forças de Sua Majestade, retiravam-se estrepitosamente da cidade. Orontes ordenou que o corpo de Xeones fosse transportado para fora sobre a maca. O caos imperava. O capitão estava atrasado; cada momento passado aumentava a urgência de sua partida.

Sua Majestade deve se recordar do estado de anarquia que prevalecera naquela manhã. Vários jovens e homens vadios, a escória da organização ateniense, elementos de uma posição tão baixa que nem mereceram ser evacuados da cidade, mas que foram abandonados e deixados para errar pelas ruas como predadores, atreveram-se a penetrar nos limites do acampamento de Sua Majestade. Esses vilões estavam pilhando tudo em que conseguiam pôr as mãos. Quando o nosso grupo emergiu no bulevar, agora entulhado, chamado pelos atenienses de a Via Sacra, um grupo dessa gentalha foi acidentalmente arrebanhado por subalternos da polícia militar de Sua Majestade.

Para meu espanto, o capitão Orontes chamou esses oficiais. Ordenou que deixassem a corja a seus cuidados

e que se fossem. Os malfeitores eram três e tinham o aspecto mais miserável que se possa imaginar. Aprumaram o corpo diante de Orontes e dos oficiais dos Imortais, esperando claramente serem executados ali, naquele momento. O capitão ordenou que eu traduzisse.

Orontes perguntou se os vagabundos eram atenienses. Não cidadãos, replicaram, mas da cidade. Orontes indicou o pano grosseiro que envolvia o corpo de Xeones.

— Sabem que indumentária é esta?

O líder dos vilões, um jovem de menos de 20 anos, respondeu que era o manto escarlate de Esparta, usado somente por um guerreiro da Lacedemônia. Nenhum dos criminosos conhecia a explicação da presença do corpo desse homem, um heleno, ali, a cargo do inimigo persa.

Orontes interrogou mais a corja. Sabiam onde, na cidade portuária de Phalerum, se localizava o templo chamado de Perséfone do Véu?

Os brutamontes responderam afirmativamente.

Para assombro meu, e também dos oficiais, o capitão tirou de sua bolsa três daricos, três meses de ordenado de um soldado da infantaria, e estendeu o tesouro aos vilões.

— Levem o corpo deste homem ao templo e permaneçam com ele até as sacerdotisas retornarem do exílio. Elas saberão o que fazer.

Nesse ponto, um dos oficiais dos Imortais interrompeu protestando.

— Olhe para estes criminosos, senhor. São como porcos! Ponha ouro em suas mãos e jogarão o homem e a maca na primeira vala que encontrarem.

Não havia tempo para discussões. Orontes, eu e os oficiais tínhamos de assumir logo nossas posições. O capitão fez uma pausa breve, examinando os rostos dos três punguistas à sua frente.

— Amam o seu país? — perguntou.

A expressão de desafio na face dos vilões respondeu por eles.

Orontes apontou para a forma sobre a maca.

— Este homem, com sua vida, o preservou. Transportem-no com honra.

Ali deixamos o corpo do espartano Xeones e logo fomos arrastados pela corrente irrefreável do levantar acampamento e da retirada.

38

Restam ser anexados dois pós-escritos referentes ao homem e ao manuscrito, o que, por fim, dará a narrativa por encerrada.

Como o capitão Orontes havia previsto, Sua Majestade embarcou para a Ásia, deixando a Grécia sob o comando de Mardonius e o corpo de elite do exército, cerca de 300 mil, inclusive o próprio Orontes e os Dez Mil Imortais, com ordens de passar o inverno na Tessália e retomar o conflito na primavera. Quando essa estação chegasse, assim jurou o general Mardonius, o irresistível poder do exército de Sua Majestade subjugaria de uma vez por todas a Hélade. Eu permaneci, na qualidade de historiador, alinhado com o exército.

Finalmente, na primavera, as forças terrestres de Sua Majestade enfrentaram os helenos na batalha na planície adjacente à cidade grega de Plataea, um dia de marcha a noroeste de Atenas.

Contra os 300 mil da Pérsia, Média, Báctria, Índia, os de Sacae e os helenos alistados sob a bandeira de Sua Majestade, resistiram 100 mil gregos livres, a força principal composta pelo exército espartano completo — 5 mil Pares, mais os perioikoi lacedemônios, escudeiros e escravos armados perfazendo o total de 75 mil —, flanqueado pela milícia hoplita de seus aliados do Peloponeso, de Tegea. A força do exército foi complementada por contingentes menos numerosos, oriundos de uma dúzia de outros Estados gregos, dentre os quais o maior número era de atenienses, até somarem 8 mil.

Não é preciso relatar os detalhes dessa derrota calamitosa, já que são tão tristemente conhecidos por Sua Majestade, nem das espantosas perdas por causa da fome e das doenças na nata do Império em seu longo retiro na Ásia. É o bastante anotar, a partir da perspectiva de uma testemunha ocular, que tudo o que Xeones tinha dito revelou-se verdadeiro. Os nossos guerreiros tornaram a contemplar a linha de lambdas sobre os escudos interfoliados da Lacedemônia, dessa vez não em colunas da largura de 50 ou 60 como nos confins dos Portões Quentes, mas 10 mil por 8 mil, como Xeones havia descrito, uma maré invencível de bronze e escarlate. A coragem dos homens da Pérsia demonstrou, mais uma vez, não ser páreo para a bravura e a disciplina extraordinárias dos guerreiros da Lacedemônia lutando para preservar a liberdade de sua nação. Estou convicto de que nenhuma força sobre a terra, por mais numerosa que fosse, teria resistido nesse dia.

No período temerário que se seguiu à carnificina, o posto dos historiadores, no interior da paliçada persa, foi invadido por dois batalhões de escravos armados. No frenesi gerado pela febre do triunfo, puseram-se a chacinar sem clemência todo homem da Ásia que conseguiam. Lancei-me à frente, sendo um dos poucos de nossa nação que possuíam fluência na língua inimiga, e comecei a gritar em grego, implorando aos conquistadores clemência para os nossos homens.

Mas a indisciplina desses lutadores desacostumados às armas era tal que ninguém prestou atenção nem fez uma trégua. Mãos se ergueram sobre mim e o meu pescoço foi preparado para ser degolado. Inspirado quem sabe pelo deus Ahura Mazda, ou movido simplesmente pelo terror, ouvi minha voz gritando de memória os nomes dos espartanos de que Xeones havia falado. Leônidas. Dienekes. Alexandros. Polynikes. Galo. Imediatamente os hilotas guerreiros imobilizaram suas espadas.

A matança cessou.

Oficiais espartanos apareceram e restabeleceram a ordem entre seus servos armados. Fui arrastado à frente, as mãos atadas, e jogado ao chão até um dos espartanos, um guerreiro de aparência magnífica, sua carne ainda impregnada de sangue seco e tecido da conquista. Os escravos o haviam informado dos nomes que gritei. O guerreiro em pé diante de mim, de joelhos, olhou-me com gravidade.

— Sabe quem eu sou? — perguntou.

Respondi que não.

– Sou Dekton, filho de Idotychides. Foi o meu nome que você gritou quando disse Galo.

O escrúpulo força-me a declarar aqui que a descrição física desse homem apresentada pelo cativo Xeones não lhe fazia a menor justiça. O guerreiro que estava à minha frente era um espécime esplêndido na flor da idade e vigor, mais de um metro e oitenta de altura, possuidor de uma graça e nobreza de porte que desmentiam definitivamente o nascimento e a posição inferior em que, era claro, fora criado nesse intervalo.

Ajoelhei-me, suplicando misericórdia. Contei-lhe como seu camarada Xeones tinha sobrevivido à batalha das Termópilas, sua ressurreição pelo pessoal do Cirurgião Real e o relato do documento pelo qual eu, seu escrivão, tomara conhecimento dos nomes dos espartanos que, ao tentar conseguir sua clemência, gritara.

Então, uma dúzia de outros guerreiros se agrupou ao meu redor. Todos fizeram pouco do documento que não viam e me acusaram de mentiroso.

– Que ficção de heroísmo persa você maquinou, usando a própria imaginação, escriba? – perguntou um deles. – Que tapete de mentiras teceu para bajular seu Rei?

Outros declararam conhecer bem Xeones, escudeiro de Dienekes. Como me atrevia a citar o seu nome, e o do seu nobre senhor, numa atitude covarde para salvar minha pele?

Durante o tempo todo, o homem chamado Dekton, o Galo, ficou em silêncio. Quando os outros, finalmente, haviam extravasado sua fúria, me fez uma única pergunta, com a brevidade espartana: onde Xeones tinha sido visto pela última vez?

– O seu corpo foi despachado com honra pelo capitão persa Orontes ao templo de Atenas chamado pelos helenos de Pesérfone do Véu.

Então, o espartano Dekton ergueu a mão em sinal de clemência.

– Este estranho fala a verdade. – As cinzas de seu camarada Xeones, confirmou ele, foram restituídas a Esparta, entregues meses antes por uma sacerdotisa desse templo.

Ao ouvir isso, as forças abandonaram meus joelhos. Caí na terra, dominado pela apreensão da minha aniquilação, da aniquilação do nosso exército e pela ironia de me ver diante dos espartanos na postura idêntica

431

à que Xeones havia assumido diante dos guerreiros da Ásia: a dos vencidos e dos cativos.

O general Mardonius morreu na batalha em Plataea, e o capitão
Orontes também.

Mas os espartanos acreditaram em mim e pouparam minha vida.

Fui mantido em Plataea, durante quase um mês, sob a custódia dos
aliados helenos, sendo tratado com gentileza e cortesia, depois designado
como intérprete cativo do pessoal do Congresso Aliado.

Esse documento acabou preservando minha vida.

Um aparte a respeito da batalha. Sua Majestade pode lembrar o nome
de Aristodemos, o oficial espartano mencionado em várias ocasiões pelo homem Xeones como um enviado e, mais tarde, como um entre os Trezentos
nos Portões Quentes. Dentre os Pares, apenas este homem sobreviveu, pois
fora evacuado antes da manhã final por estar temporariamente cego.

Retornando vivo a Esparta, Aristodemos foi forçado a suportar tamanho escárnio por parte dos cidadãos, por ser um covarde ou um tresante,
"aquele que treme", que, agora em Palatea, descobrindo a oportunidade de
se redimir, ele demonstrara um heroísmo espetacular, excedendo a todos no
campo de batalha a fim de erradicar para sempre sua desonra.

Os espartanos, porém, rejeitaram Aristodemos e condecoraram três
outros guerreiros, Posidonius, Filokion e Amomfareto, por seu valor em
batalha. Os comandantes declararam o heroísmo de Aristodemos desvai-
rado e insano, embebido em loucura sangrenta perante a linha de batalha,
claramente procurando a morte diante dos olhos de seus camaradas a fim
de expiar a infâmia de sua sobrevivência nas Termópilas. O valor de Posidonius, Filokion e Amomfareto foi reconhecido por eles como superior, por
o de homens que desejam a vida e mesmo assim lutam com magnificência.

Voltando a mim, fui detido em Atenas por dois verões, servindo como
tradutor e escriba, o que me permitiu testemunhar em primeira mão a
transformação extraordinária e sem precedentes que ali ocorreu.

A cidade arruinada foi reerguida. Com uma rapidez surpreendente, os muros e o porto foram reconstruídos, os prédios da assembleia e
o comércio, os tribunais e as magistraturas, as casas e lojas, mercados

e fábricas. Uma segunda conflagração consumiu então toda a Hélade, particularmente a cidade dos atenienses: a chama da intrepidez e da autoconfiança. A mão dos céus, ao que pareceu, havia abençoado cada homem, banindo qualquer receio e indecisão. Da noite para o dia, os gregos haviam se apoderado do palco do destino. Haviam derrotado o exército e a marinha mais poderosos da História. Que empresa poderia intimidá-los agora? O que não ousariam?

A frota ateniense conduziu as naus de guerra de Sua Majestade de volta à Ásia. O comércio desenvolveu-se. O tesouro e o comércio do mundo fluíram para Atenas.

Por mais maciço que fosse esse aquecimento econômico, eclipsou-se ao lado dos efeitos da vitória sobre os indivíduos, as pessoas comuns. Um dinamismo de otimismo e empreendimento inflamou em cada homem a crença em si mesmo e em seus deuses. Cada guerreiro-cidadão que havia sofrido a experiência das armas na falange ou remado sob fogo no mar, agora se supunha merecedor de ser incluído em todas as questões e conversações da cidade.

Essa forma peculiar de governo heleno, chamada de democracia, *governo do povo, havia plantado raízes profundas, nutridas pelo sangue da guerra; agora, com a vitória, o broto florescera completamente. Na Assembleia e nos tribunais, no Conselho dos Anciãos e nas magistraturas, as pessoas comuns se lançaram com vigor e confiança.*

Para os gregos, a vitória foi prova do poder e majestade de seus deuses. E essas deidades, que, à nossa compreensão mais civilizada parecem vãs e apaixonadas, plenas de insensatez, presas das faltas e fraquezas semelhantes às humanas, que não mereceriam ser chamadas de divinas, ainda assim, para os gregos, incorporavam e personificavam sua crença no que era, embora mais grandioso que humano na escala, ainda assim essencialmente humano em semelhança e substância. A escultura e o atletismo grego celebravam a forma humana, sua literatura e sua música, a paixão humana, seu discurso e sua filosofia, a razão humana.

No ardor do triunfo, as artes explodiram. Nenhuma casa, por mais humilde, ressurgiu das cinzas sem um mural, estátua ou um memorial entalhado em agradecimento aos deuses. O teatro e o coro se desenvolveram. As peças de Ésquilo e Phrynichus atraíram multidões aos teatros, onde nobres e pessoas comuns se misturavam e assistiam, embevecidos, muitas vezes reverenciando, obras cuja estatura, declaravam os gregos, subsistiria por três mil anos, talvez para sempre.

No outono do meu segundo ano de cativeiro, fui repatriado, junto com vários oficiais do Império, mediante o pagamento do resgate feito por Sua Majestade, e retornei à Ásia.

Reintegrado ao serviço de Sua Majestade, reassumi minhas tarefas registrando os negócios do Império. O acaso, ou a mão do deus Ahura Mazda, levou-me, no fim do verão seguinte, à cidade portuária de Sidon, onde fui designado para acompanhar o interrogatório do capitão de um navio de Aegina, um grego cuja galeota fora capturada por naus de guerra fenícias da frota de Sua Majestade. Examinando o livro de bordo, me deparei com uma anotação indicando uma passagem marítima, no verão anterior, de Epidaurus Limera, um porto na Lacedemônia, para as Termópilas.

Com a minha insistência, os oficiais de Sua Majestade pressionaram o interrogatório sobre esse ponto. O capitão, natural de Aegina, declarou que sua embarcação fora uma das contratadas para transportar um grupo de oficiais e emissários espartanos, para a inauguração de um monumento em memória dos Trezentos.

Também estava a bordo, o capitão declarou, um grupo de mulheres espartanas, esposas e parentes de vários mortos na batalha.

Nenhum tipo de relação foi permitido, prosseguiu o capitão, entre ele e seus oficiais e aquelas damas. Interroguei-o persistentemente, mas não consegui saber com certeza se entre elas estavam as senhoras Arete e Paraleia, ou as mulheres de alguns dos guerreiros mencionados por Xeones.

Essa embarcação ancorou na foz do Spercheius, declarou o capitão, no extremo leste da mesma planície em que o exército de Sua Majestade havia acampado durante o ataque aos Portões Quentes. O grupo ali desembarcou e percorreu a distância final a pé.

Três corpos de guerreiros gregos, relatou o capitão, foram recuperados pelos nativos, meses antes, nas margens superiores da planície trácia, o mesmo pasto onde o pavilhão de Sua Majestade havia sido armado. Esses restos mortais foram piedosamente preservados pelos cidadãos da Trácia e haviam sido restituídos com honra aos lacedemônios.

Embora a certeza permaneça evasiva em tais questões, o bom senso leva a crer que os corpos só podem ter sido os do cavaleiro espartano Doreion, do skirita Perdigueiro e o do criminoso conhecido como Jogador de Bola, que participaram do ataque surpresa noturno ao pavilhão de Sua Majestade.

As cinzas de outro corpo, as de um guerreiro da Lacedemônia que retornaram de Atenas, foram transportadas pelo navio da Aegina. O capitão não pôde informar de quem eram. No entanto, o meu coração acelerou-se diante da possibilidade de que pudessem ser as do nosso narrador. Pressionei o capitão por mais informações.

Nos Portões Quentes, o oficial declarou, esses corpos e a urna de cinzas foram sepultados no cemitério do território lacedemônio, situado no alto de um outeiro diretamente acima do mar. Interrogando escrupulosamente o capitão sobre a topografia do sítio pude concluir, com quase toda certeza, que esse outeiro é o mesmo em que os últimos defensores morreram.

Nenhum jogo fúnebre foi celebrado em memória, somente um serviço, solene e simples, cantado em agradecimento a Zeus, o Salvador, a Apolo, a Eros e às Musas. Estava tudo terminado, declarou o capitão, em menos de uma hora.

As preocupações do capitão em relação ao local, compreensivelmente, referiam-se mais à mudança de maré e segurança de sua embarcação do que às celebrações. Entretanto, um caso o impressionou, disse ele, como singular, a ponto de ser recordado. Uma mulher, no grupo espartano, havia se mantido separada das outras e permaneceu, sozinha, no sítio, depois que suas irmãs se agruparam, preparando-se para partir. De fato, essa mulher demorou-se tanto que o capitão foi obrigado a despachar um marinheiro para buscá-la.

Insisti em que tentasse se lembrar do nome dessa mulher. O capitão, como era de esperar, não havia perguntado, nem foi informado. Insisti na investigação, procurando peculiaridades de suas roupas ou pessoa que pudessem ajudar na sua identificação. O capitão insistiu que não tinha nada a dizer.

— E o seu rosto? — insisti. — Era jovem ou velha? Mais ou menos de que idade?

— Não sei dizer — replicou o homem.

— Por que não?

— Sua face estava oculta — declarou o capitão. — O véu só deixava à mostra os seus olhos.

Interroguei-o sobre os monumentos, as lajes e suas inscrições. O capitão relatou o que conseguiu lembrar, que foi pouco. Sobre a lápide do túmulo dos espartanos, relembrou, foram gravados versos compostos pelo poeta grego Simonides, que estava presente nesse dia.

— Consegue lembrar-se das palavras gravadas na laje? — perguntei. — Ou os versos eram muito extensos para se guardar de memória?

— Não, de jeito nenhum — replicou o capitão. — Foram compostos no estilo espartano. Breve. Nenhum desperdício.

A inscrição era tão breve que até mesmo alguém com tão pouca memória como ele não teria dificuldades em recordá-la.

O xein angellein Lakedaimoniois hoti tede
keimetha tois keinon rhemasi peithomenoi

Traduzo-os da melhor maneira que posso:

Passantes, aos espartanos dizei,
Que aqui jazemos, em obediência a sua lei.

Agradecimentos

Não é preciso dizer que uma obra que tenta imaginar mundos e culturas já desaparecidos deve tudo às fontes literárias originais. Neste caso, Homero, Heródoto, Plutarco, Pausânias, Deodoro, Platão, Tucídides, Xenofonte etc. São eles o verdadeiro material, sem o qual nada haveria...

Entretanto, quase tão indispensáveis quanto eles, foram os extraordinários eruditos e historiadores da nossa época, cujas publicações explorei sem a menor vergonha. Espero que perdoem a erudição muito menos rigorosa do autor deste trabalho, que se mostra grato a vários desses eminentes classicistas – Paul Cartledge, G. L. Cawkwell, Victor Davis Hansen, Donald Kagan, John Keegan, H. D. F. Kitto, J. F. Lazenby, E. V. Pritchett, W. K. Pritchett e, especialmente, Mary Renault.

Também gostaria de agradecer a dois colegas, cujos conselhos e orientação pessoal foram indispensáveis.

Primeiro, Hunter B. Armstrong, diretor da International Hoplology Society, por gentilmente partilhar o seu conhecimento em armas, tática e práticas hoplitas, e por seus inestimáveis *insights* e suas imaginativas reconstruções das antigas batalhas. Por ele próprio ser um conhecedor das armas, a visão de combatente do sr. Armstrong ajudou de maneira inestimável na recriação da experiência da infantaria pesada grega.

Finalmente, a minha profunda gratidão ao dr. Ippokratis Kantzios, professor assistente de Língua e Literatura Grega no Richard Stockton College of New Jersey, por seu auxílio generoso e enciclopédico durante toda esta empreitada. Ele atuou não somente como guia e mentor para a autenticidade histórica e linguística, mas também como tradutor (livre, porém exato) da epígrafe e de passagens e termos por todo o livro, além de suas muitas outras contribuições sensatas e inspiradas. Não há nenhuma página neste livro que não lhe deva alguma coisa, Hip. Obrigado por suas inúmeras e criativas sugestões, seu estímulo constante e seu parecer sempre olímpico.

O autor

Steven Pressfield graduou-se na Duke University e serviu no Corpo de Fuzileiros Navais dos Estados Unidos. É roteirista e autor de uma dúzia de livros de ficção e não ficção, como *A Porta dos Leões*, publicado pela Contexto.

Homens nos bastidores da carnificina da Antiguidade

PORTÕES DE FOGO
De Steven Pressfield

New York Times
Por Richard Bernstein
9 de novembro de 1998

Heródoto, na sua célebre história das Guerras Médicas, diz que o guerreiro mais corajoso foi o espartano Dienekes, que quando lhe disseram que as flechas persas bloqueavam o sol, respondeu confiante: "Ótimo, combateremos à sombra".

Esse episódio é como um epigrama para Steven Pressfield, que, no seu novo romance, *Portões de Fogo*, faz uma releitura emocionante da batalha das Termópilas, provavelmente o evento militar mais famoso da Antiguidade. Não é de surpreender que um dos personagens principais de Pressfield seja o próprio Dienekes que, naturalmente, pronuncia as palavras que Heródoto lhe atribuiu.

O desdém de Dienekes é um pequeno exemplo da maneira como Pressfield transformou a história em um romance que, além de hostilidades e punhaladas, passa uma sensação de realidade do começo ao fim. Suas páginas são escritas como uma espécie de saga heroica que se expressa no sangue da batalha e no que restou da disciplina espartana. Pressfield compõe seu texto com o vocabulário dos gregos – com hilotas (escravos) e hoplitas (soldados de infantaria), com as lanças de dois metros e as adagas curtas dos espartanos, com os remédios usados para tratar feridas e com todo um vocabulário ríspido de uma sociedade marcial.

Além de uma lição de história inspiradora, Pressfield traz uma narrativa emocionante. Seus heróis espartanos têm características homéricas, são personagens muito bem construídos que lidam com o terror da batalha, fazem reflexões sobre os significados de liberdade e obediência e também sobre se autossacrificarem pelo Estado.

A maior parte de *Portões de Fogo* é narrada por Xeones, escudeiro de batalha de um dos 300 guerreiros espartanos que lutaram nas Termópilas e que, historicamente, morreram naquele audacioso ato de contenção, destinado a retardar o avanço do exército invasor persa que estava sob o comando do rei Xerxes. Ainda que gravemente ferido, Xeones sobreviveu à batalha, e, depois de a lança de um hoplita egípcio ter penetrado em sua caixa torácica, ele acabou prisioneiro dos persas.

Embora vitorioso, Xerxes perdeu 20.000 de seus soldados para uma força grega muito menor, por isso quis saber o segredo da coragem e da habilidade dos espartanos na batalha das Termópilas. Ele deu ordens para que seus médicos salvassem a vida de Xeones e, assim, pôde ouvir atentamente o escudeiro derrotado contar a sua história de vida, que é uma história emocionante, romântica e desastrosa. [...]

Além de ser repleto de vitalidade terrena e profana, *Portões de Fogo* tem um poder narrativo que torna a sua leitura fascinante.

As cenas de batalha são habilmente construídas, detalhando o horror da guerra antiga. Pressfield também consegue descrever a sociedade espartana com toda a sua brutalidade e ainda assim humanizá-la ao apresentar seus personagens de maneira bastante complexa. Os discursos carregados de obscenidade que ele põe na boca dos heróis espartanos enquanto aguardam a batalha fazem valer o preço do livro. [...]

Referindo-se à verdadeira coragem, numa das respostas fala-se que a maior bravura "está no que é feminino", e, assim, Pressfield define um papel significativo e complexo às mulheres dessa história. Arete, esposa de Dienekes, é uma personagem muito envolvente, uma mulher cuja coragem é ainda maior porque não nasce do medo da desonra, mas de uma profunda compaixão. A guerra com a Pérsia dá origem para *Portões de Fogo*, porém, são os conflitos dentro de Esparta, causados por lealdades divididas e animosidades privadas, que compõem o drama desse romance, e tais conflitos são mediados pelas mulheres, a quem Pressfield deu protagonismo.

Quando ele termina seu romance, aprendemos muito sobre a história, e também percebemos a grandeza multiforme da Antiguidade. Não é improvável que Heródoto, que tornou possível o romance de Pressfield, teria gostado desse livro.

Portões de Fogo pelo mundo

Romênia

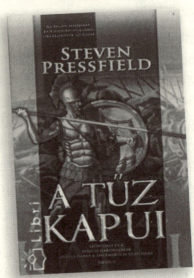

Hungria

Bulgária

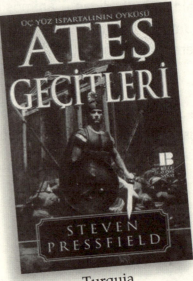

Turquia

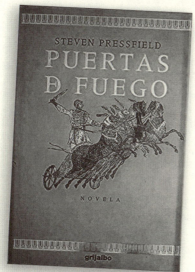
Espanha (Barcelona)

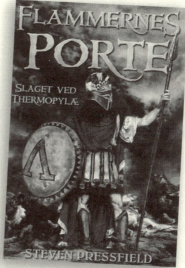
Dinamarca

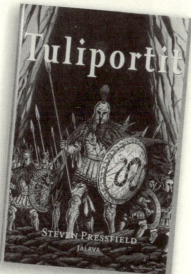
Finlândia

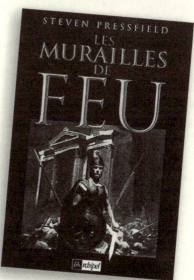
França

Portões de Fogo pelo mundo

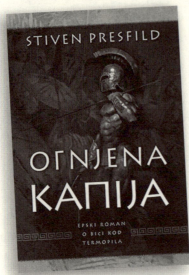
Sérvia

Grécia

Polônia

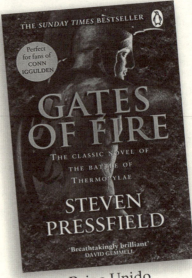
Reino Unido

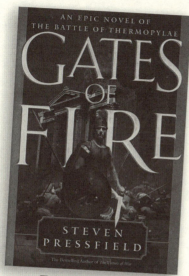
Estados Unidos

Itália

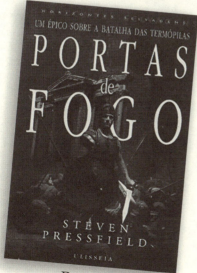
Portugal

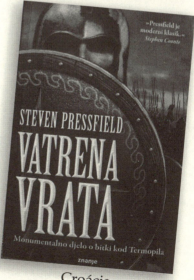
Croácia

GRÁFICA PAYM
Tel. [11] 4392-3344
paym@graficapaym.com.br